Mörderisch kalt

Ralf Kramp (Hg.)

Mörderisch kalt

Die besten Morde von:

Ursula Curtiss · Jürgen Ehlers
Stanley Ellin · Frances Fyfield
Ruth Rendell · Henry Slesar u. a.

Scherz

Besuchen Sie uns im Internet:
www.scherzverlag.de

Sonderausgabe 2002

ISBN 3-502-51862-9
Umschlaggestaltung: ja DESIGN, Bern: Julie Ting & Andreas Rufer
Umschlagbild: Hans Strand/Getty-Images, Stone, München
Gesamtherstellung: Ebner & Spiegel, Ulm

Inhalt

Zwei Schwestern

Frauke Schuster

«Tragisch», sagt der Pfarrer, und Rita rückt ihren Hut zurecht. Sie hasst Begräbnisse, und erst recht bei Ostwind und minus fünfzehn Grad! Auch der Pfarrer, obwohl er seine Worte feierlich und mit Bedacht spricht – Familie Stolze wird großzügig spenden, wenn die Feier gefällt –, wirkt gelähmt, wie eben der Tiefkühltruhe entsprungen und noch nicht vollständig aufgetaut.

«So schnell kann das gehen», seufzt jemand hinter Rita, und sie denkt, nein, so schnell gar nicht, zwanzig Minuten.

Sie war ungern gefahren, wie jedes Mal, ärgerte sich wie jedes Jahr, dass ihr keine Ausrede eingefallen, sie keine dringliche Dienstreise vorschieben konnte, wie es Marina so geschickt bei allen Unannehmlichkeiten tat. Marina, die sie immer überstrahlte, Marina, der von jeher ihr Neid gegolten hatte, schon allein wegen ihres Namens ...

Rita fuhr nicht schnell, hätte es auch nicht gekonnt, nicht mit dem alten Fiat, Baujahr Steinzeit oder ähnlich, und schon gar nicht auf Schnee und Eis. Entnervt wischte sie zum tausendsten Mal die Seitenscheibe notdürftig frei; in Marinas flottem Daimler musste man das nicht, dort sorgte eine komfortable Luxus-Klimaanlage dafür, dass sich die Scheiben solche Freiheiten gar nicht erst herausnahmen, und den Hintern musste man sich auch nicht abfrieren während der ersten halben Stunde Fahrt.

Natürlich. Marinas lindgrüne Nobelkarosse stand bereits in der Einfahrt, so viel Platz für sich beanspruchend, dass Rita, als sie den altersschwachen Fiat in die verbleibende schmale Lücke quetschte, sich wie ein in der Reuse gestrandeter Aal mühsam aus der Tür winden musste.

Da kam Marina auch schon auf sie zu, im grünen, eng anliegenden Kostüm, *sie* konnte sich so was leisten, *sie* hatte kein Gramm Fett auf den Hüften, keine Cellulitis-Polster auf den Oberschenkeln wie normale Frauen ihres Alters, an *ihr* hingen die Blusen nie labbrig herab wie nasse Kartoffelsäcke, an *ihr* spannten sie sich dekorativ da, wo sie sollten, und Flecken aller Art machten ganz selbstverständlich einen Bogen um alles, was *sie* trug. Und ihre Haare ...

«Rita, endlich! Das haben wir uns gedacht, dass du mal wieder nicht pünktlich sein kannst. Und was sagst du zu Marinas neuer Haarfarbe, todchic, nicht, vielleicht solltest du auch, aber nein, dir würde er nie stehen, dieser Rotton ...» Der Wortschwall der Mutter rauschte über Rita hinweg, glücklicherweise im Moment, ohne irgendeine Antwort zu erfordern, außer den Geburtstagsglückwünschen, deren sich Rita mit dem gleichen Enthusiasmus entledigte als wären es ausrangierte Socken.

Marina hatte den Tisch gedeckt – Rita war ja zu spät gekommen, wie erneut betont wurde –, mit Hutschenreuther und feinem Silber. «Und sieh nur, wie sie die Servietten gefaltet hat, richtig originell, sie hat eben diese künstlerische Ader ...»

Mindestens zehn Minuten musste sie geopfert haben, zehn Minuten kostbarer Redakteurin-Marina-Zeit. Zehn Minuten, um lavendelfarbige Papierservietten in einen Abklatsch moderner Kunst zu verwandeln. Zehn Minuten, und die Mutter wusste sie nicht genug zu preisen ob dieser papiernen Glanzleistung.

Aber wo war Marina im letzten Sommer gewesen, als die Mutter mit der Hüftoperation im Krankenhaus lag? Wer hatte zweimal in der Woche ihre Nachthemden und Unterhosen gewaschen und gebügelt und pfund- und literweise Obst und Fruchtsäfte angekarrt? Niedere Arbeiten, gut genug für die niedere Tochter, die Tochter zweiter Klasse mit ihrem zweitklassigen Leben zwischen ihren Abc-Schützen und einem Mann, der sie hin und wieder betrog. Unzumutbar für die strahlende Marina, die im Stretch-Mini am Krankenbett vorbeirauschte, eine betörende Wolke von Elizabeth-Arden-Parfüm hinterlassend, zusammen mit einem unpraktisch überdimensionalen Floristen-Strauß und einem bleibenden Eindruck bei Chefarzt und Pflegern.

Ein einziges Mal nur war sie gekommen, aber die Mutter schwärmte noch heute davon, und wie schwer es der viel beschäftigten Redakteurin geworden sein musste, sich für einen halben Tag loszueisen, aber was tat sie nicht für ihre Mutter! Und Rita und die Schmutzwäschebeutel verstaubten in der Abstellkammer des Gedächtnisses.

Der Geburtstagskuchen war so üppig, dass er Rita Magendrücken verursachte, aber sie aß zwei Stück, weil sie dafür weniger reden, weniger bewundern musste. Und dennoch, mitten in der Buttercreme, spielte Marina wohl überlegt ihr Trumpf-Ass aus: «Haidmann will in den Ruhestand gehen, Mitte des Jahres, hab ich's schon erzählt?» Hatte sie nicht, aber das wusste sie; die Frage war rhetorisch, sollte die Spannung erhöhen, und Rita durchbohrte ihren Kuchen mit den Gabelzinken in eindeutiger Mordlust.

«Nun ratet mal, wer an seiner Statt zum Chefredakteur aufsteigen soll?!»

Marina lehnte sich zurück, schlank, triumphierend, siegesgewiss. Die Mutter stieß kleine, spitze Entzückensschreie aus, und Rita musste sich überwinden, irgendetwas Gratulierendes zu murmeln, in einem Ton, der mehr dem eines Fluches entsprach.

So war es immer gewesen. Marina, die mühelos den Mathewettbewerb ihrer Klasse gewann, während Rita hilf- und intelligenzlos zwischen Vier und Fünf herumkrabbelte. Marina, die vom Schulsportfest mit einer Ehrenurkunde nach Hause schwebte, während Rita beim Staffellauf das Holz fallen ließ. Marina, die als Star-Abiturientin in Schwarz-Weiß aus der Tageszeitung lächelte, während Rita irgendwo unter *ferner liefen* abgeheftet wurde.

Verstohlen schielte Rita nach der Uhr. Noch mindestens eine Stunde, bis sie einigermaßen mit Anstand aufbrechen, zu den Buchstabierübungen ihrer Abc-Schützen zurückkehren konnte. Angehende Chefredakteurin, damit wagte sich ihr Job so wenig zu vergleichen wie Konserven-Weißblech mit strahlendem Gold. Rotznasige Kinder die ersten Buchstaben lehren, von denen sie im späteren Leben nicht mal wissen würden, wie mühselig sie sie sich hatten erarbeiten müssen, das war eben nichts Spektakuläres.

Endlich, endlich! Fünf Uhr. Rita wartete anstandshalber weitere sieben Minuten, begann dann mit der zeremoniellen Verabschiedung. Küsschen hier und Küsschen da, Marinas «Besuch mich doch mal!», rituell und keineswegs ernst gemeint.

Die Februarkälte hatte den alten Fiat in eine Eisgrotte verwandelt. Von außen schlug sich der Eisregen auf der Frontscheibe nieder, fror augenblicklich fest, von innen Ritas flacher Atem; aber jetzt machte es nichts mehr, war sie auf dem Heimweg, zurück in ihr Leben zweiter Klasse, das ihr eigentlich nicht so schlecht gefallen würde, wenn es keine Marinas gäbe auf dieser Welt und schon gar nicht in der Verwandtschaft. Jetzt musste sie nur noch eins überstehen, Marinas lässiges Überholmanöver, wie so vieles längst zum Ritual verkommen.

Marina, mit ihrem schnellen Schlitten, startete immer nach Rita, um dann unterwegs an ihr vorbeizurauschen, meist auf der Strecke den See entlang, bevor sich ihre Straßen und Wege endgültig wieder trennten.

Und da tauchte er schon im Rückspiegel auf, Marinas Flitzer, und Rita dachte neidvoll an die Sitzheizung der Schwester, während ihre eigenen, klammen Finger ein Lenkrad umkrallten, das aus purem Eis geschnitten schien.

Marina holte schnell auf, setzte den Blinker, zog an Ritas Rostlaube vorbei, winkend und dreimal hupend, und Rita hupte zurück wie immer, obwohl sie solche Kinderspielchen albern fand. Und Marinas Daimler kommt auf die rechte Fahrbahn zurück, neben ihr glänzt die dünne Eisschicht des Sees, glitzert und spiegelt in der untergehenden Sonne, aber der Daimler rollt weiter, auf den See zu, schießt über die Böschung wie eine verspätet gezündete Neujahrsrakete. Die Schnauze bohrt sich in die Eisdecke, es kracht und splittert, – dann ist es totenstill, der Wagen verschwunden. Nur in dem Loch im Eis schwappen ein paar unruhige Wellen, auf denen Scherben von Eis tanzen, und hier und da steigt eine dicke Luftblase auf.

Der Fiat hat ganz von selbst gehalten, Ritas Eisfinger tasten nach ihrem Handy, schnell, sie muss die Rettung rufen, doch ihr Blick gleitet von den Zahlen auf der Tastatur fort zu dem Loch im Eis. Wie lange ein Mensch wohl da unten überleben kann, in Wasser und Eis, im Februar?

Sie holt eine Zigarette heraus, richtet den Blick auf die Armbanduhr. Wie lange? Vielleicht gibt es eine Luftblase im Wagen, das erhöht die Überlebensdauer. Sie raucht und wartet. Fünf Minuten, sieben, zehn. Eine Viertelstunde. Kein anderer Wagen kommt die Straße entlang; das tückische Glatteis lässt viele zu Hause bleiben, die sonst den Fasching feiern würden.

Nach zwanzig Minuten tippt Rita die 110 ins Handy ein, gibt die Unfallmeldung durch. Sie braucht sich nicht zu verstellen, Aufregung zu mimen, sie zittert am ganzen Körper vor Kälte.

«Die Schwester hat den Wagen gefunden», flüstert eine Frau hinter Rita. «Stellen Sie sich vor, was das für ein Schock gewesen sein muss! Die eigene Schwester!»

Leise stimmt die kleine Musikgruppe der Kirche ein Lied an, feierlich steigen die Töne in den klaren, blauen Himmel hinauf, und Rita ertappt sich dabei, wie sie Marina noch immer beneidet, um die gediegene Feier und den wohlklingenden Namen auf dem Stein.

Wenn der Onkel mit dem Neffen

Richard Deming

Mit seinen 62 Jahren war Professor Rufus Crawford ein schlanker, sanftmütig wirkender Mann, der aussah, als wäre er die Güte selbst. Und doch stellte er sich in diesem Augenblick mit teuflischer Freude seinen einzigen Neffen auf einen Stuhl geschnallt in einer Gaskammer vor.

Der Professor hatte noch nie eine Hinrichtung miterlebt. Aber als Chemiker kannte er natürlich die Reaktion, die bei einer Hinrichtung in der Gaskammer abläuft. Es machte ihm Spaß, sich diese Reaktion durch den Kopf gehen zu lassen: $HCL + KCN + KCL + HCN$. Dass Myron Fiske HCN würde atmen müssen, war ein sehr angenehmer Gedanke.

Das wäre ein passendes Ende für Myron, fand der Professor. Denn der Mord, der zur Verhandlung anstand, war nicht Myrons einziger gewesen. Gewiss, im Falle der Schwester des Professors hatte er keine Schusswaffe benutzt. Aber er hatte das seiner verwitweten Mutter zugefallene Erbe so hemmungslos vergeudet, dass er sie damit genauso sicher unter die Erde gebracht hatte, als hätte er einen Abzug betätigt.

Diesmal aber hatte er genau das getan. Das Beweismaterial gegen seinen Neffen schien dem Professor erdrückend. Die Staatsanwaltschaft hatte – und das musste nach Ansicht des Professors für eine Verurteilung ausreichen – folgende Tatsachen ermittelt:

1. Der verstorbene Daniel Crawford hatte durch testamentarische Verfügung sein beträchtliches Vermögen in zwei Teile geteilt. Die eine Hälfte sollte an seinen Neffen Myron Fiske gehen, der jetzt wegen Mordes vor Gericht stand. Die andere

Hälfte sollte treuhänderisch verwaltet werden und das Einkommen daraus wurde auf Lebenszeit seinem Bruder Rufus zugesprochen. Nach dessen Tod sollte diese Vermögenshälfte auf Myron Fiske übergehen.

2. Diese testamentarische Verfügung war Myron Fiske bekannt.

3. Ein gewisser John Lombard, ein Geldeintreiber, hatte Myron Fiske ein Ultimatum gestellt. Entweder beschaffte er die 25 000 Dollar, die er verschiedenen Buchmachern schuldete, oder er müsse mit fatalen Konsequenzen rechnen.

4. Myron war arbeitslos und lebte von einem bescheidenen Taschengeld, das ihm sein Onkel Daniel, bei dem er wohnte, zur Verfügung stellte. Er war nicht in der Lage, die 25 000 Dollar aufzubringen, es sei denn durch eine plötzliche Erbschaft.

5. Am Abend des 2. Oktobers im vergangenen Jahr war ein Dr. Joseph Pollack von Myron zu Daniel Crawfords Haus gerufen worden. Der Arzt fand Daniel Crawford tot vor. Er war durch einen Schuss aus einer Schrotflinte getötet worden. Der Arzt rief die Polizei. Der Polizei gegenüber gab Myron bereitwillig zu, den Schuss abgegeben zu haben, behauptete aber, es sei ein Unfall gewesen. Er habe die Schrotflinte gereinigt, und gerade als sein Onkel den Raum betrat, habe sich versehentlich ein Schuss gelöst.

Die Staatsanwaltschaft glaubte Myron nicht. Und das galt auch für seinen Onkel Professor Rufus Crawford, der den jetzt 28-jährigen Mann schon immer als chronischen Lügner und Betrüger gekannt hatte. Rufus hatte nie ganz verstanden, warum sein gutmütiger Bruder den Jungen, als dessen Mutter gestorben war, in sein Haus aufgenommen hatte. Wenn er ihn wenigstens anschließend wieder hinausgeworfen hätte! Daniel hatte immer eine blinde und gewiss unerwiderte Zuneigung zu Myron empfunden, die nach Rufus' Ansicht ein fast idiotisches Ausmaß angenommen hatte, als Daniel den jungen Mann in seinem Testament berücksichtigte und ihm das zu allem Überfluss auch noch erzählte.

Von seinem Platz im Gerichtssaal aus schaute der Professor mit Abscheu zu dem Angeklagten hinüber. Auf eine etwas dekadente Weise sah Myron ganz gut aus, aber Rufus hatte seinen Anblick noch nie ertragen können. Mit dem glatt zurückgekämmten Haar und dem bleistiftdünnen Schnurrbart erinnerte er ihn immer an eine Schaufensterpuppe.

Der Gerichtssaal war fast leer, denn die Geschworenen hatten sich schon vor drei Stunden zur Beratung zurückgezogen. Außer Rufus hatten alle Zuhörer spätestens nach einer Stunde das Warten aufgegeben. Der Richter war in seinem Zimmer. Verteidiger und Staatsanwalt waren hinausgegangen, wahrscheinlich um Kaffee zu trinken. Selbst die Reporter hatten den Saal verlassen, um auf dem Flur zu warten, wo sie rauchen konnten.

Abgesehen von dem Angeklagten, einem Gerichtsdiener und dem Gerichtsschreiber, der an seinem Tisch eingenickt war, befand sich nur noch Rufus im SaaL, denn er wollte auf keinen Fall seinen Platz verlieren. Er hatte genau so sehr an seinem Bruder Daniel gehangen wie an seiner Schwester Nora, und auf keinen Fall wollte er auf das Vergnügen verzichten zu hören, wie sein Neffe schuldig gesprochen wurde.

Die Tür zum Geschworenenzimmer öffnete sich, und der Sprecher der Geschworenen steckte den Kopf durch die Tür. Der Gerichtsdiener eilte zu ihm hin. Der Sprecher wechselte leise ein paar Worte mit dem Mann und zog sich wieder zurück, wobei er die Tür hinter sich ins Schloss fallen ließ.

«Sie haben sich geeinigt!», rief der Gerichtsdiener dem Schreiber zu. Dann eilte er zur Tür des Gerichtssaals und verkündete draußen die Nachricht.

Innerhalb von Minuten füllte sich der Gerichtssaal wieder. Der Richter nahm Platz und die Geschworenen wurden aus ihrem Beratungszimmer hereingeführt.

«Haben die Geschworenen sich auf einen Spruch geeinigt?», fragte der Richter.

«Ja, Euer Ehren», sagte der Sprecher der Geschworenen.

«Der Angeklagte möge sich bitte erheben», sagte der Richter.

Myron Fiske stand langsam auf. Er wirkte gefasst. Aber Rufus bemerkte, dass er sehr blass war.

«Wie lautet Ihr Spruch?», fragte der Richter den Sprecher.

Einen Augenblick lang herrschte völlige Stille. «Wir betrachten den Angeklagten als nicht schuldig.» Er setzte sich.

In den Berichten über Sensationsprozesse, die Professor Crawford gelesen hatte, hieß es immer «nach der Urteilsverkündung war im Gerichtssaal die Hölle los.» Aber abgesehen davon, dass die Zuschauer die eine Weile angehaltene Luft ausstießen und leise miteinander sprachen, kam von ihnen keine erkennbare Reaktion. Die Reporter verschwanden zwar, aber sie stürzten nicht aus dem Saal, wie sie es in den Berichten über andere Prozesse immer taten. Und auch die Zuschauer drängten sich nicht vor, um dem Angeklagten zu seinem Freispruch zu gratulieren. Sie gingen ganz einfach langsam nach draußen. Der Professor ging nach vorn, wo Myron auf seinen Anwalt wartete, der gerade seine Unterlagen in einer Aktentasche verstaute.

Myron warf ihm einen frechen Blick zu. «Hallo, Onkel Rufus.»

Der Chemieprofessor sah ihn nur von oben bis unten an.

In spöttischem Ton sagte Myron zu seinem Anwalt: «Mein Onkel ist enttäuscht. Er hoffte auf eine Verurteilung, dann wäre das ganze Geld an ihn gegangen.»

An den finanziellen Aspekt des Urteils hatte Rufus während der Verhandlung überhaupt nicht gedacht. Geld bedeutete ihm sehr wenig. Als Junggeselle hatte er nie sehr große Ausgaben gehabt. Vor Jahren hatte er sich in den Bergen in der Nähe von Big Bear Lake ein kleines Anwesen gekauft, auf das er sich in drei Jahren zurückziehen wollte, um den Rest seines Lebens ausschließlich der Forschung zu widmen.

Im Laufe der Jahre hatte er das Haus modern eingerichtet, unter anderem mit einem gut ausgestatteten chemischen Labor. Das alles war schon bezahlt. Wenn er sich eines Tages dorthin zurückzog, würde seine Pension für den Lebensunterhalt mehr als ausreichen. Er brauchte das Einkommen aus dem treuhänderisch verwalteten Vermögen nicht. Er brauchte auch die 100 000 Dollar nicht, die sein Bruder dem jungen Mann hinterlassen hatte.

«Das ist nicht der Grund für meine Enttäuschung, Myron», sagte der Professor trocken. «Ich hatte gehofft, die Gerechtigkeit würde ihren Lauf nehmen.» Er wandte sich ab und ging hinaus.

Rufus Crawford sah seinen Neffen erst drei Jahre später wieder. Er hatte das Pensionsalter von 65 erreicht und war in sein Anwesen in den Bergen gezogen, ein solide gebautes Achtzimmerhaus an einem Berghang, vier Meilen von der nächsten Stadt entfernt.

Er war intensiv mit seinen Forschungsarbeiten beschäftigt und hatte kaum Zeit, über alte Rechnungen nachzudenken. Er empfand zwar eine tiefe Abneigung gegen seinen Neffen, war aber kein rachsüchtiger Mensch. Wenn er überhaupt einmal an Myron dachte, was nur selten geschah, dann betrachtete er ihn in einem etwas milderen Licht. Er glaubte immer noch nicht ganz an seine Unschuld, aber er war auch nicht mehr so fest von seiner Schuld überzeugt. Immerhin war Myron von einem Geschworenengericht freigesprochen worden, und damit war er vor dem Gesetz unschuldig.

Eines Winterabends stand Myron völlig unerwartet vor seiner Tür. Als Rufus öffnete, lächelte sein Neffe ihn freundlich an. «Hallo, Onkel Rufus.»

Der Professor sah ihn von oben bis unten an. Mit seinen 31 Jahren wirkte Myron noch genauso aalglatt wie früher, und seine Erscheinung rief in Rufus wieder die gleiche Abneigung hervor. Vor drei Jahren hätte Rufus seinem Neffen die Tür vor der Nase zugeschlagen. Jetzt aber fragte er nur ein wenig ungehalten: «Was willst du?»

«Begrüßt man so seinen einzigen lebenden Verwandten?»,

erkundigte sich Myron. «Willst du mich nicht wenigstens ins Haus bitten? Es ist kalt hier draußen.»

Es war wirklich kalt, und der aufstiebende Schnee kündigte einen Blizzard an. Ein wenig unfreundlich trat Rufus zur Seite. Der jüngere Mann beugte sich herab, um eine Reisetasche aufzunehmen, die Rufus nicht gesehen hatte, weil sie neben der Tür stand. Als Myron sie ins Haus trug und in der Diele abstellte, schloss Rufus die Tür und sah sich die Tasche an.

«Falls du einen längeren Besuch planst, Myron, muss ich dir ganz ehrlich sagen, dass du nicht willkommen bist.»

Myron nahm seinen Hut ab und schlug sich damit den Schnee vom Mantel. «Kannst du mich wenigstens für eine Nacht unterbringen, Onkel Rufus?»

«Ich kann, aber ich will nicht.»

«Willst du deinen eigenen Neffen in den Schneesturm hinausjagen? Von hier bis zur Stadt sind es vier Meilen.»

«Wie bist du denn hergekommen?»

«Mit dem Taxi, aber das hab ich schon weggeschickt.»

«Dann ruf doch von hier aus eins an», sagte Rufus verärgert.

«Ich könnte es nicht bezahlen. Ich bin total pleite.»

Der Professor starrte ihn entsetzt an. «Soll das heißen, dass du in drei Jahren 100 000 Dollar verplempert hast?»

«Ich habe schlecht investiert», sagte Myron kläglich.

«Auf der Rennbahn?»

«Einiges schon», gab Myron zu. «Aber wenn du dich noch an die Beweisaufnahme vor Gericht erinnerst, weißt du, dass ich 25 000 Dollar Schulden hatte, bevor ich Onkel Dans Geld bekam. Meinem Verteidiger musste ich noch einmal 10 000 geben. In Wirklichkeit waren es also nur 65 000 in drei Jahren.»

Rufus war kaum beeindruckt.

«Aber ich habe meine Lektion gelernt», fuhr Myron fort. «Ich habe mich geändert. Ich habe sogar schon versucht, einen Job zu finden.»

Rufus sah ihn ungläubig an.

«Im Ernst», sagte Myron. «Ich weiß jetzt, was für ein Narr

ich war. Ich habe meinen letzten Cent ausgegeben, um zu dir zu fahren und dich um Hilfe zu bitten. Ich weiß nicht, an wen ich mich sonst wenden soll.»

«Solltest du mich um Geld bitten wollen, von mir bekommst du keinen Cent.»

«Ich bitte nicht um Geld. Dir entsteht kein Verlust, wenn du mir zuhörst. Schließlich bin ich dein einziger Blutsverwandter. Darf ich den Mantel ausziehen, damit wir uns setzen und miteinander sprechen können?»

Rufus blickte immer noch finster. Er schaute durch die Scheibe in der Tür nach draußen und zuckte ungeduldig die Achseln. «Ich kann dich ja wohl kaum in den Schneesturm hinausschicken. Ich werde dir fünf Minuten zuhören, während du dich am Kamin aufwärmst. Dann rufe ich ein Taxi für dich an, und wenn ich das Fahrgeld selbst bezahlen muss.»

Dankbar hängte Myron Hut und Mantel an die Garderobe im Flur. Rufus führte ihn ins Vorderzimmer und zeigte auf den Kamin, in dem ein behagliches Feuer brannte. Myron setzte sich mit dem Rücken zum Kamin und streckte die Hände nach hinten aus, um sich an der Glut zu wärmen.

Immer noch ein wenig mürrisch sagte Rufus: «Möchtest du etwas trinken?»

«Ein Kaffee Royal wäre das richtige. Ich bin ganz durchgefroren.»

«Dann wirst du Pulverkaffee nehmen müssen. Mit der Kaffeemaschine dauert es 20 Minuten, und ich möchte nicht, dass du dich so lange hier aufhältst.»

«Das wäre nett», sagte Myron freundlich. «Nur einen kleinen Schuss Whisky und einen halben Teelöffel Zucker dazu.»

Rufus ließ seinen Neffen am Kamin sitzen, um sich aufzuwärmen, und ging durch das Esszimmer in die Küche. Die Küche hatte eine Schwingtür, die sich automatisch hinter ihm schloss.

Er stellte die Heizplatte unter dem Teekessel an und nahm eine Tasse, eine Untertasse und eine Flasche Whisky aus dem

Küchenschrank. Während er darauf wartete, dass das Wasser kochte, holte er eine Karaffe Wein aus dem Kühlschrank und schenkte ein Weinglas voll. Die Flüssigkeit war fast farblos mit einem kaum erkennbaren Anflug von Gelb.

Als er sich, die Tasse in der einen, das Glas Wein in der anderen Hand, durch die Schwingtür schob, versuchte Myron gerade, die Tür am anderen Ende des Esszimmers zu öffnen.

Er sah Rufus kommen und sagte: «Ich suche das Badezimmer.»

«Das ist mein Laboratorium», sagte der Professor. «Das halte ich immer verschlossen. Das Bad ist oben, erste Tür rechts. Auf dem Flur ist ein Lichtschalter. Du wirst dich schon zurechtfinden.»

Er ging in das Vorderzimmer und stellte die dampfende Tasse Kaffee auf den Kaminsims. Myron ging durch das Vorderzimmer in den Flur hinaus, und Rufus hörte ihn die Treppe hochsteigen. Er setzte sich in seinen Lieblingssessel und trank einen Schluck von seinem Wein.

Als Myron zurückkam, zeigte Rufus stumm auf die Tasse Kaffee. Myron kostete das Getränk, stellte die Tasse zurück und setzte sich wieder mit dem Rücken zum Feuer. Er warf einen Blick auf das Glas, das Rufus in der Hand hielt, und schaute seinen Onkel fragend an.

«Sauternes», sagte Rufus. «Etwas anderes darf ich nicht mehr trinken. Ich habe leichte Nierenbeschwerden.»

«Ist es was Ernstes?»

«Nein. Solange ich mich an die Vorschriften halte. Und worüber wolltest du mit mir sprechen?»

Myron machte ein ernstes Gesicht. «Ich bin wirklich völlig erledigt, Onkel Rufus. Alles was ich noch besitze, sind die Klamotten, die ich anhabe und die paar Sachen in meiner Reisetasche. Ich weiß nicht mehr wohin. Meine jetzige Lage hat mir einen solchen Schock versetzt, dass ich völlig neue Ansichten gewonnen habe. Ich will jetzt wirklich zur Ruhe kommen und mir irgendwo einen Job suchen. Wenn ich hier bleiben dürfte, bis ich einen habe, würdest du mir praktisch das Leben retten.»

«Wo willst du denn mitten in einem Erholungsgebiet in den Bergen einen Job finden?», fragte Rufus. «Du könntest vielleicht eine Anstellung als Skilehrer finden, wenn du überhaupt skilaufen kannst, aber ich erinnere mich nicht, dass du jemals Sport getrieben hättest. Und in der Stadt gibt es keine Industrie. Sie ist wenig mehr als eine Handelsniederlassung.»

«Ich habe ein paar Bewerbungen in der Gegend von Los Angeles laufen», sagte Myron. «In dieser Woche erwarte ich auf mindestens zwei von ihnen Antwort. Ich habe mir erlaubt, den Leuten mitzuteilen, dass sie mich unter deiner Adresse erreichen.»

Rufus hob die Brauen. «Du bist immer noch so unverschämt wie früher.»

«Sei doch nicht so, Onkel Rufus! In einem gewissen Sinne lebst du schließlich von meinem Geld. Das treuhänderisch verwaltete Geld habe in Wirklichkeit ich geerbt, wie du genau weißt.»

Rufus sah ihn empört an. «Erst nach meinem Tode. Ich lebe ohnehin nicht von dem Geld. Das Einkommen aus dem Vermögen wird auf ein Bankkonto eingezahlt, über das du nie verfügen wirst. Mein ganzes Vermögen vermache ich der Universität.»

«Das eigentliche Vermögen wurde mir vererbt.»

«Ich wiederhole: Erst nach meinem Tod. Ist das der wahre Zweck deines Besuchs? Eine weitere Erbschaft einzukassieren?»

Myron tat gekränkt. «Was Onkel Dans Tod betrifft, wurde ich freigesprochen. Du weißt, dass es ein Unfall war. Das Ganze hat mir genauso Leid getan wie dir.»

«Das einzige Bedauern», knurrte der Professor, «das ich damals bei dir entdeckte, galt der Tatsache, dass die Hälfte des Vermögens unter treuhänderische Verwaltung kam.»

«Das ist nicht wahr. Ich mochte Onkel Dan. Darf ich nun hier bleiben, bis ich Nachricht auf meine Bewerbungen bekomme? Ich bin bereit, meinen Unterhalt selbst zu verdienen. Ich werde die Hausarbeit machen und für dich kochen.»

«Ich habe eine Haushälterin und Köchin», sagte Rufus kalt. «Sie wohnt unten im Dorf.»

«Dann kann ich Holz hacken und Schnee schaufeln.»

Eine Weile sah Rufus seinen Neffen nachdenklich an. Dann sagte er: «Ich glaube nicht, dass du den Versuch riskieren würdest, auch mich durch einen Unfall aus dem Weg zu räumen. Ich bezweifle, ob das nächste Geschworenengericht an einen solchen Zufall glauben würde. Du kannst über Nacht hier bleiben, und morgen unterhalten wir uns weiter.»

«Vielen Dank, Onkel Rufus», sagte Myron erfreut. «Ich wusste, dass du mich nicht in den Schnee hinausjagen würdest.» Er hob seine Tasse zum Mund und nahm noch einen Schluck. «Dein Kaffee Royal ist wirklich ausgezeichnet.»

Später, kurz vor dem Schlafengehen, machte Rufus sich über diesen Akt der Gastfreundschaft Gedanken. Er hatte es immer missbilligt, dass Daniel Myron in sein Haus aufgenommen hatte, und nun tat er es selbst. Es war fast unmöglich gewesen, Myrons Bitten zu widerstehen. Der Mann war ihm zwar herzlich zuwider, aber Rufus hatte ein zu weiches Herz, als dass er seinen einzigen Neffen in den Blizzard hinausgejagt hätte.

Wenn er im Zweifelsfall auch bereit war, an Myrons Unschuld zu glauben, so wollte Rufus doch kein Risiko eingehen. Er schloss seine Schlafzimmertür ab und schob einen Stuhl mit der Lehne unter den Griff.

Zu dem befürchteten Schneesturm war es während der Nacht nicht gekommen. Am nächsten Morgen war der Himmel klar, und auf der Einfahrt lagen nur wenige Zentimeter Schnee, als Mrs Nell McGuire um 8 Uhr in ihrem mit Winterreifen ausgerüsteten Jeep vorfuhr.

Rufus, der auch ohne Wecker jeden Morgen um 8 Uhr aufwachte, hörte, wie der Jeep vorfuhr und wie die Vordertür geöffnet und wieder geschlossen wurde. Er stieg aus dem Bett, warf sich einen Morgenmantel über, schob den Stuhl von der Tür weg, schloss auf und ging in den Flur hinaus, um Myron zu wecken.

«In einer halben Stunde gibt es Frühstück», sagte er zu seinem Neffen. «Wie willst du deine Eier?»

«Ganz egal», sagte Myron verschlafen. «Wie du meinetwegen.»

Rufus ging an die Treppe, die nach unten führte. «Nell!», rief er.

Eine dralle Frau von etwa 50 Jahren erschien unten an der Treppe und schaute nach oben.

«Ich habe Besuch von meinem Neffen», sagte Rufus. «Er wird ebenfalls oben frühstücken.»

«Okay, Professor», sagte Nell fröhlich.

Nell McGuire war an fünf Wochentagen von 8 bis 5 Uhr im Haus. Nur am Wochenende musste Rufus sich selbst versorgen. Außer zu den Mahlzeiten sah der Professor sie kaum, denn er verbrachte die meiste Zeit im Labor, während sie im Haus beschäftigt war. Sie hielt das Haus makellos sauber, nur das Labor nicht. Sie weigerte sich sogar, es überhaupt zu betreten, und wagte sich nur in seine Nähe, wenn sie den Professor zum Essen rufen wollte.

In der Nacht hatte Rufus beschlossen, sie zu bitten, heute mit ihnen zu Abend zu essen und Myron anschließend ins Dorf mitzunehmen. Er hatte außerdem beschlossen, seinem Neffen eine Busfahrkarte zu kaufen und ihn mit so viel Geld auszustatten, dass er ein paar Tage davon leben konnte. Das alles konnte bis nach dem Mittagessen warten. Deshalb sprach er am Frühstückstisch nicht darüber.

Nach dem Frühstück machte sich Rufus auf den Weg zu seinem Labor, und Myron schloss sich seinem Onkel an. Als Rufus die Tür aufgeschlossen hatte, ging Myron mit hinein und schaute sich interessiert um.

Das Labor war eine umgebaute Glasveranda, und die Verglasung an der Südseite ließ reichlich natürliches Licht herein. An der Ostwand war eine Doppelspüle angebracht und daneben ein langer Arbeitstisch, auf dem verschiedene Bunsenbrenner, Haltevorrichtungen und Tiegel standen. Die Haube über dem Arbeitstisch diente als Abzug für Gase oder Dämpfe.

An der Westwand waren Regale, die bis an die Decke reichten. Auf diesen Regalen standen säuberlich geordnet und etikettiert Flaschen in allen Größen und Formen. In der Mitte lief eine mit Zinkplatten beschlagene Arbeitsbank an allen vier Seiten um eine etwas erhöhte Sektion herum, auf der sich Ständer mit Teströhren, Retorten, Bechern, Mörsern, Stößeln und anderen in einem chemischen Labor benötigten Geräten standen. Auf der nächstgelegenen Arbeitsbank standen eine Apothekerwaage, eine glasumkleidete Waage für feinere Messungen und eine Zugwaage.

«Hier steht ja allerhand rum», sagte Myron. «Woran arbeitest du denn gerade? An einem neuen Experiment?»

«Ich versuche, eine billigere Methode der Gewinnung von Metallen aus Erzen zu entwickeln, die kommerziell genutzt werden soll.»

Myron ging zu den Regalen hinüber und las einige Aufschriften. «Wie findest du denn nur, was du brauchst?», fragte er. «Da stehen ja Hunderte von Flaschen!»

«Oh, sie sind alle alphabetisch geordnet», sagte Rufus und trat neben seinen Neffen. «Das heißt, sie sind innerhalb ihrer Kategorie alphabetisch geordnet. Ich muss nur wissen, in welchem Regal die einzelnen Kategorien stehen. In dieser Sektion stehen zum Beispiel nur metallische Salze.» Er zeigte auf das Regal, das Myron gerade betrachtete. «Was du da siehst, sind zum Beispiel Kaliumsalze. Und du siehst auch, dass die Flaschen alphabetisch angeordnet sind. Zuerst Kaliumacetat, dann Kaliumarsenid, Kaliumbromid, -chlorat, -cyanid, -hydroxyd, -jodid und so weiter. Was ich brauche, finde ich immer sofort.»

Myron nahm eine Flasche aus dem Regal. «Kaliumcyanid. Ist das nicht ein ziemlich tödliches Gift?»

«Tödlicher geht es gar nicht», sagte Rufus trocken. «Man nennt es auch Zyankali.»

«Wozu brauchst du es?»

«Um aus Silbererz das Silber zu gewinnen. In der Industrie wird dazu im allgemeinen Natriumcyanid verwendet, aber im Labor funktioniert Kaliumcyanid sehr gut. Das Cyanid verbindet sich mit dem freien Silber und den Silbersalzen im Erz zu Silbercyanid. Man muss dann das Silber aus dem Cyanidkomplex frei machen, indem man diesen Komplex dazu bringt, sich mit irgendeinem aktiven Metall, wie Aluminium oder Zink zu verbinden. Ich versuche, eine Substanz zu finden, die dasselbe leistet, aber billiger ist als die genannten Metalle.»

«Tut mir Leid, Onkel Rufus, aber das ist mir zu hoch», sagte Myron und stellte die Flasche ins Regal zurück. «Ist es nicht ziemlich gefährlich, mit diesem Zeug zu arbeiten?»

«Nicht, wenn man sich auskennt. Entschuldige mich jetzt bitte, Myron. Ich möchte weiterarbeiten.»

Myron folgte dem Wink und zog sich aus dem Laboratorium zurück. Aber bevor er ging, warf er einen letzten nachdenklichen Blick auf die Flasche mit dem Zyankali.

Als die Tür sich hinter seinem Neffen geschlossen hatte, dachte Rufus über diesen Blick nach. Er fragte sich, ob er Gespenster sah. Oder hatte Myron eine ganz andere Überlegung angestellt? Hatte er daran gedacht, dass sein Onkel mit Cyanid arbeitete? Dass sein Tod durch eine Cyanidvergiftung leicht als Laboratoriumsunfall durchgehen könnte?

Es war eigentlich gar nicht so wichtig, was Myron in diesem Moment gedacht hatte, fand Rufus. Bis zum Abend würde er verschwunden sein, und bis dahin würde er keine Chance haben, sich etwas aus dem Labor zu holen.

Aber ihn quälte die Frage, ob sein Neffe es wirklich fertig bringen würde, ihn zu vergiften, wenn er die Gelegenheit dazu hatte. Sobald er das genau wüsste, wäre ein für alle Mal entschieden, ob Daniel durch einen Unfall gestorben oder ob er ermordet worden war. Wenn er das nur in Erfahrung bringen könnte, ohne als Leiche zu enden!

Dann hatte er eine Idee. Es gab tatsächlich eine Möglichkeit, sich darüber Klarheit zu verschaffen, die kein sehr großes Risiko einschloss. Er nahm die Flasche Kaliumcyanid aus dem Regal und stellte sie auf die Apothekerwaage. Sie wog 225 Gramm. Er stellte sie in das Regal zurück. Als er aus dem Labor kam, ließ er die Tür offen. Myron saß im Vorzimmer und las in einer Illustrierten, und Nell ließ in der Küche gerade das Wasser laufen.

«Ich gehe jetzt duschen», sagte Rufus.

Myron schaute auf. «Okay», sagte er gleichgültig.

Rufus blieb 20 Minuten oben. Als er wieder herunterkam, saß Myron immer noch auf seinem Stuhl, und Nell staubte die Möbel im Esszimmer ab. Die Tür zum Labor stand wie vorher offen.

Rufus schloss sich in seinem Labor ein und wog die Flasche Kaliumcyanid noch einmal. Jetzt zeigte die Waage nur noch 198 Gramm an.

Er spürte, wie ihm die Zornesröte ins Gesicht stieg. Gleichzeitig konnte er ein Gefühl der Schadenfreude nicht unterdrücken. Anscheinend hatte sein Neffe von Chemie wenig Ahnung, denn mit 27 Gramm Kaliumcyanid konnte man das halbe Dorf umbringen.

Er war im Begriff, ins Vorderzimmer zu stürzen, Myron seinen Mordplan auf den Kopf zuzusagen und ihn dann auf der Stelle aus dem Haus zu jagen. Aber mit der Hand am Türgriff blieb er stehen. Es wäre besser, genau zu ermitteln, wie Myron seinen Mordplan ausführen wollte, um ihm dann die Einzelheiten vorhalten zu können.

Er brauchte nicht lange nachzudenken, um zu dem Schluss zu kommen, dass Myron den Sauternes im Kühlschrank als Mittel benutzen würde, ihn zu vergiften, denn Rufus war der einzige, der diesen Wein trank.

Als er das Laboratorium verließ, war sein Neffe nirgends zu

sehen, und Nell wischte jetzt den Staub von den Möbeln im Vorderzimmer ab.

«Wo ist Myron?», fragte Rufus.

«Er ist nach oben gegangen, Professor. Ich habe ihn rausgejagt, weil ich hier sauber machen muss.»

Rufus ging in die Küche, nahm die Karaffe Wein aus dem Kühlschrank, zog den Stöpsel heraus und roch daran. Er konnte keinen Bittermandelgeruch feststellen, der, da war er ganz sicher, bei einer so großen Menge Kaliumcyanid vorhanden sein würde. Um sich zu vergewissern, goss er ein wenig Wein in ein Glas, stellte die Karaffe in den Kühlschrank zurück und trug das Glas in sein Labor.

Während er den Test vornahm, ließ er die Labortür offen, um seinen Neffen hören zu können, falls er wieder nach unten kam. Myron kam nicht, und das Testergebnis war negativ. Der Wein war also noch nicht vergiftet.

Als er das Labor verließ und die Tür hinter sich abschloss, war Nell mit dem Vorderzimmer fertig und ging gerade die Treppe hinauf. Rufus setzte sich in seinen Lieblingssessel und legte sich genau zurecht, was er seinem Neffen sagen wollte, wenn er wieder herunterkam.

Als er darüber nachdachte, fiel ihm ein, dass er die Gefahr nur hinausschieben würde, wenn er Myron fortschickte. War sein Neffe imstande, ihn zu vergiften, dann war es ihm auch zuzutrauen, dass er einen Profikiller beauftragte, einem abgelegenen Haus in den Bergen einen kleinen Besuch abzustatten. Vielleicht sollte er im Büro des Sheriffs anrufen und Myron wegen Mordes verhaften lassen.

Aber was konnte er wirklich beweisen? Nur, dass Myron 27 Gramm tödlich wirkendes Gift aus dem Labor gestohlen hatte. Das deutete nicht unbedingt darauf hin, dass er einen Mord plante. Und wenn es Myron gelang, das Cyanid verschwinden zu lassen, bevor er durchsucht wurde, gab es vor dem Gesetz für einen Verdacht überhaupt keinen Grund.

Aber plötzlich hatte Rufus eine ganz andere Idee. Es war ihm kaum anzusehen, dass er lächelte.

Auf der Treppe hörte er Schritte, und dann betrat Myron das Zimmer. «Die Frau da oben jagt mich von einem Zimmer ins andere», beklagte er sich.

«Sie ist es gewohnt, das Haus für sich zu haben», sagte Rufus. «Ich habe beschlossen, dich eine Woche bei mir wohnen zu lassen, Myron.»

Myron sah ihn ein wenig erstaunt an. «Oh, das ist aber nett von dir, Onkel Rufus.»

«Nun, schließlich bist du mein einziger Blutsverwandter», zitierte Rufus seinen Neffen, wobei er seltsam lächelte. «Kannst du Cribbage spielen?»

«Klar, aber ich denke, du verbringst die ganze Zeit in deinem Labor.»

«Ich nehme mir heute mal einen freien Tag. Wir werden am Esszimmertisch spielen.»

Er stand auf und ging seinem Neffen voran ins Speisezimmer. Aus einer Schrankschublade nahm er Karten und ein Cribbage-Brett.

Für den Rest des Tages bis zur Schlafenszeit behielt Rufus seinen Neffen ständig im Auge. Bis mittags spielten sie Cribbage, und zweimal ging Myron in die Küche, um sich ein Glas Wasser zu holen. Und jedes Mal fand Rufus, dass auch er Durst habe, und begleitete den jungen Mann in die Küche.

Nach dem Lunch hatte Myron keine Lust mehr, Cribbage zu spielen, und widmete sich wieder seiner Illustrierten. Rufus nahm sich ein Buch. Sie lasen den ganzen Nachmittag. Immer wenn Myron in die Küche ging, folgte Rufus ihm.

Um 5 Uhr nachmittags kam Nell fertig angezogen ins Vorderzimmer.

«Ihr Essen steht auf dem Tisch», verkündete sie. «Morgen ist Sonnabend, Herr Professor. Ich werde also nicht hier sein.»

«Ich weiß», sagte Rufus. «Bis Montag, Nell.»

Nach dem Abendessen trugen Myron und Rufus gemeinsam

das Geschirr in die Küche, wo der Professor es spülte, während Myron abtrocknete.

Als er den letzten Teller wegstellte, sagte Rufus: «Möchtest du noch einen Drink?»

«Sehr gern», sagte Myron. «Whisky-Soda, wenn du Soda im Haus hast.»

Rufus mixte den Drink, stellte ihn auf den Küchentisch und holte ein Weinglas aus dem Küchenschrank. Dann nahm er die Karaffe aus dem Kühlschrank und schenkte sich ein. Er nahm zwar an, dass Myron den Wein im Kühlschrank suchen würde, aber er zweifelte zu sehr an der Intelligenz seines Neffen, als dass er sich darauf verlassen hätte. Er war froh über die Gelegenheit, ihm zu zeigen, wo er seinen Wein aufbewahrte.

Um 9 Uhr abends, nachdem sie sich im Vorderzimmer noch eine Zeit lang über Belangloses unterhalten hatten, beschloss Myron, nach oben und ins Bett zu gehen. Er hatte keinen weiteren Versuch gemacht, allein in die Küche zu gehen, und Rufus war überzeugt, dass er Myrons häufige Gänge in die Küche missdeutet hatte. Wahrscheinlich hatte Myron tatsächlich nur Durst gehabt, denn er wäre dumm gewesen, wenn er es riskiert hätte, beim Vergiften des Weins erwischt zu werden. Es wäre viel sicherer gewesen, bis mitten in die Nacht zu warten und sich dann leise nach unten zu schleichen. Das hätte zwar den Tod des Professors um 24 Stunden verzögert, denn er trank nur abends Wein, aber Myron hatte keinen besonderen Grund zur Eile. Er musste annehmen, dass er zur Durchführung seines Plans noch eine ganze Woche zur Verfügung hatte. Er konnte sich also Zeit lassen.

Der Professor wartete, bis Myron die Treppe hinaufgegangen war. Dann ging er in die Küche und trug die Karaffe in das Labor. Nach ein paar Minuten brachte er sie wieder in die Küche und stellte sie in den Kühlschrank zurück.

Auch heute schloss Rufus seine Schlafzimmertür ab, aber er verzichtete darauf, einen Stuhl unter den Griff zu klemmen. Er ging zu Bett, schlief aber nicht ein. Zwei Stunden lag er wach und lauschte. Gegen 2 Uhr morgens fragte er sich, ob er Myrons Strategie falsch eingeschätzt hätte. Aber plötzlich knarrte auf dem Flur ein Dielenbrett. Er hielt den Atem an, und bald darauf ächzte ein loses Brett oben an der Treppe. Weiter unten knarrte eine Stufe.

Rufus wälzte sich auf die Seite und schlief ein.

Um 8 Uhr morgens wachte der Professor wie gewöhnlich von allein auf. Er zog seinen Morgenmantel an, schloss die Tür auf und ging über den Flur, um einen Blick in Myrons Zimmer zu werfen. Das Bett war zerwühlt, aber sein Neffe war nicht da.

In aller Ruhe wusch er sich und zog sich an. Er ging nach unten, öffnete einen Schrank, zog Überschuhe und einen Mantel an und setzte den Hut auf. Dann ging er durch die Vordertür nach draußen und stapfte durch fünf Zentimeter Schnee um das Haus herum zur Hintertür, die in die Küche führte. Dabei stellte er fest, dass es wieder einmal ein schöner Tag war.

Mit angehaltenem Atem stieß er die Hintertür auf und ließ sie weit offen. Wieder ging er um das Haus herum, zog seine Überschuhe aus und hängte Hut und Mantel in den Schrank. Er setzte sich ins Vorderzimmer und wartete.

Nach einer Viertelstunde hielt Rufus die Küche für genügend gelüftet. Er ging durch das Esszimmer, stieß die Schwingtür zur Küche auf und ließ sie hinter sich zufallen. Dann schloss er die Hintertür.

Er betrachtete die auf dem Boden liegende Gestalt. Myron Fiske trug einen Pyjama, einen Morgenmantel und Pantoffeln. Er hielt einen Teelöffel in der verkrampften Hand. Sein Gesicht sah blau verfärbt aus, und er war mausetot. Die Weinkaraffe auf dem Küchentisch, und der Stöpsel lag daneben.

Rufus ging ins Vorderzimmer zurück und rief den Sheriff an.

Der Deputy Sheriff hatte einen Arzt mitgebracht. Die beiden Männer untersuchten die Leiche und sahen Rufus fragend an.

«Was ist denn passiert, Professor?», fragte der Deputy.

«Offenbar wollte er mich vergiften», sagte Rufus. «Bei meinem Tod hätte er 100 000 Dollar kassiert. Als ich ihn hier so fand, ahnte ich sofort, was geschehen war. Ich ging ins Labor und prüfte meine Vorräte an Chemikalien. Ich stellte fest, dass vom Kaliumcyanid 27 Gramm fehlten.»

Der Arzt stieß einen leisen Pfiff aus. «Er hat also aus Versehen etwas davon in den Mund bekommen?»

«Oh nein. Ich vermute, Doktor, dass Sie wissen, auf welche Weise Leute in einer Gaskammer hingerichtet werden.»

«Sie benutzen Blausäure.»

«Ja. Aber kennen Sie das genaue Verfahren?»

Der Arzt schüttelte den Kopf. «Ich habe noch nie eine Hinrichtung erlebt.»

«Nun, der Verurteilte wird auf einen Stuhl geschnallt. Unter dem Stuhl steht ein Topf mit Salzsäure. Wenn der Hebel umgelegt wird, rollt ein Kügelchen Kaliumcyanid durch eine Rinne in die Säure. Sofort entsteht eine chemische Reaktion. Es bildet sich Kaliumchlorid, und Cyanwasserstoff entweicht in die Luft. Wie Sie wissen, ist das letztere ein so wirksames Gift, dass schon ein Hauch davon den sofortigen Tod zur Folge hat.»

«Und was hat das mit der vorliegenden Situation zu tun?», fragte der Deputy erstaunt.

«Anscheinend glaubte mein Neffe, in der Karaffe wäre Wein», sagte Rufus. «Aber ich arbeite an einigen Experimenten, für die ich Salzsäure von niedriger Temperatur benötige. Die einfachste Methode, sie zu kühlen, war, sie in den Kühlschrank zu stellen. Statt das Zyankali in den Wein zu geben, wie er meinte, tat er es in die Salzsäure. In diesem praktisch luftdichten Raum muss das Gas ihn auf der Stelle getötet haben, ganz wie in einer Gaskammer.»

Die arkadische Hirschkuh

Agatha Christie

I

Hercule Poirot stampfte mit den Füßen und blies in die Hände, um sich zu erwärmen. Geschmolzene Schneeflocken tropften von seinen Schnurrbartspitzen herab.

Es klopfte an der Tür und ein Stubenmädchen erschien. Sie war ein untersetztes, kurzatmiges Mädchen vom Lande und starrte Hercule Poirot mit unverhohlener Neugier an. Möglicherweise hatte sie nie zuvor etwas Ähnliches gesehen.

Sie fragte: «Haben Sie geklingelt?»

«Ja. Wollen Sie so gut sein, das Feuer im Kamin anzuzünden?»

Sie ging hinaus und kam gleich darauf mit Papier und Holzscheiten zurück. Sie kniete vor dem großen viktorianischen Kamin nieder und begann das Feuer anzufachen.

Poirot fuhr fort, mit den Füßen zu stampfen, die Arme zu schwingen und in die Hände zu blasen.

Er war ärgerlich. Sein Automobil, ein teurer Messarro Gratz, hatte nicht mit jener mathematischen Präzision funktioniert, die er von einem Auto erwartete. Seinem Chauffeur, einem jungen Mann, der ein ansehnliches Gehalt bezog, war es nicht gelungen, die Sache in Ordnung zu bringen. Auf einer Nebenstraße, anderthalb Meilen von der nächsten Ortschaft entfernt und bei beginnendem Schneefall, hatte der Motor endgültig den Dienst verweigert. Hercule Poirot, der wie immer elegante Lackschuhe trug, war gezwungen gewesen, die anderthalb Meilen zu Fuß zurückzulegen, um Hartly Dene an der Themse zu erreichen – ein Dorf, das im Sommer äußerst lebendig, im Winter jedoch vollkommen ausgestorben war. Der «Schwarze Schwan» war über die Ankunft eines Gastes keineswegs entzückt. Der Wirt wurde geradezu beredt, als er eindringlich darauf hinwies, dass die Ortsgarage einen Wagen zur Verfügung stellen würde, mit dem der Herr seine Reise fortsetzen könnte.

Hercule Poirot wies das Ansinnen zurück. Es verletzte seinen französischen Sparsinn. Einen Wagen mieten? Er hatte bereits einen Wagen – einen großen – einen kostspieligen Wagen. In diesem und keinem andern beabsichtigte er in die Stadt zurückzukehren. Und keinesfalls, sogar wenn die Panne rasch behoben werden könnte, würde er in diesem Schneegestöber vor dem nächsten Morgen weiterfahren. Er verlangte ein Zimmer, einen warmen Ofen und eine Mahlzeit. Seufzend führte ihn der Wirt in ein Zimmer, schickte das Zimmermädchen Feuer machen und zog sich zurück, um mit seiner Frau das Problem des Abendessens zu besprechen.

Eine Stunde später, die Füße behaglich gegen das wohltuende Feuer ausgestreckt, gedachte Poirot mit Nachsicht des soeben verzehrten Abendessens. Gewiss, das Steak war sowohl zäh als knorpelig gewesen, die Kohlsprossen ausgewachsen, blass und wässerig, und die Kartoffeln hatten Herzen aus Stein gehabt. Auch die Nachspeise, die aus Apfelkompott mit Sauce bestanden hatte, konnte man nicht loben. Der Käse war hart und der Zwieback weich gewesen. Nichtsdestoweniger dachte Poirot, während er freundlich in die züngelnden Flammen blickte und an einer Tasse flüssigen Straßenschmutzes, euphemistisch Kaffee genannt, nippte, war es besser, satt zu sein, als hungrig und paradisisch vor einem Kaminfeuer zu sitzen, nachdem man in Lackschuhen über verschneite Felder gestapft war.

Es pochte an der Tür und das Stubenmädchen erschien abermals.

«Bitte, der Mann aus der Garage ist hier und möchte Sie sprechen, Sir.»

Poirot antwortete liebenswürdig:

«Lassen Sie ihn heraufkommen.»

Das Mädchen kicherte und verschwand. Poirot überlegte gerade, dass ihre Beschreibung seiner Person an manchen langen Winterabenden für ihre Freundinnen Unterhaltungsstoff bieten würde.

Da pochte es wieder an der Tür – aber es war ein anderes Pochen, und Poirot rief:

«Herein.»

Er sah beifällig zu dem jungen Mann auf, der eintrat und verlegen seine Kappe in den Händen drehte.

Hier, dachte er, war eines der schönsten menschlichen Exemplare, die er je gesehen hatte. Ein einfacher junger Mann mit der Gestalt eines griechischen Gottes.

Der junge Mann sagte mit einer leisen, rauen Stimme:

«Es ist wegen des Wagens. Wir haben schon herausgefunden, woran es liegt. Es ist eine Arbeit von ungefähr einer Stunde.»

Poirot fragte:

«Was ist mit dem Wagen los?»

Der junge Mann stürzte sich in eine Flut technischer Details. Poirot nickte sanft mit dem Kopf, aber er hörte nicht zu. Edler, vollendeter Körperbau war etwas, das er sehr bewunderte. Es liefen seiner Meinung nach zu viel bebrillte, nichts sagende Geschöpfe herum. Ja, ein griechischer Gott – ein junger Hirte aus Arkadien, dachte Poirot bei sich.

Der junge Mann hielt plötzlich inne. Hercule Poirot runzelte einen Moment lang die Stirn. Seine erste Reaktion war ästhetisch gewesen, die zweite war geistig. Er kniff die Augen neugierig zusammen und blickte auf.

Er murmelte:

«Ich verstehe. Ja, ich verstehe. Mein Chauffeur hat mir bereits das Gleiche gesagt.»

Er sah, wie dem anderen das Rot in die Wangen stieg, wie seine Finger nervös die Kappe umkrampften.

Der junge Mann stotterte:

«Ja – Sir – ja, ich weiß.»

«Aber Sie hielten es für richtig, es mir selbst zu sagen.»

«Ja – Sir – ja, ich wollte es lieber selbst melden.»

«Das war sehr gewissenhaft von Ihnen», meinte Hercule Poirot anerkennend.

In den letzten Worten lag eine leise, aber nicht misszuverstehende Verabschiedung. Er erwartete jedoch nicht, dass der andere fortgehen würde, und so war es auch. Der junge Mann rührte sich nicht von der Stelle.

Seine Finger kneteten krampfhaft die Kappe, und er sagte noch leiser und verlegen:

«Ent-schuldigen Sie bitte, Sir – aber es stimmt doch, nicht wahr, dass Sie der berühmte Detektiv sind – Sie sind doch Mr Pwarrit?» Er sprach den Namen vorsichtig aus.

«Ja, das stimmt», gab Poirot zu.

Der junge Mann stammelte errötend:

«Ich habe einen Artikel über Sie in der Zeitung gelesen.»

«Ja?»

Der Junge war jetzt blutrot. In seinen Augen waren Schmerz – Schmerz und Bitte zu lesen. Hercule Poirot kam ihm zu Hilfe. Er sagte sanft:

«Ja? Was wollen Sie mich fragen?»

Jetzt überstürzten sich die Worte:

«Ich fürchte, Sie werden es für eine große Unverschämtheit von mir halten, Sir. Aber dass der Zufall Sie hierher geführt hat – ist eine solche Chance, dass ich sie nicht verpassen darf. Nachdem ich über Sie gelesen habe und über die klugen Dinge, die Sie vollbracht haben, habe ich mir gedacht, dass ich Sie immerhin fragen könnte. Ich darf doch fragen?»

Hercule Poirot schüttelte den Kopf und forschte weiter:

«Brauchen Sie in irgendeiner Weise meine Hilfe?»

Der andere nickte. Er antwortete, heiser vor Befangenheit:

«Es ist – es ist wegen eines jungen Mädchens. Wenn – wenn Sie sie mir wieder finden könnten.»

«Wiederfinden? Ist sie denn verschwunden?»

«Ja, Sir.»

Hercule Poirot richtete sich in seinem Stuhl auf. Er sagte schnell:

«Ich könnte Ihnen vielleicht helfen, ja. Aber der richtige Ort, an den Sie sich wenden müssen, ist die Polizei. Das ist ein Fall für sie, und es stehen ihr weit mehr Hilfsmittel zur Verfügung als mir.»

Der Junge scharrte verlegen mit den Füßen. Er widersprach unbeholfen:

«Das kann ich nicht, Sir. Es ist nicht so eine Sache. Es ist alles sozusagen ein wenig eigentümlich.»

Hercule Poirot starrte ihn an, dann wies er auf einen Stuhl.

«*Eh bien,* dann setzen Sie sich – wie heißen Sie?»

«Williamson, Sir, Ted Williamson.»

«Setzen Sie sich nieder, Ted, und erzählen Sie mir die ganze Geschichte.»

«Danke, Sir.» Er zog einen Stuhl herbei und setzte sich behutsam auf den Rand. Seine Augen hatten noch den Blick eines bittenden Hundes.

Poirot sagte sanft:

«Sprechen Sie.»

Ted schöpfte tief Atem.

«Es war so, Sir. Ich habe sie nur ein einziges Mal gesehen. Und ich weiß nicht einmal ihren richtigen Namen oder irgendetwas. Aber die ganze Geschichte ist irgendwie sonderbar, dass mein Brief zurückgekommen ist – und überhaupt . . .»

«Fangen Sie mit dem Anfang an», forderte ihn Hercule Poirot auf. «Überstürzen Sie sich nicht. Sagen Sie mir nur alles, was geschah.»

«Ja, Sir. Vielleicht kennen Sie Grasslawn, Sir. Das große Haus unten am Fluss, über der Brücke?»

«Ich kenne hier gar nichts.»

«Es gehört nämlich Sir George Sanderfield. Er benützt es im Sommer zum Wochenende und für Gesellschaften – er bringt meistens eine ausgelassene Bande mit – Schauspielerinnen und so. Also, es war letzten Juni, das Radio war kaputt, und man schickte mich hinauf, es anzusehen.»

Poirot nickte.

«Also ging ich hinauf. Der Hausherr war mit seinen Gästen auf dem Fluss, und die Köchin war ausgegangen, und der Diener war auf dem Boot, um die Drinks und das Zeug zu servieren. Es war nur dieses junge Mädchen im Haus – sie war die Zofe einer der Gäste. Sie ließ mich herein, führte mich zum Apparat und blieb bei mir, während ich ihn reparierte. Und so kamen wir ins Gespräch, und so weiter ... Nita, so hieß sie, sagte, sie sei Zofe bei einer russischen Tänzerin, die dort zu Gast war.»

«Von welcher Nationalität war sie? Engländerin?»

«Nein, Sir, eher Französin. Sie hatte einen komischen Akzent. Aber sie sprach ganz ordentlich englisch. Sie war sehr – sehr nett, und nach einer Weile fragte ich sie, ob sie nicht abends mit mir ins Kino gehen wollte, aber sie meinte, ihre Dame würde sie brauchen. Aber dann sagte sie mir, sie wäre am frühen Nachmittag frei, weil die anderen erst spät vom Fluss heimkommen würden. Kurz, ich nahm mir den Nachmittag frei, ohne zu fragen – ich wurde deswegen fast entlassen –, und wir gingen am Fluss spazieren.»

Er hielt inne. Ein leises Lächeln spielte um seine Lippen. Seine Augen waren träumerisch. Poirot fragte sanft:

«Und sie war hübsch, nicht wahr?»

«Sie war das schönste Geschöpf, das ich je gesehen habe. Ihr Haar war wie Gold – es lag in weichen Wellen an ihren Schläfen, wie Flügel – und sie hatte eine muntere Art einherzutrippeln. Ich – ich – nun, ich habe mich auf der Stelle in sie verliebt. Ich leugne es nicht.

Sie sagte, ihre Dame würde in vierzehn Tagen wieder hierher kommen, und wir machten ein Rendezvous aus.» Er machte eine Pause. «Aber sie ist nie gekommen. Ich wartete auf sie am ausgemachten Ort, aber es war nichts von ihr zu sehen, und endlich nahm ich meinen Mut zusammen und ging ins Haus hinauf, um nach ihr zu fragen. Die russische Dame sei da, hieß es, und ihre Zofe auch. Sie schickten sie her, aber als sie kam, war es nicht Nita! Sondern ein schwarzes, listig dreinschauendes Frauenzimmer – ein freches Ding. Marie nannte man sie. ‹Sie wollten mich sprechen?› sagte sie affektiert und grinste über das ganze Gesicht. Sie musste meine Bestürzung bemerkt haben. Ich fragte sie, ob sie die Zofe der russischen Dame sei, und deutete an, dass sie nicht diejenige sei, die ich gesucht hatte, und sie lachte und sagte, dass die letzte Zofe plötzlich entlassen worden sei. ‹Entlassen›, fragte ich. ‹Warum?› Sie zuckte die Achseln und drehte die Handflächen nach außen. ‹Wie soll ich das wissen?›, erwiderte sie. ‹Ich war nicht dabei.›

Ich war ganz bestürzt, Sir. Im Moment wusste ich nicht, was ich dazu sagen sollte. Aber später fasste ich Mut und suchte diese Marie wieder auf und bat sie, mir Nitas Adresse zu verschaffen. Ich ließ mir nicht anmerken, dass ich nicht einmal Nitas Familiennamen kannte. Ich versprach ihr ein Geschenk dafür – sie war von der Sorte, die nichts umsonst macht. Nun, sie hat sie mir richtig verschafft. Es war eine Adresse im Norden von London, und ich schrieb Nita dorthin – aber nach einer Zeit kam der Brief zurück – von der Post zurückgeschickt. *Nicht mehr hier wohnhaft* stand darauf gekritzelt.» Ted Williamson hielt inne. Seine ehrlichen, blauen Augen blickten auf Poirot, und er fuhr fort:

«Jetzt sehen Sie, wie es sich verhält, Sir. Es ist kein Fall für die Polizei. Aber ich muss sie wieder finden, und ich weiß nicht, wie ich es anstellen soll. Wenn – wenn Sie sie mir wieder finden könnten, Sir.» Das Rot auf seinen Wangen vertiefte sich. «Ich – ich habe etwas beiseite gelegt.»

Poirot sagte gütig:

«Die finanzielle Seite hat Zeit. Denken Sie erst über folgenden Punkt nach – dieses junge Mädchen, diese Nita – kannte sie Ihren Namen und wusste sie, wo Sie arbeiten?»

«O ja, Sir.»

«Sie hätte sich also mit Ihnen in Verbindung setzen können, wenn sie es gewollt hätte?»

«Ja, Sir», gestand Ted.

«Glauben Sie denn nicht – dass sie vielleicht –» Ted Williamson unterbrach ihn.

«Sie meinen, Sir, dass ich mich zwar in sie verliebt habe, aber sie nicht in mich? Das mag in gewissem Sinn wahr sein, aber sie konnte mich bestimmt gut leiden – es war für sie kein bloßer Zeitvertreib ... Und ich habe gedacht, Sir, dass die ganze Sache vielleicht einen tieferen Grund hat. Wissen Sie, Sir, sie war da in eine komische Gesellschaft geraten, sie kann in eine unangenehme Situation gekommen sein.»

«Sie meinen, sie hat ein Kind erwartet? Ihr Kind?»

«Nicht meines, Sir.» Ted errötete. «Zwischen uns ist nichts Unrechtes vorgefallen.»

Poirot sah ihn nachdenklich an und murmelte:

«Wenn das, was Sie andeuten, wahr ist – wollen Sie sie trotzdem wieder finden?»

Das Blut stieg Ted ins Gesicht: «Ja, unbedingt! Ich will sie heiraten, wenn sie mich nimmt. Einerlei, in welcher Klemme sie steckt. Wenn Sie nur versuchen würden, sie mir wieder zu finden, Sir.»

Hercule Poirot lächelte und murmelte im Stillen:

«‹Haare wie goldene Flügel.› Ja, ich glaube, das ist die dritte Arbeit des Herkules ... Wenn ich mich recht entsinne, geschah es in Arkadien –»

2

Hercule Poirot betrachtete nachdenklich das Papier, auf welches Ted Williamson einen Namen und eine Adresse geschrieben hatte.

Miss Valetta, 17 Upper Renfrew Lane, N 15.

Er fragte sich, ob er bei dieser Adresse etwas erfahren würde. Irgendwie bezweifelte er es, aber es war die einzige Hilfe, die Ted ihm geben konnte.

Nr 17 Upper Renfrew Lane war eine muffige, aber anständige Straße. Eine dicke Frau mit verschwommenen Augen öffnete auf Poirots Pochen die Tür.

«Miss Valetta?»

«Längst ausgezogen.»

Poirot machte einen Schritt in die Eingangshalle, gerade als die Tür sich schließen wollte.

«Könnten Sie mir ihre Adresse geben?»

«Bedaure, sie hat keine angegeben.»

«Wann ist sie ausgezogen?»

«Letzen Sommer.»

«Könnten Sie mir genau sagen *wann*?»

Ein leises, klimperndes Geräusch kam aus Poirots rechter Hand, wo zwei Silberstücke freundlich aneinander stießen.

Die Frau mit den wässrigen Augen war wie durch einen Zauber besänftigt. Sie wurde die Liebenswürdigkeit selbst.

«Ich möchte Ihnen von Herzen gerne behilflich sein, Sir. Warten Sie, Sir, es war im August, nein vorher, im Juli – ja, es muss im Juli gewesen sein. Ungefähr in der ersten Juliwoche. Sie ist ganz plötzlich fort. Zurück nach Italien, glaube ich.»

«War sie denn Italienerin?»

«Ja, Sir.»

«Und sie war einmal Kammerjungfer bei einer russischen Tänzerin, nicht wahr?»

«Das stimmt. Madame Semoulina oder so etwas. Sie hat im Thespian Theater in dem Ballett getanzt, über das alle Leute so närrisch waren. Sie war einer der Stars.»

Poirot fragte:

«Wissen Sie, warum Miss Valetta ihren Posten verließ?»

Die Frau zögerte mit der Antwort, ehe sie erwiderte:

«Das weiß ich wirklich nicht.»

«Sie wurde entlassen, nicht wahr?»

«Ja, ich glaube, es war irgendein Krach. Aber wissen Sie, Miss Valetta hat sich nie darüber ausgesprochen. Sie war keine, die sich je verraten hätte. Aber man hat ihr angesehen, dass sie wütend über die Geschichte war. Sie hatte ein schreckliches Naturell – die richtige Italienerin – mit ihren stechenden, schwarzen Augen, als wenn sie einen erdolchen wollte. Ich hätte nichts mit ihr zu tun haben wollen, wenn sie in einer ihrer Launen war.»

«Und Sie wissen ganz bestimmt nicht, wie Miss Valettas augenblickliche Adresse lautet?»

Die Silberstücke klimperten wieder aufmunternd.

Die Antwort klang durchaus wahr:

«Ich wollte, ich wüsste sie, Sir. Ich wäre überglücklich, sie Ihnen anzugeben. Aber sie reiste in aller Eile ab – so ist es.»

«So ist es», wiederholte Poirot nachdenklich.

3

Ambrose Vandel gab bereitwilligst die gewünschte Auskunft.

«Sanderfield? George Sanderfield? Widerwärtiger Kerl ... Schwimmt in Geld, aber man sagt, er ist ein Schieber. Ein dunkler Ehrenmann! Ein Verhältnis mit einer Tänzerin? Aber natürlich, mein Lieber – mit Katrina. Katrina Samoushenka. Sie *müssen* sie gesehen haben – wunderbar, hinreißend. Großartige Technik. ‹*Der Schwan von Tuolela*› – das müssen Sie gesehen haben! *Mein Décor!* Und das andere von Debussy, oder ist es von Mannine ‹*La biche au bois*›? Das tanzte sie mit Michael Novgin. Er ist großartig, nicht wahr?»

«Und sie war die Freundin von Sir George Sanderfield?»

«Ja, sie verbrachte die Weekends mit ihm in seinem Haus an der Themse. Angeblich gibt er wundervolle Gesellschaften.»

«Wäre es Ihnen möglich, *mon cher*, mich Mademoiselle Samoushenka vorzustellen?»

«Aber, mein Lieber, sie ist nicht mehr hier. Sie ist ganz plötzlich nach Paris oder irgendwohin gefahren. Wissen Sie, man munkelte, dass sie eine kommunistische Spionin war oder so irgendetwas – nicht dass ich es je geglaubt hätte. – Sie wissen doch, wie die Leute solche Dinge verbreiten. Katrin hat immer behauptet, eine Zaristin zu sein – ihr Vater war ein Fürst oder Großfürst – die übliche Geschichte! Es macht sich besser.» Vandel schaltete eine Pause ein und kam dann wieder auf sein Lieblingsthema, seine eigene Person, zurück. «Wie gesagt, wenn Sie den Geist von Bathseba erfassen wollen, müssen Sie sich in die semitische Tradition versenken. Ich drücke es aus, indem –»

4

Hercule Poirot war es geglückt, eine Zusammenkunft mit Sir George Sanderfield herbeizuführen, doch begann sie unter ungünstigen Auspizien.

Der dunkle Ehrenmann, wie Ambrose Vandel ihn genannt hatte, war etwas befangen. Sir George war klein und vierschrötig, mit groben, schwarzen Haaren und einem Fettwulst im Nacken.

Er sagte:

«Nun, Monsieur Poirot, womit kann ich Ihnen dienen? Hm – wir haben uns, glaube ich, noch nicht kennen gelernt.»

«Nein, wir haben einander noch nicht kennen gelernt.»

«Nun, was gibt es? Ich gestehe, dass ich neugierig bin.»

«Nichts Besonderes – es handelt sich nur um eine Information.» Der andere lachte etwas gezwungen.

«Ich soll Ihnen wohl Börsentipps geben, wie? Ich wusste nicht, dass Sie sich für die Börse interessieren.»

«Es handelt sich nicht um *les affaires.* Es handelt sich um eine Frau.»

«Oh, um eine Frau.» Sir George lehnte sich in seinem Fauteuil zurück, er schien aufzuatmen. Seine Stimme klang ungezwungener.

Poirot fuhr unbeirrt fort:

«Sie waren, glaube ich, mit Mademoiselle Katrina Samoushenka befreundet?»

Sanderfield lachte.

«Ja. Ein bezauberndes Geschöpf. Schade, dass sie von London fort ist.»

«Warum ist sie von London fort?»

«Mein Lieber, *ich* weiß es nicht. Vermutlich ein Krach mit der Direktion. Sie ist sehr temperamentvoll – sehr russisch in ihren Launen. Ich bedaure, dass ich Ihnen nicht behilflich sein kann, aber ich habe nicht die leiseste Ahnung, wo sie jetzt sein kann. Ich habe sie ganz aus den Augen verloren.» In seinem Tonfall lag etwas Endgültiges. Er erhob sich, zum Zeichen, dass die Unterredung beendet war.

«Aber ich fahnde ja gar nicht nach Mademoiselle Samoushenka», wandte Poirot ein.

«Nicht?»

«Nein, es handelt sich um ihre Zofe.»

«Ihre *Zofe*?» Sanderfield starrte ihn an.

Poirot sagte: «Erinnern Sie sich vielleicht an ihre Zofe?»

Sanderfield war wieder sichtlich befangen. Er meinte mürrisch:

«Du lieber Himmel, nein, wie sollte ich? Ich erinnere mich, dass sie eine hatte ... Übrigens ein schlechtes Frauenzimmer, die spioniert und herumschnüffelt und in alles ihre Nase steckt. Ich würde ihr an Ihrer Stelle kein Wort glauben. Die geborene Lügnerin.»

Poirot murmelte:

«Sie scheinen sich doch ganz gut an sie zu erinnern.»

Sanderfield sagte hastig:

«Nur mein persönlicher Eindruck, sonst nichts ... Ich erinnere mich nicht einmal an ihren Namen. Warten Sie, Marie sowieso – nein, ich bedaure, ich kann Ihnen nicht helfen, sie ausfindig zu machen.»

Poirot erklärte gelassen:

«Ich habe den Namen Marie Hellin schon im Theater bekommen, sowie ihre Adresse, aber Sir George, ich spreche von dem Mädchen, das vor Marie Hellin bei Mademoiselle Samoushenka war. Ich spreche von Nita Valetta.»

Sir George machte große Augen. «An die kann ich mich überhaupt nicht erinnern. Ich kann mich nur an Marie erinnern. Ein schwarzes, kleines Frauenzimmer mit einem unangenehmen Blick.»

«Das Mädchen, das ich meine, war im Juni vorigen Jahres auf Ihrem Besitz Grasslawn», führte Poirot aus.

Sanderfield sagte verdrossen:

«Ich kann nur sagen, dass ich mich nicht an sie erinnere. Ich glaube nicht, dass sie eine Zofe bei sich hatte. Ich glaube, Sie irren sich.»

Hercule Poirot schüttelte den Kopf.

5

Marie Hellin warf Poirot aus schlauen, kleinen Augen einen schnellen Blick zu und schaute dann ebenso schnell wieder fort. Ruhig und gelassen bestätigte sie:

«Ich erinnere mich genau, Monsieur. Ich wurde von Madame Samoushenka in der letzten Juniwoche aufgenommen. Ihr früheres Mädchen war plötzlich fortgegangen.»

«Haben Sie gehört, warum dieses Mädchen fort ging?»

«Sie ist plötzlich fortgegangen. Mehr weiß ich nicht. Vielleicht war es Krankheit – oder so irgendetwas. Madame hat nichts gesagt.»

«War es leicht, mit Ihrer Herrin auszukommen?», forschte Poirot.

«Sie hatte große Launen. Sie weinte und lachte abwechselnd. Manchmal war sie so deprimiert, dass sie weder essen noch sprechen wollte, und manchmal war sie ausgelassen und lustig. Diese Tänzerinnen sind so.»

«Und Sir George?»

Das Mädchen warf ihm einen schnellen, lauernden Blick zu.

«Ah, Sir George Sanderfield? Sie möchten etwas über ihn erfahren? Vielleicht ist es das, was Sie wirklich wissen wollen? Das andere war nur eine Ausrede, wie? Ah, Sir George, über den könnte ich Ihnen ein paar sonderbare Geschichten erzählen –«

Poirot unterbrach sie: «Das ist nicht nötig.»

Sie starrte ihn mit offenem Mund an. Zornige Enttäuschung malte sich in ihren Zügen.

6

«Ich sage immer, dass Sie alles wissen, Alexis Pavlovitch.»

Hercule Poirot flüsterte diese Worte in seiner einschmeichelndsten Stimme.

Er überlegte im Stillen, dass diese dritte Arbeit des Herkules mehr Reisen und Unterredungen erforderte, als man es für möglich gehalten hätte. Diese kleine Angelegenheit einer verschwundenen Zofe erwies sich als eines der langwierigsten und schwierigsten Probleme, mit denen er je zu tun gehabt hatte. Jeder Fingerzeig führte bei genauerer Prüfung ins Nichts.

Die Sache hatte ihn an diesem Abend in das «Samovar Restaurant» in Paris geführt. Es gehörte einem Grafen Alexis Pavlovitch, der sich rühmte, alles zu wissen, was in der Theaterwelt vorging.

Er nickte jetzt selbstgefällig.

«Ja, ja, mein Freund, *ich* weiß – ich weiß immer. Sie fragen mich, wohin sie geraten ist – die kleine Samoushenka. Ja, diese Kleine, die war das Wahre.» Er küsste seine Fingerspitzen. «Welches Feuer – welche Hingabe! Sie hätte es weit gebracht – sie wäre die Primaballerina ihrer Zeit geworden – und dann ist plötzlich alles aus – sie verkriecht sich am Ende der Welt – und bald, allzu bald, wird sie vergessen sein.»

«Wo ist sie denn?», erkundigte sich Poirot.

«In der Schweiz. In Vagray-les-Alpes. Dorthin gehen sie – die mit dem kleinen, trockenen Husten, die immer dünner und dünner werden. Sie wird sterben, ja sie wird sterben. Sie ist eine Fatalistin, sie wird bestimmt sterben.»

Poirot hüstelte, um die tragische Stimmung zu unterbrechen. Er brauchte Informationen.

«Sie erinnern sich nicht zufällig an eine Zofe, die sie hatte, namens Nita Valetta?»

«Valetta, Valetta? Ich erinnere mich, eine Zofe gesehen zu haben – am Bahnhof, als ich Katrina zum Zug brachte, wie sie nach London fuhr. Sie war eine Italienerin, aus Pisa, nicht wahr? Ja, ganz gewiss, sie war eine Italienerin aus Pisa.»

Hercule Poirot stöhnte: «In diesem Fall muss ich jetzt nach Pisa fahren.»

7

Hercule Poirat stand im Campo Santo in Pisa und blickte auf ein Grab herab.

Hier also endete seine Suche – hier, an diesem schlichten Erdhügel. Darunter lag das fröhliche Geschöpf, das Herz und Sinne eines einfachen englischen Arbeiters betört hatte.

War das vielleicht das beste Ende dieser plötzlichen, sonderbaren Liebesgeschichte? Nun würde das Mädchen ewig in der Erinnerung des Burschen leben, wie er sie während dieser wenigen verzauberten Stunden eines Juninachmittags gesehen hatte. Der Zusammenprall verschiedener Nationalitäten, verschiedener Klassen, der Schmerz der Enttäuschung, all das war für immer ausgeschaltet.

Hercule Poirot schüttelte betrübt den Kopf. Er dachte an seinen Besuch bei der Familie Valetta. An die Mutter mit dem breiten Bauerngesicht, an den biederen, gramgebeugten Vater, an die dunkle, dünnlippige Schwester.

«Es war plötzlich, Signore, ganz plötzlich. Obwohl sie viele Jahre ab und zu Schmerzen hatte ... Der Doktor ließ uns keine Wahl – er sagte, sie müsste sofort am Blinddarm operiert werden. Er nahm sie auf der Stelle mit ins Spital ... *Si, si,* sie ist in der Narkose gestorben. Sie hat das Bewusstsein nicht wiedererlangt.»

Die Mutter hatte unter Tränen gemurmelt:

«Bianca war immer ein so kluges Mädchen. Es ist furchtbar, dass sie so jung sterben musste ...»

Hercule Poirot wiederholte für sich:

«Sie starb jung ...»

Das war die Botschaft, die er dem Jungen bringen musste, der sich so vertrauensvoll an ihn gewandt hatte.

«Sie war nicht für Sie bestimmt, mein Freund, sie starb jung.»

Seine Suche war beendet – hier, wo der Schiefe Turm sich gegen den Himmel abhob und die ersten Frühlingsblumen, bleich und samtig, mit ihrem Versprechen künftiger Freude und künftigen Lebens sich zeigten.

Hatte die Frühlingsluft ihn so aufgewühlt, dass er dieses letzte Verdikt nicht akzeptieren wollte? Oder war es etwas anderes? Etwas, das sich im Inneren seines Kopfes regte? Worte – ein Satz – ein Name? Endete das Ganze nicht zu einfach – war dieser Schluss nicht allzu simpel?

Hercule Poirot seufzte. Er musste noch eine Reise machen, um jedweden Zweifel zu beheben. Er musste nach Vagray-les-Alpes fahren.

8

Hier, dachte Poirot, war tatsächlich das Ende der Welt. Diese Schneewände – diese verstreuten Hütten und Häuschen, wo in jeder ein Menschenwesen regungslos lag, im Kampf mit einem heimtückischen Tod.

So gelangte er endlich zu Katrina Samoushenka. Als er sie da liegen sah, mit zwei grellroten Flecken auf den hohlen Wangen und den langen abgemagerten Händen, die auf der Bettdecke lagen, regte sich eine Erinnerung in ihm. Er hatte sich nicht an ihren Namen erinnert, aber er hatte sie doch tanzen gesehen – er war von ihrer Kunst hingerissen und fasziniert gewesen, jener höchsten Kunst, die einen die Kunst vergessen macht.

Er erinnerte sich an Michael Novgin, den Jäger, seine Sprünge und Pirouetten in jenem phantastischen, unheimlichen Wald, den Ambrose Vandels Genie geschaffen hatte. Und er erinnerte sich an die wunderschöne, fliehende Hindin, ewig verfolgt, ewig begehrt – ein goldblondes, herrliches Geschöpf mit Hörnern auf dem Kopf und schimmernden, bronzenen Füßen. Er erinnerte sich an ihre Todesszene, wie sie, verwundet und angeschossen, niedergesunken war, und wie Michael Novgin bestürzt den Leichnam der getöteten Hindin in den Armen gehalten hatte.

Katrina Samoushenka sah ihn neugierig an.

«Ich habe Sie noch nie gesehen, nicht wahr? Was wünschen Sie von mir?», flüsterte sie.

Hercule Poirot machte eine kleine Verbeugung.

«Zuerst, Madame, möchte ich Ihnen für Ihre begnadete Kunst danken – durch die Sie mir einen Abend vollendeter Schönheit geschenkt haben.»

Sie lächelte matt.

«Aber ich bin auch beruflich hier. Ich fahnde seit langer Zeit nach einem Mädchen, die bei Ihnen Zofe war – sie hieß Nita.»

«Nita?» Sie starrte ihn mit großen, erschrockenen Augen an und fragte:

«Was wissen Sie von – Nita?»

Er erzählte ihr von dem Abend, da sein Wagen eine Panne hatte, und von Ted Williamson, wie er die Kappe verlegen in den Händen drehend, stammelnd von seinem Liebeskummer erzählt hatte. Sie hörte ihm gespannt zu.

Als er geendet hatte, sagte sie:

«Das ist sehr rührend – ja, sehr rührend ...»

Hercules Poirot nickte.

«Ja», meinte er. «Es ist ein Märchen aus Arkadien, nicht wahr? Was können Sie mir über dieses Mädchen berichten, Madame?»

Katrina Samoushenka seufzte.

«Ich hatte ein Mädchen – Juanita. Sie war schön, ja – leichtherzig. Es geschah, was so oft jenen geschieht, die die Götter lieben. Sie starb jung.»

So hatten Poirots eigene Worte gelautet – endgültige Worte – unwiderrufliche Worte. – Jetzt hörte er sie wieder – und doch drang er weiter in sie:

«Sie ist tot?»

«Ja, sie ist tot.»

Hercule Poirot schwieg einen Augenblick, dann wandte er ein:

«Aber etwas kann ich nicht verstehen. Ich fragte Sir George Sanderfield nach Ihrer Zofe, und er schien sich zu fürchten. Warum?»

Ein leichter Ausdruck des Widerwillens erschien auf den Zügen der Tänzerin.

«Sie fragten einfach nach einer Zofe von mir. Er dachte, Sie meinten Marie – das Mädchen, das nach Juanita zu mir kam. Sie versuchte, ihn zu erpressen, glaube ich, wegen etwas, das sie von ihm wusste. Sie war ein ekelhaftes Ding – voller Neugier – und schnüffelte immer in Briefen und Laden herum.»

Poirot murmelte:

«Das wäre also aufgeklärt.»

Er schwieg eine Minute und fuhr dann hartnäckig fort:

«Juanitas Familienname war Valetta, sie starb an einer Blinddarmoperation in Pisa. Stimmt das?»

Er bemerkte ein leichtes Zaudern, ehe die Tänzerin nickte.

«Ja, das stimmt ...»

«Und doch ist da noch ein kleiner Haken – ihre Leute sprachen von ihr nicht als Juanita, sondern als *Bianca*», sagte Poirot nachdenklich.

Katrina zuckte mit ihren mageren Schultern. «Bianca – Juanita, macht das einen Unterschied? Ich vermute, Bianca war ihr wirklicher Name, aber sie fand Juanita romantischer, und nannte sich selbst Juanita.»

«Sie glauben das?» Er stockte und sagte dann mit veränderter Stimme: «Für mich gibt es eine andere Erklärung.»

«Und die wäre?»

«Das Mädchen, das Ted Williamson sah, hatte, so sagte er, Haare wie goldene Flügel.»

Er beugte sich noch ein wenig weiter vor. Seine Finger berührten ganz zart die leuchtenden Wellen von Katrinas Haar.

«Flügel aus Gold, Hörner aus Gold? Je nachdem, wie man es betrachtet. Je nachdem, ob man Sie als Engel oder als Teufel sieht! Sie könnten das eine oder das andere sein. Oder sind es vielleicht nur die goldenen Hörner der verwundeten Hindin?»

Katrina flüsterte:

«Die verwundete Hirschkuh ...» und ihre Stimme hatte etwas Hoffnungsloses.

Poirot fuhr gemessen fort:

«Die ganze Zeit hat mich Ted Williamsons Schilderung gequält – sie brachte mir etwas in Erinnerung, und das Etwas waren Sie, wie Sie auf Ihren schimmernden, bronzenen Füßchen durch den Wald tanzten. Soll ich Ihnen sagen, was ich glaube, Mademoiselle? Ich glaube, es gab eine Woche, wo Sie keine Zofe hatten, als Sie allein nach Grasslawn kamen, denn Bianca Valetta war nach Italien heimgekehrt, und Sie hatten noch keine neue Zofe aufgenommen. Sie fühlten schon die Krankheit, die Sie seither befallen hat, und einmal, als die anderen einen Ganztagsausflug auf der Themse machten, blieben Sie daheim. Es klingelte an der Tür, und als Sie öffneten, sahen Sie – soll ich Ihnen sagen, was Sie sahen? – Sie sahen einen Jüngling, so unschuldig wie ein Kind und so schön wie ein Gott! Und Sie erfanden für ihn ein Märchen – nicht *Juanita*, sondern *Incognita* – und ein paar Stunden lang wandelten Sie in Arkadien . . .»

Es entstand eine lange Pause. Dann sagte Katrina mit leiser, erstickter Stimme:

«Aber in einem wenigstens habe ich die Wahrheit gesprochen. Die Geschichte wird so enden, wie ich gesagt habe. Nita wird jung sterben.»

Ah, non!» Hercule Poirot war verwandelt. Er schlug mit der Hand auf den Tisch. Er war plötzlich prosaisch, weltklug, praktisch. «Das ist ganz überflüssig. *Sie brauchen nicht zu sterben.* Sie können um Ihr Leben kämpfen wie jede andere, oder nicht?»

Sie schüttelte traurig, hoffnungslos den Kopf.

«Was für ein Leben gibt es noch für mich?»

«Nicht das Leben auf der Bühne, *bien entendu!* Aber bedenken Sie, dass es noch ein anderes Leben gibt. Also, Mademoiselle, seien Sie ehrlich, war Ihr Vater wirklich ein Prinz oder Großfürst oder gar ein General?»

Plötzlich lachte sie und gestand:

«Er chauffierte einen Lastwagen in Leningrad.»

«Ausgezeichnet! Und warum sollten Sie nicht die Frau eines Automechanikers auf dem Lande werden? Und Kinder haben, so schön wie Götter, und vielleicht mit Füßen, die so tanzen werden, wie Sie getanzt haben?»

Katrina stockte. «Aber die ganze Idee ist phantastisch!»

«Dessenungeachtet», verkündete Poirot äußerst selbstzufrieden, «glaube ich, dass sie sich verwirklichen wird!»

Heiße Smaragde in einer kalten Nacht

Henry Jaeger

Fred Collins legte den Hörer auf, als Jane ins Zimmer kam. Sie sah ihm sofort an, dass der Anruf etwas Unangenehmes gebracht hatte.

Er sagte nur: «Ich muss heute Nachmittag um fünf in die City. Es ist eine Versicherungsgeschichte.»

Jane Collins glaubte ihm. Sie hatte ihm immer geglaubt, auch damals, als er ihr kurz vor der Heirat sagte: «Ich war ein paar Jährchen im Knast. Aber von nun an läuft alles korrekt.»

Von Chicago waren sie nach New York gezogen und hatten das sechsstöckige Parkhaus übernommen. Auf dem sechsten Stock bewohnten sie ein geräumiges Penthaus, das von einer riesigen Terrasse umgeben war. Das Unternehmen lag nahe beim East River. Es wehte immer ein erfrischender Wind, auch im Sommer, wenn New York in der Hitze zu kochen schien. Allerdings blies dieser Wind auch jetzt im Winter und brachte klirrende Kälte mit.

Seit Tagen wurden in New York dreißig Grad unter null gemessen.

«Ich kann mich nicht erinnern, dass es hier jemals so kalt gewesen ist», knurrte Fred Collins, als er gemeinsam mit Jane die schweren Blumenkübel an die windgeschützte Seite des Penthauses stellte.

«Doch», sagte Jane. «Vor sechs Jahren war es genauso, damals fiel auch noch der Strom aus.»

Jung sah sie aus, während sie mit ihm die Kübel schleppte. Sie war gertenschlank, aber doch kräftig, eine Frau, die alle täglichen Anstrengungen ohne Murren auf sich nahm. Was Fred

Collins an ihr am besten gefiel, waren ihre freundlichen Augen. Es schien ihm, als hätte sie immer ein kleines Lächeln in ihrem hübschen Gesicht.

Er war zehn Jahre älter als sie, ein Athlet mit breiten Schultern, der auf die meisten Menschen verschlossen und abweisend wirkte. Und das war kein Wunder nach allem, was er hinter sich hatte. Zwei Jahre lang hatte er geglaubt, die Vergangenheit abgeschüttelt zu haben – mit Jane und mit diesem Parkhaus, das ihnen eine gesicherte Existenz bot. Aber nun war dieser Aufruf gekommen.

Kurz vor vier Uhr nachmittags ging er in sein kleines Büro neben der Wohnung. Im Schreibtisch öffnete er das Geheimfach, von dem nicht einmal Jane wusste. Er nahm seine Siebenfünfundsechzig heraus und steckte sie in die Brusttasche. In dem Fach war noch etwas: ein Ledersäckchen mit kostbaren Smaragden. Er betrachtete sie – er kannte ihren Wert, mindestens eine halbe Million Dollar. Kein Hehler traute sich da heran, die Steine waren zu auffällig.

Ehe er am Nachmittag ging, küsste er Jane, und während dieses Kusses spürte er, wie er fast krank vor Zorn wurde. Nach Jahren eines verpfuschten Lebens hatte er diese Frau gefunden, hatte er endlich eine solide Existenz. Dafür wollte er kämpfen.

Während er im Wagen nach New York fuhr, dachte er an Blacky Williams und die anderen beiden. Sie wollten ihn vor «Bill's Tavern» in der Bronx erwarten. Er hielt nicht viel von ihrer Intelligenz, aber er hoffte, sie mit einem Vorschlag überzeugen zu können. Harte Burschen, die mit dem Kopf durch die Wand gingen. Sonst hatten sie keine Qualitäten.

Als er zwanzig Minuten später vor «Bill's Tavern» ankam, sah er die drei vor dem kleinen Parkplatz stehen. Trotz der Dunkelheit erkannte er sie sofort. Blacky war ein Bulle von einem Kerl, der schlanke, große O'Hara stand neben ihm. Teddy sah winzig aus neben den beiden. Er war so klein, dass niemand ihn übersehen konnte.

Blacky machte es kurz. Er öffnete die Autotür und setzte sich neben Fred Collins, die beiden anderen stiegen hinten ein. Ironisch sagte Blacky: «Es ist schön, alte Freunde wieder zu sehen . . .»

Die beiden auf den Rücksitzen kicherten.

«Freunde?», fragte Fred Collins.

«Ja, wir waren doch mal Freunde, bis du uns hereingelegt hast. Gleich zweimal . . .»

«Ich habe euch nicht hereingelegt, ihr seid geschnappt worden, weil ihr zu dämlich wart.»

«Wir fahren jetzt in eine hübsche kleine Wohnung», sagte Blacky. «Dort werden wir uns unterhalten. Fahr zu.»

Fred Collins zögerte, aber da spürte er schon das kalte Metall einer Pistole im Genick. O'Hara sagte: «Mach keine Scherereien, sonst putze ich dich weg.»

Blacky gab die Richtung an. Fred Collins fuhr, wie es ihm befohlen wurde.

Die hübsche kleine Wohnung war ein finsteres Loch in der Nähe von Bowery; sie bestand aus zwei schmutzigen, armselig möblierten Räumen. Auf einem Tisch sah er ein Telefon stehen.

Blacky visitierte Fred Collins, während O'Hara und Teddy ihm ihre Pistolen in den Rücken drückten.

«Aha!», spottete Blacky, als er ihm die Pistole aus der Jackentasche zog. «Ihr seht, er hat sich immer noch nicht gebessert, obwohl er sich ein kleines Frauchen zugelegt hat . . .» Dann wurde sein Gesicht ernst. Gehässig sagte er: «Es ist immer das alte Lied. Wenn einer von seiner Sorte sich fest mit einem Weib einlässt, taugt er nichts mehr.»

Fred Collins begann sie anzubrüllen: «Ihr Anfänger, ihr hattet niemals Klasse! Ich war der einzige Fachmann unter euch. Keiner von euch konnte einen Tresor öffnen. Bei den Smaragden ging alles gut, aber sie waren unverkäuflich. Nachdem wir den zweiten Juwelier gemacht hatten, habt ihr die großen Zangen im Kofferraum eures Wagens liegen lassen. Damit war es ein Kinderspiel für die Bullen, euch zu überführen. Ich hing leider mit drin. Aber ich hatte noch zehn Tage Zeit, in denen ich die Brillanten verkaufen konnte. Das Geld hatte ich sicher deponiert. Ich habe es später als Kaution für das Parkhaus gebraucht. Das Geschäft geht gut, ich kann euch sofort dreißigtausend Dollar anzahlen.»

Blacky schlug ihm ins Gesicht und sagte: «Das Geld kriegen wir sowieso. Jetzt sind wir hier wegen der Smaragde.»

«Ihr kriegt sie nicht», antwortete Collins zwischen zusammengebissenen Zähnen. «Nirgendwo in der Welt könnt ihr die absetzen, ohne aufzufallen.»

«Keine Menschenseele weiß, dass wir das Ding mit den Smaragden gedreht haben. Wir sind wegen der Brillanten aufgefallen ...» Blacky begann, im Zimmer auf und ab zu gehen. O'Hara und Teddy saßen auf einem Stuhl, die Revolver in den Händen.

«Es ist sieben Jahre her», warf O'Hara nun ein. «Die Smaragde sind kalt geworden!»

«Keiner unserer besten Hehler hat sie angenommen!», rief Fred Collins. «Alle haben sie gesagt: ‹Diese Steine sind zu heiß.›»

Das war damals der Grund gewesen, warum sie noch einen Juwelier gemacht hatten.

«Ihr seid schuld, dass ich über vier Jahre sitzen musste!», sagte Collins.

Blacky Williams kaute an seiner Unterlippe. «Du wirst jetzt dein kleines Frauchen anrufen und ihr sagen, dass sie um sieben Uhr unten bei eurem Privatlift stehen soll. Wir fahren dann hinauf und suchen die Smaragde. Ich bin sicher, du hast sie in der Wohnung.»

Fred Collins grinste: «Eher lasse ich mit totschlagen, das wisst ihr genau. Meine Frau bleibt aus dem Spiel. Sie hat keine Ahnung.»

Blacky schlug noch einmal zu: «Das ist für die Frechheit, uns Anfänger zu nennen.»

Das linke Auge von Fred Collins begann zu schwellen. Er

musterte das Zimmer, suchte nach einer Möglichkeit, nach der winzigen Chance. Aber die drei machten jetzt keine Fehler.

Als hätte Blacky Williams seine Gedanken erraten, befahl er: «Fesselt ihn auf einen Stuhl. Aber so, dass er sich nicht rühren kann.» Er wusste es, Collins war eisenhart.

Teddy und O'Hara holten aus der Küche fingerdicke Stricke. Sie fesselten ihn mit herunterhängenden Armen so fest an den Stuhl, dass ihm beinahe die Luft wegblieb.

«Wir haben mit deinem Widerstand gerechnet.» Blacky lächelte bösartig. «Es wäre ein Fehler, dich umzulegen. Du kannst nichts unternehmen, denn du bist in der Sache mit drin. Deine Frau wird auch nichts unternehmen, ich werde sie darüber aufklären, dass sie dich mit ans Messer liefern würde . . .»

«Ihr kommt nicht hinein. Unser Lift ist so abgesichert, dass ihr ihn niemals in Bewegung kriegt.»

Blacky nickte: «Ja, das habe ich gesehen, ich war nämlich dort: Wir haben eine viel bessere Methode. In dieser Stadt gibt es eine große Werkstatt, dort steht ein Wagen der Feuerwehr, der gestern repariert wurde. Der Wächter ist unser Mann. Die Leiter lässt sich bis zu sechzig Meter hoch ausfahren. Hast du begriffen? O'Hara und ich werden an die hintere Seite des Parkhauses fahren, wo es schön still ist, du weißt doch, die Seite zum Fluss hin . . .»

«Und dann?», fragte Collins, während er das Gefühl hatte, als gerinne ihm das Blut in den Adern.

«Und dann werden ich und O'Hara ganz gemütlich die Leiter hinaufklettern und deiner Frau einen Besuch machen. Wir werden ihr ein bisschen einheizen. Sie wird sich erinnern können, wo die Steine liegen.» O'Hara und Teddy lachten.

Fred Collins war weiß im Gesicht, als er sagte: «Ihr kennt mich. Wenn Jane irgendetwas geschieht, hänge ich mein Leben dran, euch umzubringen.»

«Dazu wirst du nicht mehr kommen. O'Hara und ich machen uns jetzt auf die Socken. Teddy wird bei dir sitzen bleiben und bei der geringsten falschen Bewegung abdrücken.»

«Ihr macht schwere Fehler», sagte Fred Collins. «Aber ihr habt immer Fehler gemacht. Und nun wollt ihr mich büßen lassen, dass ihr alles falsch gemacht habt. Dabei bin ich der einzige, der in dieser ganzen Sache seine fünf Sinne beieinander hatte.»

Blacky und O'Hara verließen die Wohnung. Teddy rückte den Stuhl nahe zu Fred Collins heran und erklärte: «Verlass dich drauf, Bruder, wenn du einmal falsch hustest, puste ich dir das Licht aus.»

In der ersten Stunde redete er nichts. Er beobachtete Teddy, der bleich und mit weit aufgerissenen Augen neben ihm saß. Er schien müde zu sein; aber er würde nicht einschlafen. In dieser Stunde begriff Fred Collins, dass Teddy eigentlich ein Verrückter war. Ein Mann von etwa achtundzwanzig Jahren mit einem bösartigen Kindergesicht. Ohne die geringste Gefühlsregung würde Teddy ihn abknallen.

Vorsichtig und unendlich langsam versuchte Fred Collins festzustellen, was er bewegen konnte. Arme und Hände schieden aus. Es blieben nur die Unterschenkel und die Füße. Darauf baute er seinen Plan.

Er begann zu reden: «Teddy, hast du dir schon mal überlegt, dass ihr wirklich schlimme Anfänger seid?»

«Halt's Maul», sagte Teddy nur.

«Und Blacky, dieser Ochse, weiß auch nicht, was er will.»

«Genau weiß er es, ganz genau, Collins.»

«So? Und was wird er tun?»

«Zuerst macht er deine Alte kalt. Und dann kommst du dran. Wir stecken deine Füße in Zement, und dann gehst du auf Tauchstation.» Er nickte befriedigt vor sich hin.

«Wer hatte diese schöne Idee?»

«O'Hara und Blacky. Und ich auch», setzte er eifrig hinzu.

«Du meinst, sie werden meine Frau erschießen?»

«Ja, Collins, Blacky kann Frauen nicht leiden.»

Eine Viertelstunde lang sagte Fred Collins nichts, Verzweiflung nagte an ihm. Er dachte an Jane, und der Zorn trieb ihn plötzlich zu sagen: «Ihr seid eine Bande von dreckigen Mördern!»

Teddy sprang auf und sagte: «Halt jetzt deine Fresse, sonst puste ich dir das Licht aus!»

Und in diesem Augenblick ging tatsächlich das Licht aus. Für den Bruchteil einer Sekunde huschte das Erinnern durch seine Gedanken: Wie vor sechs Jahren, als die Kälte in New York zu einer Katastrophe wurde. Aber da war noch ein zweiter Gedanke: Jetzt musst du angreifen.

Mit äußerster Anstrengung gelang es ihm, sich auf seine Füße zu stellen. Gebückt, den Stuhl am Körper, stand er eine Sekunde und sprang dann aus dem Stand dorthin, wo sich Teddy eben noch befunden hatte. Er spürte, wie sein Kopf in Teddys Magengrube hineinrammte. Sie fielen zu Boden. Teddy war unter ihm. Er drückte sein ganzes Gewicht auf den kleinen, schwächlichen Mann und merkte, wie Teddy plötzlich nachgab. Er war mit dem Kopf gegen die Wand geknallt. Teddy bewegte sich nicht mehr.

Als das Licht wieder anging, sah er das wächserne Gesicht unter sich. Er begriff, dass er Teddy mit seinem Gewicht das Genick gebrochen hatte.

Fred Collins hoppelte in das nächste Zimmer. Er suchte ein Messer, einen Gegenstand mit scharfen Kanten. Nach einer Viertelstunde des Suchens fand er in einer Tischschublade, die er mit dem Mund aufgezogen hatte, eine verrostete Schere.

Es war eine unsägliche Mühe, die Fesseln zu zerschneiden. Fast eine Stunde brauchte er dazu.

Als er schließlich eine Hand frei hatte, ging alles sehr schnell. Der Schweiß tropfte von seinem Körper, als hätte er unter einer Dusche gestanden. Sofort ging er zum Telefon und wählte seine Nummer.

Jane kam an den Apparat: «Wo bist du nur? Es geht schon auf zwölf!»

«Jane», sagte er heiser, «du bist in Gefahr. Sie kommen von hinten, mit einer Feuerwehrleiter. Verliere die Nerven nicht. Stell dir ein paar von den schweren Blumenkübeln neben die Brüstung. Warte, bis sie in der Mitte der Leiter sind, dann lass die Kübel auf sie herunterfallen, einen nach dem anderen. Hast du verstanden? Hast du ganz genau verstanden?»

«Ja», sagte Jane, «ich habe verstanden.»

Jane zitterte, aber sie trieb sich an, das zu tun, was Fred ihr gesagt hatte. Sie ging schnell zur Brüstung und schaute hinunter. Unten war nichts zu sehen. Dann versuchte sie, den ersten Kübel heranzuschleppen. Er wog fast zwei Zentner, es ging langsam, sehr langsam. Als sie an der Vorderseite des Penthauses vorbeikam, sah sie neben dem Eingang die weißgestrichene Klappe, hinter der auf einer Stahlrolle ein Schlauch des Feuerlöschsystems aufgerollt war. Und jetzt hatte sie eine Idee.

Sie überlegte – sie wusste, mit welch ungeheurem Druck das Wasser aus dem Schlauch schießen würde. Die Bedienung war sehr einfach. Sie hatten es ein paar Mal geprobt.

Als sie nach einer halben Stunde den großen Wagen an die Hinterfront rollen sah, zog sie den Schlauch bis zur Brüstung. Sie wartete, sah dann schemenhaft, wie die Leiter ihr entgegenwuchs. Ihre Hände waren steif vor Kälte, aber sie spürte es jetzt nicht.

Ein dunkler Umriss bewegte sich unten auf der Leiter, deren Ende greifbar nahe gekommen war. Dann erschien noch ein zweiter Schatten. Langsam kamen die beiden näher. Als sie ungefähr vierzig Meter hoch waren, drehte Jane auf. Der Strahl schoss fauchend aus der Düse. Sie wurde ein wenig hin und her geschüttelt, konnte jedoch den Schlauch meistern. Sie zielte genau. Die beiden auf der Leiter klammerten sich an, gegen die Kraft des Wasserstrahls konnten sie keinen Schritt mehr nach oben machen.

Und dann sah Jane, dass das Wasser sofort auf den Metallsprossen zu Eis gefror. Auch die beiden Männer glänzten und schienen nur noch zwei Klumpen Eis.

Sie war jetzt ganz ruhig. Während sie den ersten Mann auf der Leiter zermürbte, war sie ohne Erbarmen.

Der Strahl traf O'Hara pausenlos auf den Kopf. Halb bewusstlos versuchte er, nach unten zu klettern. Er rutschte aus, wollte sich mit den Händen festhalten, fand aber nur Eisflächen, von denen er abglitt.

Er fiel zur Erde. Mit einem hässlichen Knall schlug er unten auf. Blacky Williams konnte sich noch eine halbe Minute halten. Aber er wusste, was ihm bevorstand und dass es endgültig sein würde. Er erkannte auch noch, dass er Fehler gemacht hatte und dass dieses Unternehmen ein besonders schwerer Fehler gewesen war. Ehe er fiel und an den vereisten Sprossen abrutschte, dachte er: So was konnte auch nur einer Frau einfallen ...

Survival Training

Carola Clasen

Sie sind zu fünft. Ingo und Alex, Angela und Britta, Studenten der Psychologie aus Aachen. Und Bernard. Sie diskutierten unter ihren Kapuzen, die Hände tief in den Jackentaschen vergraben und setzten ihre Stiefel in unberührten Schnee. Der Himmel über ihnen am Ende der Baumwipfel ist frostig blau und wolkenlos. Er verspricht einen schönen Januartag, und sie haben Bernard lange nicht gesehen. Es gibt viel zu erzählen.

Bernard ist ein Ex-Kommilitone und hat sie hierher ins Hohe Venn, das er Hautes Fagnes nennt, zu einer Schneewanderung eingeladen. Er hat sein Studium vor einem Jahr an den Nagel gehängt, ist in seinen Heimatort Rocherath zurückgekehrt und macht jetzt Survival Training für Städter im Grenzgebiet.

Im dichten Rocherather Forst lehrt er sie Indianertipis zu bauen, eine Toilette als Hochsitz zwischen Fichtenstämmen zu errichten und unter einem Wassersack zu duschen, hinter aufgespannten Zeltplanen mit eiskaltem Wasser, während Eichelhäher über ihnen krächzten. Er zeigt ihnen, wie man Wasser in einem Eimer mit geschichteten Lagen aus Stoff, Sand und Gras reinigt, und wie man Feuer macht, mit Feuerstein und Zunderschwamm. Alles ohne Telefon, Mikrowelle, Zentralheizung. Die Städter zahlen viel Geld für diesen Kick.

«Sie sind ganz andere Menschen, wenn sie sonntags zurückfahren», schwärmt Bernard und seine Augen leuchten seltsam.

Die Freunde sind begeistert und fragen ihn aus. Nur Britta zieht ihn auf, jetzt nichts als ein besserer Animateur zu sein, und auch damit, dass er wieder mehr Wert auf seinen belgischen

Akzent legt, wahrscheinlich um den Teilnehmern einen Hauch von Abenteuer und Fremdsein zu vermitteln.

Doch er verteidigt sein neues Leben: «Voilà! Immer noch besser als Taxi fahren!»

Britta findet, dass er einfach lächerlich in seiner dick wattierten neongelben Jacke aussieht, wie ein Teletubby. Für die Freunde aus der Stadt hat er reflektierende Klettbänder mitgebracht, die er auf ihre Rücken, Arme und Jackenkragen klebt: «Das kann Leben retten.»

«Du übertreibst. Wie immer». Britta reisst die Streifen wieder ab und lässt sie in den Schnee fallen.

Bernard hebt sie auf, rollte sie sorgsam auf und steckt sie kopfschüttelnd in seine Tasche.

Später deutete er Tierspuren, Vogelschreie und kaut kleine hellgrüne Blattspitzen, die aus dem Schnee hervorkommen. Er hat immer schon etwas Missionarisches gehabt, denkt Britta und mustert sein hageres Gesicht. Er ist dünner geworden, seitdem er Survivaltrainer ist, wirkt irgendwie gehetzt.

Sie war zuerst gegen den gemeinsamen Sonntagsausflug nach Belgien gewesen, sie würde lieber zu Hause eingemummelt auf dem Sofa liegen und lesen. Aber Angela hatte sie überredet und die Aussicht auf ein feierliches Abendessen am Kamin hatte sie schließlich überzeugt. Angela ist ihre Freundin, sie wohnen zusammen in einer kleinen Altbauwohnung auf der Johanniterstraße.

Angela bleibt plötzlich stehen und sagt: «Britta, warte auf mich. Ich muss mal.»

Die anderen gehen langsam weiter. Angela stapft gebückt ins Unterholz, während Britta von einem Fuß auf den anderen tritt. Die Sohlen ihrer Schuhe sind dünn und viel zu glatt. In Aachen bei ihrer Abfahrt hatte kein Schnee gelegen. Trotzdem hatten die anderen schwere Stiefel angezogen.

Als keine Geräusche aus dem Unterholz kommen, sieht sie sich um und ruft nach Angela. Aber sie bekommt keine Antwort. Die anderen sind schon hinter der Wegbiegung verschwunden. Britta wird unruhig, die Kälte kriecht die Beine herauf.

«Nun mach schon! Wir werden die Männer verlieren!»

Aber nichts kommt aus der Richtung, in die Angela gegangen ist. Britta folgt ihren Spuren ins Unterholz. Sie enden hinter einem Schlehenbusch, der dunkelblaue Früchte trägt. Da ist eine zertrampelte Stelle. Aber der Schnee ist nirgendwo gelb. Und keine Spuren führen von dort weg und Angela ist nicht zu sehen. Britta ruft wieder ihren Namen.

Sie haben eben noch über den alten Trappertrick, rückwärts in den eigenen Spuren zu gehen, gesprochen. Bernard hat es getan. Aber Bernard ist mit den anderen beiden hinter der Wegbiegung verschwunden. Wieso merkt er nicht, dass zwei fehlen? Wieso hört er nicht ihre Rufe?

Britta geht zum Auto auf dem Wanderparkplatz zurück, nicht rückwärts, sondern neben ihren Spuren von vorhin. Aber dort ist Angela auch nicht. Die Scheiben sind von einer dünnen Eisschicht überzogen. Sie rüttelt an allen Türen, vergeblich. Hier zu stehen und zu warten bis die anderen endlich von ihrer Schneewanderung zurückkommen, würde sie zu Eis werden lassen. Sie hat keinen Autoschlüssel, es ist Ingos Auto. Wütend tritt sie gegen den Vorderreifen.

Ein paar Meter weiter steht ein hellgrauer Renault mit belgischem Nummernschild, der ihr bei ihrer Ankunft nicht aufgefallen war.

Sie läuft los. Hinter den Freunden her, also den gleichen Weg noch einmal bis zur Wegbiegung. Dort trennen sich die Spuren im frischen Neuschnee, links in den Wald hinein, rechts auf eine Anhöhe.

Sie wählt die rechte, nicht aus einem bestimmten Grund, sie ist so gut und so schlecht wie die linke. Oder hat sie doch gehofft, auf der Anhöhe einen Überblick zu haben? Sie weiß es nicht mehr. Aber auf der Anhöhe hören die Spuren auf, einfach so, mitten auf dem Weg. Und einen Überblick hat sie auch nicht, die Lichtung ist nur ein kleiner Buckel und dann folgen wieder hohe dunkle Fichtenreihen. Die rechte Spur ist also die falsche.

Ein Gedanke überfällt sie: Und wenn sie sie findet, gleich oder später, wie soll sie ihnen erklären, dass sie Angela verloren hat? War sie nicht bei ihr stehen geblieben, damit sie nicht allein ist, damit nichts passiert?

Britta läuft zurück, nimmt die linke Spur in den Wald. Die linke Spur ist ebenso falsch, endet abrupt vor einem Baum. Sie sieht sogar den kahlen Baumstamm hinauf bis in den bewachsenen Wipfel, weil sie einen kurzen Moment lang die Idee hat, dass die anderen sich nur verstecken. Verzweifelt rüttelt sie den Stamm, Harz klebt sofort zäh an ihren Händen fest.

Dann rennt sie atemlos zurück zum Wanderparkplatz. Sie will jetzt doch dort warten, sicher ist sicher. Ihr ist heiss vom Laufen, das wird eine Weile vorhalten. Aber da steht kein einziges Auto mehr, auch nicht der Renault aus Belgien. Die Reifenspuren der beiden Autos führen auf die Durchgangsstraße und vermischen sich dort mit den bereits vorhandenen.

Wie konnten sie ohne sie wegfahren?

Es ist so verdammt still, als sie den Atem anhält und in den Wald hineinhorcht. Die große Stille und Einsamkeit, die sie in der Gruppe nicht wahrgenommen hat, ist auf einmal eine Bedrohung, und Britta fühlt sich plötzlich bedrängt, eingeengt. Angst kommt von Enge und man kann sie nur von innen heraus vertreiben und bekämpfen, Angst wächst im Kopf, Angst – ein Thema ihrer Semesterarbeit –, wie leicht es sich über sie reden lässt in einem vollen, geheizten Hörsaal, in dem Licht brennt. Aber hier?

Britta stellt sich an die Durchgangsstraße und wartet auf ein vorbeifahrendes Auto, das sie nach Rocherath bringen kann. Aber auch nach zwei Stunden hat sich immer noch kein einziges Auto genähert. Rocherath ist mehr als einen Fußmarsch entfernt, rechts oder links die Straße hinunter, sie weiß es nicht und sie ist genug gelaufen.

Sie ist müde, nur müde. Die Müdigkeit wird schlimmer als die Kälte und die Angst. Sie geht ein Stück zurück in den Wald, um sich irgendwo hinzulegen, und als sie sich im Schnee zusammenrollt und ihre Augen zufallen, erinnert sie sich, dass Bernard gesagt hat, wenn man hier im Schnee einschläft, wird es tatsächlich gefährlich. «Du wachst einfach nicht mehr auf.»

Sich an einen Baumstamm zu lehnen und wenn möglich, sogar festzubinden, der Baum gibt Wärme ab, und zu versuchen, sich mit trockenem Laub zu bedecken, könnte das Leben retten.

«Sonst kommt der große Bruder des Schlafes . . .»

Tolle Idee, wo hier nur Fichten stehen, Britta flucht und lacht plötzlich laut auf. Ihre Stimme hört sich hohl an und fremd und sie erschrickt. Ein Echo lacht höhnisch zurück.

Irgendwann glaubt sie im Halbschlaf Rufe zu hören, sie hat jedes Zeitgefühl verloren, aber sie schafft es nicht mehr, sich bemerkbar zu machen, Arme und Beine sind schwer wie Blei und als sie den Mund öffnet, kommt kein Ton heraus.

Aus den Augenwinkeln fällt ihr noch auf, dass ihre neue Winterjacke fast so grün ist wie der Zweig, der dicht und schwer über ihr hängt. Grün ist ihre Lieblingsfarbe. Ein paar Tropfen Schneewasser lösen sich zögernd aus den Nadeln der Fichte. Dann wird alles schwarz um sie.

GRENZ-ECHO
Mittwoch, 19. Januar 2000
Psychopath endlich gefasst

Der seit drei Wochen flüchtige Bernard Sommel, Insasse der Psychiatrischen Universitätskliniken Lüttich, wurde gestern in der Nähe von Bütgenbach bei einer routinemäßigen Verkehrskontrolle zusammen mit einem Komplizen gefasst. Die beiden hatten drei Studenten aus Aachen in ihrer Gewalt, eine Frau und zwei Männer, und mit Jagdmessern bedroht. Die drei waren jedoch unverletzt. Vermisst wird jetzt noch die 24-jährige

Britta Korn, ebenfalls aus Aachen. Sie trägt eine dunkelgrüne Winterjacke, Jeans und schwarze Lederschuhe. Sie hat hellblondes Haar, trägt eine Brille und ist ca. 170 cm groß. Zuletzt gesehen im Rocherather Wald am Sonntag, dem 16. Januar 2000, gegen 14.00 Uhr. Hinweise bitte an jede Polizeidienststelle . . .

Der Nebel

Henry Slesar

Ein schiefergrauer Himmel und ein so tief hängender Nebel, dass die Schornsteine der *SS Amapol* darin verschwanden – das war genau die Art von Wetter, die zu Andrew Vanners Gemütszustand passte.

Mit aufgestützten Ellbogen stand er an der Reling und starrte düster in Richtung der Stadt, die er hinter sich lassen würde, und lauschte auf das Bellen der Nebelhörner und das Rasseln der unsichtbaren Schlepper, die wie besorgte Glucken das Schiff umringten. Was für ein Ort, um seinen zwanzigsten Geburtstag zu feiern! Aber die Gesellschaft, in der er sich befand, machte alles noch viel schlimmer. Er sah zu dem alten Mann auf, der neben ihm stand, und stellte fest, dass Onkel Max lächelte wie ein dünner Teddy Roosevelt.

«Wunderbare Geräusche, nicht?», sagte Onkel Max enthusiastisch. «Ich liebe die Geräusche der See, schon seit meiner Knabenzeit.»

«See kann man's wohl nicht direkt nennen», sagte Andrew trocken. «Schließlich liegen wir noch im Hafen von New York. Ist dir wirklich nicht kalt, Onkel Max?»

Der alte Mann, der eine robuste Tweedjacke trug und um seinen Hals einen dicken Wollschal gewickelt hatte, sagte:

«Nennst du das kalt? Das ist das Schlimme an dir, Andrew, du bist zu verweichlicht. All ihr jungen Leute heutzutage. Du würdest staunen, was ein flotter Morgenspaziergang und eine ordentliche eiskalte Dusche für deinen Organismus tun würden.» Dann setzte er verschmitzt hinzu: «Würdest nicht auf so viele dumme Gedanken kommen, falls du verstehst, was ich meine.»

Andrew wusste, was er meinte, aber er sagte es nicht. Es hatte keinen Sinn, über Bettina zu sprechen, nicht mehr. Seit zwei Monaten hatte es keinen anderen Gesprächsgegenstand gegeben, und er war es leid. Alle seine unerschrockenen Erklärungen, dass er sie heiraten würde, trotz Onkel Max und all des wunderbaren Geldes, der Wertpapiere, Aktien und Immobilien, die er beim Ableben von Onkel Max erben würde, hatten zu nichts geführt. Denn hier stand er nun, auf dem Erste-Klasse-Deck der *SS Amapol,* unterwegs auf der Sonnenroute nach Italien und Europa – zwar gegen seinen Willen, aber zur ausgesprochenen Befriedigung von Onkel Max.

Und Bettina? Andrew peinigte sich, indem er sich ihr Bild vorstellte. Bettina war damit beschäftigt, eine lebende Statue in dem Club in Las Vegas darzustellen, wo Andrew sie kennen gelernt hatte. Er wusste, er würde sie nie vergessen; nur wenige Männer konnten eine lebende Statue vergessen, die so geformt war wie Bettina. Eine Seereise und ein Auslandsaufenthalt waren schon lange nicht mehr das Allheilmittel für diese Art von Krankheit, selbst wenn sein Vormund so töricht war, das zu glauben.

Ein Steward hastete an ihnen vorbei, aber Onkel Max' dünner Arm schnellte hervor und packte ihn.

«Was ist los, Kapitän?», fragte er heiter. «Fahren wir heute noch mal ab, oder was ist?»

«Doch, Sir, ich glaube, der Nebel lichtet sich ein wenig, in einer halben Stunde dürften wir auslaufen.»

«Großartig», sagte Onkel Max vergnügt und rieb sich die Hände. «Hör zu, Andrew, warum gehen wir beide nicht runter in den Salon und spielen ein bisschen Cribbage. Später, wenn wir dann ausgelaufen sind, machen wir einen schönen, flotten Spaziergang auf dem Deck. Wie klingt das?»

Andrew verdrehte die Augen. «Bester Vorschlag, den ich je gehört habe, Onkel Max.»

Der alte Mann legte seinem Neffen den Arm um die Schulter, und sie gingen zusammen hinunter.

Um sechs Uhr begannen die Maschinen der *SS Amapol* langsam das Wasser aufzuwühlen, und das Schiff verabschiedete sich vom Land mit einem Tuten. Als es sich rückwärts aus dem Hafenbecken schob, grinste Onkel Max fröhlich und steckte seinen Stift auf dem Markierbrett zwei Löcher weiter.

Die Idee kam Andrew, als sie beim Abendessen saßen. Angewidert sah er zu, wie sich sein Onkel des Kellners bemächtigte und ihm präzise und detaillierte Anweisungen bezüglich der Zubereitung seiner Mahlzeit erteilte. Sie durfte kein gekochtes Fleisch und kein gekochtes Gemüse enthalten, keinerlei Fett in Gestalt von Öl, Butter oder Backfett. Der dünne Hamburger sollte roh auf Grahambrot serviert und das frische Gemüse so wie es war an den Tisch gebracht werden – der Alte würde es dann selbst in eine Schüssel mit Hüttenkäse würfeln. Schon beim Zuhören wurde Andrew ganz schlecht.

Als der Kellner kopfschüttelnd und sich gleichzeitig die Stirn trocknend davonging, kicherte Onkel Max und stieß seinen Neffen an. «Einer der Vorteile des Reichtums», flüsterte er. «Es kann dir absolut schnuppe sein, was andere Leute denken.»

«Doch, das könnte mir auch gefallen», sagte Andrew und lächelte schwach.

Aber als er zusah, wie sein Onkel das unappetitliche Mahl verschlang, wurde ihm klar, dass dessen Eigenheiten – die strenge Diät und die regelmäßige körperliche Bewegung – tatsächlich etwas ausmachten. Mit seinen einundsiebzig Jahren sah Onkel Max kaum älter als fünfzig aus. Er war kräftig. Er war gesund. Er war munter. Er konnte wahrscheinlich noch ewig leben. Ewig! Für einen jungen Mann wie Andrew Vanner war das eine sehr lange Zeit.

«Köstlich», sagte Onkel Max, wobei ihm ein Gurkenstückchen aufs Kinn fiel. «Köstlich, Andrew! Du solltest es wirklich versuchen.»

«Tja, Onkel Max», sagte Andrew träumerisch, «warum eigentlich nicht?»

Später jedoch, auf dem Weg zu ihren Kabinen, schlug Andrews Magen einen langsamen Purzelbaum und gab das ganze Essen wieder von sich. Onkel Max nannte es Seekrankheit, aber Andrew wusste, dass es sehr viel mehr war als das.

«Du wirst schon wieder», sagte Onkel Max. «Es braucht seine Zeit, bis man einen seetüchtigen Magen entwickelt hat.» Liebevoll schlug er sich auf den seinen. «Pass auf, morgen früh fühlst du dich schon besser. Ich weiß ja nicht, wie es mit dir ist, aber ich habe vor, bei Morgengrauen aufzustehen und einen Gang ums Deck zu machen. Was meinst du, Andrew? Kommst du mit?»

«Ich glaube nicht», entgegnete sein Neffe schwach. «Wenn es dir nichts ausmacht, Onkel.»

«Ich krieg dich schon noch dazu», sagte Onkel Max entschlossen. «Schlaf gut, mein Junge.»

Die Vanners hatten getrennte Kabinen, und Andrew war dankbar dafür, dass sein Onkel es vorzog, ungestört zu sein. Er war auch lieber allein, ganz besonders in dieser ersten Nacht auf See. Unser junger Freund musste intensiv nachdenken; mit hinter dem Kopf verschränkten Armen lag er in seiner Koje und starrte auf das trübe Glas des Bullauges, hinter dem nichts als Nebel und Dunkelheit war.

Kurz nach Mitternacht warf er seine Decke von sich, stand auf und tastete nach einem Koffer. Er holte den kleine, teuren Reisewecker heraus, den ihm sein Onkel vor Antritt der Fahrt geschenkt hatte, und stellte ihn auf 4.30 Uhr. Dann zog er ihn sorgfältig auf und stellte ihn in die Nähe seines Kopfes. Sein leises Ticken hatte etwas Beruhigendes und er schlief ein.

Als ihn das irritierende Summen weckte, reagierte er verärgert. Er fegte den Wecker mit der Hand vom Nachttisch auf den Boden, das Glas zersprang, und die Uhr lag stumm da, ein mechanischer Leichnam. Er hob sie auf, ächzte und suchte seine Sachen zusammen. Es war stockfinster, drinnen wie draußen, und er fragte sich, wann denn wohl der Morgen auf dem Atlantik zu grauen pflegte.

Mit zwei Pullovern und einem Paar Turnschuhe angetan,

ging er zehn Minuten vor fünf den schmalen Korridor entlang zur Kajüte seines Onkels. Er klopfte leise und rief seinen Namen. Er erhielt keine Antwort – entweder schlief der Alte, oder er war schon an Deck. Vermutlich Letzteres, so wie Andrew seinen Onkel kannte.

Als er das Deck betrat, stellte er fest, dass die Dunkelheit eine Mischung aus Nacht und Nebel war. Dieser wälzte sich in schmutzig grauen Schwaden über das Schiff, die so dick waren, dass die *SS Amapol* merkwürdig verkürzt aussah. Das Deck war verlassen, die wenigen herumstehenden Liegestühle trieften vor Nässe, die Planken waren glitschig. Er zitterte und bewegte sich vorsichtig an der Reling entlang zum Bug.

Als er die unheimlich verzerrte Gestalt aus dem Nebel auftauchen sah, gab er einen Schreckenslaut von sich. Dann wurde ihm klar, dass es nur sein Onkel Max war, der sich mitten in einer tiefen Kniebeuge befand. Er näherte sich ihm, und als sich der Alte aufrichtete, hörte Andrew ihn vor Vergnügen keckernd lachen.

«Wirklich, das ist aber eine großartige Überraschung, Andrew! Ich dachte, du wolltest heute lange im Bett bleiben?»

«Ich hab's mir anders überlegt», sagte Andrew unbeholfen. «Vielleicht täte es mir ja gut, wenn ich mich dir anschlösse ... ich hab ja wirklich nicht viel Bewegung.»

«Es geht nichts über körperliche Bewegung», sagte Onkel Max fröhlich. «Ich verschaffe mir täglich eine volle Stunde. Am liebsten schwimme ich – darauf freue ich mich schon am meisten.»

«Ach, wirklich?», sagte Andrew mit großem Interesse.

«Ja, wie ich gehört habe, gibt es hier an Bord ein wunderbares Schwimmbad. Und Decktennis. Wir müssen viel Tennis spielen, Andrew.»

«Das müssen wir wirklich», murmelte der junge Mann. «Hör mal, Onkel Max, es gibt etwas, das wollte ich dich schon lange mal fragen ...»

Onkel Max lief eine Weile auf der Stelle, ehe er antwortete. «Ja, Andrew?»

«Du hast mir eigentlich nie richtig erzählt, woraus dein Vermögen eigentlich besteht. Ich meine, ich weiß, du hast es in allem Möglichen angelegt, aber worin genau? Ich meine, auf wie viel genau belaufen sich deine Anlagewerte?»

Der Alte lachte leise in sich hinein. «Ich habe schon seit Jahren die Übersicht verloren. Ich denke, an die zwei Millionen, so um den Dreh. Vielleicht ein bisschen mehr.»

«O Mann, das ist eine ganz schöne Verantwortung, nicht? Ich meine, für jemanden wie mich wäre es das bestimmt.»

«Wenn es so weit ist, wirst du damit zurechtkommen, Andrew. Bis dahin wirst du dafür reif genug sein. Denn weißt du», lachte er, «ich habe noch nicht so bald vor, das Zeitliche zu segnen.»

Andrew rückte näher und tastete nach der Reling.

«Ach, wirklich, Onkel?»

«Was sagst du?»

«Ich habe gesagt, wie kannst du da so sicher sein?»

Onkel Max hielt im Laufen inne und versuchte, seinem Neffen durch den Nebel hindurch in die Augen zu blicken. Als er kein Zwinkern in ihnen entdecken konnte, runzelte er die Stirn und schnalzte missbilligend mit der Zunge.

«Sprich nicht so, Andrew. Ich mag das gar nicht.»

«Ich hab's doch nicht bös gemeint, Onkel Max. Du weißt doch, was ich von dir halte.» Er legte dem Alten die Hand auf den Arm.

«Manchmal bin ich mir nicht so sicher», erwiderte sein Onkel barsch.

Das Gefühl dieses mageren Armes unter seiner Hand gab ihm Sicherheit – so vital Onkel Max auch war, dieser Arm fühlte sich zerbrechlich an, wie ein Hühnerknochen. Andrew packte fester zu und kam näher. Mit der anderen Hand ergriff er das linke Handgelenk des Alten und begann, ihn unter Ausnutzung der Hebelwirkung rückwärts zur Reling zu ziehen.

«Was machst du denn?«, sagte Onkel Max ärgerlich. «Mir ist nicht nach Spielereien zumute, Andrew.»

«Eine gymnastische Übung, die du noch nicht kennst», sagte Andrew mit bösem Lächeln. «Sie wird dir gefallen, Onkel Max.»

«Du tust mir weh, Andrew! Hör sofort damit auf!»

«Aber sicher, Onkel Max, ganz wie du willst.»

Er lockerte seinen Griff gerade weit genug, um den Alten in Sicherheit zu wiegen. Dann gab er ihm einen gewaltigen Schubs und fühlte, dass sein Onkel mit dem Rücken die Reling berührte. Jetzt noch ein Ruck, und Onkel Max hing halb drüber und fing an zu schreien. Andrew hielt ihm den Mund zu und schob weiter.

«Du hast doch gesagt, du schwimmst gerne», keuchte er. «Hier hast du die Gelegenheit. Jetzt kannst du den ganzen Weg bis Europa schwimmen.»

«Andrew!», rief der alte Mann, aber niemand hörte den dumpfen Schrei.

Dann war er verschwunden.

Zwei Sekunden später hörte Andrew mit Genugtuung, wie unten auf dem dunklen Wasser etwas aufklatschte.

Andrew hatte eine nervöse Reaktion erwartet, aber sie blieb aus. Er bewunderte seine eigene Ruhe und sah sich schnell um, ob irgendjemand die Szene beobachtet hatte. Nur der Nebel – sein Komplize – war zu sehen.

Dann kehrte er zu seiner Kabine zurück, ohne eine Menschenseele zu treffen.

In seiner Einzelkabine, wo er sich warm und sicher fühlte, ging er mit sich zu Rate, wie sein nächster Schritt aussehen sollte. Es war gerade fünf durch. Er konnte entweder den Rest der Nacht aufbleiben und dann die entsetzliche Entdeckung machen, dass sein Onkel verschwunden war, oder wieder ins Bett gehen und sich vom Frühstückssteward wecken lassen.

Die Entscheidung fiel ihm nicht schwer. Er fühlte sich angenehm schläfrig und musste dauernd gähnen, folglich zog er sich aus und legte sich wieder schlafen. Der Gedanke, dass er den Morgen als reicher Mann würde begrüßen können, war äußerst reizvoll.

In kürzester Zeit schlief er ein und träumte von Bettina ...

Das Klopfen des Stewards kam wie erwartet, trotzdem schrak Andrew bei dem Klang hoch. Er brauchte einen Augenblick, um sich zu fassen, dann fragte er laut, wer es sei.

«Es ist acht Uhr, Mr Vanner. Sie wollten um acht geweckt werden.»

«Gehen Sie nicht weg», sagte Andrew. Er sprang aus dem Bett und zog seine Hose an. Dann ließ er den kleinen, proper aussehenden Mann herein und sagte: «Ich glaube, ich möchte heute Morgen nur ein kleines Frühstück, Steward ... bloß Brötchen und Kaffee.»

«Selbstverständlich, Sir.»

«Äh, haben Sie schon meinen Onkel gesehen? So weit ich weiß, hat er sich früher wecken lassen.»

«Ich habe an Mr Vanners Tür geklopft, aber keine Antwort erhalten. Soll ich ihm auch Frühstück bringen?»

«Nein, lassen Sie nur», gähnte Andrew. «Mein Onkel schläft ziemlich fest.» Er blickte zum Bullauge hinüber und konnte ein Stückchen aufklarenden Himmel sehen. «Das Wetter sieht ja heute Morgen ein bisschen besser aus, was?»

«O ja», strahlte der Steward. «Jetzt dauert es bestimmt nicht mehr lange, bis wir unterwegs sind.»

«Unterwegs?» Andrew sah ihn verständnislos an. «Sind wir in eine Flaute geraten oder so was?»

«O nein, Sir», entgegnete der Steward vergnügt. «Aber wir sind letzte Nacht in dichten Nebel geraten, und der Kapitän war der Ansicht, dass es ein bisschen zu viel war. Deshalb hat er das Schiff um ein Uhr dreißig wenden lassen und uns in den Hafen zurückgebracht.»

«In den Hafen zurück?», wiederholte Andrew. «Was wollen Sie damit sagen, in den Hafen zurück?»

«Wir liegen seit drei Uhr morgens vor Anker», sagte der Steward lächelnd. «Aber seien Sie unbesorgt, Mr Vanner, wir holen die Zeit wieder auf – die *SS Amapol* ist ein gutes, schnelles Schiff.»

Andrew starrte ihn ungläubig an, dann hastete er zum Bullauge.

Die Skyline von Manhattan war deutlich zu sehen – und noch etwas anderes. Auf der Landungsbrücke stand ein Polizeiauto, und eine Gruppe von Polizisten kam die heruntergelassene Gangway herauf – in ihrer Mitte, gesund, munter und von seinem belebenden Bad erfrischt, ging sein Onkel Max.

Unter allen Wipfeln ist Ruh'

Ralf Kramp

Wald. Wuchs, Kraft, Gewalt, Moder und Tod. Hier im Kermeter kämpften seit Jahrhunderten die Naturgewalten einen nie endenden Kampf. Der harte Eifelwind mit seiner unbändigen Zerstörungskraft, und die Pflanzenwelt, die ihm trotzte. Dichte Baumbestände, die der Sonne entgegenstrebten, von dem ersten Augenblick an, in dem das Samenkorn in den Waldhumus fiel. Früher dichter Buchenwald, dem aber die Eisenindustrie mit ihren hungrigen Öfen erbarmungslos ein Ende bereitete. Später dann, von den Preußen angepflanzt, Fichten, die in anderthalb Jahrhunderten vom zarten Sprössling zu Kolossen herangereift waren, von denen man nicht annahm, dass ihnen der Sturm noch etwas anhaben konnte.

All das schoss Andres durch den Kopf, als er den gewaltigen Wurzelteller der Fichte vor sich sah, wie er, der Erde entrissen, schief und tot in der Luft hing. Der heftige Sturm vor anderthalb Wochen hatte den mächtigen Koloss getötet, ihn zur Seite gedrückt, bis das Astwerk der umstehenden Bäume ihn gestützt hatte. So hing der Baum nun da, getötet und doch nicht gestürzt.

Andres' Gedanken kreisten oft um das archaische Spiel der Gewalten, wenn er im Wald war. Esser, so vermutete er, konnte mit solchen Dingen nichts anfangen. Als er sich nach seinem Begleiter umwandte, fühlte er seinen Verdacht bestätigt. Esser war damit beschäftigt, Fichtennadeln von seinem dunklen Mantel abzuklopfen und zeterte über den Schlamm, der an seinen Schuhen klebte. «Schön und gut. Windbruch, tolle Sache,

Andres. Aber was willst du mir denn jetzt so Wichtiges zeigen? Es ist arschkalt!»

Andres betrachtete ihn. Sie kannten sich seit ein paar Monaten. Nicht besonders gut. Es gab keine gemeinsamen Interessen. Andres liebte den Wald, Esser liebte die Technik. Er war Teilhaber eines Kölner Ingenieurbüros und verdiente eine Menge Geld. Andres' Einkommen war bescheiden. Er hatte den kleinen Hof, den er gemeinsam mit seiner Frau bewirtschaftete. Ein bisschen Waldarbeit und Beates Verkauf von Fleisch, Obst und Gemüse ab Hof brachten noch ein paar Groschen ein, ließen aber kaum Zeit zum Leben. Irgendwann kam Esser auf den Hof und kaufte ein. Dann kam er wieder und schwärmte von den Koteletts und Würsten, von dem frischen Quark und den leckeren Eiern. Er kaufte immer alles paarweise ein, obwohl er doch anscheinend allein lebte. Er sei eben noch in der Testphase, hatte er Andres irgendwann erzählt, als er ihm ein paar Tipps beim Ausbau des Dachbodens gegeben hatte. «Hier einen Träger rein, das hilft dir auch gleichzeitig, wenn du die Trockenwand befestigen willst. Die Frauen ... Naja, die Frauen ... Weißt du, Andres. Ich hab die Richtige noch nicht gefunden. Es gibt schon tolle Weiber.» Und Esser war ja nun auch ein toller Typ. Ob im Freizeitdress oder im edlen Zwirn, wenn er von der Arbeit kommend einen Abstecher zu ihnen machte. Immer gediegen.

«Du ziehst nach Köln?», fragte Andres beiläufig und befühlte den rauen Fichtenstamm an der Stelle, an der er sägen musste, damit der Stock wieder in den entstandenen Krater zurückfallen konnte, um dort im Laufe der nächsten Jahrzehnte zu verrotten und zu vermodern.

«Stimmt ... ja, stimmt tatsächlich», stotterte Esser überrascht, ohne zu fragen, woher Andres das wusste. Andres hätte ihm nicht gesagt, dass er vom Telefon im ersten Stock alles mit angehört hatte. Er hätte sich dafür geschämt.

«Und Beate willst du mitnehmen?» Er schüttelte die Motorsäge. Sprit war drin. Alles war bereit.

Esser schwieg. Er hatte geahnt, dass es auf eine Aussprache hinauslaufen würde, als Andres ihn am Parkplatz des Kommerner Mühlenparks abgepasst hatte, wo Esser jeden Sonntagmorgen joggte. Verunsichert hatte er den Mantel aus dem BMW geholt, weil Andres ihm dazu geraten hatte. Er hatte sich nichts sehnlicher gewünscht, als auf der Stelle Beate anrufen zu können, um zu erfahren, ob Andres etwas ahnte oder gar wusste.

Jetzt stand er hier mit Andres inmitten der Abgeschiedenheit des riesigen winterlichen Kermeters und wusste nicht, was er sagen sollte.

«Sag einfach ja oder nein. Sag, ob du sie mir wegnehmen willst, oder nicht.» Andres blickte ihn nicht an und hantierte gebückt an den Gerätschaften herum, die er mit hierher gebracht hatte.

«Weißt du, Andres. Das ist anders, als . . .»

«Ja oder nein?»

«Ja», presste Esser hervor und ballte die kalten Hände in den Manteltaschen zu Fäusten. «Silvester wollen wir in der neuen Wohnung sein. Wir wollten morgen mit dir reden. Wir haben die Weihnachtstage abgewartet.» Als er es aussprach, merkte er, wie blödsinnig es klang. Er erwartete eine sarkastische Antwort, etwas Gehässiges, etwas Verbittertes. Aber Andres sprach nicht. Er sprach ohnehin wenig. Er hob nur die schwere Axt hoch und strich kurz mit der Hand über die flache Seite. Dann holte er aus, ließ die Axt weit ausschwingen, ging mit dem ganzen Oberkörper mit und schlug dann zu. Esser versuchte gar nicht erst auszuweichen. Der Schlag zertrümmerte seine Stirn. Er wurde von der enormen Wucht von Andres' Schlag zurückgeschleudert. Fichtennadeln wurden aufgewirbelt und rieselten auf seinen dunklen Mantel herunter, als er mit einem satten Geräusch auf dem Waldboden aufschlug. Das Blut, das aus seinem Kopf hervorschoss, rann in den Laubteppich und versickerte. Ruhig und bedacht machte sich Andres an die Arbeit. Er kramte Essers Autoschlüssel aus der Tasche und durchsuchte seine Kleidungsstücke nach verräterischen Indizien. Dann schleifte er den Körper zum lichtlosen Spalt, der sich etwa einen Meter breit zwischen dem gewaltigen Wurzelwerk der Fichte und dem Waldboden auftat, und schob ihn hinein. Essers Leiche rollte ganz mühelos in die Schwärze der Vertiefung hinein und war für immer verschwunden. Dann warf Andres die Motorsäge an und versenkte ihre rotierende Kette im frischen Holz des geneigt liegenden Fichtenstamms. Er schnitt von unten nach oben, damit sich die Säge nicht festfraß.

Als er am späten Nachmittag in der Badewanne saß, und sich Schweiß und Dreck aus den Poren wusch, kam es ihm so vor, als habe er einen ganz normalen Tag im Wald verbracht. Harte, schweißtreibende Arbeit, die den Geist reinigte. Aber er hatte etwas anderes getan. Nachdem der Fichtenstock mit einem unbeschreiblichen Knacken und Knistern, von dem er nicht mit Sicherheit sagen konnte, ob es vom dichten Wurzelwerk oder von Essers Leichnam herrührte, in sein altes Bett zurückgepoltert war, war er zum Parkplatz zurückgefahren und hatte Essers Wagen geholt. Keiner beobachtete ihn, als er den Fahrersitz mit Plastikfolie auslegte, um Spuren zu vermeiden. Keiner sah ihn, als er dem Wagen vor Essers Mietwohnung in Mechernich entstieg und Minuten später seine Wohnung betrat. Er trug Handschuhe und hatte sich zwei Plastiktüten um die Schuhe gebunden, damit er keine Walderde auf dem Teppich zurückließ. Er fand nicht viele Indizien, die auf eine Verbindung zu Beate hindeuteten. Ein paar Fotos, ein paar Briefe ... Er vermied es, sie genauer zu betrachten, bevor er sie später auf dem Parkplatz, zu dem er zu Fuß zurückkehrte, verbrannte.

Beate trat ein. Sie sah schlecht aus. Als sie an den beschlagenen Badezimmerspiegel trat, sah er, wie ihre Hände zitterten, als sie über die milchige Glasfläche wischte und sich ihre Locken richtete. Sie war eine schöne Frau. Zu schön für ihn. Das Richtige für Esser wäre sie gewesen. Aber das war vorbei.

Beate trat an die Wanne. Sie betrachtete schweigend ihren

ebenfalls schweigenden Mann, sein vom Wetter gebräuntes Gesicht und seine helle Brust und Arme, die aus dem Schaum hervorsahen. Eigentlich sollte sie jetzt mit ihm reden. Es war eine günstige Gelegenheit, aber er würde ohnehin nicht verstehen, was sie von ihm wollte. Andres würde nicht begreifen, dass sie den anderen Mann liebte und mit ihm gehen wollte. Er würde sie niemals gehen lassen. Aber sie musste weg. Weg von ihm. Hin zu Esser. Sie hatte Angst. Es musste so aussehen wie ein Unfall. Sie griff nach dem Föhn, der an einem Haken gefährlich nahe über der Badewanne baumelte.

Der Tag des Jüngsten Gerichts

Ruth Rendell

Sie arbeiteten zu viert auf dem Friedhof. Angestellt waren sie von der städtischen Behörde, um – ja, um was eigentlich zu tun? Selbst der Vorarbeiter wusste nicht recht Bescheid über ihren Auftrag, den man ihnen nicht sehr präzise erläutert hatte. Sicherlich bestand er nicht darin, den gesamten Mittelteil freizuräumen, denn das wäre nicht eine Arbeit für vier, sondern für vierhundert Mann gewesen. Und ein Naturschutzgebiet – denn als solches war es vorgesehen – musste ja auch ein wenig wilde Natur bleiben. Also sollten sie es in etwa säubern, die schlimmsten Zeugnisse von Vandalismus beseitigen, Grabsteine, die umgestürzt waren, wegschleppen, diesen und jenen der vielen verschlungenen Wege von wucherndem Dornengestrüpp, Efeu und Nesseln befreien. Wenn sie den Polier fragten, ob sie dies tun sollten oder jenes, dann sagte er gewöhnlich, sie sollten das nur selbst entscheiden, er wisse es auch nicht, er werde sich aber erkundigen. Aber das tat er nie. Manchmal kam ein Vertreter der Behörde und begutachtete ihre Arbeit, nickte dann und verschwand mit dem Vorarbeiter in der Baracke, um Tee zu trinken. Als es Winter wurde, erschien der Beamte seltener, und der Polier seufzte, es sei ein hoffnungsloses Unternehmen, sie bräuchten mehr Leute, aber die Behörde könne es sich nicht leisten, mehr Geld dafür auszugeben, also müssten sie es eben so gut machen, wie sie könnten.

Die Baracke stand gleich neben dem Haupteingang. Der Polier hatte einen Lageplan des Friedhofes an die Wand geheftet, gleich neben Gillys Kalender mit dem Mädchen im durchsichtigen Nachthemd. Ihm gehörte der Wasserkessel und der Spirituskocher, die Tassen aber und die Teekanne hatte Marlon mitgebracht; er hatte sie von seiner Mutter bekommen. In der Baracke herrschten immer Hitze, schlechte Luft und Qualm. Der Vorarbeiter war Kettenraucher, und Marlon war es auch, obgleich er so jung war, und überall in der Baracke standen Untertassen voller Asche und Zigarettenstummel herum. Eines Tages brachte Gilly, der selber nicht rauchte, eine Blechbüchse in die Baracke, die er in einem offenen Grabgewölbe gefunden hatte. Der Polier und Marlon waren zufrieden, einen neuen, leeren Aschenbecher zu bekommen, denn sie kamen nie auf die Idee, die anderen auszuleeren, sondern ließen sie überquellen, bis alles auf dem Boden verstreut lag.

«Marlon würde durchdrehen, wenn er wüsste, woher das Ding stammt», sagte John, «er würde sterben vor Angst.»

Aber Gilly lachte bloß. Er fand alles komisch, was den Friedhof betraf, sogar die Soldatengräber, die einzigen gut gepflegten Grabstellen, weil sich die Kriegsgräberkommission immer noch darum kümmerte. Anfangs hatte er sich oft einen Spaß daraus gemacht, hinter einem Grabmal oder einer von Säulen getragenen Gruft hervor auf Marlon zuzuspringen, aber der Vorarbeiter hatte das trotz seiner Lethargie unterbunden, denn Marlon war nicht ganz so, wie sie waren, er war zurückgeblieben, konnte kaum lesen noch schreiben.

Die Flügel des Haupttores hingen zwischen Steinpfosten, wie der Polier sie nannte; einzig John wusste, dass es korinthische Säulen waren. Eine hohe Mauer umgab den Friedhof, der etliche Hektar groß war. Die Randbezirke, ein breiter Streifen direkt innerhalb der Mauer, waren schon vor längerer Zeit gesäubert, eingeebnet und mit Bäumen bepflanzt worden, die allerdings noch winzig klein waren. Hier sollte ein öffentlicher Park für die Stadtbevölkerung entstehen.

Der Zentralbereich dagegen, Herz und Mitte der Friedhofsanlage, früher Begräbnisstätte dieser merkantilen Stadt, war als Schutzgebiet für Vögel und andere kleine Tiere vorgesehen, die sich dort ansiedeln und heimisch werden sollten.

Schon jetzt nisteten viele Vogelarten in den Stechpalmen und Lorbeerbäumen, in den Ulmen und den schlanken, silberstämmigen Birken: Krähen mit Flügeln wie schwarze Fächer, Spechte, deren Tack-Tack-Tack aus dem verfilzten Dickicht ertönte, und kleine Vögel, deren Namen nicht einmal John kannte, die zwischen den Flechten auf den umgestürzten Grabsteinen mehr herumkrochen als -hüpften. Still war es hier drinnen, abgesehen von gelegentlichem Flügelrauschen oder dem leisen Knacken eines verdorrten, herabfallenden Zweiges. Unten in der Ebene lag die Stadt ausgebreitet. Im Winter allerdings war sie oft hinter einer Maske aus Nebel verborgen, und dann war es schwer zu glauben, dass dort unten Tausende lebten und arbeiteten, dass sie in Lichterglanz und Lärm umherhasteten. Hier oben lagen die Gräber ihrer Vorfahren in Reihen oder in Gruppen zusammengekauert, oder sie stießen rein zufällig aneinander – sinnlose Gewölbe, Marmorblöcke, Granitkreuze, zerbrochene Säulen, mit Drapierungen verzierte Urnen, schlichte Steine –, und das alles überwuchert, versunken, kaum noch zu sehen. Kein berühmter Name dazwischen, kein denkwürdiger Titel, bloß obskure Tote, vergessen, verlassen, zu nichts mehr imstande als Stille zu gebieten.

Und diese Stille wurde vergewaltigt durch Gillys Geschwafel. Er hatte nur ein einziges Gesprächsthema, aber das war unerschöpflich, und alles und jedes brachte ihn darauf zurück. Ein Name auf einem Grab, Bruchstücke eines Verses auf einem Gedenkstein, ein Spatzenpärchen, die Statue eines Engels in fließendem Gewand. «Alles tipptopp dran an der da», sagte er dann wohl schnalzend und strich dabei einer weinenden Muse über das steinerne Fleisch – mit Händen so rau und schwielig, dass John sich fragte, ob wohl irgendeine lebendige Frau es ertrüge, von ihm berührt zu werden. Oder er riss den Efeu von einem Grab, in dem eine Wirtschafterin lag, die dreimal geheiratet hatte. «Konnte nicht genug kriegen davon, die da, was?» Und derartige Betrachtungen führten ihn dann jedes Mal zu endlosen Reminiszenzen an Frauen, die er besessen hatte, oder an solche, die er jetzt besaß, oder er prahlte im Vorgeschmack auf jene, die in der Zukunft auf ihn warteten.

Vor nichts machte er Halt. Weder das steingemeißelte Leid eines Elternpaares, das den Tod seiner siebzehnjährigen Tochter betrauerte, noch die steinernen Beschwörungen der Qualen jener, die im Kindbett gestorben waren, ließen ihn verstummen. Einige der Grabgewölbe waren aufgebrochen worden und standen offen, und da stieg er dann hinein, die unterirdischen Stufen hinunter, um aus der Tiefe heraus John und Marlon zuzurufen, dies sei ein feiner Platz, mal ein Mädchen mitzubringen. «Wär dufte hier im Sommer. Diese Regale hier, das gibt 'n gutes Bett ab, aber echt! Richtiges kleines Boudoir.»

John bedauerte oft, was er einmal getan hatte – diesen Vorfall, der dazu geführt hatte, dass Gilly ihn rückhaltlos bewunderte. Es war an ihrem ersten Tag hier draußen gewesen, dass er es nur machte, um ihnen zu zeigen, dass er anders war als sie, um von Anfang an deutlich zu machen, dass er nur deshalb zum Arbeiter geworden war, weil es zur Zeit für Leute wie ihn keine andere Beschäftigung gab. Sie sollten wissen, er hatte die Universität besucht und war ausgebildeter Lehrer. Scham und ein Gefühl der Erniedrigung, dass er gezwungen war, diese unqualifizierte Arbeit anzunehmen, fraßen an seiner Seele. Sie sollten wenigstens begreifen, dass seine Ausbildung ihn zu Höherem befähigte. Aber im Grunde war es nur dumme Eitelkeit gewesen.

In einer tiefen Gruft war weiter nichts mehr gewesen als Steine und tote Blätter. Er aber war hineingesprungen, hatte einen großen Stein voller Narben und Höhlungen in die Höhe gehoben und dröhnend deklamiert: «Der Schädel hatte einmal eine Zunge und konnte singen: wie ihn der Schuft auf den Boden schleudert, als wär es der Kinnbacken Kains, der den ersten Mord beging!»

Gilly gaffte ihn an. «Denkste dir das selbst aus?»

«Shakespeare», belehrte ihn John, «Hamlet», und die Ehrfurcht auf Gillys ungeformten Stupsnasengesicht ließ ihn weitermachen – ein erbärmlicher Aufschneider in einem Erdloch: «Sei so gut, Horatio, sage mir dies eine. Glaubst du, dass Alexander in der Erde solchergestalt aussah? Und so roch? Pah!»

Marlon war weiß geworden. Spitz ragte sein Gesicht zwischen den dünnen Strähnen gelben Haares hervor. Er trug eine schwere, blaue Joppe, eine Art Anorak. Sie verlieh ihm ein mittelalterliches Aussehen, wie er da gegen die Kapellenwand lehnte, über deren Turm ein El-Greco-Himmel wogte, purpurn und schwarz, der seine tief hängenden Wolken über dieses nördliche Toledo jagte. Gilly aber lachte und bat John, weiterzumachen, Und John machte weiter, wandte sich an die Zuschauer im Parterre, den Stein hoch in der aufgereckten Hand: «Ach, armer Yorick . . .», bis er ihn schließlich mit dem Pathos eines Schmierenschauspielers in die Gegend schleuderte. Und als er wieder oben auf dem Weg stand, ließ er sich von Gilly auf die Schulter hauen, der ihm sagte, was er doch für einen mordsmäßigen Grips habe. Und Gilly bewies so recht, wer er war und was das alles ihm bedeutet hatte, indem er die ganze Sache noch einmal hören wollte, diese Sache da mit den Lippen, die wer weiß wie oft geküsst hatten . . .

Marlon hatte weder gelacht noch ihm gratuliert. Völlig verstört, erschreckt durch die Dreistigkeit und die Unverständlichkeit des Ganzen fummelte er mit einer neuen Zigarette herum, zündete sie an – eine von den sechzig, die er an diesem Tage rauchen würde. Zigaretten waren alles, was er hatte, eine fragile Verbindung zu jener realen Welt, in der seine Mutter ihn vor sechzehn Jahren nach einem berühmten Schauspieler benannt hatte. Der Rauch floss von seinen hängenden Lippen. Wäre die Zigarette nicht gewesen, man hätte ihn für einen Schauspieler aus einem mittelalterlichen Mysterienspiel oder aus einem Chor von Wahnsinnigen halten können. An jenem Tage, wie auch an all den anderen, die noch folgten, trottete er hinter ihnen her, als sie sich auf den Heimweg machten, durch schattige Schneisen unter lederblättrigen Stechpalmen zwischen den kleinen Häusern der Toten.

In der Baracke gab es noch einen Tee, und dann nichts wie nach Hause; der Vorarbeiter zu seiner Doppelhaushälfte und seiner gemütlichen Frau, Marlon zu seiner Mutter in ihrem stickigen Zimmer und zum Werbefernsehen, John in sein Wohnschlafzimmer und Gilly (es war ein Privileg, dass John, der Bevorzugte, es erzählt bekam) in die Arme der Frau eines Kinobesitzers, deren Gatte die Virilität eines Totengräbers vermissen ließ.

Die Kapelle war aus gelblich-grauen Steinen erbaut. Sie hatte ein achteckiges Hauptschiff, und auf dem Fußboden wuchsen haardünne Gräser zwischen den Steinplatten. An einer Seite war ein gedrungener Turm angefügt, der an jeder Ecke von einem schmalen, reich verzierten Helm überragt wurde. Die vier Seitentürmchen, verwittert, zerfressen und schmutzig, sahen aus wie mit Rost überzogene Nadeln. Die Arbeiter benutzten die Kapelle als Depot für Fragmente zerstörter Begräbnisstätten, Steinfiguren und alte Eisengitter. Nicht einmal Gilly brachte Marlon mit seinem raubeinigen Drängen dazu hineinzugehen. Er fürchtete sich zwar vor Gilly und vor dem Polier, aber doch nicht so sehr wie vor der Kapelle mit ihrem hallenden Echo und dem trockenen Staub zu seinen Füßen.

Gilly spottete: «Was würdest du machen, Marl, wenn du dich umdrehst, und da steh nicht ich, sondern ein Skelett in einem Leichentuch – na, Marl?»

«Lass ihn in Ruhe», verlangte John, und als sie allein im Mittelschiff standen: «Du weißt doch, er ist ein bisschen retardiert.»

«Großartige Worte, die du dafür benutzt, John. Ich nenn ihn beknackt. Weißt du, was er gestern zu mir gesagt hat? – All die Gräber werden sich öffnen, und die toten Leichen werden rauskommen. Und an irgendeinem bestimmten Tag soll das sein. – Und was für 'n Tag ist das?, hab ich gefragt. Aber er hat bloß mit dem Kopf geschlackert.»

«Der Tag des Jüngsten Gerichts», erklärte John, «wenn die Geheimnisse aller Herzen enthüllet werden.»

«Wär mir aber gar nicht recht, so was. Paar von den alten Schädeln würden ganz schön rot werden, wenn ich ihnen erzähle, was ich so in der letzten Nacht alles gemacht hab. Die Geheimnisse aller Herzen? Mann, da brauchste bei mir bloß ein paar zu enthüllen, und es wär ein ganzer Haufen Kerle hinter mir her, allen voran der alte Knacker, du weißt schon. Würde sein verdammtes Rouletterad zerbrechen, der!»

«Auf deinem Schädel, nehme ich an?», versetzte John.

«Ein Leben – kurz, aber geil, sag ich immer!» Sie traten in das kalte, blasse Sonnenlicht hinaus. «Sieh mal, hier haste gleich einen Beweis für meine These: Angelina Clara Bowyer, 1816 bis 1839. – Genauso alt, wie du bist, Freundchen, und hat fünf Kinder gekriegt. Die muss ihren Alten ganz schön fertig gemacht haben.»

«Er hat *sie* fertig gemacht», antwortete John, und im Geist sah er sie vor sich – mit ihren aufgesteckten, geflochtenen Haaren, mit dem langen, schlichten Kleid und den Symptomen der Schwindsucht im Gesicht. Und er sah den jungen Ehemann zwischen seinen fünf wohlgenährten Kindern trauern, den Flor am Hut, den schwarzen Mantel. Unter einem Himmel wie diesem, die Sonne eine weißliche Pfütze zwischen Wolkenschichten, kam er mit dem Geistlichen und den Trauernden und den Sargträgern, um sie in die Erde zu legen. Die Blumen raschelten im beißenden Wind ... Brachte man damals überhaupt Blumen zu einer Beerdigung mit? Er wusste es nicht, und dass er es nicht wusste, vertrieb die Vision und brachte ihn in die Wirklichkeit zurück – zum Klirren des Spatens gegen Granit, zu dem Geruch von Marlons Zigarette und zu Gillys Geschwätz, so entnervend wie das eines alten Weibes über seine Wehwehchen und Zipperlein; bloß, dass er von Sex redete.

Sie hörten immer um vier mit der Arbeit auf, jetzt, wo die Dämmerung so früh kam. «Tja, die Nächte werden länger», meinte der Vorarbeiter, brühte Tee und füllte die Konservendose, die Gilly in dem Grab gefunden hatte, mit Kippen.

«Wann haben wir es denn geschafft?», stotterte Marlon, rückte näher an den Ofen und hustete ein wenig.

«Kommt drauf an, was wir eigentlich schaffen sollen», meinte der Polier, «hier ein bisschen graben, da ein bisschen ausholzen ... Ich hab so das Gefühl, irgendwann in diesen Tagen kommt dieser Behördenheini an und sagt: ‹Das war's nun, Jungs, den Rest könnt ihr den Eichhörnchen überlassen.›»

Gilly betrachtete seinen Kalender, klappte das November-Nachthemdmädchen zugunsten des Dezember-Nikolausgirls um. «Wenn's nach mir ginge, dann würden sie das Ganze hier planieren, den gesamten Mittelteil, Rasen anlegen und die ganze Chose zu einem duften Park machen. Das ist gesund, ist so was, 'nen Platz, wo einer sein Mädchen mitbringen kann. ‹Lovers Lane Park›, dass wär doch ein guter Name. Ich würd hier lieber richtige heiße Vögel sehen, nicht bloß die verdammten Krähen.»

«Das kannst du nicht machen», widersprach Marlon, «da sind doch die toten Leute drin.»

«Na und? Da waren doch auch tote Leute an den Rändern, und die haben sie ausgegraben. Die haben ... die haben damit so was gemacht ... wie nennt man das doch, John?»

«Sie haben den Boden säkularisiert.»

«Hörst du, was John sagt? Der ist gebildet, der weiß Bescheid.»

Marlon erhob sich langsam, die Zigarette klebte an seiner Lippe. «Du meinst, sie haben sie ausgegraben? Da waren noch mehr, und sie haben sie ausgegraben?»

«Klar haben sie das gemacht. Du glaubst doch wohl nicht, sie haben sie da drin liegen gelassen, wie?»

«Aber wo sind die denn nun, wenn der Jüngste Tag kommt? Wie sollen sie die Steine aufheben und rauskommen?»

«Also um Christi willen, jetzt ist aber genug davon, Marlon, junger Freund», sagte der Vorarbeiter. «Mir scheint, es wär besser, deine Mutter nimmt dich nicht mehr mit in die Kirche, wenn du nur solches Zeug dort aufschnappst.»

«Aber sie *müssen* herauskommen, sie müssen kommen und richten!», schrie Marlon, und da befahl der Vorarbeiter ihm scharf, er solle den Mund halten, denn sogar ihn packte das Grausen bei so was, zumal bei der Dunkelheit, die die Baracke einkreiste und in der sich das Kernstück des Friedhofes abzeichnete wie ein einziger schwarzer Grabhügel, gehörnt von den Turmspitzen der Kapelle.

John fragte sich, in was für eine Kirche Marlon wohl ging, die einer merkwürdigen Sekte vielleicht. Oder war es nur sein unvollkommenes Hirn, das die gängige Vorstellung vom Jüngsten Gericht zu seiner eigenen Version verzerrte? Die grimmigen Toten, die richtenden Toten, die wie Zensoren in der Erde lagen?

Für ihn war der Friedhof anfangs nichts anderes gewesen als eine bewaldete Hügelkuppe, und die Grabsteine nichts anderes als zufällig freigeschürftes Granitgestein. Jetzt war das nicht mehr so. Die Namen der Inschriften, still für sich gelesen oder spöttisch hergesagt von Gilly, ließen leibhaftige Bilder ihrer Träger vor ihm entstehen: James Calhoun Stokes, 1798–1862, Städtischer Kaufmann: «Aufrecht in allen seinen Taten; aufrecht stand er auch, seinem Schöpfer zu begegnen.» Natürlich hatte Gilly dafür eine obszöne Bemerkung parat gehabt. Thomas Charles Macpherson, 1802–79, Baumeister: «Gesegnet sind, die reinen Herzens sind.» Lucy Matilda Osborne, 1823–1896: «Ihre ergebene Pflichterfüllung gegenüber ihrem Gatten und ihre Zuneigung zu ihren Söhnen ward nur übertroffen von ihrer frommen Hingebung zu ihrem Gott.»

John sah sie vor sich in ihren Cuts, in wollenen Amtstalaren oder auf dem Totenbett, mit der Nachtmütze auf dem Kopf.

Marlon aber sah sie als eine Ehrfurcht gebietende Prozession, horchend, prüfend, vielleicht der schlimmsten Frevel gewärtig.

«So ein Haufen alter Stümper! Dabei wirst du selber bald da unten liegen, bei all den Glimmstängeln, die du so an einem Tage schaffst!» Gilly saß auf einem umgestürzten Stein und lachte. Er hatte John mehr über die Frau des Kasinobesitzers erzählt, während er versuchte, zwischen den Statuen, die sie zusammengetragen hatten, eine zu finden, deren Figur der ihren vergleichbar wäre. Britannias, Musen, Allegorien von Tugenden und Künsten, alle lagen hingestreckt, die leeren, grauen oder bronzenen Gesichter aufwärts starrend in den bewölkten Himmel.

«Was machen wir eigentlich mit ihnen?», fragte Marlon mit seiner gequälten Stimme, die gleichermaßen verzweiflungsvoll klang, egal, ob er nach Trivialitäten fragte oder seine prophetischen Ausbrüche von sich gab.

«Frag den Vorarbeiter», meinte John.

«Der wird das auch gerade wissen!» Gilly hob sich eine Bronzestatue auf den Schoß, die nahezu nackt war, kaum über den Schenkeln mit einer metallenen Draperie verhüllt. «Ein geiler alter Teufel muss er gewesen sein, dieser Sidney George Sowieso, wenn er die über sich sitzen hatte, als er tot war.»

«Er war Historiker, besagt die Inschrift», erklärte ihm John, «und sie ist wahrscheinlich Klio, die Muse der Geschichtsschreibung. Deshalb hat sie auch eine Schriftrolle in der Hand.»

Und dann, weil Gilly ihn anödete und weil er wegen Marlon Angst hatte: «Komm, wir schaffen sie alle in die Kapelle, bis der Bursche von der Behörde kommt.»

Aber Gilly wollte nicht ablassen von dem Mordsspaß, die Bronze zu tätscheln. Jeder erreichbare Zentimeter ihrer Anatomie wurde untersucht, bis er unversehens aufsprang, sie in eine der schlammigen Fahrspuren kippen ließ, die der Lastwagen gemacht hatte, und auf das säulenverzierte Mausoleum zulief, von dessen Kuppel sie herabgestürzt war.

Er stellte sich mitten hinein und warf die Arme in die Luft – ein Satyr, dachte John, in einem von nordischem Regen besudelten Tempel.

«Ich sag ja, du warst ein geiler alter Bock, Sidney, jawohl, das warst du! Ich hatte selbst mal ne Schnepfe, die Klio hieß, ha, ein heißer Vogel!» Sein Geschrei durchlöcherte das dichte Grau, die Stille, die nebelgetränkte Luft. Gilly sprang von dem Podest herab, stieß mit dem Fuß hier gegen einen Grabstein, dort gegen eine Marmorurne, dann hockte er sich auf eine abgebrochene Säule. «Kommt doch raus, ihr alle, wenn ihr wollt», schrie er, «bloß, ihr könnt nicht, weil ihr so verdammt tot seid!»

Da gab Marlon einen grauenhaften Ton von sich, ein Stöhnen, wie es ein Mann im Schlaf, in einem Albtraum ausstößt, wenn er zu schreien glaubt. Er flüchtete sich in die Fahrerkabine des Lastwagens und kauerte sich dort zusammen.

«Du dämlicher Hund, Gilly!» John hob Marlons heruntergefallene Zigarettenpackung auf und wischte den Schmutz ab. «Musst du dich wie ein zehnjähriges Kind benehmen?»

«Ich musste mir einfach mal irgendwie Luft machen in dieser Knochenkippe», murrte Gilly, «diesem Endstationloch.»

«Na ja, genau das ist es nun mal, oder? Was hast du erwartet? Eine Bar? Schnaps? Tänzerinnen?»

Gilly fing erneut an zu lachen und hob seine Muse wieder auf. «Hätte nichts gegen diese Tänzerin hier. Ich glaub nicht, dass sie die vermissen würden, oder was meinst du? Würde gut aussehen in meiner Bude. Ich könnte sie auf den Tisch stellen.»

«Und wozu?»

«Na, die Leute haben doch oft solche Statuen, was? Im Rathaus haben sie welche. Würde meine Bude richtig aufmöbeln.»

«Komm», sagte John, «schaffen wir sie alle in die Kapelle. Der Vorarbeiter kriegt zu viel, wenn er dich damit weggehen sieht. Und sie ist zu groß, um unter deine Jacke zu passen.»

Also stapelten sie die Statuen und Urnen in der Kapelle auf, und Gilly amüsierte sich damit, Schimpfwörter und Obszönitäten herauszubrüllen, deren Echo von den feierlichen Wänden zurückhallte, so dass Tauben, schwarze und weiße, furchtsam aus ihren Schlupfwinkeln aufflatterten.

«Was machst du eigentlich immer so in deinem Zimmer, John? Muss ein ziemlicher Frust sein, so jede Nacht ganz allein. Wie wär's, wenn du mal mitkommst zu meiner Puppe? Die hat 'ne sehr appetitliche Freundin. Das gäbe 'ne Festveranstaltung, du! Und ich meine damit nicht Essen und Trinken.»

«Nein, danke», sagte John, und um seine Absage zu entschärfen, fügte er hinzu, er müsse lernen, was Gilly schwer beeindruckte. Nicht dass John zu stolz gewesen wäre, dass etwa die Vorstellung eines Zusammenseins mit Gillys Freunden irgendwelche snobistischen Ansprüche seiner Natur beleidigt hätte, es war keine verwöhnte Überheblichkeit; aber er zog doch die wortlose Gesellschaft eines James Calhoun Stokes und der Angelina Bowyer und des Historikers vor; besser, während der Abende von ihnen zu träumen und über ihre verlorenen Leben nachzusinnen. Aber auch, wenn er ablehnte, hielt er es für sehr wahrscheinlich, dass der plump aufdringliche Gilly sein Nein nicht ernst nahm und ihn eines Abends mit seinem Mädchen und dieser Freundin aufstöberte. Davor hatte er ein bisschen Angst, wenn es auch nicht Marlons besessene Angst vor Drohungen aus einer anderen Welt war.

Als Gilly dann wirklich bei ihm auftauchte, war es an einem kalten, mondhellen Abend, und er kam allein.

«Ich haue ab», erklärte Gilly, «bei mir ist die Hölle los. Alle guten Sachen haben mal ein Ende. Du kannst dem Vorarbeiter morgen Früh Bescheid sagen, okay? Ich geh nach Süden. Hab da ein Mädchen in London, die küsst den Boden, auf dem ich gehe, die arme Kuh. Bei der komme ich unter. Aber das bleibt zwischen uns beiden, verstanden?»

«Aber warum?»

«Er hat es rausgekriegt, ihr Alter, und ich glaub bestimmt, der setzt seine schweren Jungs auf mich an, dass sie mich abknallen. Zusammengeschlagen hat er sie – verdammte Gangster sind die, allesamt! Sie wird mir fehlen.» Tränen standen ihm in den Augen und John starrte ihn verblüfft und beschämt an. «Arme Kuh», sagte Gilly, und der Ausspruch war eine Liebkosung, eine Zärtlichkeit.

«Soll ich mit dir zum Bahnhof kommen?»

«Nicht nötig. Ich komme bloß, um's dir zu sagen, damit du dem Polier Bescheid sagst. Übrigens muss ich vorher noch was erledigen, nämlich die Statue, diese Klio, holen.» Er wandte sich halb ab. «So als Souvenir – wegen der haargenauen Ähnlichkeit.»

«Du willst jetzt, nachts, auf den Friedhof? Deswegen?»

«Hab doch gesagt, ich will sie haben.» In seinen glasigen Augen lag ein erschütternder Hunger. Alles, was seine Liebe betraf, hatte er in den dürftigen Worten ausgedrückt, die ihm zu Gebote standen. Beredt war er nur bei Unzüchtigkeiten. «Ist ja Mondschein», meinte er, «und ich hab 'ne Taschenlampe. Ich klettere über die Mauer.»

«Tschüs, Gilly», sagte John, «mach's gut.»

Am Morgen war der Himmel kupferfarben, oben grau und rötlich am Horizont, wo die Sonne hing. Es war Wintersonnenwende.

«Wie das Ende der Welt», sagte Marlon.

Händereibend kam der Polier herein. «Wir kriegen Schnee, und zwar noch ehe der Tag zu Ende ist, sag ich euch. Gilly kommt zu spät.»

John erklärte ihm, dass Gilly überhaupt nicht käme. Er sagte nicht warum und wartete auf einen Wutausbruch, aber der Vorarbeiter schob bloß die Unterlippe vor, setzte den Kessel auf und nahm sich eine von Marlons Zigaretten.

«Kein großer Verlust», meinte er. «Den werden wir nicht vermissen. Und wenn mich nicht alles täuscht, dann sind wir heute Abend sowieso alle entlassen, wenn dieser Schuttplatz hier eingeschneit ist. Da könnt ihr euch alle begraben lassen, Jungs, gerade rechtzeitig zu Weihnachten.»

Marlon zeigte keine Neigung, die stickige Wärme der Baracke, wo der Vorarbeiter jetzt einen kleinen Koksofen hatte, gegen die raue Luft und das gelbliche Halbdunkel des Friedhofes einzutauschen. Aber der Polier wollte sie lossein, er wollte allein sein, müßig und warm und in Ruhe gelassen. Er nahm Gillys Kalender von der Wand und schob ihn zwischen die glühenden Koksbrocken, und das letzte, was John davon sah, war der sonnenbraun glänzende Körper eines nackten Mädchens, der sich im Feuer krümmte.

Sie traten hinaus in die fröstelnde Kälte des kürzesten Tages, und der Polier trieb sie zur Eile, indem er eigenhändig den Raureif von der Windschutzscheibe des Lasters wischte.

John fürchtete Scherereien seitens des Jungen, so abschreckend wirkte der Friedhof in dem Dämmerlicht unter dem unheimlichen Himmel. Aber nachdem John mehrfach beteuert hatte, dass Gilly wirklich nicht käme, und nachdem das auch schließlich in seinen Kopf eingedrungen war, wurde Marlon fröhlicher und einem normalen Menschen ähnlicher, als John ihn je erlebt hatte. Er lachte sogar. In der Fahrerkabine knuffte er John übermütig, und als dadurch der Laster ins Schlingern geriet, bog er sich vor Lachen.

Als sie jedoch im zentralen Bereich des Friedhofes ankamen und sich ans Aufräumen und Jäten machten, da wurde er wieder schweigsam, wenngleich er innerlich ruhig wirkte. All die Monate lange hatte John sich nach Ruhe gesehnt, nach der Erlösung von Gillys endlosen Prahlereien und Anzüglichkeiten, aber nun, da er diese Ruhe hatte, war ihm keineswegs wohl zumute. Es hatte vielleicht etwas damit zu tun, dass er allein mit Marlon hier oben war. Insgeheim verachtete er sich selbst, dass er vor einem armen, zurückgebliebenen Jungen Angst hatte, aber es stimmte, er hatte Angst. Zum Teil lag es wohl an der immer schwerer lastenden Atmosphäre, an der kalten Windstille, der tiefer werdenden Dämmerung, wie bei einer Sonnenfinsternis, und an der Art, wie Marlon zuweilen minutenlang leer vor sich hinglotzte und dabei den Spaten hin und her schwang. Was ihn jedoch geradezu sehnsüchtig auf den Schnee warten ließ, der sie wieder in die Baracke zurücktreiben würde, das war Marlons neue Angewohnheit – jetzt, da Gilly nicht mehr da war und ihn verhöhnen konnte –, die Grabsteine zu streicheln und anscheinend mit ihnen zu flüstern. Dass er es ehrerbietig und behutsam tat, trug auch nicht dazu bei, Johns Gemüt zu erleichtern. Es war, als beschwichtige er die Toten und versichere ihnen, dass nun alles gut werden würde. Und eine untergründige Gewissheit, die an Intensität zunahm, während die Zeit langsam verrann, beschlich John, nämlich, dass der Friedhof irgendwie eine Veränderung erfahren hatte. Anfangs war er für ihn lediglich ein Ort gewesen, an dem er arbeitete, später dann ein Hort der Traurigkeit und der verlorenen Vergangenheit, niemals aber – bis jetzt – etwas Beängstigendes oder Makabres. Vielleicht war sein Gefühl hauptsächlich auf die Absonderlichkeit dieses Tages zurückzuführen, auf dieses permanente Zwielicht und das Bewusstsein, dass in diesen Stunden die Erde die größte Entfernung zur Sonne erreicht hatte.

Aber es war doch mehr als das. Das mochte als Erklärung für die Verzerrungen hinreichen, die er zu sehen vermeinte – die Gräber schienen dichter zusammengerückt, der Kapellenturm höher und dunkler –, nicht aber für sein Empfinden, dass sich auf dem Friedhof, seit er ihn zuletzt gesehen hatte, irgendein Frevel, irgendein Exzess ereignet habe. Als diese Wahnvorstellungen so stark geworden waren, dass er greifbare Veränderungen wahrzunehmen meinte – hatten nicht die Positionen der Steine und Grabplatten sich verschoben? –, blickte er energisch auf seine Uhr und erklärte Marlon, dass sie jetzt aufhören und Mittagspause machen könnten.

Der Polier hatte angeordnet, sie sollten eine Wagenladung Bruchstein aus der Kapelle mit hinunterbringen, danach könnten sie dann Schluss machen. Der Himmel hatte sich ein wenig aufgehellt, er schimmerte gleichmäßig, aber sie mussten trotzdem die Scheinwerfer eingeschaltet lassen. Die bleichen, dunstigen Lichtkegel bohrten sich in das Gestrüpp und erstarben in dichter Schwärze. Sie parkten neben dem Turm.

«Kannst du dich nicht zusammennehmen und mit reinkommen», fragte John, «oder muss ich alles allein machen?»

Marlon brachte ein dümmlich verschlagenes Lächeln zuwege.

«Aber du gehst zuerst!»

Das Abbruchgestein war an der entlegensten Seite des Oktagons aufgestapelt. Er sah Gilly, noch ehe er dort war. Gilly lag auf dem Rücken zwischen den Musen und Jungfrauen, Kopf und Gesicht eine Masse schwarzklumpigen Blutes, an der Steinsplitter klebten. Klio, das Souvenir seiner Liebe, war seinen Händen entrollt. Seine Augen starrten, als sähen sie noch immer jene Abgesandten der Vergeltung.

«Gilly, Gilly!», brüllte John, und die acht Wände tönten zurück: «Gilly, Gilly!» Sie riefen es Marlon zu, als er durch den Turm ins Mittelschiff kam.

Marlon schrie nicht Gillys Namen, er brach in einen unirdisch hohlen Schrei aus.

«Die toten Menschen sind rausgekommen! Die Toten haben ihn gerichtet! Der Tag ist gekommen, das Ende der Welt . . . der Jüngste Tag, der Jüngste Tag!»

Von den Traufen, aus dem zerborstenen Dach stoben die Vögel auf, ein Krächzen, ein Kreisen, ein großes Flügelschlagen. Und das Echo lärmte wie das Dröhnen einer Totenglocke. John taumelte hinter Marlon her ins Freie, hinter der jagenden Gestalt, die da schrie wie ein Prophet in der Wildnis, taumelte hinein in das Weiß, das die Welt reinigte.

In großen, zottigen Flocken hatte es zu schneien begonnen.

Unterkühlung

Jürgen Ehlers

«Sie haben ihn also gefunden?»

Grauer Novembermorgen. Von unten dringt der Verkehrslärm Edinburghs gedämpft hinauf in das Hotelzimmer. Kerstin Menzel wirft einen Blick aus dem Fenster, aber den Berg, ihren Berg, kann man von hier aus nicht sehen. Neubauten versperren die Sicht auf King Arthur's Seat.

Der Kommissar nickt. «Er lag etwa hundert Meter südlich des Gipfels, auf einem kleinen Trampelpfad. Erfroren. Es hat Frost gegeben in der letzten Nacht. Seine Jacke lag neben ihm.»

Kerstin Menzel schweigt. Die Anwesenheit des Polizisten beunruhigt sie. Sicher, sie hat gewusst, dass es eine Untersuchung geben würde. Lästig natürlich. Aber sie weiß, alles wird in Ordnung sein. Dennoch hat sie Angst. Sie schenkt sich ein Glas Mineralwasser ein.

«Darf ich fragen, warum – was Ihr Mann gestern Abend auf dem Berg gemacht hat?»

«Er wollte sterben!» War das nicht offensichtlich? «Er hatte Krebs. Als Arzt wusste er, was er zu erwarten hatte. Und bevor die Schmerzen unerträglich wurden . . .»

«Ich hätte gedacht, dass einem Arzt elegantere Methoden zur Verfügung stünden als Tod durch Erfrieren», wirft er ein.

«Keine ist so schmerzfrei und so sicher.» Sie sieht ihm an, dass er daran zweifelt. Aber Selbstmord ist schließlich eine sehr persönliche Entscheidung, das muss er respektieren.

«Warum gerade hier, in Edinburgh?»

«Hier haben wir uns kennen gelernt. Vor etwas mehr als

zwanzig Jahren.» Versuch eines Lächelns. «Hier sollte es auch zu Ende gehen.»

«Aber Sie kommen beide aus Deutschland?»

«Aus Hamburg, ja. Ich habe in Edinburgh studiert, Anglistik. Und er kam her, um an einer Tagung teilzunehmen. Ich habe damals geholfen, die Dias vorzuführen. Es gab dafür etwas Geld; das konnte ich brauchen.»

Sie erinnert sich genau an die Atmosphäre in dem kleinen plüschigen Saal der Royal Society. Sein Vortrag war großartig gewesen. Und als er hinterher zu ihr kam, um seine Dias abzuholen, hatte sie vor Aufregung das Magazin fallen lassen. So hatten sie sich kennen gelernt. Sie hatten zusammen in der Mensa gegessen. Kai Menzel, der bekannte Chirurg und sie, die kleine Studentin. Er hatte vorgeschlagen, einen Spaziergang zu machen. Sie war nie zuvor auf King Arthur's Seat gewesen. Der Berg war nicht so steil, wie er aussah; es gab einen bequemen Fußweg. Als sie auf dem Gipfel ankamen, ging gerade die Sonne unter. Da hatte er sie fest in den Arm genommen und geküsst. – Das ist lange her.

«Auch jetzt sind wir auf dem Berg gewesen, gleich am Tag nach unserer Ankunft.» Stundenlang sind sie über Felsen und feuchtes Gras hinweggeklettert. Aber Kai hat sich nicht entscheiden können. Am Ende sind sie gemeinsam wieder nach unten gestiegen. Wortlos.

«Daher das Moos an Ihren Stiefeln.»

Sie wird rot. In der Tat, die Bergstiefel stehen schmutzig an der Garderobe. Sie hat nicht daran gedacht, sie zu putzen. Und er hat es gleich bemerkt und seine Schlüsse gezogen. Unerwünschte Schlüsse.

Der Polizist sieht sie an. Eine weitere Frage beschäftigt ihn. «Ihr Mann war älter als Sie?»

«Fünfzehn Jahre.» Das hatte sie damals nicht gestört. Später schon. Sie hätte gern Kinder gehabt. Im nächsten Jahr wird sie vierzig. Es ist höchste Zeit, aber noch nicht zu spät. Sie lehnt sich in ihrem Sessel zurück und denkt an Harald. Sie hat ihn heute sofort angerufen, wohl wissend, dass er um 8 Uhr im Büro sein würde. Sie haben nur kurz miteinander gesprochen, aber seine Reaktion auf die Nachricht ist anders ausgefallen, als sie erwartet hatte.

Der Kommissar zieht eine Packung Zigaretten aus der Tasche. «Darf ich?» – Das Zögern in ihrer Zustimmung entgeht ihm nicht. Er steckt die Packung wieder ein.

«Sie haben gewusst, dass Ihr Mann Selbstmordabsichten gehegt hat?»

«Ja, natürlich.»

«Und Sie haben ihn nicht daran gehindert?»

«Nein.»

«Aber ihn auch nicht in seinem Vorhaben unterstützt?»

«Nein. – das sagte ich doch schon: Ich war gestern in Inverness und bin erst am Abend zurückgekommen. Ich habe Susa McGregor besucht, eine alte Studienfreundin. Als ich gegen Mitternacht zurückkam und das Hotelzimmer leer vorfand, wusste ich natürlich, was geschehen war – schon bevor ich den Abschiedsbrief gelesen hatte. Wir hatten schließlich oft genug darüber gesprochen. – Ich habe Sie sofort angerufen.»

«Es war dunkel», sagt er. «Wir konnten ihn nicht finden.» Es klingt nach einer Entschuldigung.

«Haben Sie noch weitere Fragen?» Sie findet, dass er jetzt gehen sollte.

«Er lag auf der steilen Seite des Berges, dort, wo es keinen Weg gibt, sondern nur schmale Trampelpfade.»

«Von dort aus hat man den besten Blick auf Edinburgh, und man ist völlig ungestört. Das war sein Wunsch gewesen, friedlich einzuschlafen.» Sie kann nicht verhindern, dass ihre Hände zittern.

«Er ist nicht ‹friedlich eingeschlafen›, wie Sie es nennen», sagt der Kommissar. «Offenbar wollte er zurück zum Weg. Er hatte es sich anders überlegt und wollte leben.»

«Mein Gott! – Das vermuten Sie doch nur?» Sie umklammert ihr Glas.

«Ich bin mir sicher, dass es so war. Und – er hatte eine Beule am Hinterkopf, wie von einem Schlag mit einem stumpfen Gegenstand.»

Sie starrt ihn an. – «Er wird unglücklich gestürzt und auf einen Stein gefallen sein. Er war schließlich ein alter Mann, und schwer krank.»

Der Kommissar schüttelt den Kopf. «Ein alter Mann? Er war keine sechzig. Das müsste schon ein sehr heftiger Sturz gewesen sein. Und – er ist nach vorn gestürzt.»

«Nach vorn gestürzt?» Sie schluckt. Das ist nicht wahr. Das kann nicht wahr sein!

«Freilich, als wir ihn fanden, lag er auf dem Rücken, aber er ist nachträglich umgedreht worden. Und die Jacke, die neben ihm lag, dieser gefütterte Anorak, der ist ihm offenbar erst nachträglich ausgezogen worden. – So wie es aussieht, liegt eindeutig Fremdverschulden vor.»

«Mord? – Aber wer sollte denn ... – ich meine: nachts, bei diesem Wetter, auf diesem Berg ...»

«Jemand, der gewusst hat, dass er dort sein würde. An diesem Tag. zu dieser Stunde.» – Der Kommissar sieht sie fest an: «*Hat* es jemand gewusst?»

Sie schüttelt den Kopf.

«Bei Selbstmördern», sagte der Kommissar, «ich meine bei solchen, die sich wegen einer schweren Krankheit das Leben nehmen, gibt es oft den Fall, dass sie wollen, dass ein enger Familienangehöriger in der Nähe ist, um Trost zu spenden und den schweren Weg zu erleichtern.»

«Wir haben keine engen Angehörigen, die dafür in Frage kämen», erwidert sie. «Und ich selbst war in Inverness, wie Sie wissen.»

«Ja, Sie waren in Inverness. Sagen Sie. – Gegenüber von Ihrem Hotel wohnt eine alte Dame, die abends schwer einschlafen kann. Sie behauptet, in Ihrem Zimmer habe gestern Abend Licht gebrannt.»

«Möglich. Kann sein, dass ich vergessen habe, es auszuschalten.»

«Ja, kann sein. Aber so gegen 22 Uhr, nach den Spätnachrichten der BBC, da brannte es nicht mehr, sagt jedenfalls die alte Dame. – Sie zittern ja! Wollen Sie etwas sagen?»

Sie schüttelt den Kopf.

«Kann natürlich sein, dass sich die alte Dame geirrt hat. So was kommt vor. – Jedenfalls werden wir nach dem Gegenstand suchen, mit dem Ihr Mann niedergeschlagen wurde!», fügt er hinzu.

Sie nickt. «Tun Sie das!»

Der Kommissar steht auf. Sie reicht ihm den Mantel. «Auf Wiedersehen!» – ‹Hoffentlich nicht!›, denkt sie.

Bestimmt nicht. Der Stein liegt am Boden eines kleinen Sees; niemand wird ihn je finden. Dass ihr Mann wirklich Krebs gehabt hat, wird die Obduktion ergeben. Grund genug für einen Selbstmord. Er hatte es ja auch tun wollen, aber dann hatte er plötzlich den Mut verloren. Er war eben alt geworden, alt und schwächlich. Sie hat ihm geholfen, mehr nicht. Und Susan wird notfalls beschwören, dass sie gestern Abend bei ihr gewesen ist. Alte Freundinnen wie sie lassen einander nie im Stich.

Das Einzige, was sie wirklich beunruhigt, ist der Anruf bei Harald. Er hat kühl geklungen, sehr reserviert, so als ob er die Frage seiner Scheidung noch einmal neu überdenken müsse, jetzt wo der Weg für sie endlich frei ist. Aber wahrscheinlich hat sie ihn nur in einem unglücklichen Moment angerufen. Gleich wird er selbst zum Hörer greifen und alles klarstellen. Bestimmt.

Kalt und tief

Frances Fyfield

Es fror seit achtzehn Stunden. Sarah spürte, wie die Kälte ihr langsam bis in die Knochen kroch. Es war zu kalt für Schnee. Schnee würde sie auch nur noch länger festhalten, als sie ohnehin schon bleiben musste. Was war sie doch für eine dumme Kuh gewesen, sich dazu breitschlagen zu lassen, ihrer Schwester zu helfen. Wo sie Kinder noch nicht einmal mochte. Als sie aus dem Zug stieg, überdachte Sarah in Sekundenbruchteilen noch einmal die Gründe, die sie an diesen Ort geführt hatten, und sie stellte fest, dass sie keineswegs ausreichend waren. Sie pflegte ihr Singledasein so erfolgreich, dass sie nirgendwo anders hätte hingehen können. Mary hatte sie gefragt, ob sie kommen wollte, und Weihnachten war sowieso überall derselbe Albtraum.

Es würde ganz schön eng werden. Sarah versuchte, sich an die Zahl der Gäste zu erinnern. Mary mit ihrem Mann Jonathan, plus zwei Töchter von sechs und acht Jahren, plus Baby. Dazu Fiona, die aufopferungsvolle Verlobte von Jonathans Bruder, die schon drei Tage früher eingetroffen war, um einzukaufen und das Haus herzurichten. Und Richard, der ihr verliebt nachreiste. Verglichen damit war der Gedanke an den alten Vater für Sarah fast schon wieder attraktiv. Sie konnten zusammen ihren Single-Status feiern, sie in der Rolle der abgebrühten Tante und er in der des abgefüllten Großvaters. Eine Literflasche Gin würde ihnen über die Feiertage hinweghelfen.

Der Bahnhof war hässlich und kalt – kein Platz zum Warten. Sarah war instruiert worden, die unerschütterliche Fiona anzurufen, aber die Schlange vor dem Telefon schreckte sie ab. Ein

Taxi plus Spaziergang waren besser geeignet, die klaustrophobische Erbärmlichkeit der ganzen Angelegenheit noch ein bisschen hinauszuzögern. Wenigstens gab es am anderen Ende, in dem Haus, das ihr von ihrer Schwester so plastisch beschrieben worden war, einen Hund zur Gesellschaft. Es war eine Hündin mit Welpen, fiel Sarah ein, und bei dem Gedanken musste sie sich plötzlich direkt am Taxistand heftig übergeben. Deswegen dauerte es auch eine Weile, bis sie ein Taxi bekam.

In dem Wagen, der, von Norden kommend, in Richtung Midlands dahinschlich, blieb das müde Gezänk immer wieder in trübseligem Schweigen stecken. «Ich habe keine Ahnung, warum wir uns das antun mussten», sagte Mary zum letzten Mal. Jonathan brüllte nicht mehr und drosch auch nicht mehr auf das Lenkrad ein; die Phase war vorbei.

«Du weißt genau, warum. Weil es uns gut tun wird. Die Mädchen können draußen herumlaufen. Dad hat immer noch mit den Folgen seines Schlaganfalls zu kämpfen und kann deshalb nicht zu uns kommen, und», setzte er listig hinzu, «Fiona ist da, und das heißt, *du* hast außer Schlafen gar nichts zu tun. Sarah wird sich sicher auch nützlich machen.»

Du bist ja so klug, dachte Mary. Die Aussicht auf Schlaf war unerträglich verlockend. Sie fühlte sich im Wagen wie in einem Kokon, der von Trostlosigkeit und Groll erfüllt war. Beth und Sylvie, sechs und acht Jahre alt, mochten momentan ruhig sein, würden aber garantiert wieder ein Chaos auslösen, sobald der nasse, drei Monate alte Säugling auf dem Schoß seiner Mutter einschlief.

Jonathan betrachtete Marys Gesicht im Rückspiegel, sah den verkniffenen, erschöpften Gesichtsausdruck, gegen den sein Einkommen und seine Möglichkeiten machtlos waren. Er beneidete seinen jüngeren Bruder um seine Unbekümmertheit und das sorglose Jahrzehnt, das zwischen ihnen lag. Er beneidete Richard, nicht nur um dessen Leben, sondern auch um seinen Wagen und um die appetitliche, kompetente, fürsorgliche Fiona.

«Opas Hund ist da! Und er hat Junge gekriegt!», kreischte Beth, die das Schweigen satt hatte. «Und ich kann im See schwimmen gehen!» Mary zuckte zusammen.

«Das glaube ich nicht, Schatz.»

«Kann ich dir was sagen, Daddy? Kann ich, kann ich, kann ich?», fuhr Beth fort, die immer gern von einem Thema zum anderen hüpfte. Sie redete unglaublich gern und viel. Mary schloss die Augen.

«Nun sag's schon, du gibst ja doch keine Ruhe.»

«Seit den Sommerfeien mag ich Fiona nicht mehr.»

Marys Augen öffneten sich, und ihre Stimme wurde vor Verzweiflung laut.

«Lass den Unsinn. Fiona ist sehr nett. Jeder mag sie.»

«Opas Hund nicht. Opa nicht. Ich nicht.»

Mary verlor die Beherrschung. «Quatsch! Bist du verrückt geworden? Ohne Fiona würden wir zwei Tage nichts zu essen haben und keinen Schlaf finden. Also hör auf damit ... *halt einfach den Mund!*»

Schweigen. Der schmollenden Beth fielen die Augen zu, Sylvie hielt sich trotzig wach. Eine weitere zähe Meile auf der hell erleuchteten Straße. Eine weitere leise Stimme vom Rücksitz, sehr selbstgefällig, weil sie diesmal gegen Tadel gefeit war.

«Wann sind wir endlich da, Daddy? Wie lange dauert es noch? Wie lange noch? Wie lange noch?»

Es wurde zum Singsang. Er seufzte.

«Nicht mehr lange. Wenn ihr brav seid, dürft ihr mit Opas Hund spielen.»

Eine Hündin mit gelblichem Fell, die viel von einem Labrador hatte und bis heute Richards Liebling war. Vielleicht gab es dieses Jahr an Weihnachten Schnee, aber da das hässliche Haus seines Vaters der Ort war, den Richard am meisten auf der Welt liebte, war die Aussicht auf Schnee nicht so schlimm.

«So ein süßes kleines Haus», erzählte ihm Fiona durchs

Autotelefon. Es wird ein bisschen eng, Liebling, sollte das heißen, mit Mary und den Kleinen.

Und mit deren Schwester. Warum musste sie auch ihre Schwester mitbringen? «Wir werden uns eben ein bisschen ruhiger verhalten müssen. Mach dir keine Sorgen», sagte er.

«Im Bett sind wir aber gar nicht so ruhig.» Fiona kicherte. Richard grinste wie ein Idiot.

«Hat sich Dad gefreut, dich zu sehen?»

«O ja, aber nicht so wie die Sozialarbeiterin und die Nachtschwester, die ich abgelöst habe. Sie wären mir fast um den Hals gefallen. Aber eigentlich kann er mich nicht leiden. Das weißt du doch . . .»

«Unsinn, natürlich mag er dich. Das hat er immer wieder gesagt.»

Die Lüge kam mit schmeichelhafter Leichtigkeit durchs Autotelefon. Sein Telefon machte ihn ganz verlegen: Er liebte es wie seine eigenen Hände. Es gab Zeiten, in denen ihn seine Liebe zu Fiona genauso verlegen machte, aber er war eben immer schon schutzlos gewesen, wenn er etwas mit solcher Leidenschaft verehrte – die Telefone, die sein Lebensunterhalt und seine Freude waren, sein Kinderspielzeug und den Möchtegern-Labrador, den er vor drei Jahren bei seinem verwitweten Vater zurückgelassen hatte. Davor war es Dad gewesen, den er mit dieser schlichten Ausschließlichkeit geliebt hatte; er war oft nach Hause gefahren, und sie hatten zu dritt in ihrer Kameradschaft geschwelgt. Das war, bevor Fiona ihm seine 28-jährige Unschuld ausgetrieben und ihn auf die absolute Bedeutung von Besitz aufmerksam gemacht hatte. Er hatte immer noch ein vages Gefühl von Treulosigkeit, also ob die Liebe ein Wettkampf und er selbst der Preis wäre. Aber das war natürlich Unsinn. Ein Mann, der so viel arbeitete wie er, brauchte auf nichts zu verzichten. Er rief Fiona viermal täglich an. Ihre Stimme war so samtweich wie die Falten unter dem Maul des Hundes, die Richard streichelte, bis sich das Tier ekstatisch herumwälzte und ihm seinen rosa-gelben Bauch entgegenstreckte. Auf der Überholspur der Autobahn, das Telefon fest umklammert, sah er sich im Rückspiegel grinsen. Dicht hinter ihm drängelte ein weiterer BMW. Er ließ ihn warten.

«Du weißt doch, dass dein Vater mich nicht mag, aber ich dachte, ich warne dich lieber – es ist viel schlimmer mit ihm geworden. Er flucht wie ein Kesselflicker. Sagt schreckliche Sachen über die Leute, mich eingeschlossen – selbst über dich. Viel schlimmer als letzten Monat. Besteht darauf, sein Abendessen mit dem Löffel zu essen. Es kann sein, dass er heute Abend nicht viel sagt, weil er sehr müde ist, aber vielleicht spuckt er Blasen.»

«Was für Blasen?», fragte Richard benommen. Dann geriet der Wagen leicht ins Schleudern, und die Telefonverbindung knisterte. Sein Telefon war ohne jede Entschuldigung plötzlich stumm, und als er die Spur wechselte, war der andere BMW plötzlich vor ihm. Er hatte keine Chance gehabt, nach dem dummen gelben Hund und seiner anomal späten Schwangerschaft zu fragen (ein Zustand, der besser als alles andere erkennen ließ, dass Dad die Dinge nicht mehr im Griff hatte, und das hatte Richard eine Stütze genommen, die er augenblicklich durch eine andere ersetzt hatte). Er schüttelte den Kopf und brachte den Wagen wieder auf Touren. Fiona war einfach ein Wunder.

Der Pudding war fast fertig. In der Speisekammer lagen zwei Gänse, gefüllt und in Folie verpackt. Was für ein hässliches Haus, dachte Fiona. Kein Landhaus, sondern Nachkriegsgotik am Rande eines schrecklichen Häuserkonglomerats, das die Kohle erst reich und dann arm gemacht hatte. Die Stadt zog sich den Hügel hinab bis zu der unwirklichen Landschaft mit ihren seltsamen Tälern und kahlen Feldern, die aus den Hinterlassenschaften des Tagebaus entstanden waren; keine Bäume, nur eine Art Gestrüpp, das sich hinter düsteren Vorstadtgärten mit üppigem Immergrün ausbreitete. Die Villa lag am Rand eines abschüssigen Feldes, das sich bis zu einem Tümpel in einer kleinen Senke hinunterzog, der zwar auf Dads Grundstück lag, den aber die Jugendlichen des Ortes zu ihrem Eigentum erkoren hatten; ein stehendes Gewässer, das von seinem romantischen Besitzer und dessen Familie immer noch als «der See» bezeichnet wurde. Für Kinder mochte er größer ausgesehen haben, dachte Fiona herablassend, aber er war zumindest tief und kalt, das musste sie zugeben, als sie sich nach ihrem zweiten schnellen Spaziergang zu seinem bröckeligen Ufer – und diesmal mit dem Ziel, frische Luft zu schnappen und zu sehen, wie weit das Eis war – unter dem Wasserhahn die Finger wärmte.

Jetzt sah sie auf die Uhr. Der Anruf der Schwester ihrer Schwägerin wäre eigentlich längst fällig gewesen; wahrscheinlich hatte der Zug Verspätung. Gut, dann würde sie eben jemand anders abholen müssen. Vom Hundekorb kam ein winselndes Geräusch, vom Wohnzimmer am anderen Ende eines grauenhaften Linoleumflurs ein schwaches Klopfen. Opas Hündin betrachtete Fiona aus Augen voller hilflosem Elend. Sie lag auf der Seite und zeigte die geschwollenen Zitzen; die frische, saubere Decke unter ihr ersetzte die zerrissenen, blutigen Zeitungen von gestern. Fiona schlenderte auf sie zu und steckte ihr eine Pille zwischen die widerstandslosen Kiefer. Danach waren ihre Finger feucht von Speichel. «Schon gut», sagte sie. «Anweisung vom Tierarzt. Ihr Mütter seid nun mal eine entsetzliche Plage für eure Umelt. Nun komm schon, steh auf und beweg deine lahmen Knochen ein bisschen. Na los, wird's bald?»

Der Möchtegern-Labrador gehorchte ungern und schwerfällig, die ungeschnittenen Klauen klickten auf dem Linoleum, das schließlich einem karierten Teppich wich. Hier gab es nichts, was nicht verbesserungswürdig war, dachte Fiona. Alles war scheußlich. Aber man konnte aus dem Haus durchaus ein schönes und wertvolles Vorstadt-Monstrum machen, wenn man die frühen Sechziger daraus vertrieb, die Zeit, in der hier das letzte Kind geboren worden war. Seitdem fehlte ihm eine weibliche

Hand. Wir könnten Steinplatten in den Garten legen, dachte Fiona. Kies für die Einfahrt. Aus dem Teich könnte man einen Swimmingpool machen. Richard könnte mich von dort aus mit seinem Handy anrufen.

Das Haus tauchte nicht aus dem Nebel auf, als Sarah zu Fuß darauf zulief, vorbei an eng beieinander liegenden Behausungen mit blinden Fensterscheiben, die ein Stück zurückgesetzt von der Straße lagen und deren gelegentliche Lichtschimmer das Gefühl des Ausgeschlossenseins in ihr noch verstärkten. «Nichts Tolles», hatte Mary gesagt. «Nur groß und zu wenig Badezimmer.» In der unebenen Einfahrt hatten drei Autos nebeneinander Platz, aber es stand nur eins da: das von Fiona. Das bedeutete, dass sie die Erste war, und diese Vorstellung ließ sie zögern anzuklopfen. Unentschlossen blieb sie vor der Tür stehen, neben einer enormen Terrakottaschale, protzig und unpassend, in der ein kleiner Strauch auf einem Bett von frischem Kompost wuchs. An den Zweigen hingen kleine Kugeln, die sehr leise klirrten, als sie ausatmete. Die geschmackvolle Exklusivität des Arrangements wirkte abstoßend und ließ sie an einen Friedhof mit frischen Blumen denken. Immer noch zögernd und durch dieses Anzeichen von Feststimmung zusätzlich gehemmt, wandte sich Sarah nach rechts und schaute zur Ablenkung durch ein Fenster. Sie sah, verzerrt durch die Bleiglasscheiben, bunte Lichterketten an einem Weihnachtsbaum und hörte ebenso verzerrte Geräusche.

Ein alter Mann saß in einem Lehnstuhl, so aufrecht, dass er mit Hilfe des Stocks, der fünf Meter entfernt neben der Tür lehnte, leicht hätte aufstehen können. Er schien nach dieser Stütze zu rufen, brüllte vor Wut und hämmerte mit den Handgelenken auf die Sessellehnen ein. Eine große junge Frau war dabei, ihn zu beruhigen; ein farbloser Hund mit rosa Unterbauch trottete hinter ihr her. Die Bleiglasscheiben verschwammen ein wenig. Sarah bereute den Wein, den sie im Zug getrunken hatte, mitsamt der zwangsläufig einsetzenden Übelkeit am

Bahnhof. Sie glaubte zu sehen, wie ein Plastiklatz vom faltigen Nacken gerissen wurde und darunter ein sauberes weißes Hemd zum Vorschein kommen ließ, wie ein Hörgerät eingesetzt und der Stock so hingestellt wurde, dass er ihn erreichen konnte, wie eine Bürste so heftig durch die dicken grauen Haare fuhr, dass sich das volle runde Gesicht zu einem Schrei verzog. Er sah aus wie ein Baby: Ihr wurde schon wieder schlecht. Seine strahlend blauen Augen wandten sich dem Fenster zu, als erhoffte er von dort die Erlösung, sahen die Scheinwerfer und wurden lebendig.

Die schlanke Gestalt der jungen Frau bewegte sich geschäftig durch den Raum, ihr Haar glänzte, die schmalen Hüften beugten sich mit anmutiger Leichtigkeit über die Kissen. Sarah schlurfte zur Tür. Licht fiel auf ihren Rücken, als sie auf die Klingel drückte, die mit ihrem dünnen, nervtötenden Ton jede Illusion von früherer Pracht zerstörte und gleichzeitig in einem merkwürdigen Widerspruch zu der modernen, geschmackvollen und teuren Blumenschale stand. Hinter ihr hielt ein Wagen, ein zweiter, langsamer folgte. Fiona, vom Licht umrahmt wie ein Engel, öffnete weit die Tür, lachte Hallo und gab herzliche und liebenswürdige Plattitüden von sich. «Kommt rein, kommt rein, wie geschickt von euch, alle auf einmal anzukommen. Kommt rein und sagt Dad guten Tag . . .»

Richard begrüßte Dad als erster. Sein Vater sah aus wie der Inbegriff des tadellosen Gentleman reiferen Jahrgangs in seinem Tweedanzug, den gelben Hund zu seinen Füßen und mit ungeweinten Tränen in den Augen. Dad lächelte, er wollte verzweifelt etwas sagen, aber dafür war nicht genug Zeit. Richard war nachsichtig und tätschelte Dads Arm; er glaubte, sein Vater wäre durch die vielen Menschen verwirrt, und dachte daran, was Fiona gesagt hatte. Außerdem gab es hausgemachte Suppe, Sandwiches, Kekse und Brei für die Kinder. Und jede Menge Rotwein für die Erwachsenen. Ein perfektes Familienessen für den Weihnachtsabend. Sie machten es sich innerhalb kurzer Zeit bequem.

Wie immer war es Beth, die das Idyll störte. Sie wies mit zitterndem Finger auf den Möchtegern-Labrador, nicht um das Tier anzuklagen oder zu kritisieren, sondern weil sie es einfach wissen wollte.

«Wo sind die Hündchen», rief sie mit höflicher Ungeduld.

Opa beugte sich in seinem Sessel vor und sah aus, als ob er losbrüllen wollte, aber stattdessen zischte er nur. «Sie wollte nicht ...», begann er. «Sie wollte nicht ...»

«O je», sagte Fiona, legte eine Hand auf seinen Arm und sah Beth mit tiefem Mitgefühl an. «Ich glaube, es war falscher Alarm.» Sie wandte sich zu Richard: «Eine Scheinschwangerschaft; der Tierarzt hat gesagt, sie hätte das schon früher gelegentlich gehabt. Es tut mir so Leid, Schätzchen, aber diesmal gibt es keine Hündchen. Die Arme hat geglaubt, sie wäre es, ihr armer alter Körper hat geglaubt, sie wäre es, aber sie war nicht schwanger. Sie ist einfach fett geworden.» Beth fing an zu weinen, langsame, dicke Tränen der Enttäuschung.

Ich wünschte, bei mir wär's genauso, dachte Sarah sarkastisch. Ich wünschte, mein Zustand wäre auch nur eine Folge von Einbildung und nicht von gedankenlosem Beischlaf, und ich wünschte, es gäbe keine Wahl. Ich wünschte, ich wäre nicht 35 Jahre alt und gleichzeitig in der siebten Woche schwanger. Ich will nicht die Weihnachtstage damit verbringen, darüber nachzudenken, wann der beste Zeitpunkt für die Abtreibung ist, aber eigentlich hasse ich Weihnachten ja sowieso.

Der Hund hob eine Pfote; das Kind, das warm an seiner pochenden Flanke lag, hatte ihn ein wenig beruhigt. Dad klopfte mit seinem Stock auf den Boden. Er rief nach einem Messer für seine Sandwiches, aß gierig die Stücke, die Fiona ihm so freundlich, ohne Kommentar und ohne Herablassung, schnitt, und starrte in ihr ruhiges, schönes Gesicht. Ja, du bist großartig, dachte Sarah. Marys Augen waren wieder geschlossen. Die Kinder und ihre Schwester gehörten plötzlich ihr, als ob sie sie irgendwie für sich gewonnen hätte. Wie seltsam, dass kleine Mädchen und Jungen sich verhielten wie Katzen und den Erwachsenen adoptierten, der nicht zu ihnen gehörte und der sie womöglich am wenigsten mochte. Also brachte Sarah die beiden ins Bett, kurz nachdem sich Opa ohne Protest hatte wegbringen lassen, als ob er ein gutes Beispiel geben wollte. Mary hatte sich mit dem Baby in einen gierigen Schlaf geflüchtet, unfähig, einen Anschein von Höflichkeit aufrechtzuerhalten, und die Brüder machten die nächste Flasche auf.

Das hässliche Haus war erstaunlich still, wenn man von den Geräuschen der Kanalisation absah. Die Kinder flüsterten. Sie müssten eigentlich aufgeregter sein, dachte Sarah, die plötzlich das Gefühl hatte, ihre Träume schützen zu müssen. Sie müssten sich jetzt in jenem hysterischen Zustand befinden, der vor dem Weihnachtsmorgen einsetzt, so, wie es bei mir früher war. Und entgegen jeder Vernunft, die die Vorteilte ihres gedämpften Verhaltens erkannte, versuchte sie, in ihnen ein wenig von dem alten, ungebärdigen Fieber zu wecken.

«Und was bringt euch der Weihnachtsman? Wird das überhaupt alles durch den Schornstein passen?»

«Er sollte mir ein Hündchen bringen», sagte Beth giftig. Da ist Mama aber anderer Meinung, dachte Sarah. Das wäre das Letzte, was sie in ihrem engen kleinen Haus dulden würde. Beth sah sie an, senkte den Blick aber wieder, als sich die Realität durchsetzte.

«Kann ich dir was sagen? Es ist mir egal. Ich wollte nur mal ein Hündchen ansehen. Das ist alles. Opa hat gesagt, er hat gesagt ... jedenfalls hat er am Telefon gesagt, es wäre die letzte Chance für den Hund. Nur, dass Fiona gesagt hat, sie hätte keine. Keine Welpen.»

«Hunde haben viele Chancen. Genau wie Menschen.»

«Nein, haben sie nicht. Glaube ich nicht. Opa hat's gesagt. Spielst du morgen mit mir? Bitte, bitte, bitte. Opa hat immer Stöcke für den Hund geworfen, in den See. Du spielst doch mit, oder?» Sarah fand die Vorstellung schrecklich.

«Pst, ihr müsst jetzt still sein. Alle sind müde. Psst ...» Sie wusste, dass sie genau die Ausrede benutzt hatte, die Kinder am wenigstens akzeptierten. Sie fand, sie könne nicht gut mit Kindern umgehen, hielt aber durch, bis sie auf Zehenspitzen wegschleichen konnte. Dann zögerte sie. Sie sah noch Licht unter Opas Tür, und obwohl sie ihn kaum kannte, erschien es ihr nur höflich, dem Gastgeber gute Nacht zu sagen, wenn sie sich schon in seinem grässlichen Haus aufhielt.

Der alte Mann lag auf der Seite, in Fötusstellung zusammengerollt, die Hand nach der Nachttischlampe und einem Buch ausgestreckt, das zu weit von seinen Fingern entfernt war, als dass er problemlos danach hätte greifen können. Überhaupt, dachte Sarah mit unbehaglichem Mitleid, konnte er in seinem Zustand wahrscheinlich ohnehin nicht mehr lesen. Die Szenerie in diesem Zimmer wirkte kulissenhaft auf sie – das Licht, das Buch, Opas makellose Sauberkeit, alles diente hauptsächlich als Beweis für Fionas Effektivität. Die Lampe sah neu aus, als ob sie vor kurzem ersetzt worden wäre, und Opa wirkte nicht wie ein Mann, der gerne etwas ersetzen ließ. Als sie eintrat, drehte er den Kopf zur Tür, und plötzlich erkannte sie die geistige Klarheit in seinen blauen Augen, die sie möglicherweise schon vorher wahrgenommen hatte, verzerrt durch die Fensterscheiben.

«Tu was», zischte er. «Sie frisst ihn auf. Tu was.» Sarah war verlegen, sie ordnete seine Decken, lächelte so versöhnlich, wie Fiona ihrer Meinung nach lächeln würde, zog die Lampe näher zu ihm heran, stellte ihm den Stock, der sich immer wieder zu entfernen schien, in Reichweite und horchte die ganze Zeit auf das Gelächter von unten, das sie dorthin rief, wohin sie wirklich gehörte: zu den Erwachsenen, nicht zu diesem kapriziösen Greis und den lästigen, fordernden Kindern. Beides war noch nie ihre Sache gewesen.

«Soll ich das Licht ausmachen?»

Er streckte zwei Finger in die Luft, eine Geste, die in geradezu obszönem Widerspruch zu seiner frischgewaschenen Zerbrechlichkeit stand. Unangenehmer alter Kauz, dachte Sarah und zog sich mit Anstand zurück. Zurück zum Wein und zu den Gesprächen mit Erwachsenen. Schließlich war sie kein so ungebetener Gast, als dass sie sich Beleidigungen hätte gefallen lassen müssen. Aber sie hätte es vorher wissen können. Unten war es auch nicht besser. Sie waren eine Familie. Wenn sie zusammen waren, konnten sie nur über ihre Jungen und ihre Alten sprechen, und sowohl die einen als auch die anderen hatten gerade Saison.

«Dein Vater kommt nicht mehr zurecht», sagte Fiona sanft. Sie lag wie eine ruhende Löwin auf Richards Knien. «Er glaubt, er kann noch, aber das stimmt nicht.»

Richard sträubte sich. «Ich könnte ihm ein tragbares Telefon besorgen», sagte er blödsinnigerweise. «Wir könnten uns nach jemandem umsehen, der sich um den armen Hund kümmert – wie konnte er nur zulassen, dass das Tier in einen solchen Zustand gerät?»

Schnell und mühelos kehrte Fiona ihre Position um, sodass jetzt Richard in ihrem Schoß lag und sie die Hände frei hatte, um seinen Kopf zu streicheln und zu gestikulieren. «Aber er soll doch nicht in ein Heim, nicht wahr, Liebling?», murmelte sie beruhigend. «Wir könnten Dad immer bei uns behalten. Das fändest du doch schön, oder?»

Richard nickte.

Jonathan dachte darüber nach, wie sehr er seinem Elternhaus entwachsen war, dass andere Prioritäten ihn von zu Hause entfernt hatten, so dass er dankbar war, wenn jemand anders die Entscheidungen für Dad traf, weil er es nicht mehr konnte, obwohl er ihn immer noch so liebte, wie es sein halbbetrunkener Zustand und die Faszination zuließen, die Fionas lange, elegante Glieder auf ihn ausübten.

«Wir müssen ihn also einfach stärker unterstützen», fuhr Fiona fort. «Ich meine, ich weiß, dass es für Mary mit den Kindern schwer ist, aber ich könnte öfter kommen. Und wir könnten ja auch hier wohnen, wenn wir erst einmal verheiratet sind.» Sie kniff Richard spielerisch ins Ohr. Er warf den Kopf nach hinten, um sein Kinn streicheln zu lassen, während er eine Hand nach dem Hund ausstreckte.

«Ja», sagte Jonathan, den schon der Vorschlag einer nur halb so sauberen Lösung erleichtert hätte. «Ja.» Seit der Geburt seiner Kinder fühlte er sich selbst alt.

Sarah nickte und lächelte. Ihre Meinung war nicht gefragt. Sie war die einzige, die genug Distanz zu der ganzen Familie hatte, um beobachten zu können. Also beobachtete sie.

Kein Schnee am Weihnachtsmorgen. Ein milchiger Nebel schmolz vor den Fenstern, das Vorspiel zu einem halbherzigen Tageslicht, mit dem sich Gefangene hinter ihren Mauern trösten können, weil es zeigt, dass draußen nichts ist, was die Sehnsucht lohnt. Es wurde wärmer, als der Boiler ansprang und das Eis an Sarahs Fenster schmolz. Es war sieben Uhr, als Beth ihr das erste Stück Schokolade brachte, acht, als Sarah aufstand und zum Weihnachtsbaum trottete wie eine Pilgerin, die sich ihrer Religion nicht sehr sicher ist. Der alte Mann saß in seinem Sessel, wahllos angezogen, das festgefrorene Lächeln eines fröhlichen Gartenzwergs auf dem Gesicht.

«Hab ich alles alleine gemacht. Kein Problem, wenn ich meinen Stock in Reichweite habe. Was glaubt er eigentlich, was ich normalerweise mache? Ich bin nicht verrückt, wissen Sie», setzte er abwesend hinzu. «Ich zeig's ja nicht, aber ich bin überhaupt nicht verrückt. Nicht verrückter als jeder andere Mann mit Söhnen, die taub und blind sind ... nach allem, was ich ihnen beigebracht habe. Hören Sie mir zu. Sie haben mir nicht zugehört, oder? Genauso wenig wie die anderen.»

«Wann?»

Er schien in sich zusammenzusinken, raffte sich dann aber wieder zu einem Murmeln auf.

«Ich mag Richard am liebsten. Ist das so schrecklich?»

«Nein. Jeder liebt irgendjemanden am meisten. Das ist durchaus legitim.»

«Deshalb muss er auch dringend erfahren, dass sie versucht ... zu ...» Seine Worte gingen in ein Murmeln über, als der Hund in den Raum schwankte und sich die Hand des alten Mannes schützend ausstreckte. Er streichelte die Kehle des

Tieres, dessen gelblicher Kopf schwer auf seiner Hüfte ruhte. Speichel landete auf den Ohren des Hundes. Opas Gesicht verzog sich zu einem albernen Lächeln. «Sie versucht... versucht... mir einen Kuss zu geben! O ja, sie küsst gerne!», brüllte er, während er die andere Hand wie zu einem spöttischen Gruß schwenkte.

«Dummer alter Kerl», sagte Fionas Stimme von der Tür her. Ihr Gesicht wirkte perfekt, ohne eine Spur von Müdigkeit. «Sarah, sei ein Engel und hilf mir beim Kartoffelschälen, bevor hier die Hölle losbricht. Danach können wir uns entspannen.» Sarah ging hinter ihr hinaus, drehte sich an der Tür jedoch noch einmal um. Opa hatte einen ziemlich roten Kopf.

«Morgens geht es ihm immer besser», vertraute Fiona ihr an. «Aber er redet Unsinn.»

«Manchmal?»

Fiona antwortete traurig: «Nein. Ich traue mich gar nicht, es Richard zu sagen, aber er tut es immer.»

Niemand hört den alten Menschen zu, dachte Sarah, während das Ritual ablief. Denn selbstverständlich gab es ein Ritual, dem sie sich nun alle anpassten, angefangen damit, dass nur die Kinder ein Frühstück bekamen, während die anderen mit starkem Kaffee ihren Appetit auf das Mittagessen steigerten, und dazwischen das Auspacken der Geschenke. So geht das also in Familien, dachte Sarah. Sie produzieren ein Übermaß an Geschenken, hatten es vielleicht immer schon getan, aber jetzt wirkte es irgendwie vulgär. Mary und Jonathan tauschten mit einem Küsschen auf die Wange Bücher und Schallplatten und konzentrierten sich dann auf die Freude ihrer Kinder. Sarah ließ sich mit dem Öffnen ihrer Anstandsgeschenke Zeit, damit sie nicht zu schnell fertig war, sagte höflich Danke, verteilte ihrerseits einige Geschenke und half einem lustlosen Großvater beim Auspacken eines Pullovers, eines Hemds, einer Krawatte, einer Uhr – alles mit demselben Desinteresse –, während die Kinder sich wie wilde Tiere auf ihre Päckchen stürzten. Aber selbst sie waren fertig, lange bevor Richard und Fiona aufhörten, sich gegenseitig ein perfekt verpacktes Geschenk nach dem anderen zu überreichen. O Liebling, das solltest du doch nicht! Ein Seidenkleid. Du Süßer! Danach ein dickes Wildlederjackett und so weiter, bis der ganze Raum von ihrem Luxus glänzte. Mary hatte bereits einen ziemlich kalten Blick aufgesetzt, der Richard zeigen sollte, dass er seine Nichten vergessen hatte. Er brauchte eine Weile, um sich wieder zu orientieren.

«Und das ist für die Kinder.»

Beth spitzte die Ohren, nahm aber das Päckchen, das Fiona ihr reichte, mit einem steinernen Gesichtsausdruck an, der jede Vorfreude leugnete. Es war ein tragbares Telefon darin.

«Oh», sagte Jonathan zweifelnd.

«Und hier ist noch eins für Sylvie», sagte Richard fröhlich. «Ich kriege Rabatt. Sie können sie im Garten ausprobieren.»

«Mist», sagte Opa plötzlich deutlich. «Was für ein Mist.»

«In einer Stunde gibt's Mittagessen», verkündete Fiona strahlend und sammelte das Papier ein. «Lohnt es sich da vorher noch, nach draußen zu gehen?»

«Wir gehen», sagte Sarah, die die Hitze und die Berge von Geschenkpapier nicht mehr ertragen konnte und dringend frische Luft brauchte. «Komm, Sylvie, wir nehmen ein Telefon mit und rufen Opa an.»

«Wenn es sein muss», sagte Fiona. «Aber seid vorsichtig damit – sie sind teuer. Ich an eurer Stelle würde im Garten bleiben. Nein, lasst den Hund hier. Er war schon draußen.»

Ihr Widerstand löste bei Beth die gegenteilige Wirkung aus. Eben noch fest entschlossen, sich durch Quengelei Zugang zum Fernseher, zu noch mehr Schokolade und zu einem Höchstmaß an Aufmerksamkeit zu verschaffen, schubste sie jetzt ihre Schwester beiseite und brüllte stampfend vor Ungeduld nach ihrem Mantel. Mary warf Sarah einen Blick purer Dankbarkeit zu, hielt die Hintertür auf und winkte ihnen nach.

Draußen hob sich der Nebel und ihre Stimmung. Beth rannte kreischend durch den lange, ungepflegten Garten, schwenkte das Telefon, streifte mit «Igitt»-Geschrei die ausladenden Äste eines tropfenden Busches und verschwand mit Gebrüll aus dem Blickfeld. Sarah, die sich an den mystischen See und die merkwürdige Stimmung des Kindes erinnerte, rannte alarmiert hinterher. Angst und Ärger beflügelten ihre Schritte. Sie wollte nicht für Kinder verantwortlich sein. Es waren schließlich nicht ihre. Sie hasste diesen Ort und den Geruch von süßlichem Putzmittel im Wohnzimmer, hasste die Vorstellung an das gefährliche Wasser, das genauso dick vereist war wie die tauenden Wiesen und ihre Stimmung. Mit verschränkten Amen rannte sie durch eine Lücke in der Hecke und rief ihnen nach: «Wartet auf mich, wartet auf mich!» Die Angst verlieh ihr Flügel und nahm ihr den Atem. «Wartet auf mich!»

Es gab keinen wirklichen Grund zur Sorge. Für die Kinder war der See eine große, Ehrfurcht gebietende Wasserfläche, und sie prüften mit den empfindungslosen Spitzen ihrer Gummistiefel vorsichtig das steile, bröckelige Ufer, stiller als zuvor, mit beleidigt scharrenden Füßen, weil sie nicht weiter konnten und sich nicht auf das Eis trauten. In Sarahs Augen erinnerte dieser eklige Teich an eine angefangene und wieder aufgegebene Ausschachtung, ein aberwitziges Loch, und wenn es auch kalt und tief sein mochte, blieb es doch ein lächerlicher, unromantischer, unkrautbewachsener, von Müll umgebener Teich. Sie schämte sich jedoch ein wenig für ihre Verachtung und wünschte sich verzweifelt, den Kindern jene unkomplizierte Spannung vermitteln zu können, die im Haus keine Überlebenschance hatte. Wie schon am Abend zuvor spürte sie das Verlangen, in ihnen laute und fröhliche Reaktionen zu wecken. «Lasst uns versuchen, das Eis zu brechen», schrie sie. «Los, holt ein paar Steine. Wir können es bestimmte kaputtmachen!»

Das Eis war in Uferhöhe schon nass und wirkte trotz seiner sonstigen Dicke gefährlich und trügerisch, wie etwas, das überwunden werden musste. Sylvie warf einen Ast, den sie ans Ufer gezogen hatte, und sah zu, wie er über die Eisfläche rutschte. Beth warf mit zunehmender Frustration und markerschütterndem Geschrei Erdklumpen auf das Eis. Dann fand Sarah ein Stück Metall, das zwar ein befriedigendes Geräusch machte, aber ebenfalls wegrutschte, und danach einen großen Stein, den sie nur mit Mühe heben konnte. Beth half ihr; gemeinsam schafften sie es, ließen ihn mehr fallen, als dass sie ihn warfen, sahen zu, wie er schwer die Böschung hinunterrollte, den letzten Meter sprang und dann ein Loch in den Rand des Eises schlug. Das Wasser hob sich und gluckerte, Blasen stiegen auf.

«Ja, ja!», heulte Beth auf.

«Ich hasse Fiona!», schrie Sylvie. Da sie bislang die ruhigere, bravere von beiden gewesen war, reagierte Sarah nicht schnell genug, um sie aufzuhalten, zu verblüfft über ihre rasche Bewegung und ihre Worte. Sie konnte Sylvie nicht daran hindern, das Telefon in Richtung auf das Loch zu werfen.

«Lass das», schrie Sarah, viel lauter als das Kind, aber zu spät. Sylvie hatte schlecht gezielt. Das Telefon schlitterte einen Meter am Loch vorbei. Sie fing an zu weinen. O nein, bitte nicht, dachte Sarah. Ich wollte euch beiden doch nur eine Freude machen. Wir kamen doch gerade ganz gut miteinander klar.

«Zu dumm», sagte sie streng. «Das war wirklich dumm von dir. Aber wir kriegen es schon wieder.» Sie wussten alle drei instinktiv, wie schrecklich Fionas Zorn sein würde. Sie konnten alle drei an nichts anderes denken. Sarah wusste, dass es eigentlich gar keinen Grund dafür gab, aber es ging ihr trotzdem nicht anders. Deshalb kletterte sie die Böschung hinab und blieb am nassen Ufer stehen, machte ein großes Theater dabei und tat so, als ob sie es lustig fände. Sie fühlte sich dort sicher, bis sie auf ihre Füße heruntersah. Ein Stück Sackleinen ragte aus der Wasseroberfläche, zusammen mit der rosa Schnauze eines Kadavers. Ein rosa-gelber Körper, aufgeschwemmt, mitleiderregend, gefolgt von einem anderen. Tote Welpen. Ein ganzer Wurf ertränkter Welpen, die letzte Chance des Möchtegern-Labradors.

Sarah ignorierte ihre eiskalten Füße und ging in die Hocke, sodass sie den Blick auf den Sack verdeckte. Über die Schulter begann sie ein heiteres Gespräch mit den Kindern, um zu verbergen, dass sie vor Wut zitterte.

«Hört mal zu», sagte sie. «Ich habe eine Idee. Auf mich kann Tante Fiona gar nicht böse werden, stimmt's? Ich bin hier Gast und ich bin erwachsen, und außerdem ist es mir egal.» Sie nickten wie zwei weise Eulen. «Also, ihr geht jetzt zurück zum Haus und sagt ihr, ich hätte das Telefon gehabt und es wäre mir aufs Eis gefallen. Ihr sagt, wir wollten nicht, dass Onkel Richard es erfährt, damit er nicht böse wird. Am besten, ihr sagt es ihr in der Küche und macht ein richtiges Geheimnis daraus, verstanden? Dann sagt ihr, sie soll mit einem Besen oder so etwas hierher kommen, damit ich das Telefon vom Eis angeln kann. Ihr bleibt dann besser drinnen. Es ist zu kalt hier draußen.»

Sie nickten immer noch, und Sylvie machte den Mund auf. Beth nahm sie beim Arm, und sie rannten los, unterwegs die Worte wiederholend, die sie sagen sollten. Sarah wartete. Sie fischte eins der toten Hündchen aus dem Wasser; die Berührung stieß sie ab, aber sie hatte das Bedürfnis, es in der Hand zu halten, ihm das Wasser von den toten Augen zu wischen und die weiche Haut unter dem Kinn zu fühlen. Dann zog sie den ganzen Sack heraus und sah kurz hinein. Die sechs Welpen lagen immer noch dicht beisammen. Sie spürte einen Schmerz im Bauch und ein Zittern in der Brust. Der Stein war zu schwer gewesen. Ihr war schlecht, aber sie wusste, es würde nicht mehr lange dauern. Bald hörte sie das atemlose Keuchen, als Fiona gestiefelt und gespornt mit einem Besen den Abhang herunterrannte.

«Das Telefon!», rief Fiona. «Wie konntest du nur! Richard lebt für seine Telefone!»

Sie wird ihn auffressen, dachte Sarah nur und sah vor ihrem geistigen Auge die Klugheit des alten Mannes, die alle ignorierten, weil sie sich ganz auf seine Schwäche konzentrierten. Sie frisst sie alle auf. Sie küsst so gerne. Sarah hatte sich halb aufgerichtet; sie stützte sich mit einer Hand ab, die andere hielt den durchweichten Sack hinter ihrem Rücken. Fiona sah es und hielt inne.

«Wie viele hatte das arme Tier denn? Das muss ja furchtbar lästig für dich gewesen sein.» Sarah bemühte sich um einen geduldigen und verständnisvollen Ton. Fiona tat erst so, als hätte sie nichts gehört, gab dann aber dem Gefühl der Verschwörung nach, das durch das Mitgefühl in der Stimme der anderen entstanden war.

«Nun ja, stimmt, das war es wirklich. Und ausgerechnet an dem Tag, als ich ankam – stell dir das vor! Er wird damit nicht mehr fertig, weißt du. Richard hätte sie behalten wollen. Schrecklich, wenn du verstehst, was ich meine.»

«O ja, ich verstehe durchaus. Jedenfalls ist das Telefon wichtiger, nicht wahr?»

«Natürlich.»

«Warum versuchst du nicht, es zu holen? Ich fürchte meine Füße sind schon völlig abgestorben.»

«Schon gut.»

Sie war ja so tüchtig. Sarah hockte sich hin, Schmerzen, viel schlimmer als die Übelkeit vor dem Bahnhof am Abend zuvor, nahmen ihr die Luft, und sie umklammerte ihren Bauch, wo die Schmerzen am schlimmsten waren. Der Sack mit den durchweichten Welpen lag neben ihr. Sie weinte fast und sie betete wie verrückt für den unsichtbaren Fötus in sich. O nein, nein, nein – ich nehme jede Strafe auf mich, aber bitte stirb nicht. Ich will, dass du lebst – ja wirklich. Egal, was ich durchmachen muss, bitte stirb nicht. Jeder verdient mal den großen Wurf, jede Hündin verdient Welpen, jede Frau verdient ein Kind, das gebe der Himmel.

Benommen, erstarrt wie ein Insekt im Bernstein, mit weit geöffneten Augen, beobachtete sie Fiona, die bis zu den Knien im eisigen Wasser stand und nach dem Telefon fischte, das wie ein gespenstischer Talisman auf der gefrorenen Oberfläche lag. Der schlanke Körper der Braut beugte sich vor, um mit dem Besen über das Eis zu fegen. Sie stöhnte. Dann sah Sarah zu, wie Fiona auf dem lehmigen Grund ausglitt. Die Fußabdrücke, die sie hier bei ihrem Ausflug am Tag zuvor hinterlassen hatte, als das Eis noch hauchdünn gewesen war, waren mittlerweile gefroren. Dann rutschte Fiona bis zur Taille unter das Eis, keuchend, ihre Füße suchten wild nach Halt. Hinter ihr fiel das halbe Ufer mit einem Plumps in den See. Die Böschung war jetzt sehr steil. In ihrem Rücken brach das Eis; sie glitt tiefer, rief um Hilfe, und Sarah war mehr als nur einen Moment lang in Versuchung, aber diese Versuchung ging vorüber.

Sie hatte zu große Schmerzen. Sie hatte zu viel zu beschützen, als dass sie sich einen glitschigen Abhang hinunter in tiefes, kaltes Wasser hätte stürzen können – sie konnte genauso wenig loslaufen, um Hilfe zu holen. Sie fragte sich nur, wie sie genügend Energie aufbringen sollte, um die jungen Hunde zu begraben, damit die Kinder sie nicht sahen. Sie blieb, wo sie war, erfüllt von dem überwältigenden Bedürfnis, ihr Kind zu behalten, und war sich ganz am Rande bewusst, dass ein solches Ende für eine Frau wie Fiona besser war. Auf lange Sicht besser für alle. Sie wusste, noch während sie das dachte, dass ihr Zustand sie ein kleines bisschen verrückt werden ließ, aber sie wusste auch, dass sie es nie wirklich bereuen würde, nie bereuen könnte. Es war schließlich nicht so, als ob sie etwas hätte tun können. Sie fragte sich, ob es besser wäre, wenn Richard von den Welpen erführe. Wahrscheinlich nicht.

Bevor die letzten Blasen die Oberfläche erreicht hatten, stand Sarah auf. Sie ging um das Haus herum zu der enormen Schale, über die sie am Abend zuvor gestolpert war, hob den klingelnden Strauch mit Leichtigkeit an, vergrub den Sack tief in der weichen Erde, setzte den Strauch sorgfältig wieder ein, ging zurück zu der Wiese hinter dem Haus und dann zur Küchentür hinein.

«Wo ist Fiona?», fragte Richard.

«Wie? Ist sie noch nicht wieder hier? Als ich ging, versuchte sie gerade, ein Telefon vom zugefrorenen See zu angeln. Ich habe einen Spaziergang die Straße hinunter gemacht. Ist es nicht komisch, dass Häuser gleichzeitig so ähnlich und doch so verschieden sein können? Stimmt etwas nicht? Sie hat gesagt, sie bräuchte nur fünf Minuten. Und sie ist immer noch nicht zurück? Na, anscheinend mag sie die Kälte.»

Er rannte aus dem Haus. Sarah wusch sich die Hände und ging ins Wohnzimmer, wo Opa immer noch dasaß wie zuvor, den Kopf des Hundes auf den Knien. Jonathan baute mit seiner plötzlich wieder lebhaften Frau auf dem Boden ein Spiel für die Kinder auf. Sie hatten alle vier die Köpfe zusammengesteckt; das grinsende Baby in seiner Tragetasche ignorierte Sarahs Blick mit derselben Entschlossenheit. Die Atmosphäre war plötzlich leichter und heller geworden, als ob man den Stein vor dem Eingang beiseite gerollt und das Tageslicht in die Höhle gelassen hätte.

Sarah kniete sich neben den alten Mann und sah zu, wie der Hund sich hinlegte und seinen Kopf vertrauensvoll von Opas Schoß in ihren schob. Auch Opa sah zu. Seine faltigen Hände zitterten. Ihre Finger verschränkten sich mit seinen.

«Vertrauen Sie mir», sagte sie.

«Sie kriegen einen netten Welpen», sagte er. «Eines Tages.»

Die Eisprinzessin

Klaus-Peter Walter

«Wie die Nachrichtenagentur INTERFAX erst jetzt bekannt gab, verstarb am vergangenen Dienstag in Moskau der russisch-armenische Privatgelehrte Damijan Filipowitsch Asram. Asram wurde 1914 als Sohn eines Armeniers und einer Russin in Jerewan (Armenien) geboren und studierte Anfang der Dreißigerjahre in Moskau Biologie. Trotz der Verhaftung seines Vaters im Zuge des beginnenden Stalinterrors gelangte er 1936 nach Deutschland zu Nikolaj Timofejew Resowskij (1900–1981), der ihm im Kaiser-Wilhelm-Institut in Buch bei Berlin Arbeit und Unterschlupf gab; dort überstand Asram ungeschoren den Zweiten Weltkrieg. Zurück in der Sowjetunion musste er als so genannter «Nichtheimkehrer» eine langjährige Lagerhaftstrafe absitzen. Nach seiner Entlassung blieb ihm die akademische Laufbahn verwehrt. Offiziell als Anatomiegehilfe in einem Leichenschauhaus in Moskau beschäftigt, schuf er sich internationales Ansehen als Kulturanthropologe, Archäologe und Medizinhistoriker, als Mythen- und Märchenforscher. Er verbesserte nicht nur die Methoden zur Untersuchung von Mumien mittels Ultraschall, sondern schrieb auch grundlegende Monographien über das Grabtuch von Turin und das medizinische Wissen im alten Russland, in Schwarzafrika sowie im pharaonischen Ägypten; ferner untersuchte er «die Genese der Medizin aus dem Mythos» – so der Titel eines seiner letzten Werke. Als Forscher mit weitgesteckten Interessen bewegte er sich oft abseits der parteidoktrinären Gebote und der ausgetretenen Pfade wissenschaftlicher Konventionen; der «Schliemann der Märchenarchäologie» (Lutz Röhrich) war, wie es ein Zeitgenosse formu-

lierte, «eher ein Interpret denn ein Entdecker. Er begriff die Dinge als Erster und erklärte sie. Seine große Begabung lag in der Verallgemeinerung.» Deutsche Besucher, die wie die Unterzeichnete das seltene Glück hatten, ihm persönlich zu begegnen, verblüffte Damijan Asram durch seine stupende Kenntnis deutscher Dichtung, die er in Berlin kennen und lieben gelernt hatte. Besonders gern zitierte er das Gedicht Der Asra *von Heinrich Heine: «Und mein Stamm sind jene Asra, welche sterben, wenn sie lieben.» Seine Ahnen, so sagte er – wenngleich halb im Scherz – im Jahr vor seinem Tod, seien ebendiese Asra gewesen, das zeige sein Name ja ganz offensichtlich. Irgendwann, so fuhr er fort, würde es sicher auch ihm beschieden sein, an der Liebe zu sterben. Möge sich sein Wunsch erfüllt haben!* Dr. Dula Zehnpfennig»

Die Redaktion des Provinzblattes, für die Dula hin und wieder schrieb und Bücher besprach, hatte neulich morgens um einen Nachruf auf Damijan Asram gebeten. Die Ethnologin hatte den charmanten, geistsprühenden Gelehrten noch im September des Vorjahres auf der Tagung der Internationalen Gesellschaft für Völkerkunde IES in Bonn kennen gelernt, wo er einen Vortrag gehalten und eine veritable wissenschaftliche Sensation angekündigt hatte, nämlich eine Veröffentlichung zu dem Thema «Das Puschkin zugeschriebene Märchen ‹Der gläserne Sarg› – ein Tatsachenbericht?» Woran mochte dieser vitale Mann, der trotz seiner siebenundsiebzig Jahre voller Ideen und Pläne gesteckt hatte, so überraschend gestorben sein? Daniil Granin hatte in seinem Nachruf in der *Literaturnaja Gaseta* nur den nichts sagenden Ausdruck «ist auf tragische Weise von uns gegangen» verwendet. Ein Unfall?

Es dauerte drei Monate, bis Dula das Geld für einen Flug nach Moskau zusammengekratzt hatte. Noch am Tage ihrer Ankunft auf Scheremetjewo besuchte sie Ludmilla Mojssejewna Gutfrejnd, eine alte Bekannte und Kollegin. Sie war geschieden und lebte allein in Medwedkowo, einem gottverlassenen Außenbezirk von Moskau.

Zu Dulas Überraschung war Ludmilla gar nicht mehr am Institut für Anthropologie beschäftigt, wo auch Damijan Asram gearbeitet hatte – ohne Gehalt, von einer winzigen Rente zehrend. Die Honorare für seine Bücher, Aufsätze, Vorträge und Buchbesprechungen waren alle in seine Arbeit geflossen.

«Er hat mich entlassen, Dula Karlowna», erzählte Ludmilla.

«Wer?»

«Na, unser Direktor, Swerjokin, dieser alte Tschekist, den wir immer Poklon Slisistjewitsch genannt haben. Den schleimigen kleinen Bückling. Er hat sämtliche Mitarbeiterinnen in sein Bett gezerrt – nur nicht mich. Jüdinnen rührt er nicht an. Er hat seine Prinzipien.» Ludmilla Mojssejewna hielt zornig inne.

«Also», fuhr sie nach einer gespannten Pause fort, «im Winter 1990 standen unserem Institut schon das dritte Jahr für die Beheizung der Räume keine anderen Mittel mehr zur Verfügung als die Institutsbibliothek. Die Perestroika, wissen Sie. Wir mussten in Mänteln und Stiefeln arbeiten, mit klammen Fingern schreiben, die Schreibmaschinen froren ein, die Fensterscheiben waren von zentimeterdicken Eisschichten überzogen. Unsere Sekretärin Alexandra Sergejewna hat sich da ihre chronische Bronchitis geholt. Immerzu hustete sie. ‹Dieser Eispalast wird noch einmal mein Grab werden!›, sagte sie einmal, und da muss es bei Damijan Filipowitsch regelrecht geklingelt haben. Ihm war die ganze Zeit schon dieser apokryphe Puschkin-Text im Kopf herumgegangen. Jetzt kam ihm die Idee, dass ein Sarg aus Glas ja auch ein Sarg aus Eis gewesen sein könnte. Im Frühjahr fuhr er, wie immer auf eigene Kosten, nach Nordrussland. Dort wurden früher große Mengen von Pottasche hergestellt, ein wichtiger Grundstoff beim Seifensieden, bei dem auch jede Menge Glyzerin anfällt. In Glyzerin lassen sich, das werden Sie wissen, in Amerika die Leute einfrieren, um sich wiederauftauen zu lassen, wenn es ein Heilmittel gegen die Krankheiten gibt, an denen sie gestorben sind. Es gibt da auch diesen Film mit Louis de Funes, wo Funes –»

«Ich kenne ihn», unterbrach Dula. «Funes erwacht nach

jahrzehntlangem Kälteschlaf, und die Kinder gaukeln ihm vor, er lebe noch in der guten alten Zeit.»

«Genau! Also Damijan Filipowitsch fragte sich, ob das Einfrieren von Toten in Glyzerin nicht auch unseren Vorfahren bekannt gewesen sein könnte, auch wenn das nicht schriftlich überliefert ist. ‹Man muss Märchen und Sagen auf ihren wahren Kern hin abklopfen und die Wahrheit herauskitzeln›, sagte er immer. ‹Abklopfen und herauskitzeln›, das waren seine steten Redewendungen. Und er hatte einen sechsten Sinn dafür, ob im Boden etwas war, das sich auszugraben lohnte.

Am unteren Dnepr stieß er auf die Überreste eines Dorfes aus der Zeit des Tatarenjochs. In einem der Gebäude fand er Reste von Gerätschaften, die eindeutig zum Seifensieden dienten. Wenig später entdeckte er tatsächlich auf dem Begräbnisplatz des Dorfes, was er suchte: die wunderbar konservierte Leiche einer bezaubernd schönen jungen Frau. Sie lag im Permafrostboden in etwa eineinhalb Meter Tiefe in einer Art Wanne aus Eis voller Glyzerin und wurde als Fund Nummer 1658/N° 89 registriert, aber wir nannten sie nur ‹unsere kleine Eisprinzessin›. Sie mochte bei ihrem Tod achtzehn, neunzehn Jahre alt gewesen sein und trug eine altrussische Hochzeitstracht und prächtigen Silberschmuck. Man hätte meinen können, sie schliefe nur, so frisch sah sie aus.

Als Swerjokin von dem Fund Wind bekam, erschien er sofort im Grabungslager. Natürlich wollte er diesen Erfolg auf sein Konto verbuchen, das machen alle Chefs bei uns so, aber er war ganz besonders schlimm. Sein Bruder ist oder war damals Generalleutnant des KGB. Es kostete ihn kaum mehr als einen Telefonanruf, und sie flogen aus Baikonur eine von diesen ultrageheimen Kälteschlafkammern ein, die sie in der Raumstation Mir zur Vorbereitung bemannter Flüge zu fernen Planeten getestet haben. Sie müssen sich das wie einen Sarkophag vorstellen, nur mit einem durchsichtigen Deckel. Ein Computer mit Sensoren hält darin jede gewünschte Innentemperatur konstant. In so einem Gerät also transportierten wir unsere Eisprinzesssin hierher nach Moskau. Im Institut nahmen wir ihr erst einmal ihren Schmuck ab und zogen ihr die Kleidung aus. Die wurde zur endgültigen Präparierung und Analyse, noch in gefrorenem Zustand, in das Textilkundliche Institut nach Sankt Petersburg gebracht. Da verschimmelt sie vermutlich heute. Einen Teil des Schmucks hat Swerjokin gestohlen, der Rest wanderte in die Silberkammer im Kreml. Es gab sofort Streit über das weitere Vorgehen. Swerjokin wollte das Mädchen auftauen und obduzieren, Damijan Filipowitsch weigerte sich, ihre Totenruhe zu stören. Ich kann ihn verstehen. Ich bin nicht lesbisch, Dula Karlowna, und auch kein Mann, aber wie sie so vor einem lag, ohne Kleider, so weiß und zart, verstehen Sie mich nicht falsch, ich habe, als es keiner sah, einmal ihre Brust und ihren Schoß gestreichelt, weil sie mir so lebendig vorkam. Sie war aber nur ein kalter, harter Fleischklumpen, und ich hatte danach nie wieder das Bedürfnis, sie anders als sozusagen dienstlich zu berühren. Aber bei Damijan Filipowitsch war das, glaube ich, anders. Oft stand er vor unserer Kleinen und sah sie an, zärtlich, fast wie ein Verliebter.

Als er zu der IES-Tagung fuhr, stand er Heidenängste aus, dass Swerjokin die Kleine in seiner Abwesenheit auftauen und klein schneiden könnte. Das hätte er nicht überlebt. Swerjokin aber wollte den demokratischen Schein wahren. Er ist zwar ein Sadist und hinterhältig, aber auch konfliktscheu. Damijan Filipowitsch war schließlich in der ganzen Welt berühmt, während von ihm kein Mensch je gehört hat. Oder kennen Sie auch nur eine einzige Zeile von ihm, Dula Karlowna?»

Dula schüttelte den Kopf.

«Sehen Sie. Aber dann kam gegen Ende des Jahres das Ultimatum vom Minister für Wissenschaft und Kultur. Im Dezember musste damals noch immer ein Rechenschaftsbericht über die Plansollerfüllung eingereicht werden, wissen Sie, und die Nachricht von unserem außerordentlichen Fund hatte schon höchste Kreise erreicht, allerhöchste sogar.

«Gorbatschow?», wollte Dula wissen.

«Ja, den auch, aber der war da nur noch ein paar Tage im Amt. Jelzin wusste ebenfalls schon davon, und er forderte energisch, etwas zu unternehmen. Er wollte auch auf kulturellem Gebiet der Welt etwas vorweisen. Kurz und gut, Swerjokin gab brav, in bestem Bürokratisch, die Anweisung, ‹für den nächsten Tag alle für den Abtransport des Fundstückes 1658/N° 89 ins Anatomische Institut der Lomonossow-Universität zwecks Obduktion notwendigen Vorbreitungen zu treffen.› So hat er sich immer ausgedrückt. Der reine Apparatschik!

‹Und dem außeretatmäßigen Mitarbeiter Asram›, wandte er sich an Damijan Filipowitsch, ohne ihn anzusehen, das konnte er nämlich nicht, ‹gewähren wir eine Abschiedsnacht mit seiner Angebeteten. Was mich betrifft, ich fahre jetzt nach Hause.›

Er war der Einzige, der darüber lachen konnte. Als alle gegangen waren, hat Damijan Filipowitsch unsere Kleine allmählich aufgetaut und währenddessen in dem alten Ölfass, das uns nach alter Revolutionssitte als Ofen diente, das Fundbuch der Ausgrabungen verbrannt, auch alle Fotos und was sonst noch an Unterlagen da war. Außer den Akten, die beim Minister lagen, gibt es jetzt keinen schriftlichen oder fotografischen Beleg mehr, dass unsere Kleine je existiert hat. Ja, und dann hat sich Damijan Filipowitsch seine Kleider ausgezogen und sie sorgfältig, er war sehr pedantisch auf seine Art, auf einen Labortisch gelegt, unter seinen Abschiedsbrief, in welchem neben verschiedenen persönlichen Verfügungen einige Heine-Zitate im Original standen. Ich kann ja nicht mehr viel Deutsch, aber ich habe sie mir aufgeschrieben.»

Dula nahm den aus einem Karoblock herausgerissenen Zettel und las: «Ihr schauet manchmal in die Höh', wo die dunklen Wolken jagen – Viel dunklere Wolke war die Idee, die ihr im Herzen getragen ... Ihr Geister! holt mir aus dem Grab die Leiche der schönsten Frauen. Belebt sie mir für diese Nacht, ich will mich dran erbauen!» Dann folgte auf Russisch der Satz: «Alles war mein freier Wille, ich bitte, niemanden zu beschuldigen.» Schließlich folgten, wieder deutsch, noch einmal die Verse vom Asra, für den Liebe den Tod bedeutet. Dula kannte nur die Stelle aus *Die Beschwörung*, den Passus davor nicht. Zu Hause würde sie nachschlagen.

«Ja», fuhr Ludmilla Mojssejewna fort, «so gegen drei Uhr, das konnte man später aus dem Speicher des Computers ablesen, entsprach die Körpertemperatur der Kleinen der eines lebendigen Menschen. Damijan Filipowitsch hat den Temperaturregler auf Rapidfrost gestellt, auf ganz schnelles Einfrieren, sich zu unserer Eisprinzessin gelegt und den Deckel über sich wieder geschlossen. Dann hat er mit ihr, wie soll man das nennen, Liebe gemacht, geschlafen, ich weiß nicht. Sie drücken sich im Westen sicher deutlicher aus, aber wir sind da ... Er drang in sie ein und ... Er muss ganz schnell gestorben sein, ohne Schmerzen. Ich glaube, ihre Obduktion hätte er ohnehin nicht überlebt.

Am nächsten Morgen, als ich kam, spielte Swerjokin den wilden Mann.

«Dieser Verrückte hat unser Fundstück vergewaltigt», brüllte er. Ich verstand kein Wort, aber er riss die Tür zu dem Zimmer auf, in dem die Kälteschlafkammer stand, Deckel und Seitenteile lehnten an der Wand. Ein paar Leute in weißen Kitteln, vielleicht Ärzte, standen darum herum, ein Milizionär mit dummen Gesicht schrieb etwas auf. Dann sah ich, was Swerjokin gemeint hatte. Damijan Filipowitsch lag auf unserer Kleinen, ganz nackt und weiß und steif, das weiße Haar zerrauft, den Kopf in den Nacken geworfen, die Augen halb geschlossen, den Mund weit offen, so als wollte er jeden Moment voller Lust stöhnen. Ein gefrorener Speichelfaden hing ihm aus dem Mund und endete auf ihrem Gesicht. Ich bin bei dem Anblick furchtbar erschrocken! Das Auftauen und Wiedereinfrieren hatte sie völlig zerstört. Jetzt sah sie tatsächlich wie eine Leiche aus, wie der Tote aus dem Similaun-Gletscher: die Lippen verzerrt, darunter ihre weißen Zähne, sie wirkte, als ob sie vor Schmerzen aufschreien wollte, die Augen waren ausgelaufen, die Haut ganz braun und verschrumpelt, das Haar glanzlos und verwirrt, ein Arm zeigte nach oben, ganz verdreht, als hätte sie Damijan Filipowitsch abwehren wollen. Ich bin gleich hinaus auf die Toilette gerannt, weil ich mich übergeben musste.»

Ludmilla zündete sich eine Zigarette an und nahm einen tiefen Zug. «Als ich wiederkam, versuchten die Helfer gerade, Damijan Filipowitsch von der Toten herunterzuheben, aber das ging nicht, er hing fest, an einer bestimmten Stelle, wo er ... wo er mit ihr ... wo ein Mann ... Sie verstehen?»

Nein, Dula verstand eigentlich nicht. Sie hörte stumm, bewegungslos zu, mit weit aufgerissenen Augen und rot glühendem Kopf.

«Einer der Leute rief Swerjokin eine zotige Bemerkung darüber zu. Und wissen Sie, was Swerjokin da gemacht hat? Er nahm seelenruhig, wie so ein amerikanischer Film-Killer, sein Taschenmesser heraus, klappte eine Klinge mit Sägezähnung heraus, griff zwischen die Toten und – und trennte die beiden mit zwei, drei raschen Schnitten voneinander. Dann ließ er den Korkenzieher herausschnappen, hielt ihn mir hin und fragte mich: ‹Wollen Sie sich bitte jetzt der Dame annehmen, Ludmilla Mojssejewna?›

Das Nächste, woran ich mich erinnere, ist, dass ich auf seiner Brust kniete, ihn bei den Ohren gepackt hielt, seinen Kopf immer wieder auf den Boden schlug und bei jedem Schlag ‹du Schwein, du Schwein› rief.»

Ludmilla Mojssejewna sank schwer atmend und erschöpft auf ihr Sofa zurück.

«Er hatte sich beneidenswert gut in der Gewalt. Sie brauchten drei Mann, um mich von ihm wegzuzerren, und als es gelungen war, sagte er ganz leise: ‹Sie sind entlassen, Ludmilla Mojssejewna.› Den Vatersnamen hat er ganz besonders betont. Aber ich hätte ohnehin nicht mehr mit ihm zusammenarbeiten können.»

Ludmilla nahm einen weiteren tiefen Zug aus ihrer Zigarette. Tränen der Wut rollten ihre Wangen hinab.

«Und wissen Sie, was? Bis heute hat ihn niemand zur Rechenschaft gezogen, weder für den Schmuckdiebstahl noch dafür, dass er Damijan Filipowitschs Leichnam ... Naja.»

In Dulas Kopf begannen sich die Bilder zu drehen. Sie stellte sich die Szene im Anthropologischen Institut vor und den nackten Damijan Filipowitsch auf der schönen Leiche. Nein, unter Nekrophilie hatte sie sich immer etwas anderes, Ekligeres vorgestellt. Dann tauchte aus ihrer Erinnerung kurz das ledrige Gesicht jenes grauhaarigen Alten auf, der der erste Mann in ihrem Leben gewesen war und der fast ihr Großvater hätte sein können; sie dachte an den immensen Altersunterschied der beiden, die sich hier im Tode vereinigt hatten, sechshundert Jahre, das war fast absurd, so absurd und verrückt wie die ganze Geschichte. Dula dachte an ihren eigenen Gefühlshaushalt, der seit Franks Auszug immer tiefer ins Chaos geriet, und sie fühlte einen Schmerz in sich, ähnlich dem Gefühl, das sie als Terzianerin empfunden hatte, damals, als ihr der Junge, mit dem sie so gerne gegangen wäre, abends in inniger Umarmung mit einem anderen Mädchen begegnet war. Oder war es auch Neid? Ja, Damijan Filipowitsch hatte etwas gefunden, was sie noch immer suchte und vielleicht nie finden würde. Lange schwieg Dula.

Schneeball

Ursula Curtiss

Im letzten Licht des Nachmittags sah die Hütte aus wie ein Knusperhäuschen: Schnee lag in einer dicken Kruste auf dem spitzgiebeligen Dach, und Eiszapfen umrahmten die kleinen Fensterscheiben.

Ich erinnere mich noch, dass wir anklopften, obwohl es uns beiden absurd vorkam, und der erste Blick ins Wohnzimmer war genauso schockierend, wie wenn man eine Weihnachtskarte öffnet und dann einen obszönen Spruch findet.

Es lag nicht nur am Blut auf den Dielenbrettern oder dem Messingglanz des Schürhakens, der wie ein Wächter neben dem Kamin stand. Schuld daran war teilweise auch der zum Tee gedeckte Tisch in einem dämmrigen Winkel des Raumes – gefaltete Servietten, die Teekanne unter der gesteppten Haube, wild über den Teppich verstreute Brotkrusten.

Und auf der Fensterbank hockte, ein Zerrbild häuslicher Gemütlichkeit, Schneeball, die Katze.

Neben mir rief Madden mit gereizter Stimme: «Charles?» Und im selben Sekundenbruchteil brüllte ich: «Anne?»

Es war symbolisch. Wir wussten beide, dass nur einer der Jethros antworten konnte, derjenige, der den anderen umgebracht hatte.

Es fällt schwer, die Jethros zu beschreiben. Selbst Madden, der seit achtzehn Jahren Charles Jethros literarischer Agent war, gab zu, dass er damit überfordert sei.

Möglicherweise lag es daran, dass sowohl er als auch sie gespaltene Persönlichkeiten waren, was zur Folge hatte, dass vier voneinander sehr unterschiedliche Menschen zwanzig Jahre lang auf engstem Raum zusammengelebt hatten.

Vielleicht haben Sie ein paar seiner Essays gelesen oder an einer der Versammlungen teilgenommen, bei denen er ein gefragter Redner war.

Jethro war groß, um die fünfzig, und verströmte einen raubeinigen, entwaffnenden Charme. Er litt sehr darunter, dass seine Augen immer schwächer wurden, und in diesem Punkt reagierte er ungemein sensibel. Niemals trug er seine starke Brille in der Öffentlichkeit, doch irgendwie gelang es ihm, konzentriert und aufmerksam dreinzuschauen, obwohl er von seiner Umwelt vermutlich nichts weiter wahrnahm als verschwommene Flecken.

Ihm waren einige erfolgreiche Abstecher in das Gebiet der Poesie gelungen. Nach *Grillhäppchen*, einer ätzenden Parodie auf die Schule der obskuren Dichtung, veröffentlichte er *Rätsel in Rauch*, einen Gedichtband, den die aufgeklärte Leserschaft voll hoher Erwartungen kaufte, der von den Kritikern jedoch misstrauisch umkreist und beschnüffelt wurde wie ein fremder Hund, denn man war sich nicht sicher, ob es sich abermals um eine Satire handelte. Dies war der Charles Jethro, der auf exklusiven Cocktailpartys seinen Witz versprühte und in die Bücher auserwählter Freunde geistreiche Widmungen schrieb. Man musste ihn schon sehr lange kennen, um auch nur eine entfernte Ahnung von dem brutalen, bösartigen, unglaublich widerwärtigen Mann zu bekommen, der in derselben Haut steckte.

Anne, seine Frau, war ungefähr fünf Jahre jünger als er. Sie war seine rechte Hand, sein Famulus, seine leise, unfehlbare Kritikerin. Jemand hatte einmal die Unfreundlichkeit besessen, sie seinen Blindenhund zu nennen; manchmal fragte ich mich, ob Jethro sich nicht selbst diese Bezeichnung ausgedacht hatte.

Sie gehörte zu jenen Frauen, die ihr Äußeres bewusst vernachlässigen. Sie trug schlecht sitzende Tweedkostüme, und das mausbraune Haar schlang sie sich im Nacken zu einem Knoten zusammen.

In der Reihe ihrer Vorfahren musste es ein paar ungewöhnliche Blutmischungen gegeben haben; ihre Lippen waren wulstig und die Augen so unergründlich wie schwarze Tümpel.

Sie tippte Jethros Manuskripte – niemand anderem hätte er sie anvertraut –, achtete darauf, dass er Termine einhielt, und schirmte ihn von sämtlichen Störungen ab, wenn er arbeitete. Notfalls gebärdete sie sich wie eine Tigerin, um ihn vor Belästigungen zu schützen.

Doch ihre Ausdauer und Beständigkeit hatten auch ihre Kehrseite. Keiner konnte so nachtragend sein oder so lange einen Groll hätscheln wie Anne Jethro. Dann glich sie einem dicht verschlossenen Topf, in dem sich eine gefährliche Mixtur zusammenbraute.

Wenn man sie dazu zwang, jemandem die Hand zu geben, steckte für gewöhnlich eine Nadel drin – wie damals, als Jethro darauf bestand, sie müsse drei Engländerinnen, die ihn besucht hatten, zum Tee einladen. Brav hatte sie Pflaumenkuchen und Sandwiches mit Brunnenkresse serviert. Doch als die Damen die niedlichen kleinen Servietten entfalteten, entdeckten sie darauf eine mit wasserfester Tinte geschriebene, unwiederholbare Bemerkung über Jethro.

«Charles?», rief Madden noch einmal am Fuß der Treppe, dann wandte er sich mir zu. Er sagte, als könne er allein durch seine Missbilligung irgendein Unheil bannen: «Das Ganze gefällt mir nicht. Ich denke, ich schaue mal oben nach. Die verdammte Katze macht mich noch verrückt.»

Schneeball, die Katze, war der sichtbare Beweis für Jethros Gehässigkeit gegenüber seiner Frau, so wie eine Diamantnadel bei einem anderen Mann ein Unterpfand seiner Liebe gewesen wäre. Anne hasste und fürchtete sich vor Katzen. Sie reagierte auf sie mit der gleichen Hysterie, die Frauen üblicherweise Ratten entgegenbringen. Mehr als einmal hatte ich gesehen, wie der Anblick dieser Katze sie aus einem Zimmer vertrieb.

Jethro hatte das herumstreunende Tier aufgenommen und ihm zynischerweise den Namen Schneeball gegeben – einen Hund hingegen hätte er mit Sicherheit Fido genannt. Während er an Annes Ausgaben für den Haushalt herumnörgelte, fütterte er Schneeball mit Lachs und Sardinen. Mit perversem Ergötzen weidete er sich an ihrer Gefräßigkeit, ihrer Selbstsucht und dem hochmütigen Zucken ihres Schwanzes, und das aus dem einfachen Grund, weil seine Frau sich vor der Katze ekelte.

Denn die Jethros hassten einander.

Warum blieben sie zusammen? Ihre wenigen Freunde entwickelten verschiedene Theorien. Sie seien aneinander gewöhnt, ihre Ehekräche dienten ihnen als Stimulans, Charles brauchte Anne emotional, sie sei finanziell von ihm abhängig – und so fort.

Madden war viel zu klug, um etwas zu sagen, das man hinter seinem Rücken hätte weitertragen können; doch ich glaubte immer, gerade *weil* sie sich von Grund auf hassten, waren sie aneinander gekettet. Das, was sie in Wahrheit miteinander verband, war die Besessenheit, sich an dem anderen zu rächen.

In einem seiner unbeherrschbaren Zornesausbrüche hatte Charles Annes Handgelenk verdreht. Worauf Anne – stumm und unversöhnlich – eine Woche lang seine Brille versteckte, bis er sie auf Knien anflehte, sie möge sie ihm zurückgeben.

Es war aber auch schon vorgekommen, dass Charles seine Brille selbst versteckte, als Vorwand, ihr keinen Scheck für das Haushaltsgeld ausstellen zu können. Anne revanchierte sich, indem sie das Silber, das er von seiner Mutter geerbt hatte, in die nächste Pfandleihe trug.

Ihre Bekannten lachten über diese originellen Einfälle – «Wisst ihr schon, dass Jethro Anne mit einem dieser Tontöpfe geschlagen hat?» – «Nein, sag bloß! Ich dachte, sie hätte sie alle zerschmettert, als damals die Gäste aus Boston zum Dinner kamen –»

Man empfand nur gelindes Unbehagen. Denn nicht selten zeigte sich Charles nach derlei ehelichen Scharmützeln von seiner liebenswürdigsten und geistreichsten Seite, und Anne, die mitunter ein bandagiertes Handgelenk oder blau geschlagenes Schienbein aufwies, kümmerte sich rührend um Autogrammjäger.

Doch dann zogen die beiden – oder die vier? – nach Byfield, in die Schneewüste, in die Stille und Enge einer einsam gelegenen Hütte, die einem Freund Jethros gehörte.

Zum Teil war der Umzug Maddens Idee gewesen, denn er wollte Jethro zum Schreiben eines Essays über Joyce bewegen. Wenn Jethro sich über Joyce ausließe, quiekte er in gebieterischem Falsett, würde das in der literarischen Welt einigen Staub aufwirbeln.

Aber – der Schnee, die Stille, die drückende Einsamkeit. Keine Freunde, die mal kurz vorbeischauten, keine gesellschaftlichen Verpflichtungen, die den Kreis dieser kleinen, beengten Welt durchbrochen hätten. Sowohl Anne als auch Madden zollten Jethros Talent die höchste Achtung, doch das genügte nicht. Es gab nichts, was Jethro in eine aufgeräumte, witzsprühende Stimmung versetzt hätte oder Anne veranlasste, ihren Hader heimlich zu nähren. Nichts bremste ihre Wutausbrüche, alles zerrte an ihren Nerven. Von Boston aus hatte ich sie einmal für wenige Stunden besucht, und als ich mich verabschiedete, hatte ich das Gefühl, aus einem Löwenkäfig entronnen zu sein. Kahle Bäume, in Rupfen eingehüllte, froststarre Sträucher und ein pfeifender, bitterkalter Wind sind nichts für Menschen, die einander hassen, ohne dass jemand da wäre, um sie schützend zu beobachten. Es war, als würde eine Lawine ins Rutschen gebracht, als genüge ein Schneeball, um die Katastrophe auszulösen.

Die Katze – hatte Jethro sie vielleicht doch origineller getauft als gewollt – schaute mir gleichgültig hinterher, als ich das Wohnzimmer verließ. Oben stapfte Madden mit dem schweren Schritt durch die Räume, der häufig schmächtigen Männern eigen ist, die ihr Gewicht spüren wollen.

Ich betrat die winzige, altmodische Küche, doch dort fand ich nichts, was irgendwelche Aufschlüsse gegeben hätte. Im Dämmer der heraufziehenden Dunkelheit sah ich mich um. Leere Flächen, kahle, geschlossene Schranktüren. Der schwarze Herd, über den Anne sich so amüsiert hatte, fühlte sich kalt an, als ich ihn berührte.

Dies gab einen ungefähren Hinweis darauf, wie viel Zeit verstrichen sein mochte, seit Anne Charles getötet hatte – oder war es umgekehrt?

Ernst, auf Zehenspitzen, kam Madden die Treppe wieder herunter. Trotz seines tadellos sitzenden Kaschmiranzugs und der glänzenden Seidenkrawatte wirkte er alt, ausgebrannt und bekümmert; denn ungeachtet seiner penetranten Vorwürfe und seiner erbarmungslosen Entschlossenheit, aus seinem Klienten ein Buch herauszukitzeln, hatte er Jethro gern gehabt – und beide Möglichkeiten trafen ihn gleich hart, ob Jethro nun der Mörder wäre oder das Opfer.

Nervös sagte er: «Schalte bitte das Licht ein. Wir werden wohl die Polizei rufen müssen.»

«Dann musst du aber sehr laut rufen», versetzte ich, genauso nervös. «Der Strom ist ausgefallen, und das Telefon funktioniert auch nicht. Das weiße Zeug, das da draußen herumbläst, ist ein Schneesturm, Madden. Auf dem Land soll so etwas mal vorkommen. Wir müssen ins Dorf zurückfahren.»

«Du fährst ohne mich», erwiderte Madden mit einer für einen so kleinen Man weitausholenden Geste. «Ich nehme an, dass es hier irgendwo Kerzen gibt, und ich weiß, wo ich nach seinen Manuskripten, Notizen und dem ganzen Kram suchen muss. Mein Gott, wir wollen doch nicht, dass sein Manuskript beschlagnahmt wird. Der arme Charles.»

«Oder die arme Anne», hielt ich ihm entgegen.

Der Motor sprang nicht an. Wahrscheinlich läuft kein Auto unter solchen Umständen, obwohl dieses Versagen nicht von ungefähr kam. Madden, in dessen Wagen wir von New York aus hierher gefahren waren, hatte in seiner Aufregung vergessen, die Zündung auszuschalten, und so war die Batterie tot.

In fast vollständiger Finsternis tappte ich zur Hütte zurück, wobei ich mich bemühte, in der Spur zu bleiben, die wir bei unserer Ankunft in den Schnee getreten hatten. Irgendwo unter der glatten Oberfläche zu beiden Seiten mussten sich andere Fußspuren befinden – die von Jethro, tief in den Schnee gedrückt, weil er Annes Leichnam trug, oder die von Anne, verwischt, weil sie den toten Charles hinter sich hergeschleift hatte. Doch der Schnee ließ sich nicht in Schichten zurückschlagen wie ein paar aufeinander gelegte Decken.

Bei meiner Rückkehr hatte Charles Kerzen gefunden und sie auf den gespenstischen Teetisch gestellt. Ihr flackernder Schein erreichte die Blutflecken, die plötzlich schwarz aussahen, und entlockte dem Schürhaken ein vertrauliches Blinzeln.

Ich erzählte, was mit dem Wagen los sei, und Madden reagierte mit einem zerstreuten «Ach so». In einem eigenartigen Tonfall fuhr er dann fort: «Das Manuskript ist fort und sämtliche seiner Notizen. Die Arbeit von acht Monaten. Wenigstens sein Werk hätte sie verschonen können», setzte er erbittert hinzu.

«Vielleicht hat Jethro das alles mitgenommen, als – Alibi. Anne hätte die Katze getötet», mutmaßte ich. «Jethro nicht.»

Schneeball beobachtete uns aus unergründlichen Augen.

Madden befeuchtete seine Lippen. «Wahrscheinlich hatte Anne Angst, sie zu töten. Sie befürchtete, sie könnte sie anspringen.»

«Wenn sie Jethro ermordet hätte, hätte sie auch die Katze umgebracht», behauptete ich mit wachsendem Unbehagen. «Als einen Teil von Jethro. Falls du mir folgen kannst.»

«Nicht ganz», schnauzte Madden. «Die Frage ist – wann?»

Damit meinte er, wie weit einer von ihnen mit dem Manuskript und den dazugehörigen restlichen Notizen gekommen sein mochte.

Zwei Tage zuvor hatte Madden Jethro wegen eines Angebots

von *Harper's* telegrafiert, die sich für eine Essayserie über moderne Dichtung interessierten. Normalerweise hätte Jethro mit beiden Händen zugegriffen, doch als Madden danach vergeblich versuchte, mit ihm telefonisch Kontakt aufzunehmen – noch ehe das örtliche Netz zusammenbrach –, versetzte ihn dies immerhin in solche Besorgnis, dass er mich anrief und einen Ausflug nach Byfield vorschlug.

Ein Experte hätte vom Aussehen der Blutflecken vermutlich auf ihr Alter schließen können; wir hingegen wussten lediglich, was sie bedeuteten. Allerdings war die Katze nicht ausgehungert genug, um sich über die Brotkrusten herzumachen, und nicht so durstig, dass sie die Kanne mit Sahne umgestoßen hätte. Also musste sie tags zuvor gefüttert worden sein. Wenn nicht –

«Bist du sicher», wandte ich mich an Madden, während sich mir der Magen umdrehte, «dass oben auch wirklich *nichts* ist?»

«Ich weiß nicht, was du mit *nichts* meinst», begann Madden gereizt, der seine eigenen Probleme wälzte. Sein Blick fiel auf Schneeball, die sich zufrieden die Schnurrhaare putzte, und er erbleichte. «Mein Gott, wie kannst du nur – nein, da oben ist nichts.»

Somit stand fest, dass der Mord tags zuvor passiert war, kurz vor dem Tee. Bei dem dichten Schneetreiben musste es dunkel gewesen sein, und der Strom war ausgefallen. Trotzdem war Blut vergossen worden, und der Mörder hatte den Schürhaken blank geputzt und an seinen Platz zurückgestellt – alles im Finstern?

Die Kerzen, die Madden in einer Schublade gefunden hatte, waren neu, jetzt erst tropften dünne Wachsfäden herab. Im Haus befanden sich keine Petroleumlampen. Ich erhob mich, einer vagen Eingebung folgenden, und auch Schneeball rührte sich.

Bei dem weichen Aufprall zuckte Madden zusammen. Die Katze schnupperte an einer Brotkruste, verschmähte sie und pirschte dann mit makabrer Zielstrebigkeit auf die Blutflecken zu.

Kurz davor machte sie kehrt und begann, ihre Krallen emsig an einem der kleinen Webteppiche zu wetzen, die über den Fußboden verteilt lagen.

Die Teppiche rutschten. Während Schneeball hingebungsvoll ihre Krallen schärfte, verschwanden die Blutflecken unter dem faltenschlagenden Muster. Einen Augenblick später fiel mir auf, dass die blassgelben Kerzen in dem schwarzen Wandhalter beinahe bis zur Hälfte heruntergebrannt waren.

Beim Schein dieser Kerzen hatte der Mord stattgefunden. Wenn ein Teppich die Blutflecken verdeckte, musste jeder, der aus nachbarlicher Fürsorge die Hütte betrat, glauben, die Jethros seien bloß für ein paar Tage verreist.

Wenn die Katze nicht gewesen wäre. Für Anne verkörperte sie den Inbegriff der Niedertracht. Jethro hingegen hätte ihr genügend Futter und Wasser bereitgestellt, um sie bis zu seiner Rückkehr zu versorgen. Oder etwa nicht? Kümmerte er sich nicht mehr um sie, jetzt, wo sie ihren Zweck erfüllt hatte?

«Was ist los?», hörte ich Madden halb gereizt, halb sorgenvoll fragen. Doch ich konnte den Blick nicht von der Kerze in der rechten Halterung abwenden. Beide Kerzen neigten sich leicht vornüber, doch bei einer war der erstarrte Wasserfall aus Wachs der Wand zugekehrt. Jemand hatte sie aus dem Halter genommen.

Wir übernachteten in der Hütte. Teils, weil wir sonst vier Meilen weit durch die frostklirrende Nacht hätten marschieren müssen, doch in erster Linie, weil dem Ort eine seltsam schwebende Atmosphäre anhaftete. Vielleicht lag es an Schneeball, die wieder auf der Fensterbank hockte und erwartungsvoll hinaus in die Ferne starrte.

In seinem Gepäck hatte Madden eine Reiseflasche, und in trübsinniger Stimmung genehmigten wir uns ein paar Drinks. Nachdem der erste Schock abgeflaut war, sahen wir in den Jethros nicht mehr Mörder und Opfer, sondern vertraute alte Freunde. Madden sorgte sich hauptsächlich um Charles. Ich musste unentwegt daran denken, welch angenehme, intelligente Gesprächspartnerin Anne sein konnte, wenn sie nicht gerade vor Wut auf Charles siedete.

In der Hütte war es bitterkalt, doch wir einigten uns darauf, den Kamin und den Schürhaken nicht anzurühren. In der Küche entdeckten wir noch mehr Kerzen und in den dunklen Tiefen des Kühlschranks die Überreste eines Schinkens.

Der halbe Brotlaib schmeckte ein wenig fade, doch wir waren hungrig. Madden, ein überzeugter Gourmet, verschlang sein Sandwich, als sei es ein Schneckengericht in seiner Lieblingssauce.

In der Tür stand Schneeball und miaute ärgerlich. Obwohl ich gesehen hatte, wie Madden begehrlich auf eine Dose Sardinen schielte, öffnete ich sie und gab den Inhalt in eine Schale auf dem Boden.

Nachdem die Katze gefressen hatte und sich ein Stück zurückzog, um ihr Gesicht zu putzen, meinte ich: «Wir sollten sie jetzt nach draußen lassen.»

«Lieber nicht», entgegnete Madden. Er mochte keine Katzen, doch er zollte ihnen einen beinahe abergläubischen Respekt. «Ich finde, wir sollten beobachten können, wohin sie geht, wenn wir sie hinauslassen.»

Es war grässlich, sich vorzustellen, wie die Katze durch den Schnee auf den Leichnam zuschnürte. Obwohl Madden der Gedanke offensichtlich ebenso wenig behagte, fuhr er tapfer fort: «Hatte Charles ihr nicht einen Auslauf gebaut, als sie hierherzogen?»

Hinter der Hütte befand sich ein kleiner, aus Maschendraht gefertigter Auslauf. Ich entsann mich, dass ich auf einem meiner früheren Besuche Schneeball zugeschaut hatte, wie sie mit der Pfote nach den flaumigen weißen Blüten eines Busches schlug, der daneben wuchs.

Ich öffnete die Küchentür und scheuchte sie hinaus. Ehe der Wind die Kerze ausblies, sah ich, wie sie behände in die Umfriedung schlüpfte. Doch der Schnee und die Kälte schienen ihr nicht zu behagen, und sie kratzte an der Tür, bevor Madden sein zweites Sandwich verzehrt hatte.

Danach konnten wir nichts weiter tun, als zu schlafen. Keinem von uns wäre es eingefallen, die Betten der Jethros zu benutzen. Wir begnügten uns mit Sesseln, deckten uns mit unseren Mänteln zu und rauchten eine letzte Zigarette.

«Weißt du was», sagte Madden plötzlich in dem gedämpften Tonfall, den wir beide gleich nach unserem Eintreten in die Hütte unbewusst angenommen hatten, «um sich gründlich umzuschauen, war es eigentlich viel zu dunkel. Vielleicht liegt irgendwo eine Nachricht.»

Verdutzt starrte ich ihn an. «Bin draußen, Leiche vergraben, komme gleich zurück?»

«Es war nur ein Gedanke», verteidigte sich Madden mit beleidigter Miene und pustete die Kerze aus.

Trotzdem – so unsinnig war die Idee gar nicht. Wenn der Teppich über den Blutflecken lag und man Schürhaken und Kerze wieder an den alten Platz gebracht hatte, um das Verbrechen zu vertuschen, konnte sich dann nicht auch irgendwo eine Nachricht befinden?

Anne war pedantisch, sie achtete auf Einzelheiten; niemals hätte sie eine Kerze so in einen Halter zurückgesteckt, dass der Wachsfluss verkehrt herum wies. Doch dem kurzsichtigen Charles wäre so etwas gar nicht aufgefallen. Oder hatte Anne dies berücksichtigt und absichtlich eine falsche Fährte gelegt?

Hatte sie Schneeball deshalb am Leben gelassen?

Kurz vor dem Einschlummern ging mir durch den Kopf, dass selbst die Polizei eine Weile brauchen würde, um herauszufinden, wer von den Jethros tot war und nach wem gefahndet werden müsste. Verräterische Fingerabdrücke, davon ging ich aus, fände man keine. Heutzutage wusste jedes Kind, wie man derlei Spuren verwischte. Die Jethros besaßen dieselbe Blutgruppe; vor Jahren hatte man dies einmal festgestellt, als Charles nach einer schweren Operation eine Transfusion brauchte. Wenn man am Schürhaken keine Haare fand, lange braune oder schwarze, die sich an den Spitzen grau färbten –

In der Dunkelheit schloss ich die Augen, versuchte, die Visionen zu löschen, die auf mich eindrängten, und als ich sie wieder öffnete, war der Raum hell im blauen Licht des frühen Morgens.

Keine Nachricht. Madden schaute sich um, während ich mit kaltem Wasser Pulverkaffee zubereitete, wobei ich eine unbeschreibliche Mixtur erhielt. Wir fühlten uns steif, durchgefroren und in reizbarer Stimmung. Es entspann sich ein kurzer, heftiger Wortwechsel, wer von uns ins Dorf laufen und die Polizei benachrichtigen sollte. Madden siegte – oder verlor, je nachdem, von welcher Seite man das Problem betrachtete. Seine Hand lag bereits auf dem Türknauf, als wir uns plötzlich erschrocken in die Augen blickten. Es war eine jener unheimlichen Gedankenübertragungen, die einen wie der Blitz aus heiterem Himmel überkommen.

«Solltest du nicht zuerst im nächstgelegenen Krankenhaus nachfragen?», äußerte ich.

«Großer Gott ... Ja, natürlich. Sie bekamen einen Hüttenkoller, und sie schlug ihn –»

«Oder er schlug sie –»

«Jedenfalls merkte einer, dass er zu weit gegangen war», schnitt Madden mir ungeduldig das Wort ab, «rief einen Arzt, und der Verletzte wurde ins Krankenhaus gebracht. So einfach ist das. Und wir Idioten hatten schon das Schlimmste angenommen. Dabei geht es bei ihnen doch schon seit Jahren so zu. Vielleicht hat das Ganze auch sein Gutes, und sie ziehen eine Lehre daraus. Wahrscheinlich steht es in der Lokalzeitung auf der ersten Seite, aber daran lässt sich nichts ändern. Also, ich bin weg. Ich komme so schnell wie möglich zurück.»

All dies erklärte nicht das fehlende Manuskript oder den Umstand, dass der Schürhaken und die Kerze wieder sorgfältig an ihren Platz zurückgestellt worden waren. Doch es erhellte die unheilvolle Atmosphäre, machte die Anwesenheit der

Katze begreiflich und vor allen Dingen die Tatsache, dass *beide* Jethros verschwunden waren. Charles hätte Annes Leiche tragen und sie hätte ihren toten Mann hinter sich herschleifen können. Doch wo waren sie mit ihren Opfern geblieben?

In den gefrorenen Boden hätte man unmöglich ein Grab schaufeln können, selbst wenn entsprechendes Werkzeug zur Hand gewesen wäre, und auf dem gesamten Grundstück befand sich weder ein Brunnen noch eine Art Graben. Sogar der Wald lag zu weit entfernt, um einen Leichnam dorthin schleppen zu können.

Das Anwesen war flach und parkähnlich, hier und da stand ein einzelner Baum. Die kahlen Sträucher boten keinen Schutz vor Blicken, es gab keine dicht wachsenden Rhododendronbüsche oder Tannen.

Eine Last war mir von der Seele genommen. Ich ließ Schneeball nach draußen und folgte ihr hinaus in den strahlenden Morgen. Vielleicht hatte Madden Recht, und dieser Vorfall diente den Jethros als Lehre, wie das Delirium tremens einem Trinker oder ein Autounfall einem leichtsinnigen Fahrer. Er zeigte ihnen, dass sie sich lieber an Tontöpfe halten sollten, anstatt zu einem Schürhaken zu greifen.

Schneeball sprang auf eine Stufe der Küchentreppe und gönnte sich eine ausgiebige Säuberung. Sie hielt kurz inne, um die Entfernung zu einem Spatzen abzuschätzen, danach widmete sie sich wieder mit Hingabe ihrem buschigen Schwanz.

Hinter ihr sah ich den Drahtauslauf, den umwickelten Busch, der im Frühling weiß blühte, und irgendetwas Graues, Struppiges, das aus dem Boden spross. Nelkenpfeffer? Ich wusste, dass er hier irgendwo wuchs. Anne verwendete ihn gern in der Küche.

Es war kein Nelkenpfeffer, und es spross nicht. Auf den ersten Blick sah es aus wie ein Ast, den der Sturm von einem Baum gebrochen hatte, doch das konnte es auch nicht sein, denn das Ende war glatt abgesägt.

Wahrscheinlich wusste ich bereits, was es war und warum die

Katze hatte weiterleben dürfen. Als ich die Hände tief in den Schnee grub, merkte ich, dass der Rupfen fest um den Stamm des Busches geknotet war, und schließlich musste ich in die Hütte zurückgehen und ein Messer holen.

Für mich war der Schwebezustand, die Atmosphäre der Ungewissheit vorbei. Ich hatte die makabre Botschaft begriffen.

Der Rupfen behielt seine groteske Form, als ich ihn in der eisigen Luft hochhob. Es war der Abdruck von Charles Jethros entsetzlich zusammengekrümmter Gestalt.

Die froststeifen Handgelenke waren an die erstarrten Knöchel gefesselt, die wiederum fest an den Stamm des Busches gebunden, der die dicken weißen Blüten getragen hatte. Der Schneeballbusch.

In einer sternklaren Winternacht

Christine Spindler

Die tief stehende Sonne warf die Struktur der Vorhänge als verzerrtes Muster auf die Auslegeware und Aktenschränke – und auf Rüdiger Teschinskys Glatze.

«Soviel Inkompetenz habe ich noch nie erlebt», raunzte er. Sein Gesicht glänzte rot wie ein polierter Apfel. «Ich sollte Sie auf der Stelle feuern, und ich schwöre Ihnen, das würde ich ohne mit der Wimper zu zucken tun, wenn Sie nicht so . . .» – seine Augen wanderten zum Ausschnitt von Claires weißer Seidenbluse und dann wieder hoch – «. . . treuherzig dreinschauen würden.»

Claire Wiesner wusste nicht, was schlimmer war: sein lüsterner Blick, seine ölige Stimme oder seine ungerechtfertigten Anschuldigungen. Wenn sie nicht so müde gewesen wäre, hätte sie sich aufs Heftigste verteidigt. Sie unterdrückte ein Gähnen, schlug die Beine übereinander und meinte matt: «Die Schiller-Schmidtkes wären mit dem Haus nicht glücklich geworden.»

«Nicht glücklich? Das Objekt war so gut wie verkauft.» Teschinsky rückte seine goldenen Manschettenknöpfe zurecht. «Mein Gott, diese Villa wartet seit Jahren auf Käufer mit dem nötigen Kleingeld, und dann kommen Sie mit Ihrer Rechtschaffenheitstour und setzen die Sache mit Karacho in den Sand.»

Claire erinnerte sich, wie Teschinsky den Schiller-Schmidtkes die renovierungsbedürftie Villa als wahres Traumobjekt schmackhaft gemacht hatte. Er hatte sich für den Ortstermin sein Toupet aufgesetzt, um viriler zu wirken. Die geplante Erweiterung des nahe gelegenen Flughafens hatte er natürlich mit keinem Sterbenswörtchen erwähnt. Claire hatte es als ihre

Pflicht empfunden, das reizende Ehepaar auf die steigende Lärmbelästigung hinzuweisen. «Sie haben mir selbst gesagt, dass es unserem Ruf schaden würde, wenn wir mit unlauteren Methoden –»

«*Unserem* Ruf?» Teschinsky lachte kurz und freudlos. «Also bitte, keine Anmaßungen, Frau Wiesner. Dies ist *mein* Immobilienbüro und Sie werden niemals Teilhaberin, wenn Sie sich weiterhin so plump anstellen. Die Schiller-Schmidtkes sind erwachsene Menschen und können sich selbst über die aktuellen Bauvorhaben in der Region erkundigen. Ich verkaufe Häuser, nicht Lebensphilosophien.»

Solche Sprüche ließ er immer vom Stapel, wenn er im Unrecht war und es nicht zugeben wollte. Claire fragte sich, ob eine fristlose Kündigung nicht ihre Rettung wäre. Als Rita Teschinsky sie vor zwei Jahren angestellt hatte, war das Arbeitsumfeld sehr angenehm gewesen. Mit Rita hatte sie sich auch über Privates unterhalten können, wie zum Beispiel ihr ausgefallenes Hobby. Aber dann zog sich Rita mehr und mehr zurück, um sich ihren Enkelkindern zu widmen, und ihr Mann übernahm das Ruder. Seitdem schlingerte das Schiff und drohte stündlich zu sinken. Claires Arbeitsmoral war längst über Bord gegangen, aber nicht ihr Gewissen. Wenn Teschinsky versuchte, potenzielle Käufer übers Ohr zu hauen, musste sie einfach gegensteuern.

Teschinsky zupfte an seiner Fliege. «Nun, ich will Ihnen dieses eine Mal noch vergeben. Sie sind unerfahren und gelinde gesagt naiv. Das ist ein Dschungel da draußen, in dem es nur so von Haien wimmelt.»

Haie im Dschungel? Claire hatte genug. Sie stand auf, zog ihren Rock glatt und fragte, ob sie gehen könnte.

Er rutschte von seinem hohen Ledersessel, wodurch er augenblicklich zu schrumpfen schien. «Sie haben heute noch einen Besichtigungstermin.»

«Aber ich hätte jetzt Feierabend», protestierte sie kraftlos.

«Sie haben Feierabend, wenn ich es Ihnen sage.»

Teschinsky reichte ihr triumphierend ein Exposé. Bestimmt hielt er sich für einen tollen Hecht. Ob Haie auch Hechte fraßen? Claire fasste sich an die Schläfe. Was dachte sie da für Unfug? Sie brauchte dringend eine ruhige Nacht. Heute musste alles klappen, dann konnte sie morgen mal wieder so richtig durchschlafen.

Rüdiger schloss das Büro ab und ging wutschnaubend nach oben. Was bildete dieses blonde Miststück sich ein? Hielt sich wohl für etwas Besseres, weil sie studiert hatte. Sie hatte sich nicht einmal entschuldigt, geschweige denn bedankt. Nächstes Mal, wenn Claire Mist baute, würde Rüdiger es anders anpacken. Nicht gleich losbrüllen sondern nett sein, verständnisvoll, gut zuredend. Ruckzuck wäre sie Wachs in seinen Händen und würde ihn geradezu anflehen, sie in die Feinheiten des Maklergeschäfts einzuweihen.

Er würde Rita klipp und klar sagen, dass sie eine völlig ungeeignete Mitarbeiterin eingestellt hatte. Und wenn sie dann kleinlaut vorschlug, Claire zu entlassen, würde er großmütig darauf bestehen, dem jungen Ding eine Chance zu geben. So konnte er Rita ins Unrecht setzen, was seine Laune sicher heben würde.

Er hatte kaum die Wohnungstür hinter sich geschlossen, da kam der kleine Henrik angetrampelt. «Opa is' da.»

Rüdiger mochte es nicht, Opa genannt zu werden. Das machte ihn älter als er war. Und noch weniger mochte er es, wenn sich ein schokoladenverschmiertes Gesicht an sein Bein schmiegte und seinen frisch gereinigten Schurwollanzug versaute. «Opa will seine Ruhe haben», zischte er.

Henrik stob ins Wohnzimmer zurück, wo er von seiner Schwester unterstützt sofort anfing, den infernalischen Krach zu machen, ohne den Kinder anscheinend nicht spielen können.

Rüdiger folgte dem Bengel und strebte schnurstracks der Hausbar zu. Nach einem ordentlichen Kognak fühlte er sich dem Chaos besser gewachsen. Rita saß auf dem teuren türkischen Seidenteppich, dessen Muster unter Plastikautos und einer ganzen Weltpopulation von Plüschtieren verschwunden war. Sie machte unverständliche Geräusche. *Brumm* und *Piep* und *Schlurpf*. Die Kinder johlten vergnügt und bewarfen sich mit Bauklötzen.

Was fand Rita bloß an dieser Brut? Und warum ließ sie sich von Susanne als Babysitter ausnutzen? Wenn seine Tochter unbedingt Kinder in die Welt setzen musste, sollte sie sich gefälligst selbst um sie kümmern.

Rüdiger füllte seinen Kognakschwenker ein zweites Mal und setzte sich aufs Sofa. Etwas Feuchtes zermatschte unter seinem Allerwertesten. Fluchend fuhr er hoch und sah sich die Bescherung an: ein Negerkuss hatte sein cremig-weißes Leben ausgehaucht. Rüdiger rieb mit einem Taschentuch den Schokoguss von seiner Hose und fluchte dabei so dröhnend, dass Henrik und Silke verstummten und ihn mit großen Augen ansahen. Dann brach Silke in Tränen aus und Rita musste sie trösten. Rüdiger warf das verdreckte Taschentuch auf die Couch und ging sich umziehen.

Wann kam er endlich dazu, Rita wegen Claire die Meinung zu sagen? Wahrscheinlich erst, wenn die zwei Schreihälse im Bett lagen. Das konnte dauern, weil sie so aufgekratzt waren, wenn sie bei Oma und Opa übernachten durften. So jedenfalls Ritas Version. Rüdiger war eher der Ansicht, dass diese Mini-Terroristen total durchtrieben waren und genau wussten, dass ihre Oma ihnen alles durchgehen ließ.

Im Trainingsanzug kam Rüdiger ins Wohnzimmer zurück, wo wie durch ein Wunder Ruhe herrschte. Rita las den Monstern eine Geschichte vor. *Vom kleinen Maulwurf, der wissen wollte, wer ihm auf den Kopf gemacht hatte.* Da konnte einem ja schlecht werden.

«Hör mal, Rita, diese Claire Wiesner ist keine gute Wahl gewesen.»

Rita blickte auf. «Mein Wagen auch.»

«Bitte?» Konnten Frauen denn nie beim Thema bleiben?

«Du hast mir diese protzige Karre aufgequatscht. Also bringst du sie auch zur Werkstatt.»

«Diese Karre, wie du sie nennst, hat mehr Elektronik als die erste Apollo-Rakete», sagte Rüdiger stolz.

«Eben. Ständig ist etwas kaputt. Letzte Woche hat die Zentralverriegelung gesponnen, jetzt streikt das Navigationssystem. Obwohl ich das sowieso nicht brauche. Teurer Firlefanz.»

Henrik brüllte ungeduldig dazwischen: «Oma lesen, Oma lesen.»

Silke stimmte mit ein.

Da half nur die Flucht, bevor er zum Mörder wurde. «Ich fahre ein paar Runden und teste alles durch.»

Claire wurde immer unruhiger. Das junge Ehepaar konnte sich nicht entscheiden. Die Doppelhaushälfte war das siebte Objekt in zwei Wochen, das sie sich ansahen, und wieder standen sie unschlüssig herum, während ihr Dalmatiner im Garten die Büsche bewässerte.

«Was meinen Sie?», fragte die hochschwangere Frau.

Rüdiger Teschinsky hätte ihr bestimmt zu dem teuersten Haus geraten, das er in der Kartei hatte, oder er hätte ihnen einen seiner Ladenhüter angedreht. Claire war froh, dass er nicht dabei war. Freundlich meinte sie: «Das Haus ist sofort beziehbar, was Ihnen sicher entgegenkommt, und der Kindergarten ist gleich um die Ecke.»

«Wie sind denn die Nachbarn?»

So ging es eine Weile weiter. Claire gab Auskunft, so gut sie konnte und sah dabei immer wieder verstohlen auf die Uhr. Ihr lief die Zeit davon. Spätestens um sieben wollte sie an der Waldlichtung sein. Bis sie sich umgezogen, ein Vesper vorbereitet und ihre Ausrüstung in den Wagen geladen hatte, würde sie eine Stunde brauchen. Schließlich schaffte sie es, dem Paar ein entschiedenes «Vielleicht, mal sehen, wir überlegen es uns» zu entlocken. Doch der Aufbruch verzögerte sich um weitere fünf

Minuten, weil der Dalmatiner eine Katze quer durch die Nachbargärten jagte.

Endlich daheim, sehnte Claire sich nach einer warmen Dusche und einem gemütlichen Abendbrot, aber die Zeit war zu knapp. In Windeseile hakte sie auf ihrer Inventarliste ab, ob alle Teile an ihrem Platz waren.

«Ulrich, bist du so lieb und schmierst mir ein paar Brote und machst mir eine Thermoskanne Tee?», bat sie ihren Mann, der es sich mit einem Glas Rotwein vor dem Fernseher gemütlich gemacht hatte und eine Quizshow guckte.

«Das wäre eben eine Frage für dich gewesen», bemerkte er. «Wie hieß die letzte Sonde, die auf dem Mars gelandet ist?»

«Pathfinder», sagte Claire automatisch. «Denkst du bitte an mein Vesper, ich hab's eilig.»

Ulrich stellte den Ton lauter. «Ich bin nicht dein Dienstbote», übertönte er die Stimme des Quizshowmoderators.

«Bitte, sei so gut.» Sie zog sich auf dem Weg ins Bad aus.

Er folgte ihr und packte sie am Hintern. «Nun mach nicht so einen Stress, Mädel. Die Sterne laufen dir schon nicht davon.»

Woran lag es, dass Ulrich in letzter Zeit eine fast erschreckende Ähnlichkeit mit Teschinsky entwickelte? Sie schob ihn in den Flur zurück. «Raus hier, ich muss pinkeln.» Und ob ihr die Sterne davonliefen! Manche Objekte waren lediglich für kurze Zeit sichtbar, und das auch nur bei unbedecktem Himmel. In den drei vergangenen Nächten war jedes Mal irgendetwas schief gelaufen. In der ersten Nacht war Wind aufgekommen, das nächste Mal Nebel, und gestern hatte die Batterie des Off-Axis-Guiders schlapp gemacht. Für morgen war Schnee angesagt. Heute war somit ihre letzte Gelegenheit, die Supernova zu fotografieren. Der Tag war schlimm genug gewesen, wenn noch die geringste Störung passierte, könnte sie glatt Amok laufen.

Nachdem er dreimal um den Block gefahren war, wurde es Rüdiger langweilig. Der Wagen schnurrte wie ein satter Löwe. Die Elektronik zeigte nicht die Spur eines Aussetzers.

«Frauen und Technik», murmelte er. Nicht, dass er Frauen grundsätzlich für unfähig hielt, aber besonders geschäftstüchtig waren sie auch nicht, wie Claire hinreichend bewiesen hatte.

Überhaupt musste er an Claire denken. In letzter Zeit immer öfter. Vor allem dann, wenn Rita vom Babysitten so müde war, dass sie wie eine Tote im Bett lag. Wie von selbst steuerte er in die Gegend, wo Claire wohnte. Vielleicht konnte er ja einen Blick durch ein beleuchtetes Fenster erhaschen. Das war jedenfalls unterhaltsamer als daheim mit anzuhören, wie der kleine Maulwurf herauszufinden versuchte, wer ihm auf seinen beknackten Kopf gekackt hatte.

Zwei Häuser von Claires Adresse entfernt hielt er an. Prompt ging die Tür auf. Hatte sie ihn entdeckt? Eine dick vermummte Gestalt kam heraus und verstaute eine Kiste von der Größe eines Kindersarges im Fond eines VW-Kombi. In der offenen Haustür erschien ein Mann und rief: «Claire, dein Vesper.»

Das war Claire? Was in aller Welt hatte sie vor? Hatte sie einen Nebenjob? Na, der würde er was husten. Wie ein Privatdetektiv kam Rüdiger sich vor, als er ihr mit ausgeschalteten Scheinwerfern folgte. Sie fuhr aus der Stadt heraus in den Wald, eine Steigung hoch, an einem Wanderparkplatz vorbei, die Kuppe hinunter. Als sie auf einer Waldlichtung anhielt, setzte Rüdiger zurück und bog in einen Nebenweg ein. Von hier aus konnte er sehen was sie trieb, während er hinter Bäumen verborgen war. Im Handschuhfach lag Ritas Opernglas.

Claire ging um den Wagen herum, öffnete den Kofferraum und begann, große Teile aus der Kiste zu nehmen. Als sie alles aufgebaut hatte, kapierte Rüdiger: es war ein Teleskop, und was für ein Trumm. Total verrücktes Hobby für eine Frau. Sie sollte lieber daheim im Bett liegen und ihren Mann wärmen.

Gut, dass Ritas Wagen eine Standheizung hatte. Wie hielt

Claire es da draußen aus? Vielleicht sollte er ihr anbieten, sich bei ihm im Wagen ein wenig aufzuwärmen. Und wenn sie nicht wollte, dann würde er sie eben mit Gewalt herzerren. Manche Frauen mögen es, wenn man sie härter rannimmt. Gerade die zickigen Exemplare warten im Grunde darauf, dass man ihnen zeigt, wer der Boss ist.

Je länger er darüber nachdachte, desto besser gefiel ihm die Vorstellung, Claire aus ihrem dicken Anzug zu schälen und sich ihres widerspenstigen Körpers zu bemächtigen.

Es war so kalt, dass die Stille zu gefrieren schien. Nachts, so kam es Claire vor, wurde die Welt gegen eine andere ausgetauscht. Sobald es dunkel war, verschwanden die Häuser, Bäume und Wege und wurden ersetzt durch dunkle, geheimnisvolle Abbilder, die das Licht scheuten. Auch kleiner wurde die Welt, kauerte ängstlich zwischen den Schatten. Der Himmel aber dehnte sich aus und öffnete sich in die Unendlichkeit.

Vor zwei Wochen hatte ein Japaner die Supernova in der Galaxie M 74 entdeckt. Sie überstrahlte bereits die Galaxie und Claire fühlte sich, als wäre sie mit einbezogen in die Erhabenheit dieses gigantischen Naturschauspiels. Seit fünfzehn Minuten erst starrte sie durch das Nachführokular und schon jetzt war sie steif vor Kälte. Wie sollte sie das eine ganze Stunde lang durchhalten? Ihre Vixen-Montierung führte das Teleskop computergesteuert nach, so dass das Objekt während der gesamten Belichtungszeit im Fadenkreuz war, aber zuweilen musste sie korrigierend eingreifen.

Die Nova war wunderschön. Ihr Anblick war jedes Opfer wert und entschädigte Claire für alle Unbequemlichkeiten. Eine Eule flog lautlos über sie hinweg, ein majestätischer Schatten vor dem sternenübersäten Himmel.

Sie lächelte und schraubte die Thermoskanne auf, der seltsamerweise kein Dampf entstieg. War die Dämmung defekt? Sie goss einen Schluck in den Deckel, nippte daran und schrie auf. Dieser gemeine, fiese Kerl hatte ihr kaltes Leitungswasser abgefüllt. Das grenzte an Körperverletzung. Es war ein Scheidungsgrund. Mehr noch: Wenn er da gewesen wäre, hätte sie ihn an Ort und Stelle und ohne Skrupel umgebracht. Sie zog einen Handschuh aus und fummelte das Handy aus der Skijacke.

Ulrich war umgezogen und frisch rasiert. Der Champagner hatte genau die richtige Temperatur. In wenigen Minuten würde Vanessa kommen. Es war gefährlich, sich bei ihm zu Hause zu treffen. Vorgestern wären sie beinahe erwischt worden, weil Claire vor Mitternacht zurückgekommen war. Es bestand immer die Möglichkeit, dass etwas schief ging und sie ihre Aufnahme abbrechen musste.

Am Anfang hatte er sich mit Vanessa in Hotels getroffen, aber das war finanziell nicht mehr drin. Bei Vanessa daheim ging es auch nicht, denn sie wohnte bei ihren Eltern. Die süße, blutjunge Vanessa! Es war faszinierend, wie leicht sich junge Mädchen von reiferen Männern beeindrucken ließen. Allerdings würde es in nächster Zeit schwierig werden, das Bild des großzügigen Lebemanns aufrechtzuerhalten, weil er knapp bei Kasse war.

Er bezog das Bett neu. Claire würde es nicht merken. Sie war mit den Gedanken immer in irgendwelchen höheren Sphären. Früher hatte ihn das gestört, jetzt kam es ihm sehr gelegen, sonst hätte sie nämlich längst bemerkt, dass er seit drei Monaten Geld von ihrem Girokonto auf sein Geschäftskonto überwies.

Das Telefon klingelte. Es war Claire. «Sag mal, bist du von allen guten Geistern verlassen? Das ist nicht komisch.»

«Sorry», sagte er.

«Ich bestehe darauf, dass du mir auf der Stelle einen heißen Tee machst und herbringst. Ich bin hinter dem Waldparkplatz, da wo der Grillplatz neben dem Zackenfelsen ist.»

«Du wirst schon nicht erfrieren.»

«Aber verhungern. Die steinharte Brotkruste, die du mir in deiner unendlichen Fürsorglichkeit eingepackt hast, kann ich unmöglich trocken runterwürgen.» Claires Stimme wurde flehend. «Ich will meine Aufnahme nicht mittendrin abbrechen. Heute ist meine letzte Chance.»

Shit, an diese Folge seines Streichs hatte er gar nicht gedacht. Wenn sie verfrüht heimkam, konnte er sein Schäferstündchen mit Vanessa vergessen.

«Ja, ist ja gut, ich bring dir den Tee.» Wie sollte er das zeitlich schaffen? Oder würde er sie einfach warten lassen und später behaupten, sein Wagen sei nicht angesprungen?

Das Telefon klingelte erneut. «Ja, verdammt.»

«Wie reizend.» Es war Vanessa.

«Tut mir Leid, ich dachte, das wäre Claire.» Er schielte auf die Digitalanzeige am Videorekorder. «Bist du etwa noch daheim?» Sie brauchte eine halbe Stunde mit dem Bus und es kam auf jede Minute an.

«Ulli, ich komme nicht.»

«Was?»

«Es ist aus. Du bist mir zu knauserig und schwierig geworden. Das ganze Versteckspiel kotzt mich an. Meine Eltern haben Verdacht geschöpft. Wenn du Claire rausschmeißen würdest und ich zu dir ziehen könnte ...»

Er hatte ihr erzählt, dass das Haus ihm gehörte. Tatsächlich gehörte es Claire, ebenso wie die beiden Autos. Wenn Claire allerdings das Zeitliche segnen würde, wäre alles seins. Und das Geld von der Lebensversicherung würde seine Firma sanieren. Dieser Gedanke ließ ihn seit Wochen nicht mehr los.

Nachdem Vanessa aufgelegt hatte, brodelte es in Ulrichs Geist. Der Waldparkplatz, den Claire erwähnt hatte, lag auf einer Kuppe, hundert Meter über dem Grillplatz. Ulrich schlüpfte in seine Daunenjacke. Ein Plan nahm Gestalt an. Claires Tod würde wie ein Unfall aussehen. Überrollt von ihrem eigenen Wagen, weil sie vergessen hatte, die Handbremse anzuziehen. Er steckte den Ersatzschlüssel für ihren Kombi ein und fuhr durch die mondlose Nacht zum Wald. Er brauchte keine Angst zu haben, Reifenspuren zu hinterlassen, weil der Boden gefroren war.

Claires Kombi stand nicht auf dem Parkplatz. Mist. Ulrich

stellte seinen Wagen ab, nahm die Taschenlampe und ging Claire suchen. Er konnte sie von oben sehen, direkt beim Zackenfelsen, wo ihr Teleskop fordernd in den Himmel ragte. Auch der Wagen stand dort. Zum Grillplatz führte zwar kein zugelassener Fahrweg, aber es war ja klar, dass Claire ihre schwere Ausrüstung nicht unnötig schleppen wollte. Daran hätte er denken müssen.

Ulrich ging unsicher ein paar Schritte weiter und sah in einem Seitenweg einen Mercedes stehen. Er schaltete die Taschenlampe aus und probierte die Fahrertür. Sie war offen. Der Schlüssel steckte. Ohne lange zu überlegen, stieg Ulrich ein und setzte ein Stück zurück. Dann würde Claire ihren Tod eben unter den Rädern dieses Luxusschlittens finden.

Sobald der Wagen Fahrt hatte, machte Ulrich den Motor aus, damit Claire ihn nicht kommen hörte. Der Wagen wurde schneller, schoss zielstrebig auf sein Opfer zu. Claire drehte sich um, hob abwehrend die Hände, stolperte. Ulrich wollte auf ihren Kopf zusteuern, als das Lenkradschloss einrastete. Und dann ging alles ganz schnell.

Es schneite seit drei Tagen. Die Räumfahrzeuge hatten den ungleichen Kampf gegen die schweren, weißen Massen aufgegeben. Claire hatte Schneeketten aufziehen müssen, um den kurzen Weg zur Arbeit zurückzulegen.

Rita Teschinsky, in schwarzem Twinset und grauem Rock, umarmte sie zur Begrüßung.

Claire sah betreten zu Boden. «Ich könnte verstehen, wenn Sie mich feuern würden.»

«Aber warum sollte ich? Wir Frauen müssen zusammenhalten, mehr denn je. Ich bin Ihnen sogar dankbar, dass Sie schon so kurz nach dem tragischen Todes Ihres Mannes wieder zur Arbeit erscheinen. Nun setzen Sie sich und trinken Sie eine Tasse Kaffee mit mir.»

«Der Tod Ihres Mannes war nicht minder tragisch. Mein Beileid übrigens.»

«Meine Enkel sind ein großer Trost für mich.» Rita schenkte Kaffee ein und legte auf jede Untertasse einen Keks. «Hat die Polizei Ihnen auch so fürchterliche Fragen gestellt? Ich wusste gar nicht, was ich sagen sollte. Ich habe keine Ahnung, was Rüdiger am Zackenfelsen gewollt hat, mitten in der Nacht, viel zu dünn angezogen. Er muss Ihnen gefolgt sein.»

Claire nickte gedankenverloren. «Ich weiß auch nicht, warum er dort war. Wir waren nicht verabredet oder so.» Sie biss in den Keks, um den peinlichen Moment zu überspielen. «Die Polizei vermutet, dass mein Ulrich sich umbringen wollte, weil seine Firma kurz vor der Pleite war, was ich nicht gewusst habe. Aber wieso er dann den Mercedes genommen hat und seinen eigenen Wagen auf dem Parkplatz stehen ließ, wird ein Rätsel bleiben.»

Eine Schrecksekunde lang hatte sie gedacht, der Wagen würde sie überrollen, aber dann war er plötzlich ausgebrochen und gegen den Felsen geknallt. Rüdiger Teschinsky, der dort stand, wurde von der Kühlerhaube zerquetscht. Ulrichs Kopf wurde so heftig nach vorn geschleudert, dass er sich das Genick brach. Beide waren sofort tot gewesen, wie die Obduktion ergeben hatte.

«Manchmal müssen wir akzeptieren, dass es keine Erklärung gibt», sagte Rita. «Reden wir lieber von etwas anderem. Wie ist denn Ihre letzte Aufnahme geworden?», erkundigte sie sich mit ehrlichem Interesse. «Eine Supernova sagten Sie, nicht wahr? Ich finde Ihr Hobby ja so faszinierend.»

«Die Aufnahme ist meine beste bisher.» Sie hatte wirklich Glück gehabt, dass die Aufnahme fertig geworden war, bevor die Polizei mit ihrem störenden Blaulicht eintraf.

«Könnte ich vielleicht einen Abzug haben?»

«Natürlich.» Claire fühlte sich plötzlich auf tiefe, fast magische Weise mit ihrer Chefin verbunden. «Wenn Sie sich richtig warm anziehen, können Sie mich auf der nächsten Exkursion gerne begleiten.»

Eine Tasse Kräutertee

Robert S. Aldrich

Herbert Jenkins führte Selbstgespräche, als er die steile, regennasse Straße zum Hermitage-Hügel hochfuhr. Der Sturm hatte zeitweilig etwas nachgelassen, aber die Sonne verbarg sich immer noch hinter schweren, dunklen Wolken. Er hielt sich für einen Idioten, weil er die Einladung der alten Dame an so einem grässlichen Tag angenommen hatte. Falls der Fluss noch höher stieg, würde der Rückweg über die alte Brücke unpassierbar. Das bedeutete dann einen Umweg von mehreren Meilen. Auf seinem Schreibtisch in seiner Anwaltskanzlei stapelten sich die Akten. Sie aber würde ihn wahrscheinlich einen ganzen Nachmittag mit dummem Geschwätz festhalten.

Dennoch, das sagte er sich immer wieder, musste er diesen Besuch machen. Vom gesetzlichen Standpunkt aus hatte sie keine Handhabe mehr gegen ihn, obwohl sie ja jetzt diesen jungen Mann hatte, der frisch von der Universität kam. Aber was konnte der schon ausrichten! Er brauchte sich keine Sorgen zu machen, zumindest nicht, was die Gerichte anbelangte. Da konnte ihr auch Sam Cowdrey, der junge Rechtsanwalt nicht helfen. Doch der Fall würde, wenn er vor Gericht käme, sicherlich viel Zeit kosten und außerdem viel Staub in der Öffentlichkeit aufwirbeln. Deshalb war es besser, sich mit ihr irgendwie zu arrangieren. Vielleicht sollte er ihr noch ein paar Aktien anbieten.

Esther Bowen war die Witwe von Paul Bowen, der sich aus Liebhaberei mit allerlei Erfindungen beschäftigt hatte. Wenn man ihn fragte, hatte er sich immer als Chemiker bezeichnet. Doch sein Leben lang hatte er vergeblich auf den Erfolg gewartet. Erst mit sechzig war er auf eine Formel für ein Erfrischungsgetränk gestoßen. Er hatte es selbst in Flaschen gefüllt und dann im Ort verkauft – mit ständig steigendem Umsatz. Die Brite-Joos-Company hatte sich mit der Zeit in eine Goldgrube verwandelt – eine Zeit lang zumindest. Doch dann hatte Bowen seine Kreditmöglichkeiten überzogen, weil er versucht hatte, immer schneller zu expandieren. Die Bank hatte ihm jeden weiteren Kredit verweigert und gedroht, seine Wechsel platzen zu lassen. Gläubiger meldeten sich immer zahlreicher und verlangten ihr Geld. Zur gleichen Zeit machte sich auch die Konkurrenz stärker bemerkbar. Das ließ den Verkauf zurückgehen. Ein Fehler zog den anderen nach sich, und schließlich schien der Bankrott der einzige Ausweg zu sein.

Das war der Zeitpunkt, an dem Herbert Jenkins eingestiegen war. Nachdem er Bowens Situation zunächst genau analysiert hatte, setzte er sich mit Northeast Beverages in Verbindung, ohne jedoch Bowen über sein Vorhaben zu informieren. Er hatte der bekannten Getränkefirma den Vorschlag gemacht, die Brite-Joos zu übernehmen. Natürlich war er nicht ganz aufrichtig vorgegangen, denn er hatte so getan, als besäße er Anteile an der Firma, obwohl er zu jener Zeit noch keine einzige Aktie besaß. Danach war er – nur mit einem Vorvertrag in seiner schäbigen Aktentasche – mit einem Angebot an Bowen herangetreten.

«Ihnen bleiben nur zwei Auswege», hatte er dem Mann eröffnet, der sich gewaltig unter Druck befand, «entweder entscheiden Sie sich für den Bankrott, oder Sie verkaufen.» Und dann hatte er ihm seinen Plan auseinander gesetzt. Er selbst würde es übernehmen, die Hauptgläubiger zu befriedigen, dafür verlange er aber die Aktienmehrheit. Bowen selbst würde nur eine geringe Anzahl von Aktien behalten. Er hatte ihm den Titel eines Vorsitzenden im Aufsichtsrat angeboten, gewissermaßen als Trostpflaster für den Stolz des alten Mannes. Jenkins musste erneut auflachen, als er daran dachte. Es war wie beim Schlussverkauf gewesen. Bowen hatte sich noch eine Weile gewehrt, aber Jenkins hatte den Druck verstärkt. Er hatte einfach angedeutet, dass die wichtigsten Gläubiger bereits hinter ihm stünden, und ihn, wenn er nicht nachgäbe, am nächsten Tag schon massiv unter Beschuss nehmen würden.

Jenkins erinnerte sich mit Genugtuung daran, als er es endlich geschafft hatte: Der alte Mann griff mit Tränen in den Augen nach seinem Federhalter und kritzelte seinen Namen unter den Verkaufsvertrag. Für Bowen war es ein schwerer Entschluss, denn mit seiner Unterschrift gab er das Unternehmen auf, an dem sein Leben und der erhoffte Wohlstand hing.

Als dann die Firma auf Jenkins' Namen eingetragen war, hatte er sie sofort an Northeast weiterverkauft. Der Preis reichte aus, um alle Kredite zu begleichen, die Gläubiger zu befriedigen, ja, es war vor allem für ihn ein beträchtlicher Gewinn übrig geblieben. Das zeigte wieder einmal, was man erreichen konnte, wenn man die Mitmenschen richtig einzuschätzen wusste. Die meisten Leute waren Dummköpfe. Man konnte sie um den Finger wickeln, wenn man nur genug Tricks kannte.

Nun gut, die alte Dame würde ein Kinderspiel sein. Ohne Zweifel betrauerte sie immer noch den Tod ihres Mannes. Ein paar Tage nach dem Verkauf der Firma hatte man ihn in seiner Garage gefunden – im Wagen mit laufendem Motor. Der Zettel, der neben ihm lag, erwähnte mit keinem Wort Herbert Jenkins. Mit seiner kindlichen Handschrift hatte er nur beklagt, dass sein Leben ein Fehlschlag gewesen sei, und er darauf hoffe, dass seine Frau ihm den Selbstmord verzeihen werde.

Sein Tod hatte eine gewisse Aufregung in der Stadt hervorgerufen, doch die Tat als solche ersparte Jenkins eine Menge Ärger. Hatte er doch damit rechnen müssen, dass der alte Bowen im Nachhinein den Verkauf bereuen würde. Für ihn und sein Ansehen wäre es peinlich gewesen, wenn all das vor Gericht herausgekommen wäre. Seine Rolle bei dem Geschäft mit der Northeastern hätte Jenkins' Feinden weitere Munition geliefert. Es hätte sogar damit enden können, dass man ihn aus der Anwaltskammer ausschloss. Das war nun ausgestanden.

Die alte Frau verstand nichts von Geschäften. Sie wusste vielleicht, dass man ihren Mann aufs Kreuz gelegt hatte, aber nun konnte sie auch nichts mehr machen. Gewiss, sie hatte sich mit Sam Cowdrey besprochen. Na ja, er würde ihr bei seinem Besuch jetzt ein bisschen schöntun, ihr vielleicht ein paar Aktien anbieten, die er beim Verkauf an die Northeastern zurückbehalten hatte. Man würde sehen. Immer Schritt für Schritt, denn wenn er es recht bedachte, schmerzte es ihn, großzügig zu sein.

Im Regen wirkte das alte, zweistöckige Haus im viktorianischen Stil geduckt und irgendwie verloren. Jenkins klappte den Kragen seines Regenmantels hoch, eilte die Treppe hinauf und klingelte.

Kurz darauf erschien Mrs Bowen. Sie war schlank, weißhaarig, ging allerdings etwas nach vorn gebeugt. «Das ist nett von Ihnen, Mr Jenkins, dass Sie trotz des Sturmes herausgekommen sind. Bitte, treten Sie doch ein.»

Er murmelte einige höfliche Begrüßungsworte. Im Wohnzimmer flackerte ein offenes Kaminfeuer. Sie hatte die Türen zum Esszimmer geschlossen und die schweren Vorhänge vor die Fenster gezogen, um möglichst viel Wärme im Raum zu behalten. Lampen von Tiffany verbreiteten ein mildes Licht, das auch auf die Teppiche fiel, die jetzt abgetreten wirkten.

«Wie geht es Ihnen denn, Mrs Bowen?», fragte er mit erzwungener Herzlichkeit, derweil er sich am offenen Feuer die Hände wärmte.

«Ganz gut, danke, den Umständen entsprechend. Der Tod meines Mannes freilich war für mich ein fürchterlicher Schock.»

«Natürlich, das verstehe ich, aber Sie haben es ja hier recht gemütlich und bequem.»

«Vor allem die Art seines Todes», fuhr Mrs Bowen fort, «die passte so gar nicht zu ihm. Er hielt Menschen, die sich das Leben nahmen, immer für Sünder und charakterlos. Es will mir einfach nicht in den Kopf, dass er so etwas Schreckliches tun konnte.»

«Ja, gewiss, das ist schlimm, aber Sie dürfen nicht so viel darüber nachdenken. Ich nehme an, er war krank.»

Sie schüttelte den Kopf. «Mr Jenkins, sein Herz war gebrochen. Er hatte seine ganze Kraft in diese Firma gesteckt und musste dann alles von einem Tag zum andern aufgeben. Er fühlte auch, dass man ihn betrogen hatte.»

«Das kommt bei Geschäften immer wieder vor», sagte Jenkins beruhigend. «Ein kleiner Fehler kommt zum andern, fast unvermeidlich. Es lag nicht an Ihrem Mann.»

Mrs Bowen stand von ihrem Stuhl auf und schürte das Feuer. «Ich habe einiges von den Geschäften mitbekommen. Vor seinem Tode hat mir Paul viel davon erzählt. Ich weiß also, dass das alles nicht unvermeidlich war. Gewiss, die Firma befand sich in Schwierigkeiten, aber man hat ihn dazu gebracht, die Firma zu einem Preis zu verkaufen, der nur einen Teil vom wirklichen Wert ausmachte.» Sie war rot im Gesicht geworden, aber Jenkins konnte nicht sagen, ob das vom Feuer oder von ihrer Erregung kam. «Sie müssen doch zugeben, dass Sie tüchtig profitiert haben.»

Er lächelte verlegen. «So sind nun mal die Geschäfte, Mrs Bowen. Das müssen Sie nicht allzu persönlich nehmen. Außerdem haben Sie doch immer noch Ihre Northeastern Aktien. Die Dividende sollte doch ausreichen, um Ihnen ein gewisses Einkommen zu sichern.»

«Ich fürchte, so viel ist das nicht. Es fällt mir immer schwerer, alle Rechnungen zu bezahlen.»

Er versuchte, auf ein anderes Thema auszuweichen. «Dass wir heute so ein miserables Wetter haben, ist ja schade. Ich hätte mir so gern Ihren Garten angesehen. Der ist sicherlich sehr hübsch.»

«Das ist er. Ein andermal, wenn das Wetter besser ist, werde ich Sie herumführen. Leider haben wir in letzter Zeit Ärger mit den Maulwürfen gehabt, die mir viele Blumenbeete zerstören. Amos, mein Gärtner, und ich haben es schon mit Fallen versucht, aber wir kommen nicht dagegen an. Es gibt zu viele.»

«Maulwürfe? Ich weiß von einem Mann, der ist sie losgeworden, indem er leere Flaschen in seinem Garten vergrub und zwar so, dass die Flaschenhälse herausschauten. Durch die entstehenden Windgeräusche wurden Vibrationen verursacht, welche die Maulwürfe ängstigten. Das hat sie dann schnell vertrieben.»

«Amos meint, es gibt nur einen Weg sie loszuwerden. Er schlug mir vor, sie zu vergiften. Das klingt schrecklich, nicht wahr? Aber ich glaube, wir müssen es tun, oder sie werden mir meinen schönen Garten restlos kaputtmachen. Am letzten Samstag hat er sich eine Flasche mit Arsen besorgt. Sie steht jetzt im Geräteschuppen.»

«Na also.»

«Amos will das Zeug anwenden, er wartet nur darauf, dass es trockner wird. Jetzt steht die Flasche da herum, und ich bekomme bei ihrem Anblick jedes Mal ein komisches Gefühl.»

Sie klatschte in die Hände. «Du liebe Güte, was bin ich nur für eine Gastgeberin. Ich darf Ihnen doch sicherlich etwas Tee anbieten, nicht wahr?»

«Das wäre sehr nett», versicherte er.

«Es ist Kräutertee. Ich hoffe, Sie mögen ihn. Meiner Ansicht nach gibt es nichts Besseres als Kräutertee, besonders bei diesem Wetter. Freilich, für manche Leute hat er einen etwas seltsamen Geschmack.»

«Da machen Sie sich mal keine Sorgen.»

Während sie in der Küche beschäftigt war und er auf sie wartete, wunderte sich Jenkins, dass sie ihn überhaupt eingeladen hatte. Wahrscheinlich hatte sie die Absicht, sein Mitleid zu erregen. Seine Uhr zeigte schon auf drei. Er musste einen Vorwand finden, um den Besuch abzukürzen. Vorher allerdings wollte er sie noch über Sam Cowdrey ausfragen.

Er dachte noch darüber nach, wie er das anstellen sollte, als Mrs Bowen zurückkam. Sie schob einen kleinen Wagen vor sich her mit einer großen Teekanne, mit einem Marmorkuchen und anderem Gebäck darauf. Jenkins unterdrückte einen Seufzer, doch dann stand er auf und bot seine Hilfe an.

«Als es uns besser ging, hatten wir ein Hausmädchen», sagte Mrs Bowen, als sie sich wieder gesetzt hatten, «aber als dann die Geschäfte schlechter gingen – na gut, man lernt es, sich einzuschränken. Jeden Tag denke ich daran, wie glücklich wir beide waren, mein Mann und ich. Wir hofften auf ein gemeinsames Leben in Wohlstand. Nun bin ich plötzlich allein, und es reicht kaum zum Leben.»

Jenkins schien etwas in den Hals bekommen zu haben. Er räusperte sich vernehmlich. «Ich habe nachgedacht und möchte, dass Sie nicht schlecht über die Verträge denken, die ich mit Ihrem Mann geschlossen habe. Wenn Sie irgendwelche Fragen haben, wenden Sie sich doch bitte vertrauensvoll an mich. Sie brauchen da nicht erst jemand anderen um Rat fragen. Den jungen Rechtsanwälten vor allem fehlt die Erfahrung.»

Sie lächelte schwach. «Ich habe schon einen Anwalt», sagte sie. «Mr Cowdrey hilft mir recht gut. Er wird alles mit Ihnen durchsprechen.»

Jenkins war das gar nicht recht, aber er versuchte, es nicht zu zeigen. «Was den Verkauf der Firma anbelangt, da dürfte es keine Fragen mehr geben. Alles wurde korrekt abgewickelt. Das wird Ihnen jeder bestätigen.»

«Bei den gesetzlichen Vorschriften bin ich überfragt, aber man kann sicherlich beweisen, dass mein Mann unter massiven Druck gesetzt wurde. Die Gerichte können vielleicht das ganze Abkommen aufheben.»

«Unter Druck gesetzt?» Jenkins musste schwer schlucken. «Das stimmt nicht. Wir haben alle Einzelheiten besprochen. Er traf seine Entscheidung völlig freiwillig. Ich fürchte, man hat Sie schlecht beraten. Eine solche Klage hat überhaupt keine Chance.»

Sie wirkte etwas verwirrt. «Aber Sam Cowdrey macht einen guten Eindruck.»

«Eine Klage dieser Art wird nur viel Aufsehen machen. Sie können das doch nicht wollen.»

«Ja, ich meine ja auch immer, es müsse einen besseren Weg geben.»

Jenkins trank Tee. Er nahm zweimal einen kräftigen Schluck. Er brauchte Zeit, um nachzudenken. Ein besserer Weg? Was wollte sie damit sagen?

«Klagen vor Gericht können sich lange hinziehen», sagte sie und nahm auch einen vorsichtigen Schluck. «Mein Mann sagte immer, alles Unangenehme soll man so schnell und schmerzlos wie möglich regeln. Ich habe über seinen Ausspruch lange nachgedacht.» Sie lächelte ihn an. «Mögen Sie meinen Tee?»

«Danke, er ist ganz ausgezeichnet.» Er war verwirrt. Worauf wollte sie hinaus?

«Einmal war Rolf, unser alter Hund, sehr krank», begann sie, «und wir wussten, dass ihm nicht mehr zu helfen war. Mein Mann liebte Rolf sehr, aber er zögerte nicht.»

«Wieso? Was tat er?»

«Er tat Gift in sein Futter», sagte Mrs Bowen, «ich glaube, es war Arsen.»

Jenkins nickte mehrmals, dann sagte er: «Ich sollte mich langsam auf den Weg machen. Der Wind scheint wieder aufzufrischen.»

«Ja, der Wind, er richtet auch viel Schaden in meinem Garten an», sagte Mrs Bowen. «Er reißt den Blumen die Köpfe ab, manchmal kommen sogar Äste herunter. Und die Maulwürfe waren so schlimm in diesem Sommer. Amos hat gesagt, sie müssen nicht lange leiden. Arsen ist sehr wirkungsvoll und tötet schnell.»

In der Unterhaltung entstand eine Pause, und er konnte die Wanduhr ticken hören. Sie schien von dieser Sache mit dem Arsen direkt besessen zu sein. Er leerte seine Tasse.

«Ich nehme an, mein Mann hatte einen leichten Tod», sagte sie. «Der Tod durch Gift muss schrecklich sein. Aber ich glaube, ich gehe Ihnen auf die Nerven, wenn ich so viel von Gift rede.» Sie setzte ihre Tasse ab. «Ich will Ihnen jetzt etwas erzählen, was nur sehr wenige wissen. Es handelt sich um ein

Geheimnis, das mein Mann immer sehr gehütet hat. Er ...» Sie fuhr auf. «Aber Mr Jenkins, was ist mit Ihnen? Sind Sie krank?»

Jenkins war gerade ein fürchterlicher Gedanke gekommen. Bis zu diesem Zeitpunkt hatte sein sonst so rascher Verstand die beiden Dinge, den seltsam schmeckenden Tee und die Arsenflasche da draußen im Geräteschuppen, überhaupt nicht in einem Zusammenhang gesehen. Aber das war doch wohl nicht möglich?

Und ob das möglich war! Das war von Anfang an geplant!

Er griff sich an die Kehle! Er wollte aufstehen, doch er sackte in sich zusammen. Er stöhnte. Andere Laute brachte er nicht mehr heraus.

«Vielleicht haben Sie etwas in die Luftröhre bekommen?», meinte Mrs Bowen in aller Ruhe. «Atmen Sie tief durch und versuchen Sie, sich zu entspannen.»

«Arsen!» Er wollte dieses Wort hinausschreien, aber er brachte nur ein Flüstern zustande. «Helfen Sie mir!» Doch Mrs Bowen schien ihn nicht zu hören.

«Vorhin hatte ich gerade angefangen, Ihnen von meinem Mann zu erzählen. Er war ein Waisenkind, musste schon früh arbeiten und hat kaum Zeit für die Schule gehabt.»

Jenkins hörte ihr nicht mehr zu. Er spürte ein Brennen im Magen. Das Licht der Tiffany-Lampen kam ihm schwächer vor. Eine fürchterliche Angst erfüllte ihn. Wie konnte sie da so ruhig sitzen. Kostete sie jetzt ihre Rache aus? Wartete sie auf seinen Tod? Vielleicht war sie verrückt? Mit Mühe nur konnte er aufstehen. «Bitte, Mrs Bowen», sagte er heiser, «rufen Sie einen Arzt an! Einen Krankenwagen! Ich muss ins Krankenhaus, gleich, sonst ist es zu spät!»

«Zu spät?» Sie schien kaum merklich zu lächeln. «Mr Jenkins, für meinen Mann war es zu spät, als er da im Wagen lag und der Motor lief.»

«Ich hab doch keine Schuld. Es war Selbstmord.»

«Geben Sie zu, dass Sie ihn reingelegt haben? Dass Sie seine Unwissenheit auf gemeine Weise ausgenutzt haben?»

«Ja, gut, wenn Sie das beruhigt. Ich werde ... ich werde Ihnen alle meine Northeastern Aktien überschreiben! Nur verlieren Sie jetzt keine Zeit! Helfen Sie mir!»

Sie stand ganz langsam auf, viel zu langsam. Sie sah ihn an. In ihrem Blick war keine Spur von Mitleid. «Den Zettel, den die Polizei gefunden hat, den haben Sie selbst geschrieben. Sie hatten seine Unterschrift gesehen und ahmten seine Schriftzüge nach. Und dann brachten Sie ihn um.»

«Nein», widersprach er. Doch jeder Augenblick war kostbar. «Ja, ich habe ihn niedergeschlagen ... mit einem Schraubenschlüssel. Ich ... ich musste es tun. Er hatte Verdacht geschöpft. Er bedrohte mich. Ich werde alles gestehen. Nur, bitte, holen Sie Hilfe.» Im Stillen jedoch dachte er: Sie hat ja keine Zeugen. Später werde ich alles abstreiten. Erst mal leben.

«Stehen Sie auf, Mr Jenkins. Seien Sie nicht so dumm, ich habe nichts in Ihren Tee getan. Ich habe Sie nicht vergiftet.»

«Was?» Er stand schnell auf und fühlte sich erleichtert. Doch dann wurde er wütend. Sie hatte ihn hereingelegt.

«Das war eine Falle?», fauchte er sie an. «Ich werde nichts zugeben. Ich werde alles abstreiten. Man wird Ihnen nicht glauben. Sie können nichts beweisen!»

«O doch, mein Mann konnte nicht schreiben. Er hat nie lesen gelernt. Alles was er fertig brachte, war seine Unterschrift.»

Er starrte sie an. «Das ist doch unmöglich. Wie konnte er dann seine Firma leiten?»

«Ich habe ihm geholfen. Ich versuchte ihn zu warnen, als ich von Ihrem Angebot erfuhr, aber er wollte nicht auf mich hören. Der Polizei habe ich nicht erzählt, dass er Analphabet war. Ich hatte ihm versprochen, sein Geheimnis nie zu verraten. Aber als ich den Zettel sah, wusste ich sofort, dass man ihn umgebracht hatte. Wer konnte es sein? Sie waren der Einzige, der durch seinen Tod gewinnen konnte.»

Langsam beruhigte sich Jenkins wieder. Er rechnete sich seine Chancen aus. Niemand hatte sein Kommen gesehen. Er ging auf sie zu. Er musste nur einmal kräftig zudrücken. Das würde reichen.

«Mir hat es nichts ausgemacht, dass er nicht lesen konnte. Wir liebten uns. Das können Sie nicht verstehen, denn Sie haben immer nur sich selbst geliebt.»

Noch ein Schritt, und sie würde aufhören.

Ein Geräusch ließ ihn herumfahren. Die Türen zum Esszimmer hatten sich geöffnet. Cowdrey und Kommissar Bennett kamen auf ihn zu. Für einen Augenblick standen alle vier bewegungslos im Raum. Es war totenstill, nur der Regen schlug an die Fensterscheiben.

Marmor für kleine Mädchen

Irene Rodrian

Es tat nicht mehr ganz so weh wie am Anfang. Manchmal konnte er sogar schon wieder so an sie denken, wie sie gewesen war, bevor die Krankheit ihr Gesicht und ihren Körper zerstört hatte. Er legte das Spitzeisen weg und fuhr mit den Handflächen über die Kanten des Granitblocks. Ein wuchtiger Stein, dem man die Bearbeitung kaum ansah und der gut zu dem alten Mann passte, auf dessen Grab er stehen sollte.

Die hintere Haustür schlug zu. Er lächelte. Lisa. Sie sah ihrer Mutter ähnlich, aber sie war ganz anders. Selbstständiger, fröhlicher. Jeder mochte sie. Immer war ein ganzer Schwarm Freundinnen um sie herum. Auf der Straße klingelte eine Fahrradglocke, ihre antwortete hinter dem Haus. Gleich darauf kam sie um die Ecke geschossen, flitzte auf dem Kiesweg an der Werkstatt vorbei auf das Gartentor zu. Das Rad hatte er ihr zum Geburtstag geschenkt. Rot und silbern und fast schon richtige Erwachsenengröße. Sie hatte hallblaue Jeans an und ein weißes T-Shirt. Bevor sie hinter der Hecke verschwand, winkte sie noch einmal zurück. Die Werkstattfenster waren so verstaubt, dass sie ihn nicht erkennen konnte, aber sie wusste, dass er da stand und ihr nachschaute.

Die Rückwand und die Seitenteile waren fertig. Walden wischte sich automatisch die Hände am Overall ab und begann die Vorderfront abzuschleifen. Wenn er mit diesem Stein fertig war, würde er sich einen oder zwei Tage freinehmen. Sie könnten zusammen in die Stadt fahren, bummeln, ins Kino gehen, Eis essen. Oder sie könnten auch an den See rausfahren und dort ein Picknick machen. Mit einem Eiskühler für Limonade, gegrillten Hähnchen, Kartoffelsalat und Vanillepudding. Und sie konnten so viele Kinder mitnehmen, wie in den Landrover passten. Angela, Grit und Dagmar, Tanja, Alex und Susanne.

Auf der Straße hupte ein Auto. Schrill und anhaltend. Bremsen kreischten auf. Für einen Sekundenbruchteil war es vollkommen still. Dann schrie eine Frau. Durchdringend laut. Walden lief zur Tür, riss sie auf und rannte hinaus. Stolperte, fing sich wieder und rannte weiter. Hinaus auf die Straße und ohne sich umzusehen nach links zur Kreuzung hin.

Die Frau schrie immer noch. Es war Angelas Mutter. Angela schluchzte hysterisch und klammerte sich an ihr fest. Andere Kinder standen herum und starrten mit weit offenen Augen. Frauen kamen aus den Häusern gelaufen. Schrien, verstummten, blieben stehen.

Im ersten Augenblick sah er nur das Fahrrad. Verbogen zu einem rot-silbernen Metallknäuel. Das Hinterrad drehte sich noch, die Speichen blinkten in der Sonne. Lisa lag daneben, als würde sie schlafen. Das eine Bein hochgezogen, das andere lang gestreckt, der Fuß verdreht. Die hellen Haare waren wie ein Fächer über den grauen Asphalt gebreitet, färbten sich am Hinterkopf dunkel. Ihre Augen waren halb geschlossen, ihr Mund schien zu lächen. Er kniete sich neben sie. Die Frauen und Kinder wichen einen Schritt zurück. Behutsam wischte er einen winzigen Blutfaden von ihrem Kinn.

Dann stand er wieder auf.

Die Gesichter verschwammen vor seinen Augen. Ein Martinshorn heulte heran. Ein grünes Polizeiauto. Ein Krankenwagen mit rotem Malteserkreuz. Neben dem Fahrrad glitzerte etwas, das nicht dazugehören konnte. Ein dreieckiges Stück geriffeltes Scheinwerferglas. Jemand nahm es in die Hand. Der Polizist trug ein kurzärmeliges Sommerhemd, an seinem Gürtel eine Pistole im Holster.

Die weißen Kittel der Träger blendeten ihn. Auch die Bahre, die sie neben ihr absetzten, war weiß bespannt. Sie schien viel zu groß für den kleinen Körper. Er wollte zu ihr hinstürzen, der Polizist hielt ihn fest. Der andere sprach mit den Zeugen. Natürlich hatten sie nichts gesehen. Ein großes Auto. Dunkelblau. Nein, dunkelgrün. Oder grau. Oder schwarz. Es war ja alles so schnell gegangen. Sie legten sie auf die Bahre und zogen ein Leintuch über ihren Kopf. Der Polizist verstärkte seinen Griff, aber Walden bewegte sich nicht. Undeutlich sah er, dass sie die Bremsspuren mit Kreide nachzeichneten, den Abstand maßen, weitere Splitter aufsammelten und in durchsichtige Plastiktüten legten, das verbogene Fahrrad untersuchten. Stimmen redeten auf ihn ein, er hatte das Gefühl, ruhig und vernünftig zu antworten.

Wie er nach Hause gekommen war, wusste er nicht mehr genau. Er erinnerte sich nur daran, dass er noch mit den beiden Polizisten gesprochen hatte und dass die Mütter von Angela und Susanne angeboten hatten, bei ihm zu bleiben. Eine von ihnen hatte eine Kanne Tee aufgebrüht und ihm eine Tasse eingeschenkt. Auf der Oberfläche hatte sich ein matter Film gebildet.

Die Beerdigung war vierzehn Tage später. Die Nachbarn waren alle gekommen, Lisas Freundinnen mit ihren Eltern. Das Wetter hatte umgeschlagen, es regnete nicht, aber die Erde war feucht und dunkel. Der Pfarrer sprach von der Tragik des frühen Hinscheidens, von der Unschuld und der Auferstehung. Er redete lange, zitierte aus der Bibel und erwähnte auch Lisas Mutter. Walden konnte nur den blumenbedeckten Sarg aus hellem Birkenholz sehen, der langsam in die Grube gesenkt wurde. Schwarze Erde bröckelte nach. Er stand ganz vorn. Jemand drückte ihm eine kleine Schaufel in die Hand. Kieselsteine polterten auf das Holz, drückten einen Strauß frischer Wiesenblumen flach. Dann kamen sie an ihm vorbei und gaben ihm die Hand. Die meisten weinten.

Er weinte nicht.

Er ging nach Hause, zog den dunklen Anzug aus und seinen Overall wieder an und ging in die Werkstatt. Der Entwurf für ihren Grabstein war fertig, und auch der gefräste Block aus weißem Marmor stand schon da. Walden machte sich an die

Arbeit. Ein hoher, schlanker Quader. Er glättete die Rück- und die Seitenflächen und übertrug mit Kohlepapier die Zeichnung für das Relief auf die Stirnseite. Drei kleine Tauben. Eine noch unter der Erde, eine gerade darüber und eine in die Weite davonfliegend. Er sah auf. Aus dem Fenster, in den Garten und auf die Straße.

Lisa.

Seine kleine Lisa.

Gerade sie, die immer so freundlich und aufgeschlossen war, die immer und sofort mit jedermann Kontakt bekam, sie lag jetzt da unten in der Dunkelheit.

Ganz allein.

Walden wandte sich vom Fenster ab und arbeitete weiter.

Der Stein wurde schöner als jeder andere, den er bisher gemacht hatte. Als er ihn einsetzte, schien die Sonne, und das Spiel der Schatten ließ ihn aussehen, als würde er leben. Walden legte frische Feldblumen auf das Grab und goss die dunkelrote Rose, die er vor zwei Wochen gepflanzt hatte. Dann nahm er seine Sachen und ging, ohne sich noch einmal umzusehen.

Die Polizei hatte den flüchtigen Autofahrer noch immer nicht gefunden, und es schien, als hätten sie das Interesse an einer weiteren Fahndung längst verloren. Walden sprach immer wieder bei ihnen vor und fragte nach, sie waren nett und zuvorkommend, aber nach einiger Zeit wohl mehr in der Art, wie es Erwachsene Kindern gegenüber sind, die beim Kaffeetrinken stören.

Walden ging wie immer seiner Arbeit nach. Er fertigte Grabsteine für die umliegenden Gemeinden an, und wenn er Zeit hatte, dann malte er oder zeichnete Entwürfe für Skulpturen und Reliefs. Er bekam einen Auftrag von der städtischen Sparkasse und einen von der Gemeindeverwaltung. Der Sparkassenleiter war der Vater von Alex, und Grits Vater war zweiter Bürgermeister. Sie wollten ihm helfen, und es schien so, als würde er sich über die Aufträge freuen. Er war immer ein Einzelgänger gewesen, auch, als seine Frau noch lebte, und so fiel es keinem auf, dass er sich noch mehr als vorher zurückzog. Und es fiel auch niemandem auf, dass er ihrer aller Autos übergenau beobachtete und immer nach einem fehlenden Glasdreieck am Scheinwerfer Ausschau hielt, auch wenn er wissen musste, dass das fragliche Auto in der Zwischenzeit längst repariert worden war.

Auf den Tag genau ein Vierteljahr nach dem Tod von Lisa wurde Angela überfahren.

Es war helllichter Tag, sie kam von der Schule heim und wollte die Straße überqueren. Ein durch die Ortschaft rasendes Auto erfasste sie so heftig, dass ihr der Schulranzen vom Rücken gerissen wurde. Sie selbst wurde gegen den Bordstein geschleudert und brach sich das Genick. Noch einige Tage danach konnte man die Umrisse der eingetrockneten Blutlache erkennen.

Diesmal hatte wirklich niemand etwas gesehen. Es war Mittag, die Frauen waren in den Häusern beim Essenkochen, und die Kinder waren entweder noch in der Schule oder schon daheim. Das Auto schien nicht gebremst zu haben, jedenfalls fand man keine Bremsspuren, und es hatte auch niemand etwas gehört. Erst der Busfahrer, der drei Minuten später kam, verständigte die Polizei.

Angelas Mutter war zusammengebrochen. Angela war ihr einziges Kind gewesen, und man hatte im Ort schon länger über eine bevorstehende Scheidung gemunkelt. In der ersten Zeit schien es, als würde der tragische Unglücksfall die Ehe wieder festigen, jedenfalls war deutlich zu sehen, dass Angelas Vater nach besten Kräften versuchte, seine Frau zu trösten. Aber sie blieb dumpf und unansprechbar. Erst als Walden sie besuchte, schien sie sich etwas mehr zu öffnen.

Er musste nicht viel sagen. Sie verstanden sich ohne Worte, und jeder von ihnen wusste, dass der andere ebenso fühlte. Angelas Vater saß dabei und sagte nicht viel. Er bat Walden nur, den Grabstein für Angela zu machen. Walden nickte und legte einen Entwurf vor. Ein zierlicher Quader mit einem kleinen

Spitzbogen und einer aufgehenden Sonne als Relief. Die Mutter begann, sich am Gespräch zu beteiligen, so als wäre sie dankbar, wenigstens noch etwas tun zu können. Für eine kurze Zeitspanne konnten sie so tun, als wäre nichts geschehen. Kalkstein ist relativ billig, aber er verliert die Farbe. Marmor hält die Helligkeit und wirkt lebendig, wenn man ihn nicht glatt und kalt schleift. Auch gibt es noch den kristallinen Carrara, etwas gröber, aber auch farbbeständig. Oder den dunkleren Serpentin. Angela war noch nicht einmal zwölf Jahre alt gewesen. Ihre Mutter bestellte bei Walden einen Stein aus weißem Marmor.

Danach kam Walden auf sein eigentliches Anliegen. Das war jetzt der zweite Unfall an derselben Kreuzung. In relativ kurzer Zeit. Und beide Male tödlich. Und beide Male Kinder. Das lag daran, dass die Ortsdurchfahrt zur Schnellstraße erweitert worden war, ohne dass die Gemeinde eine Ampel aufgestellt hatte. Wie viele Kinder sollten noch ihr Leben hier verlieren.

Walden verabschiedete sich. Zehn Tage darauf war Angelas Beerdigung. Es war kühl, aber klar, und es kamen mehr Leute als bei Lisa. Verwandte, Nachbarn und Neugierige aus den anliegenden Gemeinden. Der Fall ging durch die Provinzpresse. Kurz darauf gelang es Walden, eine Bürgerinitiative ins Leben zu rufen. Die Eltern von Angela, und die von Grit, Tanja, Dagmar, Alex und Susanne machten mit und einige andere. Sie sammelten Unterschriften, reichten die Forderung nach einer Ampel beim Bürgermeister ein und wandten sich an die Presse. Als Erstes nahmen die Skandalblätter die Geschichte auf, dann drehte das regionale Fernsehen ein kleines Feature über den Ort und die Kreuzung, und danach stiegen auch die seriösen Blätter ein. Unter diesem Druck machte der Bürgermeister eine vage Zusage; er musste noch mit dem Landrat sprechen.

Walden arbeitete an dem Stein für Angela.

Die aufgehende Sonne war im Positivrelief, der Name und die Daten negativ. Wie immer das Licht auf den Stein fiel, er wirkte plastisch und lebendig. Walden karrte ihn zum Friedhof, legte die Fundamentplatte, arbeitete sorgfältig mit der Wasserwaage und setzte den Stein millimetergenau ins Blei. Das Grab war nicht weit von dem Lisas entfernt und lag unter einer alten Tanne. Es würde nicht einfach sein, hier Blumen zu pflanzen, aber Efeu müsste es schaffen. Walden ging wie jedes Mal auch zu Lisas Grab. Jemand hatte frische Astern draufgelegt. Es verwunderte Walden nicht weiter. Jeder hatte Lisa geliebt. Er zupfte etwas Unkraut weg, goss die Rose und ging.

Sein Leben verlief eintönig und regelmäßig. Er stand früh auf, machte sich Kaffee und räumte das Haus auf. Lisas Schultasche lehnte immer noch neben dem Tisch, wo sie sie hingeworfen hatte, als sie heimgekommen war, und auf dem Boden lag ein aufgeklapptes Comicheft. Auch ihr Zimmer ließ er so, wie es zuletzt gewesen war. Aber er kaufte ein, kochte für sich, immer etwas zu viel, wischte Staub und fegte den Boden. Wenn er eine Fahrradklingel auf der Straße hörte, war es ihm, als müsste Lisa im nächsten Moment durch den Garten geflitzt und ins Haus gerannt kommen. Auch wenn er längst wusste, dass es nie wieder so sein würde. Danach ging er in die Werkstatt und arbeitete so lange, bis er die Konturen der Steine nicht mehr erkennen konnte. Oder die Kohlezeichnung von Lisa, die er angefertigt hatte, als sie acht Jahre alt war, und die jetzt über seinem Arbeitsplatz hing.

Einmal in der Woche ging er zum Treffen der Bürgerinitiative. Fast zwei Drittel der ursprünglichen Mitglieder waren nicht mehr dabei, meistens waren es nur Frauen, kaum je mehr als zehn. Sie hatten inzwischen noch eine ganze Reihe anderer Probleme zur Sprache gebracht, es fehlte ein zweiter Kindergarten, ein Schwimmbad, ein Schulbus.

Die Ampel an der Kreuzung war immer noch nicht genehmigt worden.

Kurz vor Weihnachten starb Susanne.

In der Nacht hatte es geschneit, tagsüber getaut, am Nachmittag war die Temperatur wieder gesunken. Das Wetter war schlecht und es wurde früh dunkel. Susanne kam von ihrer Freundin Grit und wollte die Straße überqueren. Sorgfältig schaute sie nach links und nach rechts, bevor sie den Gehweg verließ. Sie hörte nur ein kurzes Motorbrummen und spürte einen heftigen Schlag. Dann nichts mehr.

Die spätere Rekonstruktion schien zu erweisen, dass das Auto ohne Licht gefahren war und wenn überhaupt, erst hinter dem Tatort gebremst hatte. Aber die Dunkelheit und der festgefrorene Schneematsch machten die Untersuchung fast unmöglich. Weder Lackreste noch Glassplitter wurden gefunden.

Jetzt nahm die überregionale Presse den Fall auf. Fett gedruckte Schlagzeilen wie «Wie viele Kinder müssen wir noch opfern?» oder «Was kostet mehr, eine Ampel oder ein Leben?» machten die Runde und wurden sogar im Fernsehmagazin zitiert. Die ersten formulierten vorsichtig und unter der Hand, dass möglicherweise ein und derselbe psychopathische Autofahrer für alle die Unfälle verantwortlich sei.

Walden lebte weiter wie bisher.

Er war der Erste gewesen, der Susannes Eltern besucht hatte. Ihr kleiner Bruder Berti hatte ihm mit verheultem Gesicht die Tür aufgemacht. Die Mutter war kaum ansprechbar, aber der Vater versprach, den Täter eigenhändig zu erwürgen, wenn er ihn erwischte. Sie verstanden sich. Beim nächsten Treffen war fast die halbe Ortsbevölkerung anwesend. Der Bürgermeister hatte es nicht gewagt, selbst zu kommen, der zweite Bürgermeister, der Vater von Grit, schien nicht als Vertreter der Gemeinde, sondern als Vertreter der Eltern aufzutreten. Die Stimmung war mörderisch aggressiv, und hätte er auch nur ein einziges falsches Wort gesagt, dann wäre er von der Menge gelyncht worden. Er sagte das falsche Wort nicht. Aber er redete zu viel. Er sprach davon, dass er auch betroffen sei, dass man das nicht länger mit ansehen dürfe und dass er alles tun werde, um dem ein Ende zu bereiten. Die aggressiven Stimmen wurden lauter, und plötzlich versprach er mit gehobenen Schwurfingern, dass die Ampel in zwei Wochen installiert sein würde.

Niemand glaubte ihm.

Der enge Gemeindesaal war rauchgeschwängert, die meisten

hatten schon das vierte oder fünfte Bier getrunken. Die ersten Stühle fielen um, als die Männer sich nach vorn drängten.

Walden stand auf.

Zuerst hörte und sah ihn keiner, aber dann wurden sie aufmerksam. Wenn er auch nicht einer von ihnen war, in diesem Fall gehörte er zu ihnen. Mittelgroß mit Stirnglatze und einem ungesund bleichen Gesicht. Als er die Hand hob, beruhigten sie sich, die Männer gingen zu ihren Plätzen zurück, die Frauen sahen ihn an. Er setzte sich wieder, ohne etwas zu sagen. Aber die gefährliche Spannung war gebrochen.

Zwei Wochen später wurde Tanja überfahren.

An der gleichen Kreuzung. Am frühen Morgen, als sie gerade zur Schule gehen wollte. Es gab zwei Zeugen. Einen Autofahrer, der in die Stadt fuhr, und den Briefträger, der gerade aus einem Garten kam und auf sein Fahrrad steigen wollte. Aber keiner von ihnen hatte sich die Autonummer gemerkt. Übereinstimmend sagten sie nur, dass das Auto sehr groß und grün gewesen sei.

Wie schon in den letzten Fällen fand die Polizei weder Bremsspuren noch Glas- oder Lacksplitter. Woher auch. Alle Mädchen waren leicht und zierlich gewesen, und außer Lisa hatte keine ein Fahrrad dabeigehabt. Die Ermittlungen verliefen im Sand, bevor sie begonnen hatten.

Die Stimmung in der Bevölkerung war umgeschlagen. Anstelle der mordlüsternen Aggressivität trat eine Art hypnotischer Lähmung, so als hätte das Entsetzen sie zu jeder Art von Reaktion unfähig gemacht. Zwar kamen noch einmal ein paar Reporter und ein Fernsehteam, aber sie läuteten vergeblich an den Haustüren, niemand wollte mit ihnen sprechen. Sie filmten und fotografierten die leere Kreuzung, über die nur noch die Busse und der Durchgangsverkehr rasten. Die Einheimischen vermieden es, wenn irgend möglich, über die Kreuzung zu fahren, die Mütter behielten die Kinder daheim. Natürlich war das auf die Dauer nicht durchzuhalten. Die Straße zerschnitt die Ortschaft in zwei Hälften, die Geschäfte lagen auf beiden Seiten, die Mütter mussten einkaufen, die Kinder in die Schule. Und auch alle, die in der Stadt arbeiteten, mussten irgendwann oder irgendwo die Straße überqueren. Aber die panische Vorsicht hielt an, und nach zwei Wochen kamen Arbeiter und stellten immerhin ein Warnschild auf.

Und Waldens Rolle in der Gemeinde hatte sich verändert. Er war immer noch der wortkarge Einzelgänger, der sein Haus nur verließ, um einzukaufen, Material zu besorgen oder um einen fertigen Stein auf den Friedhof zu bringen. Aber die Leute kamen jetzt zu ihm. Vor allem Frauen. Die Mutter von Angela, die von Susanne und auch Tanjas Mutter. Sie kamen mit ihren vollen Einkaufstaschen, brachten ihm eine Flasche Wein mit, eine Tüte Orangen oder einen selbst gebackenen Kuchen. Er hatte noch zwei Stühle in die Werkstatt gestellt, sie setzten sich, sahen ihm bei der Arbeit zu und erzählten von ihren Sorgen und Problemen und von ihren Kindern. Er selbst sagte nicht viel. Er hörte zu. Und er verstand sie. Früher war er ihnen seltsam und abweisend erschienen, aber inzwischen war er so eine Art freundlicher Mittelpunkt geworden.

Für Susanne hatte er einen Stein aus gemasertem Marmor entworfen mit einem Aufsatz darauf. Keine Reliefs, keine Zeichnungen, nur die beiden harmonierenden Steine, die durch ihre Spannung eine starke Vitalität ausstrahlten, so wie es auch Susanne getan hatte.

Tanja war ganz anders gewesen. Still, sanft und ungemein lieb. Walden hatte ihren Eltern zartrosa Marmor vorgeschlagen und einen weich gerundeten Stein mit kaum wahrnehmbarem Bogen entworfen. Die Mutter hatte ihn gebeten, bei der Arbeit zusehen zu dürfen, und so saß sie fast jeden Tag in seiner Werkstatt. Es schien sie zu trösten, ihn mit Schlaghammer, Spitzeisen und Fäustel hantieren zu sehen und zu beobachten, wie der tote Steinblock allmählich zum Leben erwachte. Er hatte für die Vorderseite einen Strauß filigranzarter Wiesenblumen gezeichnet, nicht gebunden, sondern schwebend, so als hätte ein Kind im Übermut den Strauß in die Luft geworfen.

Als er den Stein auf das Grab setzte, taute es, und die Luft roch bereits nach Frühling. Und obwohl neuer Frost angesagt war, begann Tanjas Mutter Blumen auf das Grab zu pflanzen. In die Werkstatt kam sie nur noch selten.

Dafür besuchte ihn der Vater von Grit, um ihm mitzuteilen, dass die Ampel für die Kreuzung nun endgültig genehmigt sei, und der Vater von Alex kam vorbei, um ihn zu fragen, ob er Interesse daran habe, für ein paar weitere Sparkassenfilialen korrespondierende Reliefs zu entwerfen. Und eines Tages kam Dagmar.

Es war Anfang März. Als Walden aufwachte und aus dem Fenster sah, waren die Büsche und Bäume noch von Raureif verzuckert. Er duschte, rasierte sich, zog sich an und machte sich Nescafé und zwei Scheiben Toast mit Honig. Als er zur Werkstatt hinüberging, hatte sich der Morgennebel gehoben, und die Sonne hatte das Eis von den Zweigen getaut. Die ersten Knospenspitzen schoben sich grün aus dem dunklen Holz. Walden fühlte sich entspannt und glücklich wie schon seit Monaten nicht mehr. Noch war es kalt, aber schon nach zwei Stunden, wenn die Sonne um das Haus herumgewandert war und in sein Werkstattfenster schien, würde es warm werden. Er heizte den Ofen ein. Papier, Späne, Holz und Briketts. Schon nach zehn Minuten konnte er seinen Norwegerpullover ausziehen. Er saß an der Holzplatte vor dem Fenster und zeichnete verschiedene Entwürfe für die Sparkassenreliefs. Die vier Jahreszeiten. Das ewige Kommen und Gehen. Vor allem das Kommen. Die Idee faszinierte ihn, er machte einen neuen Entwurf, indem er die Größenverhältnisse verschob. Den größten Anteil bekam der Frühling, den zweitgrößten der Sommer, dann Herbst und Winter, allein schon durch die Raumaufteilung zur Vergänglichkeit verdammt.

Er blätterte in alten Bauernkalendern, variierte das Thema und löste es, wie ihm schien, auf eine völlig neue Art. Er war so in seine Arbeit versunken, dass er weder hörte, wie an die Tür geklopft wurde, noch wie sie sich öffnete.

«Hallo», eine dünne Mädchenstimme. Er fuhr herum. Und da stand Dagmar in der Tür. Lächelte schüchtern, schloss die Tür und kam herein.

Er starrte sie an.

Sie trug hellblaue Jeans, ein weißes T-Shirt und eine ausgefranste Felljacke darüber. Die Sonne hatte das Fenster erreicht und ließ ihr Haar heller erscheinen als es war. Sie war etwas älter als Lisa, aber in der letzten Zeit hatten sie sich besonders eng angefreundet. Sie setzte sich auf einen Stuhl. «Stör ich Sie?»

Er wusste nicht, was er sagen sollte. Schaute auf die Uhr. Halb zwölf. «Ist die Schule denn schon aus?»

«Klar», sie grinste verschmitzt, er lächelte zurück. Sie rückte einen Stuhl näher, schaute auf seine Zeichnungen. Stand auf und zog die Felljacke aus. «Die hab ich von Lisa. Eingetauscht gegen einen Zirkelkasten.» Sie begann in der Werkstatt herumzukramen. Er tat so, als würde er arbeiten, beobachtete sie aus den Augenwinkeln.

«Wissen deine Eltern, dass du hier bist?»

Sie antwortete nicht. Betrachtete seine Zeichnungen und Entwürfe, kramte weiter. Fand die zusammenklappbare Staffelei, auf der Lisa immer gemalt hatte, zog sie hervor. Stellte sie auf und legte einen weißen Karton ein. Lisas Ölkreiden lagen noch herum. Sie griff danach, bemerkte seinen Gesichtsausdruck. «Tut mir Leid, ich hab nicht dran gedacht», sie machte eine Bewegung, als wollte sie ihre Felljacke nehmen und gehen.

«Ist schon gut», sagte er und merkte, dass seine Stimme heiser klang. «Sie war deine Freundin, die würde sich freuen, wenn du mit ihren Sachen malst.»

Dagmar ließ die Jacke liegen und sah ihn an. Ihre Augen waren groß und braun. Sie lächelte, nahm eine Hand voll Kreiden und begann zu malen. Er wandte sich auch wieder seinen Zeichnungen zu, brachte aber zuerst nur sinnloses Gekritzel zu Papier. Dagmar sagte nichts mehr. Das einzige Geräusch war das leise Quieken, mit dem die Kreiden über den Karton fuhren, und er beruhigte sich. Die Sonne schien jetzt direkt ins

Fenster, und nach einer ganzen Weile vergaß er Dagmar und arbeitete weiter, als wäre nichts geschehen. Im Gegenteil, ein Gefühl der Vertrautheit stellte sich ein, so als wäre Lisa noch am Leben und könnte jeden Moment lachend und lärmend hereinplatzen.

Von dem Tag an kam Dagmar ziemlich regelmäßig. Manchmal schon am Morgen, wenn sie eigentlich in der Schule sein musste, aber er stellte nie Fragen, und sie sagte auch nichts. Manchmal am Nachmittag, und manchmal blieb sie auch, bis es dunkel wurde, und er sie heimschickte. Um nach Hause zu kommen, musste sie die Straße überqueren, und er machte sich jedes Mal Sorgen, ob sie auch gut hinüberkam. Oft konnte er nachts nicht schlafen und wartete den ganzen Tag nur darauf, dass das Gartentor sich öffnete, ihre Schritte über den Kiesweg heranliefen und sie an die Tür der Werkstatt klopfte. Immer wieder bot er ihr an, sie mit dem Auto heimzubringen, aber sie lehnte ab. Er begann zu ahnen, dass sie nicht wollte, dass ihre Eltern von den Besuchen bei ihm erfuhren. Ansonsten sprachen sie wenig miteinander. Sie kam, zog ihre Jacke aus, nahm die Kreiden und malte. Zu Anfang noch unbeholfen und gekünstelt, dann immer freier und lebendiger. Es machte ihm nichts mehr aus, dass sie mit Lisas Farben malte. Er gab ihr sogar den Kasten mit den Öltuben, den er Lisa vor einem Jahr gekauft hatte. Er brachte ihr bei, mit Kohle und Rötel zu zeichnen, und ließ sie sogar einen kleinen Stein behauen. Sie war lernbegierig und überdurchschnittlich begabt. Wie Lisa.

Wie seine kleine Lisa.

Und jedes Mal, wenn Dagmar heimging, saß er da, lauschte auf die Geräusche auf der Straße, auf das plötzliche Hupen oder das Quietschen von Bremsen. Aber seit Monaten war nichts mehr passiert. Wenn möglich wurde die Kreuzung von den Orstansässigen immer noch gemieden, aber die hysterische Angst hatte sich gelegt. Auch die regelmäßigen Versammlungen der Bürger waren eingeschlafen. Am fünfzehnten April wurde eine neue Ampel an der Kreuzung aufgestellt. Ein knallweißer

Zebrastreifen und eine Ampel mit Rot, Gelb, Grün. Und den Symbolen für die Fußgänger. Stehen, Warten, Gehen. Kaum jemand nahm Notiz davon.

Nur ein paar Leute kamen. Die Eltern von Angela, Susanne und Tanja, und die von Grit und Alex. Und ein Volontär vom Gemeindeblättchen. Walden kam nicht.

Vielleicht hatte er es nicht gehört oder auch vergessen. Die Frauen kamen nicht mehr so häufig wie früher zu ihm, der Schmerz hatte sich gelegt, der Alltag schien friedlich, und keiner wollte dauernd von Grabsteinen umgeben sein.

Walden entschuldigte sich für sein Nichterscheinen bei den Leuten von der Bürgerinitiative und beim Vater von Grit. Man verstand ihn und sah ihm alles nach. In gewisser Weise war man erleichtert, dass er nicht gekommen war, denn eigentlich gehörte er doch nicht ganz richtig dazu.

Es wurde Mai und Juni. Der Goldregen blühte und dann der Flieder. Die Büsche und Bäume an der Straße waren dicht belaubt, und die Wiese im Garten vor der Werkstatt stand kniehoch und war voller wilder Blumen. Lisa hatte das immer sehr geliebt. Sie hatte sich mitten hinein zwischen den Klatschmohn und den Löwenzahn gelegt und in den Himmel hinaufgeträumt. Oder sie hatte alle Decken aus dem Haus geholt und mit ihren Freundinnen zusammen Zelte unter den Bäumen gebaut. Je nach Jahreszeit waren sie auf einer Expedition in der Sahara oder auf Löwenjagd im Dschungel. Wenn er arbeitete, hörte er ihr Lachen und ihre hellen Stimmen.

Dagmar kam seltener. Sie hatte wohl Schwierigkeiten zu Hause gehabt, weil herausgekommen war, dass sie die Schule geschwänzt hatte, und wurde nun genauer überwacht. Aber an diesem Nachmittag war sie da. Es war ein heißer Frühsommertag, und das Fenster der Werkstatt stand halb offen. Man konnte das Zwitschern der Vögel hören und den Motorenlärm der vorbeifahrenden Autos. Er arbeitete an dem Entwurf für einen Brunnen, den er zu einem ausgeschriebenen Wettbewerb einreichen wollte, und sie malte ein großes Ölbild in leuchtenden Farben. Ein blauer Elefant, der mit erhobenem Rüssel durch eine feuerrote Savanne brach. Die Bewegung und die Proportionen waren so gut getroffen, dass das Bild fast dreidimensional wirkte.

«Das ist sehr gut», sagte er nach einem Blick über ihre Schulter. Sie schaute kurz auf und lächelte.

«Ich bin noch nicht ganz fertig. Am Horizont fehlt noch was, Wolken oder so.»

Er schloss das Fenster und schaltete das Licht ein. Sie erschrak. «Wie spät ist es?»

«Kurz vor sechs.»

«Schon!» Sie schraubte die Farbtuben zu und steckte die Pinsel in das Glas mit Terpentin. «Ich muss noch zum Bäcker und in die Apotheke.» Sie nahm ihre Tasche.

«Ich kann dich hinbringen.»

«Nein, danke. Tschüs!» Sie rannte hinaus. Er hörte ihre eiligen Schritte auf dem Kiesweg und das Quietschen des Gartentors. Er wartete noch drei Minuten, dann stand er auf und ging hinaus. Er holte den Landrover aus der Garage und fuhr auf die Straße. Es war fast dunkel, aber doch noch nicht so, dass er die Scheinwerfer unbedingt gebraucht hätte. Er überquerte die Straße und bog nach links ab. Kurz vor der Kreuzung stellte er den Wagen in eine Einfahrt. Und wartete.

Dagmar kam nach etwa fünfzehn Minuten. In der einen Hand hielt sie ihre Schulmappe, in der anderen eine weiße Einkaufstüte. Sie wartete an dem Zebrastreifen, bis die Ampel grün für sie zeigte, und sah sich noch einmal nach rechts und nach links um. Kein Auto weit und breit. Sie lief los. Als sie knapp die Mitte der Straße erreicht hatte, fuhr er an. Er lenkte den Rover aus der Einfahrt und schlug das Lenkrad nach rechts ein. Drückte das Gaspedal bis zum Anschlag durch. Sie verhielt mitten in der Bewegung und wandte sich ihm zu. Er schloss die Augen.

Den Aufprall spürte er kaum.

Forever Young

Freddy Derwahl

Harrings ging missmutig durch den frischen Schnee. Totenstille, weit und breit keine Menschenseele. Hinter der Ligusterhecke des Friedhofes flackerten vereinzelt rote Laternen. Wie jeden Morgen, wenn der Polizist zur Frühschicht schritt, warf er einen kurzen Blick durch die Torgitter zur Leichenhalle. «Mox noster» stand auf dem rechten Pfeiler. Harrings hatte sich diesen Spruch erläutern lassen, er vermittelte so etwas wie das Geraune der Toten, die den Überlebenden ankündigten, demnächst, vielleicht schon bald, auch ihrem Kreis des Schweigens anzugehören. Der Friedhof am Ende der Nacht verschaffte dem abgebrühten Beamten noch immer ein Gänsehäutchen. Aber er konnte diesen kurzen, kontrollierenden Blick durch die schwarzen Gitterstäbe nicht lassen. Er gehörte zum Ritual seines schwierigen Dienstantritts: zunächst das schreckliche Gepiepse des Weckers, dann seine sich mit einem seligen Gemurmel zur Seite drehende Frau, die heiße Dusche, das Rasiermesser, ein spartanisches, stehend eingenommenes Frühstück, der erste Hauch kalter Nachtluft, währnd er vorsichtig die Türe schloss, schließlich die vierhundert Meter menschenleerer Simarstraße vorbei an der alten Kapuzinerkirche zur Wache am Eupener Rathaus.

Harrings würde vier Minuten zu spät zum Dienst erscheinen, das ärgerte ihn wahnsinnig. So versuchte er mit größeren Schritten die zu erwartenden mitleidvollen Blicke seiner jüngeren Kollegen in Grenzen zu halten. Das letzte Bier war zu viel, sinnierte er, etwas Alka-Seltzer hätte nicht geschadet. Als er das Kneipp-Heim passierte, schlug es von den Türmen der St.-Nikolaus-Pfarrkirche sechs Uhr.

Flackerndes Neonlicht in den die Aachener Straße verlassenden Bussen. Hinter beschlagenen Scheiben kauernde Gestalten. Dann kreuzten frische Spuren seine eiligen Schritte. Es fiel Harrings gleich auf, dass sich die jungfräuliche Schneedecke auf der Höhe des Rektorates plötzlich veränderte. Sein erster Gedanke: Das sind Frauenfüße, kleine, für diesen Wintermorgen fast grazile Spuren. In der Diele der Priesterwohnung brannte ein Licht, in einer Viertelstunde würde der Rektor im alten Kapitelsaal seine Frühmesse beginnen. Sonderbar, dachte der Polizist, der zum Rathausplatz einbog und entschlossen war, den leisen Spott seiner Kollegen einfach zu ignorieren.

Die Leichenbeschauung des Gerichtsmediziners war für 13.30 Uhr angesetzt. «Joseph, das machen dann Sie», sagte der Kommissar und Harrings wusste gleich, dass jede Form von Widerspruch aussichtslos war, zumal ihm sein Vorgesetzter den väterlichen Rat mit auf den Weg gab, er könne «ja wegschauen» und am besten hinterher gleich Feierabend machen. Aber in der engen Leichenhalle gab es kein «Wegschauen», zumal der mit den in Eupen selten durchzuführenden Obduktionen betraute Dr. Lambert Denis aus Verviers die zur Protokollierung verpflichteten Beamten stets in sein makaberes Handwerk mit einbezog.

Harrings nannte Denis nur den «Geier». Er war überzeugt, dass diesem kleinen, stets einen abgenutzten schwarzen Anzug tragenden Mann etwas Leichenschänderisches anhaftete. Er glaubte beobachtet zu haben, dass der Vervierser Gerichtsarzt beim Sezieren von Ermordeten oder Unfallopfern manchmal unheimlich grinste. Weiter war ihm aufgefallen, dass er, alle hygienischen Vorschriften missachtend, keine Berufskleidung anlegte und lediglich seine kurzen, gelblichen Wurstfinger in klebrige Zellophanhandschuhe steckte. Auch pflegte er während seiner Arbeit zu rauchen. Einmal hatte er Harrings gar barsch dazu aufgefordert, ihm ein Cigarillo der billigen Marke «Déchets de Havanne» in Brand zu stecken, während er sich mit einem Spachtel an der aufgedunsenen Säuferleber eines

Selbstmörders zu schaffen machte. Wandten sich die umstehenden Zeugen erschrocken ab, wenn der kleine Wallone mit einer blutigen Nadel das, was von den Opfern übrig blieb, wieder zusammenflickte, fauchte er verächtlich «petites natures», was so viel bedeuten sollte wie «Sensibelchen» oder «Schwächling». Dann hielt der «Geier» das Klappfeuerzeug an den widerlichen Havanna-Stummel in seinem Mundwinkel, drückte sich den Hut in die Stirn und ging wortlos davon.

Rektor Hubert Voss las an jenem Morgen die heilige Messe wie gewohnt in dem seit Jahren vom Lütticher Bischof verbotenen lateinischen Ritus. Der ergraute Priester zelebrierte diese kanonische Illegalität in nahezu franiskanischer Milde. Die heimliche Eucharistie in dem nur spärlich geheizten Kapitelsaal war sein letzter, nahezu wehrloser Widerstand gegen die vom Vatikan verordnete Liturgiereform, deren Unaufhaltsamkeit er nur noch das leise Pathos seiner Flüsterstimme und den sorgenvoll zur Seite geneigten Kopf entgegenhielt. Umgeben von einer verschwindend kleinen Gemeinde treuer Anhänger blätterte er mit dünnen weißen Fingern in den mit Goldschrift verzierten Seiten eines alten «Missale». Um seine übernächtigten Augen dunkle Blässe und Asketenringe. Kniete er zur Wandlung mühsam nieder, senkte sich der Brokat seines Messgewandes in elegische Falten vor den Goldengeln des Altars. Dramaturgische Pausen unterbrachen seine Gebetsformeln über «das zur Vergebung der Sünden vergossene Blut». In die Stille der heiligen Handlung mischte sich plötzlich das Geräusch der hinteren Kapellentüre. Niemand der Gläubigen wagte es, sich ausgerechnet in diesem Moment liturgischer Hochspannung umzudrehen. Eine schwarz gekleidete Frau, die ihr Gesicht in ein Kopftuch hüllte, nahm auf leisen Sohlen im Hintergrund Platz. Erst als der Rektor die Kommunion austeilte, wagten einige der Gläubigen einen scheuen Blick auf diese dunkle Gestalt, die sich gesenkten Hauptes nach vorne begab und ihre Zunge zögernd zum Empfang der Hostie ausstreckte.

Später haben einige Beobachter dieser Szene gemunkelt, die Hand des Rektors habe beim Austeilen der heiligen Kommunion an diese Frau auffallend gezittert. Nie zuvor hatte man sie bei den konspirativen Frühmessen gesehen. Manche hielten sie gar für eine Person fragwürdigen Lebenswandels: Reich, geschieden, und von einem kaum definierbaren Alter, wo sich Tristesse und Schönheit eine brisante Balance hielten. Als der Rektor später von den Ermittlungsbeamten nach den wild wuchernden Gerüchten über ihr kurioses Erscheinen und seine angeblich zitternde Hand gefragt wurde, lächelte er nur, er zitterte manchmal aus Altersgründen, fürchtete sich allerdings vor niemandem. Nach einer kleinen Pause gab er weiter zu Protokoll, jeden Morgen, unmittelbar nach dem Aufstehen um vier, den «Großen Exorzismus», das römische Ritual der Teufelsaustreibung zu beten. Der Kommissar, der zu diesem Zeitpunkt noch nicht darüber informiert war, dass die spitzen, gerippten Fußabdrücke, die jene Besucherin auf dem Holzfußboden des Kapitelsaales hinterlassen hatte, mit denen identisch waren, die dem brummig zum Frühdienst eilenden Harrings im frischen Schnee als «kleine, grazile Frauenfüße» aufgefallen waren, fragte erstaunt, was der betagte Rektor denn «schon in aller Herrgottsfrühe» mache. Abermals mit einem grinsenden Lächeln erhielt er zur Antwort: «Wachen und beten, Herr Kommissar, damit wir nicht in Versuchung fallen.» Auf den Einwand, bei einem solch frommen Priester sei in der Frühe doch kein Teufel zu vertreiben, gab er flugs zurück: «Wir müssen mit dem Schlimmsten rechnen, bis zum letzten Atemzug.» Während der Kommissar das Rektorat verließ, fuhr im leichten Schneefall ein schwarzer Leichenwagen die Simarstraße hoch.

Als sie ihm zuflüsterte, sie ohne Umschweife Eva zu nennen, küsste der junge Mann sie leidenschaftlich ins Ohr. Dann nahm er einen tiefen Schluck aus dem Bierkrug und sagte mit der kalt registrierenden Nüchternheit eines Buchhalters: «Ab sofort befinden wir uns unwiderruflich im verlorenen Paradies.» Was diese Szene an der äußersten Thekenecke des «Tabaris» für beide so erschütternd machte, war die überraschende Heftigkeit, mit der dies geschah. Sie sprach später von der «Fügung des Unaufhaltsamen, was er nicht gelten lassen wollte und, unromantischer, über «die Tücke längst eingefädelten Schicksals» philosophierte. Nein, da war er hartnäckig, das sei keinesfalls dasselbe. Fast entschuldigend fügte er «Liebste» hinzu. Der feine Unterschied liege nicht im Absturz, der beide ergriffen habe, sondern in seinem ungewissen, obskuren Ziel. Eva liebte diese poetischen Bilder, die ihrer Fantasie ungeahnten Tiefgang gaben und doch sanft, unverbindlich blieben. So wie Andreas sich zunächst weigerte, seinen Namen zu nennen und auf ihr erstauntes Drängen zu antworten pflegte, er habe viele Namen, es sei allein ihre Herausforderung, ihm den «ureigensten, endgültigen» zu geben. Dann zog sie tief an ihrer Zigarette, nippte unsicher an dem Weißweinglas oder ließ sich einfach von dem Joan-Baez-Song in den Boxen wegtreiben: «Forever young», die vibrierende Melodie ihrer Abgründe.

«Darf ich fragen, wo du bist?»

«Im Nirgendwo, führe uns endlich heimwärts, mein namenloser, schöner Junge.»

Es gab zwischen beiden eine nie geahnte Macht des Schweigens. Als der Aufzug sie in das Penthouse an der Vervierser Straße hochtrug, geschah dies, als seien sie Fremde. Kein Wort, als Eva mit rasselnden Schlüsseln die Türe öffnete. Spärliches Licht in dem Living zum Park hin. Keine Kerzen, keine streichelnde Mondscheinsonate. Eher das disziplinierte Abwarten routinierter Spieler, die träge Sprungbereitschaft von Raubkatzen. Sternenhimmel, am Horizont der finstere Saum des Hertogenwaldes. Er tritt auf den kleinen Balkon. Eisige Nachtluft, die fahl leuchtende Front des St.-Nikolaus-Hospitals. Alles Intensivstationen, wird er ihr später zuflüstern. Als er die Türe wieder schließt, sagt er: «Du solltest nicht so viel rauchen.» Und bevor sie erstaunt aufblickt: «Wir schulden uns reine Küsse.» Viel später dann, aufhaltend, innehaltend: «Es könnten die letzten sein.» Dann wieder stürmische Nacktheit im Reservat der Wildnis. Alles, jetzt und vielleicht immer.

Andreas hat ihr verboten über das Alter zu grübeln. Fast dreißig Jahre Differenz, kann eine Frau darüber hinwegsehen, lächelte sie illusionslos. Nein, es seien weder ihre bald erwachsenen Kinder, noch die Leute, «diese spießigen Heuchler», sondern einfach ihr Lebensgefühl: «Angst, tiefer als jemals zu fallen.» Sie saß lässig auf dem Teppichboden, den Kopf tief in den Nacken gelehnt, das lange schwarze Haar zum Knoten gebunden, tastend seine Hand suchend. Eva wusste, dass er ihre, wie er es nannte, «Litanei» nicht mochte. Fauchend hatte er ihr das Wort abgeschnitten: Bourgeoise Berechnungen, Rezitation der Wohlanständigkeit, Altweiberklagen, er werde sich dadurch die «Pisse nicht warm machen lassen», sei kein Lustknabe, kein Beichtvater, kein Animator für Selbstfindung. Wenn er trank, faselte er von Wechseljahren und Vorruhestand, drohte verletzend zu werden, während sie sich schwor, «keine einzige Träne für diesen Jüngling, keinen Kummer für diesen Schweinepriester». Dazwischen schob sich ihr gemeinsam so perfekt beherrschtes Schweigen, die läuternde Stille unendlich langer Nachmittage, bis er es schließlich aufgab und seine Hand um ihre Schultern legte, fast brüderlich. Sanft strich er mit seinem Zeigefinger um ihre Lippen, führte ihn ebenso langsam wie zielstrebig über den Hals zu jenem schwarzseidenen Träger, dessen Konturen er, als sei es eine ungeahnte Entdeckung, andächtig abzutasten begann. Die Geometrie ihrer Dessous, wie leuchtende Bordsteifen auf Landepisten.

»In meinen Armen wandelst du dich zu einem jungen Mädchen.»

Die Tonlage seiner Stimme war zugleich jungenhaft und todernst. Er glaubte zutiefst an die «Metamorphose der Umarmung» und je mehr sie ihn ließ, umso mehr glaubten sie es gemeinsam. Nie hat sie gesagt «du bist Spitze» oder «So war es noch nie». Den Begriff «Orgasmus» hielten sie für «Klinikum-

Vokabular». Auch das gehörte zu ihrem konspirativen Schweigen, dass es ihnen gelang, die Schwingungen ihrer fatalen Nähe in jene Paradieszone zu führen, für die sie kein anderes Wort als «Kontemplation» fanden. Sehr langer, kontrollierter Atem, fast an der Grenze des Stillstands. Kein Wunder, dass diese, zu allen Tag- und Nachtzeiten gepflegte Übung, die sehr bald zur Kunst geriet, und das Wenige, das es noch zu sagen galt, sie in die Nähe von Herrlichkeit, aber auch von Sterben und Tod führte. Beide glaubten für immer zu wissen, eine existierende Gipfelregion erreicht zu haben, die alle Spielregeln menschlichen Mühens außer Kraft setzt und die man «lebendigen Leibes» nur unter gewaltigen Opfern zu verlassen mag.

Als Andreas sie das erste Mal nach Maastricht mitnahm, hat sie es als «Sport» empfunden. Alles verlief unspektakulär, fast heiter, als habe er Maatjes-Heringe oder jungen Genever erstanden. Kein Getuschel an den Marmortischchen ringsum, sondern augenzwinkerndes, wie sie glaubte, «studentisches Milieu». Nur fiel auf, dass Andreas offenbar zum routinierteren Teil der Kundschaft zählte. Es gab eine heimliche Rangordnung, Präferenzen des Personals, Vorzüge des «baas».

Später, als sich die Fahrten über die grüne Grenze von De Plank zu häufen begannen und Eva einschränkend auf Kontrollfahrten der «Marechaussee» hinwies, oder zu fragen wagte, ob dies nicht ein böses Ende nehmen könne, sagte er mit einer Stimme, die sie wie ein Axthieb traf: «Da wirst du dich nie einmischen!» Auf dem Rückweg hielt er auf dem US-Ehrenfriedhof von Henri-Chapelle plötzlich an, zog sie hinter sich, vorbei an den Marmorkreuzen tausendfachen Todes, zu einer Steinbank unter Buchen. Geübt fingerte er an dem Papiertütchen mit dem weißen Zauberstaub, den er mit der Nase heftig einzog. Sie runzelte die Stirn, während er ihr strahlend entgegenzischte: «Keine Frage, mein Herz. Niemals!»

Dann wurde es ein schöner Abend. Die «Hostellerie du Roy» liegt inmitten des Aubeler Wiesenlandes. «Ich glaube, du wolltest uns einladen», lächelte er und bestellte nach dem Pastis eiskalten Pouilly-Fuissé. Der Ober brachte Fischsuppe und Schnecken. Zum «Pavé du Chef» tranken sie eine Flasche roten Fleury. Nach der Crème brulé spendierte der Patron zwei Kelche Calvados, «pour le couple sympa», ließ er ausrichten. Dann kündigte Andreas an, ihr eine wichtige Mitteilung machen zu müssen. Ihr Lächeln erstarb, sie rückte erschrocken den Stuhl zurecht, sah ihm gefasst in die Augen, als drohe ein vernichtendes Verdikt.

«Ich werde dich nie mehr verlassen, mon amour.»

Evas Augen wurden feucht. Er schmunzelte, weil es ihr nicht gelang, die Tränen unter Kontrolle zu halten. Diskret streifte er einen Schuh ab und strich mit den Worten, jetzt komme «ein U-Boot», unter ihrem Rock den bloßen Fuß langsam hoch und höher über ihre Schenkel.

«Du bist wahnsinnig», erwiderte sie, ließ es aber geschehen.

Andreas machte seine Ankündigung, für immer bei ihr zu bleiben, auf eine Weise wahr, die sie nicht für möglich gehalten hatte. Seit Wochen wollte er das Appartement nicht mehr verlassen. Was zunächst nach Erschöpfung oder Grippe aussah, entwickelte sich zunehmend zu einer hartnäckigen Weigerung, noch einen Tritt vor die Türe zu setzen. Es gab Tage, wo sie ihn zitternd oder in Schweiß aufgelöst fand. Von einem Arzt wollte er nichts hören, begann aber meist schon am Vormittag zu trinken. Zunächst «einen kleinen Apéro», ein Bierchen oder ein Glas Weißwein, dann aber bald Pastis und schließlich nur noch Grand Marnier. So sehr sie sich auch bemühte, ihm diesen süßlichen Orangenlikör auszureden, umso mehr verlangte er danach. Mittags, abends, nachts. Nichts beruhige ihn mehr, als dieser Hauch Apfelsinenschale, beteuerte Andreas, der vorgab, «mit Eupen endgültig gebrochen zu haben». Ihre Wohnung erklärte er zur «Zuflucht», zur «Festung». Versuchte sie ihm ins Gewissen zu reden, legte er seine fortschreitende Sucht nach «Klausur» und «Wegtauchen» als eine nur ihr gewidmete Spielart «totaler Verehrung» aus. Eva sei der einzige Inhalt seines Lebens, allein diese «Radikalität der Liebe und erotischen Faszination» gelte es zu verteidigen.

Und dann liebte er sie, wie sie es nie zu träumen gewagt hatte. In immer wieder neuen Anläufen erschütternder Begierde forderte er «extremste Intimität» und ließ sie wie ein souveräner Liebesspieler in den Fängen seiner Zauberhände zappeln. Hörig folgte sie dem geringsten Lockruf. Anflüge von Melancholie versuchte sie im Keim zu ersticken, erfüllte ihm Wünsche und Sonderwünsche, schleppte mehr denn je Wein und Spirituosen ins Haus, erfand zu den unmöglichsten Zeiten Anlässe für Feste, die sie beide frisch gebadet, in bestes Tuch und exklusive Klamotten gehüllt, an feierlich gedeckten Kerzentischen zelebrierten. Inzwischen war es Eva, die jede Woche mit ihrem bordeauxfarbenen Golf Cabrio durch die Voerdörfer nach Maastricht eilte.

«Du bist mein Engel», hechelte er, wenn sie ihm das Tütchen mit dem Stoff überließ.

Die «Festung» ihrer Wohnung geriet dabei fortschreitend zu einer Mischung aus Kampfplatz und Klause. Andreas hatte sich ganz in das gemeinsame Schlafzimmer zurückgezogen, aus dem er die Donnerstagmorgens auftauchende Putzhilfe unter Tobsuchtsanfällen vertrieb. Die von ihm als «Hexe» bezeichnete Trudi musste Eva auf dem Kopf ihrer Kinder versprechen, darüber Stillschweigen zu bewahren und ließ sich diese Qual mit Sonderzulagen und Geschenken versilbern.

Rings um das Bett häuften sich unterdessen angelesene Bücher, leere Likörflaschen, Spitzenlingerie, vergilbende Zeitungen, Zigarettenschachteln, Video- und CD-Hüllen. Eva schlug manchmal ihre Hände vors Gesicht, wagte aber weder zu zürnen, noch zu klagen. Doch gab es auch Tage, wo er vor ihrer Rückkehr alles minutiös säuberte, das ganze Appartement aufräumte, die Rolläden hochzog, die Türe zum Balkon öffnete und sie zu dem bemessen anbrandenden Adagio aus Mozarts Klarinettenkonzert mit einem Strauß dunkelroter Rosen überraschte, für dessen Übermittlung er dem Lehrmädchen aus der Gärtnerei in der Hookstraße ein fürstliches Trinkgeld spendiert hatte.

Es wurde wieder ein grandioser Abend, eine Nacht uneinnehmbarer Harmonie. Nie wirst du ihm etwas verweigern, ging es durch ihren Kopf, wenn er ihr mit der Sensibilität eines fernöstlichen Gurus den Nacken massierte, ihre Schönheit lobte, sie als «Meisterin» rühmte oder sich mit den Worten ihrem Ohr näherte: «Bis dass der Tod uns scheidet.»

Das Ende kam über Nacht. Seine Sucht nach Stoff erreichte im letzten Winter ungeahnte Ausmaße. Folgte sie nicht flugs seinen Wünschen, geriet er in Panik und Todesängste. Chaos und Schmutz nahmen erschreckende Ausmaße an. Die «Hexe» Trudi fürchtete sich, die Wohnung weiter zu betreten, und war nur nach Zahlung einer «Schutzgebühr» dazu bereit. Als Eva die angestauten Tränen nicht mehr aufzuhalten vermochte, wirkte dies in ihrem Verlies wie ein von beiden immer befürchtetes Erdbeben, ein tiefer, nicht mehr rückgängig zu machender Einschnitt.

Ab sofort stelle sich die entscheidende Frage, kommentierte der konsternierte Andreas aus der Tiefe seiner Bettengruft, «wer wen tatsächlich liebe». Immer wieder am Rande des Zusammenbruchs und von Fieberanfällen geschüttelt, flehte er sie an, ihn nicht zu verlassen. Sie schworen sich schluchzend ewige Treue, und doch begann er nach kurzer Zeit erneut, sie mit Fragen und Zweifeln zu bestürmen. Nach einer schlaflosen Nacht, als über dem Krankenhaus endlich der Wintertag graute und die Glocke des Klösterchens glasklar in das Schlachtfeld ihrer letzten Bleibe drang, fragte Eva ihn, ob sie nicht einmal versuchen sollten «gemeinsam zu beten». Dann fielen sie sich wie hilflose Kinder, verzweifelt schluchzend, in die Arme.

In der darauf folgenden Nacht ging alles dramatisch schnell. Andreas teilte ihr in einem Anflug seltener Nüchternheit mit, dass er mit ihr zu sterben wünsche. Doch lasse er ihr die Freiheit, dazu die Initiative zu ergreifen. Andernfalls werde er Hand anlegen, die Wohnung sei verbarrikadiert, die Telefonleitung gekappt. Dann fiel er in einen tiefen Schlaf. Den Mund weit aufgerissen, um seine Schläfen Leichenblässe.

In der offenen Schublade seines Nachttisches fand sie einen Zettel, auf dem in seiner kaum noch lesbaren Zitterschrift geschrieben stand: «Lass uns gehen, mon amour». Daneben griffbereit das große Küchenmesser, eine vertrocknete Rose und ihr Kult-Song «Forever young». Andreas lag in Schweiß gebadet, sein Atem ging stockend und schwer, auf seinem ganzen Körper waren rötliche Flecken, die an den Rändern zu eitern drohten.

Nie hat sie seinen bräunlichen Orangenlikör gemocht, doch jetzt trank sie den Rest der Buckelflasche bis zur Neige. Dann nahm sie das Messer und tat es.

Als Eva das Haus verließ, begann es zu schneien. Vor den hell erleuchteten Fenstern der Polizeiwache ergriff sie panische Angst. Atemlos lief sie in Richtung Klosterkirche. An dem hohen Portal unter der Madonnenstatue rüttelte sie, bis das Schloss ächzte. Jenseits der Treppe erkannte sie, wie im benachbarten Rektorat ein Licht angezündet wurde. Zögernd trat sie in den Garten und näherte sich der Haustür. Dann drückte sie kurzentschlossen auf die schwarze Klingel. Erschreckend schrillte es durch die späte Nacht. Wie gelähmt lehnte sie an der Wand. Dann hörte sie Schritte, zunächst oben, dann lauter im Treppenhaus und unausweichlich auf den Steinfliesen der Diele.

Mit gesenktem Kopf stand der Rektor im Türrahmen. In seinen Augen funkelte ein freundliches Staunen: «Wer kommt denn so früh?» Auf seine schwarze Soutane hefteten sich Schneeflocken. Seine Hand wies einladend in das Innere des Hauses.

Dann brach es aus ihr heraus: «Herr Rektor, ich möchte beichten!», und der alte Mann antwortete mit leiser Stimme: «Kommen Sie bitte!»

V. I. Warshawski in ... Po

Sara Paretsky

Wir kannten uns vom Joggen. Cinda Goodrich war Fotografin und hatte unregelmäßige Arbeitszeiten, genau wie ich als Privatdetektivin. Wir trafen uns häufig am späten Vormittag am Belmont Harbor. Zu dieser Tageszeit hatten wir das Ufer für uns; die Yuppies joggen früher, um ihre wichtigen Acht-Uhr-Termine nicht zu verpassen.

Cinda wurde stets von ihrem blonden Labrador begleitet und gelegentlich von ihrem Freund Jonathan Michaels. Der Labrador, ein Weibchen, hieß Drei-Pünktchen-Po, oder einfach Po; was es mit dem Namen auf sich hatte, verrieten mir die beiden nie; sie lachten nur und schüttelten den Kopf, wenn ich fragte.

Jonathan spielte Klavier auf Partys und häufig bis spät in die Nacht. Er war selten vor zwölf Uhr mittags auf den Beinen und überließ das Laufen Cinda und Po. Cinda rannte unermüdlich, im heißen Sommer wie im bitterkalten Winter. Ich kämpfte mit meinen fünf Meilen gegen Alter und Kalorien, aber Cinda absolvierte jeden Morgen mit wahrhaft religiösem Eifer eine Zehn-Meilen-Runde.

Einmal, im Dezember, sah ich sie eine ganze Woche lang nicht und fragte mich, ob sie wohl krank war. Am Samstag darauf trafen wir uns jedoch auf der kleinen Landzunge, die an Belmont Harbor angrenzt – sie kam von ihrer Rennstrecke drei Meilen weiter nördlich zurück, und ich war just am Umkehren. Während wir so nebeneinanderher trotteten, erzählte sie mir, dass Eli Burton, das schicke Kaufhaus auf der North Michigan Avenue, sie beauftragt hatte, Kinder im Gespräch mit dem

Weihnachtsmann zu fotografieren. Sie verzog das Gesicht. «Nicht gerade eine Karriere à la Eric Lieberman, aber es reicht für die Bahamas für mich und Jonathan im Januar.» Sie rief Po, die auf den Felsen einen toten Vogel inspizierte, und lief vor mir her.

In der Woche vor Weihnachten fielen die Temperaturen ins Bodenlose und bescherten uns den schlimmsten Dezember seit Beginn der Wetteraufzeichnung. In meinem Wohnzimmer war es vor Kälte nicht auszuhalten. Ich arbeitete dick eingemummelt im Bett und hatte mir sogar den Fernseher ins Schlafzimmer geholt.

Heiligabend blieb ich zu Hause. Weihnachten war ich bei Freunden im Norden der Stadt eingeladen. Ich ging mit einer Wolldecke über den Schultern ins Wohnzimmer und kratzte Eis von der Fensterscheibe. Ich wollte sehen, wie viel Schnee mich auf der Halsted Street erwartete, falls mein armer Omega überhaupt ansprang.

Seit dem Kälteeinbruch hatte ich fünf Tage nicht gejoggt. Ich fühlte mich schlaff; ich wusste, ich sollte mich zwingen, an die frische Luft zu gehen, aber ich war zu faul, dem Wetter zu trotzen. Ich wollte gerade wieder ins Schlafzimmer zurück und Geschenke einpacken, als auf der Straße ein munterer blonder Labrador in Sicht kam. Es war Po; hinter ihr lief Cinda in einer molligen orangeroten Daunenweste, das Gesicht mit einer Skimaske geschützt.

«Verflixt», brummelte ich. Wenn sie es schaffte, konnte ich es auch. Ich gönnte mir Angoraunterwäsche, zwei Paar Socken, zwei Sweatshirts, eine Daunenjacke und aufmunternde Sprüche à la «Wer aufgibt, gewinnt nicht, Gewinner geben nicht auf» oder «Nicht die Größe des Hundes zählt im Kampf, sondern die Größe des Kampfgeistes im Hund».

Diese Weisheiten brachten mich auf die Straße, aber sie halfen mir nicht gegen den Kälteschock. Der eisige Wind verschlug mir den Atem und ließ mich nach Luft schnappen. Ich stolperte zurück in den Hauseingang, band mir einen Schal vors

Gesicht, rückte Ohrenschützer und Wollmütze zurecht und setzte eine Sonnenbrille zum Schutz der Augen auf.

Auch so war es hart. Nach einer Weile pulsierte endlich das Blut, Arme und Beine wurden warm, aber die Füße blieben eisig, und trotz des dicken Schals biss mir die Kälte ins Gesicht. Es waren kaum Autos unterwegs, Fußgänger überhaupt nicht. Mir war, als liefe ich durch ein Niemandsland. So würde die Welt wohl nach dem Atomkrieg aussehen: menschenleer, nur bittere Kälte und trockener Schnee, der wie Wüstensand durch die Luft pfiff.

Der See wirkte noch irrealer. Dampf stieg von seiner Oberfläche auf wie aus einem gigantischen Kessel. Unter den dichten Nebelschleiern war das Wasser nicht zu erkennen. Ich hielt einen Moment gebannt inne, aber der scharfe Wind biss sich sofort durch meine Kleidung.

Der Uferweg führte in einem Bogen auf die Landzunge zu: Man hatte immer nur wenige Meter freie Sicht. Jeden Moment musste ich auf Cinda und Po treffen, aber es kam mir nur ein Mann entgegen, ein Jogger in blauer Skimaske und khakibeiger Daunenjacke.

Am äußersten Ende der Landzunge fegte der Wind ungebremst vom See herüber. Er trieb jaulend Schnee und winzige Eispartikel vor sich her. Ich wollte gerade umkehren in Richtung Heimat, als ich durch den heulenden Wind hindurch Hundegebell hörte. Ich zögerte erst im Gedanken, zum Wasser hinunterzuklettern, aber wenn es nun Po war, die ihr Frauchen verloren hatte?

Die Felsen waren mit Eis überzogen und ich taumelte und schlitterte auf die Wasserkante zu. Mit Händen und Füßen suchte ich verzweifelt nach einem Halt; auch wenn mich jemand rettete – ein Bad in dem eiskalten Wasser würde ich nicht überleben.

Ich entdeckte Po auf einem großen, flachen Felsen. Sie stand an der vorderen Kante, die über das nebeldampfende Wasser ragte, und bellte infernalisch. Ich rief nach ihr. Sie wandte sekundenlang den Kopf zu mir, wollte aber nicht kommen.

Mittlerweile schwante mir, was mich da vorn erwartete. Kaum war ich bei ihr, hörte Po auf zu bellen und begann unruhig winselnd hin- und herzulaufen. Ich legte mich flach auf den vereisten Felsen, hakte meine Füße über das hintere Ende und starrte durch den Dunst ins Wasser.

Cindas Körper lag dicht unter der Wasseroberfläche, gut einen Meter von mir entfernt. Ich konnte ihn nicht mit den Armen erreichen, aber ins Wasser zu steigen, kam auch nicht in Frage. Ich überlegte verzweifelt und wickelte schließlich meinen überlangen Schal vom Hals. Ich zurrte ihn an einem scharfkantigen Felsstück fest, band mir das andere Ende ums Handgelenk und betete. Jetzt konnte ich mich bis zur Hüfte über die Felskante hinausschieben und ins Wasser hineinfassen. Ich holte tief Luft und tauchte die Arme ein. Der Kälteschock war kaum zu ertragen; ich konzentrierte mich auf Cinda, den Hund, dachte an Weihnachten in der nördlichen Vorstadt, dachte überhaupt an alles andere als diese Kälte, die meine Arme fast lähmte. «Du hast nur diese eine Chance. Verpass sie nicht.»

Das Gewicht ihres Körpers zog mich fast zu Cinda hinab. Ich glitschte hilflos auf dem Felsen herum, bis meine Füße die Felsnase erwischten, an der mein Schal vertäut war. Po war auch keine Hilfe. Sie kauerte neben mir und wimmerte, als ich ihr Frauchen aus dem Wasser zog. Mit ihrer triefnassen Kleidung wog Cinda bestimmt an die zweihundert Pfund. Sie rutschte mir mehrmals fast weg, und ich rutschte mehrmals fast weg, aber ich schaffte es. Po leckte Cinda das Gesicht ab, und ich unternahm Wiederbelebungsversuche, aber vergebens. Wenn ich nicht bald ins Warme käme, würde ich selbst draufgehen. Ich rief nach Po, aber sie ließ sich von Cinda nicht weglocken. Ich rannte, so schnell ich konnte, zurück zum Hafen und hielt ein Auto an. Meine Zähne klapperten dermaßen, dass ich kaum sprechen konnte, aber die Leute im Wagen verstanden immerhin, dass vorne an der Landzunge eine tote Frau lag. Sie fuhren mich zum Polizeirevier in der Town Hall.

Ich verbrachte den Weihnachtstag vorwiegend im Bett, unter diversen Wolldecken, mit heißer Suppe versorgt durch meine Freundin Dr. Lotty Herschel. Ich hatte an zwei Fingern Frostbeulen, aber Lotty meinte, sie würden wieder verschwinden. Lotty ging um sieben; sie war bei ihrer Sprechstundenhilfe Carol Alvarado und deren Familie zum Essen eingeladen.

Die Polizei hatte Cindas Leiche fortgeschafft, und Jonathan hatte Po überreden können, mit ihm nach Hause zu gehen. Es dürfte eine traurige Szene gewesen sein – Jonathan in Tränen und die Hündin, die sich nicht von Cinda trennen wollte. Ich hatte es nicht selbst miterlebt; ein Freund von mir, ein Zeitungsmann, erzählte davon.

Es war gerade acht Uhr früh, als das Telefon neben meinem Bett läutete; ich befand mich unter meinen Wolldecken im Tiefschlaf. Das achte oder neunte Läuten weckte mich, und beim dreizehnten oder so brachte ich es fertig, meinen schmerzenden Arm zum Hörer auszustrecken.

«Hallo», sagte ich, noch ganz schön groggy.

«Vic, Vic, ich finde es scheußlich, dich zu belästigen, aber ich brauche deine Hilfe.»

«Wer braucht meine Hilfe?» Langsam kam ich zu mir.

«Ich. Jonathan Michaels. Sie haben mich verhaftet; ich soll Cinda umgebracht haben. Mir steht nur ein Anruf zu.» Er versuchte locker zu klingen, aber ihm versagte die Stimme.

«Cinda? Umgebracht?», wiederholte ich mechanisch. «Ich dachte, sie wäre ausgerutscht und ins Wasser gefallen.»

«Offenbar hat jemand sie erwürgt und in den See geworfen. Frag mich nicht, woher sie das wissen. Und frag mich nicht, warum sie denken, dass ich es war. Mein Problem – mein Problem ist Po. Ich weiß nicht, bei wem ich sie lassen soll.»

«Wo bist du jetzt?» Ich schwang die Beine über die Bettkante und angelte nach meinen langen Unterhosen. Jonathan war in ihrer gemeinsamen Wohnung, vier Häuserblocks von mir entfernt, und er war auf dem Weg ins Cook-County-Gefängnis. Der Polizist, der ihn verhaften sollte, zeigte weihnachtliche Gesinnung und war bereit zu warten, bis ich kam. Wenn ich mich beeilte.

Als ich auflegte, war ich schon fast fertig, es fehlten nur noch Jeans, Stiefel und ein dicker Pullover. Jonathan und die Cops standen schon im Hausflur, als ich angerast kam. Er gab mir seine Schlüssel. In einiger Entfernung konnte ich Po bellen hören.

«Hast du einen Anwalt?», wollte ich wissen.

Jonathan, sonst ein fröhlicher junger Mann mit Bart und goldblondem Haar, wirkte reichlich mitgenommen. Er schüttelte kläglich den Kopf.

«Einen Anwalt brauchst du unbedingt. Ich kann dir einen besorgen, ich kann dich auch vorübergehend vertreten, bis wir einen besseren gefunden haben. Ich habe zwar keine Praxis mehr, aber für die Formalitäten reicht es.»

Jonathan nahm mein Angebot dankbar an und ich folgte ihm zum Polizeiauto. Der Cop, der ihn verhaftete, wollte mir keine Fragen beantworten. Im Revier in der Elften Straße bestand ich darauf, mit dem zuständigen Beamten zu sprechen, und wurde zu Detective Sergeant John McGonnigal gebracht.

McGonnigal und ich waren uns schon häufig begegnet. Er war ein bulliger junger Mann, sehr tüchtig, und ich hegte großen Respekt für ihn. Ich bin mir sicher, ihm erging es mit mir genauso. «Frohes Fest, Sergeant. Scheußlich, heute arbeiten zu müssen, nicht wahr?»

«Frohes Fest, Miss Warshawski. Was führt Sie zu uns?»

«Ich vertrete Jonathan Michaels. Es scheint, als wäre jemand so verrückt anzunehmen, Michaels hätte Miss Goodrich heute früh in den Michigansee geschubst.»

«Wir sind keineswegs verrückt. Sie wurde erwürgt und in den See gestoßen. Sie war bereits tot, als sie im Wasser landete. Michaels hat kein Alibi für die Tatzeit.»

«Kein Alibi! Wer in dieser Stadt hat für die Zeit wohl ein Alibi?»

Da gäbe es noch mehr, erklärte er mir steif. Die Nachbarn in der Wohnung gegenüber und unten drunter hätten Jonathan und Cinda spätnachts streiten hören. Der Streit ging offenbar am Morgen weiter. Gegen neun Uhr dreißig hätte Cinda schließlich türenknallend mit dem Hund das Haus verlassen.

«Er ist ihr aber nicht gefolgt, Sergeant.»

«Woher wissen Sie das?»

Ich erzählte, wie ich Cinda von meinem Fenster aus beobachtet hatte. «Und Mr Michaels habe ich draußen auf der Landzunge nicht gesehen. Ich sah nur eine einzige Person.»

Darauf ritt er dann herum. Wie konnte ich so sicher sein, dass es nicht Jonathan war? Schließlich erklärte er sich bereit zu überprüfen, ob Jonathan eine dunkelblaue Skimaske oder eine khakifarbene Daunenjacke besaß. McGonnigal wies mich drauf hin, dass man die Landzunge auf zwei Wegen verlassen konnte – statt nach Süden hätte Jonathan auch nach Norden weglaufen können.

«Das mag sein. Aber Sie bewegen sich da auf sehr dünnem Eis, Sergeant. Es wird nicht lange halten. Nun möchte ich mit meinem Klienten unter vier Augen sprechen.»

Es passte ihm gar nicht, dass ich Michaels vertrat, aber verhindern konnte er es kaum. Er ließ uns in einem kleinen Verhörzimmer zurück.

«Ich gehe davon aus, dass du Cinda nicht getötet hast», sagte ich forsch. «Aber fürs Protokoll – hast du es getan?»

Er schüttelte den Kopf. «Nie und nimmer. Auch wenn ich sie nicht mehr geliebt hätte, was nicht stimmt, würde ich meine Probleme nicht auf diese Weise lösen.» Er fuhr sich mit der Hand durchs lange Haar. «Ich kann's nicht glauben. Ich kann nicht mal glauben, dass Cinda tot ist. Es ging alles so schnell. Und jetzt verhaften sie mich.» Er hatte wunderschöne Hände mit langen, kräftigen Fingern. Kräftig genug, jemanden zu erwürgen, so viel stand fest.

«Weswegen habt ihr euch heute Morgen gestritten?»

«Gestritten?»

«Mach mir nichts vor, Jonathan; ich bin die Einzige, die dir helfen kann. Eure Nachbarn haben euch gehört – deswegen wurdest du verhaftet.»

Er lächelte etwas töricht. «Es kommt mir jetzt total blöd vor. Dauernd denke ich, dass sie zu Hause geblieben wäre, wenn ich sie nicht so gereizt hätte. Sie wäre noch am Leben.»

«Vielleicht, vielleicht auch nicht. Worüber habt ihr euch gestritten?»

Er zögerte. «Es ging um diese verdammten Weihnachtsmannfotos. Ich war dagegen, dass sie den Auftrag annahm. Sie ist eine viel zu gute – sie war eine viel zu gute Fotografin, um ihre Zeit mit so was zu verplempern. Dann rastete sie aus und warf mir vor, ich wäre genau wie Lawrence Welk und mit welchem Recht ich überhaupt so reden würde. Es fing damit an, dass heute Nacht um eins ein Mann angerufen hat. Ich war gerade von einem Auftritt zurückgekommen» – plötzlich grinste er schmerzlich –, «von einem Lawrence-Welk-Konzert übrigens, als der Anruf kam. Es war jemand, der auf ihren Weihnachtsmannfotos drauf war. Sagte, er sei furchtbar schüchtern und wolle sichergehen, dass er nicht mit seinem Kind auf dem Bild zu sehen ist. Und ob sie ihm die Negative vorbeibringen könnte.»

«Die Negative hatte Cinda? Nicht Burton?»

«Ja. Diese Idiotin. Sie entwickelte den Film selbst. Offenbar hatte der Typ erst bei Burton angerufen. Also, um es kurz zu machen: Sie war bereit, sich heute mit ihm zu treffen und ihm die Negative auszuhändigen. Ich war wütend. Warum sollte sie ausgerechnet am Weihnachtstag auf die Straße gehen, nur um irgendeinem Idioten einen Gefallen zu tun? Und außerdem, warum hatte sie überhaupt diese dämlichen Fotos gemacht?»

Plötzlich verzerrte sich sein Gesicht, und er fing an zu schluchzen. «Sie war so schön, und ich habe sie so geliebt. Warum musste ich mich bloß mit ihr streiten?»

Ich tätschelte ihm die Schulter und hielt seine Hand, bis seine Tränen versiegten. «Wenn sie mit dem Mann verabredet war, der sie angerufen hat, dann ist er wahrscheinlich auch ihr Mörder.»

«Daran habe ich auch schon gedacht. Ich habe es auch der Polizei gesagt. Aber die behaupten, unter den gegebenen Umständen müsste ich ihnen natürlich genau solch eine Geschichte auftischen.»

Ich bearbeitete ihn noch dreißig Minuten lang mit meinen Fragen. Was hatte Cinda über den Anrufer erzählt? Hatte er seinen Namen genannt? Nein, sie kannte seinen Namen nicht. Woher wusste sie dann, auf welchem Negativ er abgebildet war? Sie wusste es nicht. Der Mann hatte Cinda nur gesagt, an welchem Tag und zu welcher Uhrzeit er ihr vor die Kamera geraten war, also würde sie alle in Frage kommenden Negative mitnehmen. Mehr wusste Jonathan nicht; sie war zu wütend gewesen, um ihm zu erzählen, was sie einsteckte. Ja, doch, sie hatte Negative bei sich gehabt.

Er gab mir detaillierte Anweisungen, wie ich Po zu versorgen hätte. Nur Trockenfutter, keine Essensreste. Und jede Menge Spaziergänge, so viel ich nur schaffte – ein Labrador war am liebsten draußen, und Po liebte Schnee und Wasser. Sie war gut erzogen; man konnte sie ohne Leine laufen lassen. Bevor ich ging, sprach ich noch einmal mit McGonnigal. Er wollte am nächsten Tag der Sache mit dem Mann auf dem Foto nachgehen, aber sonderlich ernst schien er den Hinweis nicht zu nehmen. Er sagte mir, sie hätten natürlich keinen Film bei Cinda gefunden, weil sie keinen bei sich gehabt hätte – Jonathan hätte sich auch das ausgedacht. Immerhin ließ sich der Sergeant darauf ein, ihn die Nacht über noch im Revier zu behalten. Am nächsten Morgen wäre Kautionsanhörung, und vielleicht müsste Jonathan im Cook-County-Knast doch nicht sein Leben riskieren unter all den Gangstern, die dort als Insassen getarnt das Gefängnis regierten.

Ich fuhr mit dem Taxi zur North Side. Es war kaum Verkehr, und wir kamen schnell voran. Gelegentlich passierten wir am Straßenrand ein verlassenes Auto, wodurch die arktische Landschaft noch öder wirkte.

In Jonathans Wohnung musste ich alle Willenskräfte aufbieten, um Po noch auszuführen. Sie folgte mir bereitwillig, drehte sich indes wieder und wieder um und blickte erwartungsvoll zu mir auf, als hoffe sie, ich würde mich in Cinda verwandeln.

Als ich mit Po wieder in Jonathans Wohnung war, hatte ich plötzlich keine Energie mehr. Ich fand das Schlafzimmer, ließ meine Sachen auf den Boden fallen und sank ins Bett.

Der zweite Weihnachtsfeiertag, den meine polnischen Verwandten immer üppig feierten, war schon halb vorbei, als ich aufwachte. Po starrte mich, leise schnaufend, mit vorwurfsvollen braunen Augen an. «Na gut, na gut», grummelte ich und stolperte aus dem Bett.

In der Nacht zuvor war ich zu müde gewesen, um auch nur zu überlegen, wo das Badezimmer sein mochte. Jetzt entdeckte ich es als Teil einer riesigen Dunkelkammer. Cinda hatte die Wand zwischen Bad und Esszimmer entfernt und sich mit Waschbecken und eingebauten Borden eine bequeme Arbeitsmöglichkeit geschaffen. Im ganzen Raum hingen Abzüge auf der Leine, Chemikalien und zarte Dessous drängelten sich zusammenhanglos übereinander. Ich borgte mir eine Zahnbürste und schnupperte misstrauisch an der Zahnpasta, um sicherzugehen, dass die Tube «Crest» enthielt und nicht Entwickler.

Ich zog meine Klamotten wieder an und lief mit Po ums Karree. Es war erheblich milder geworden; das Thermometer an der Ecke zeigte neun Grad Fahrenheit. Po wollte zum See; ich hatte aber keine Lust, so weit zu laufen, und rief sie mit einiger Mühe zurück. Falls nach dem Lunch mein Auto ansprang, könnten wir nachsehen, ob sich im Schnee irgendwelche Spuren verbargen.

Von Cindas Apartment aus rief ich Lotty an und erklärte ihr, wo ich war und warum ich dort war. Ich sei verrückt, meinte sie, dass ich in der vorigen Nacht aufgestanden sei, aber wenn ich bis jetzt nicht an Unterkühlung gestorben sei, würde ich wahrscheinlich so lange am Leben bleiben, bis mich jemand erschoss. Das heiterte mich nicht gerade auf.

Während ich mich in Cindas Küche mit Toast und Kaffee versorgte, rief ich ein paar Anwälte an – ich suchte jemanden, der Jonathan vertreten könnte. Tim Oldham, ein Studienkollege, besaß eine gut gehende, auf Strafsachen spezialisierte Praxis. Er war nicht gerade scharf auf einen mittellosen Mandanten, aber ich setzte ihn unfein unter Druck. Ich hatte ihn vor einigen Wochen an der Gold Coast mit einer Dame gesehen, die wenig Ähnlichkeit mit seiner Frau aufwies. Er versprach mir, dass Jonathan zum Abendbrot wieder zu Hause wäre, titulierte mich mit wenig schmeichelhaften Namen und legte auf.

Außer Küche, Schlafzimmer und Dunkelkammer gab es einen weiteren Raum, dessen Möblierung im wesentlichen aus einem Flügel bestand. Notenstapel türmten sich auf dem Boden – Jonathan konnte sich Regale entweder nicht leisten, oder er meinte, auf sie verzichten zu können. An den Wänden hingen Fotos in Postergröße: Jonathan beim Spielen, von Cinda fotografiert. Sie waren gut.

Ich ging in die Dunkelkammer und stöberte in den Fotos. Cinda hatte alle Weihnachtsmannfotos in ordentlich beschriftete Umschläge gesteckt. Der Name des jeweiligen Kindes stand sauber und ordentlich neben der entsprechenden Negativnummer. Ich schaltete den Leuchttisch ein und begann sie durchzusehen. Drei Wochen lang hatte sie täglich fotografiert und Tausende von Aufnahmen geschossen. Das sah ganz nach der berühmten Nadel-im-Heuhaufen-Suche aus. Aber die meisten Bilder zeigten ausschließlich Kinder. Die wenigen anderen hatte Cinda zu ihrem eigenen Vergnügen geschossen – ein Blick in die Menge oder kunstvoll gestylte Aufnahmen reflektierender Lichter. Wahrscheinlich hatte sich ihr Anrufer in der Menge befunden.

Nach dem Lunch nahm ich Po mit ins Auto. Sie kam bereitwillig mit und sprang auf den Rücksitz. «Du bist viel zu vertrauensvoll», sagte ich zu ihr. Sie grinste und hechelte. Der Omega sprang murrend an, und ich fuhr erst mal in Richtung Norden nach Bryn Mawr und wieder zurück, um die Batterie aufzuladen, bevor ich am Belmont Harbor parkte. Po war fast außer sich vor Erregung; ihr Schwanz hämmerte ein Stakkato gegen das Rückfenster, bis ich endlich die Tür öffnete und sie hinausließ. Sie sauste davon, zum Uferweg. Ich rief sie nicht zurück. Bestimmt würde ich sie an Cindas Felsen wiedertreffen.

Ich bewegte mich langsam vorwärts und suchte den Boden sorgfältig nach Spuren ab von – ja, wovon? Filme? Eine Visitenkarte? Der Wind war heute wesentlich schwächer und die Luft wärmer, so dass gute Sicht bestand, aber ich entdeckte nichts.

Der Nebel über dem See war verschwunden und das stahlgraue Wasser schwappte sachte in der eisengrauen Kälte. Wie ich es erwartet hatte, stand Po auf dem Felsen, auf dem ich sie gestern entdeckt hatte. Sie bot ein Bild vollkommener Niedergeschlagenheit. Offensichtlich hatte sie damit gerechnet, ihr Frauchen hier zu finden.

Ich durchkämmte die Gegend gründlich und stieß schließlich auf ein graues Plastikfilmdöschen. Allerdings war es leer. Ich steckte es ein, um es McGonnigal zu zeigen – vielleicht hielt er es ja für wichtig. Po verließ den Felsen nur mit größtem Widerwillen und wandte sich, bis wir beim Parkplatz waren, ständig zurück, um nach Cinda Ausschau zu halten. Ich musste sie schließlich sogar mit Gewalt ins Auto hieven. Auf der Fahrt zum Polizeirevier bewegte sie sich unruhig auf dem Rücksitz hin und her, eine mühsame Angelegenheit für einen Hund, der größer ist als die Sitzbank.

McGonnigal schien von der Filmdose nicht besonders beeindruckt, aber er schickte sie immerhin zur Spurensicherng. Ich fragte ihn, was bei Burton herausgekommen war. Das Kaufhaus besaß keine Abzüge von den Fotos; die lagen bei Cinda. Bestellte jemand ein Bild, gaben sie den Auftrag an Cinda weiter. McGonnigal besaß die Namen aller siebenhundert Leute, die Abzüge bestellt hatten, und er ließ die Listen auf die Namen bekannter Krimineller überprüfen, aber offenbar hielt er das für reine Zeitverschwendung. Wäre nicht sein Chef, Lieutenant

Robert Mallory, ein Freund meines Vaters, gewesen, hätte er sich wahrscheinlich nicht einmal diese Mühe gemacht.

Ich besuchte kurz Jonathan, der in erstaunlich guter Stimmung war. Tim Oldham war bei ihm gewesen. «Er hält mich für einen Hippie und völlig uninteressant im Vergleich zu den Mob-Typen, die er sonst vertritt, aber ich bin sicher, dass er sich ins Zeug legt.» Er arbeitete an dem Fingersatz einer Schubert-Sonate und benutzte die eine Seite des Bettrahmens als Klaviatur. Ich erzählte ihm, dass es Po gut ging und dass sie draußen im Auto auf mich wartete. Ich würde mich daher besser auf den Weg machen.

Den Rest des Nachmittags wühlte ich mich durch Cindas Weihnachtsmannfotos. Um fünf Uhr – ich hatte ungefähr ein Drittel durch – rief Tim Oldham an; Jonathan würde auch diese Nacht noch in der Revierzelle bleiben müssen. Wegen der Weihnachtsfeiertage hatte es mit der Kautionsanhörung noch nicht geklappt.

«Du bist mir was schuldig, Vic; es gibt angenehmere Arten, einen Feiertag zu verbringen.»

«Du dienst der Gerechtigkeit, Tim», sagte ich fröhlich. «Was verlangst du mehr? Denk an den Eid, den du geschworen hast, als du in die Anwaltskammer aufgenommen wurdest.»

«Ich denke eher an ein paar nette Flüche», grummelte er.

Ich lachte und legte auf. Dann führte ich Po noch einmal aus, gab ihr Futter und Wasser und wollte zu meiner Wohnung aufbrechen. Doch kaum sah die Hündin, wie ich meinen Mantel anzog, da ließ sie schon ihr Fressen stehen und begann schwanzwedelnd herumzuspringen; sie war jederzeit zum Spielen bereit. Ich schleuderte ihr mein «Nein» entgegen, ohne jede Wirkung. Sie grinste mich fröhlich an, als wollte sie sagen, dass sie dieses Spielchen gut kannte – die Menschen taten oft, als wollten sie sie nicht dabeihaben, aber am Ende käme sie stets mit.

Sie wirkte völlig entgeistert, als ich sie wieder in die Wohnung bugsierte, und kaum drehte ich den Schlüssel um, fing sie auch schon an zu bellen. Labradors sind nicht laut; sie bellen selten und jaulen nie. Aber sie haben eine tiefe und resonante Stimme, die direkt aus dem mächtigen Brustkorb kommt; mit guter Zwerchfellatmung, wie Sänger sie nur selten erreichen.

Cindas Apartment lag im zweiten Stock. Im Erdgeschoss und sogar noch draußen vor dem Haus konnte ich Po bellen hören. «Mist!», brummte ich. Wie lange würde sie das durchhalten? Waren Hunde in der Hinsicht wie Säuglinge? Schliefen sie ein, wenn man sie einfach nicht beachtete? Funktionierte das bei Säuglingen überhaupt? Ich wartete fünf Minuten im eisigen Wind; die Hündin bellte weiter. Fluchend schloss ich die Tür wieder auf.

Po begrüßte mich ekstatisch, sprang an mir hoch und leckte mir das Gesicht als Signal, dass sie mir nicht böse war. «Du bist schamlos und außerdem ein falscher Fuffziger», tadelte ich sie. Sie wedelte vergnügt mit dem Schwanz. «Aber du bist auch ein armes Waisenkind; ich darf nicht zu hart mit dir umspringen.»

Sie bellte zustimmend und folgte mir voller Eifer die Treppen hinunter bis zu meiner Wohnung. Ich nahm ein Bad, zog mich um, aß etwas, sah die Post durch und ging danach mit Po noch einmal raus, um den Block bis zu einem kleinen Park und dann zu Cindas Wohnung zurück. Diesmal hatte ich meine eigene Zahnbürste dabei; es schien sinnlos, den Hund allein zu lassen, solange Jonathan im Gefängnis saß.

Cinda und Jonathan besaßen nur wenige Möbel, dafür aber eine phantastische Stereoanlage und eine große Plattensammlung. Ich legte Streichquartette von Benjamin Britten auf, entdeckte neben Cindas Bett in einem Stapel von Fachbüchern einen Roman und stiebitzte zu guter Letzt noch eine Flasche Burgunder. Mit Wein und Buch kuschelte ich mich in einen Knautschsessel. Po lag mir selig japsend zu Füßen. Alles in allem beinahe eine häusliche Idylle. Vielleicht sollte ich mir einen Hund zulegen.

Kurz nach Mitternacht war ich mit dem Buch und dem Wein fertig und ging ins Bett. Po trottete hinterdrein und rollte sich vor dem Bett auf einem Läufer zusammen. Ich schlief sofort ein.

Ein einzelner scharfer Laut aus Pos Kehle weckte mich zwei Stunden später. «Was ist los, altes Mädchen? Schlecht geträumt?» Ich wollte mich wieder umdrehen, als sie wieder Laut gab. «Ruhe!», befahl ich ihr.

Ich hörte, wie sie zur Tür lief. Und dann vernahm ich das Geräusch, das ihre scharfen Ohren früher als meine registriert hatten. Jemand machte sich an der Wohnungstür zu schaffen. Jonathan konnte es nicht sein; seine Schlüssel hatte ich ja, und außerdem fummelte hier jemand am Schloss herum, versuchte, es mit verschiedenen Schlüsseln zu knacken. Blitzschnell zog ich Jeans, Stiefel und Sweatshirt über; an Unterwäsche verschwendete ich keinen Gedanken. Der Einbrecher hatte das untere Schloss geschafft und bearbeitete jetzt das obere.

Po stand mit gesträubtem Fell direkt vor der Tür. Ich befahl ihr flüsternd, nicht zu bellen, und sie gehorchte. Widerstrebend folgte sie mir in die kombinierte Badezimmer-Dunkelkammer. Ich stieg mit Po in die Duschkabine und zog den Vorhang vorsichtig zu.

Wir warteten im Dunkeln, während der Einbrecher sich mit den Schlössern befasste. Es war nervenaufreibend, den Geräuschen zu lauschen in der Erwartung, dass jeden Moment ein Unbekannter in der Wohnung stehen würde. Hatte ich die richtige Entscheidung getroffen? Vielleicht hätte ich mit Po die Hintertreppe hinunterflitzen und die Polizei benachrichtigen sollen. Jetzt war es auf jeden Fall zu spät; wir hörten Stiefel durchs Wohnzimmer stapfen. Ein böses tiefes Grollen kam aus Pos Kehle.

«Wauwi? Wauwi? Bist du da drin, Wauwi?» Der Mann kannte Po, wusste aber nicht, ob sie da war. Er schien ihr Bellen nicht gehört zu haben. Er sprach mit einer hohen, hellen Stimme und einem leicht spanischen Akzent.

Po knurrte ganz leise weiter. Schließlich öffnete sich die Tür am anderen Ende des Badezimmers, und der Einbrecher kam herein. Er hatte eine Taschenlampe und leuchtete hierhin und dorthin; durch den Vorhang sah ich den schwankenden Lichtkegel.

Beruhigt, dass der Raum leer war, knipste er das Licht an. Die Deckenlampe war mit einem laut surrenden Ventilator kombiniert, der Pos Knurren übertönte.

Ich konnte den Mann nicht erkennen, aber offenbar wühlte er sich durch Cindas Fotosammlung. Er knipste den Leuchttisch an und suchte endlos unter den Negativen. Ich war beeindruckt von Po; so viel Geduld hätte ich von einem Hund niemals erwartet. Der Einbrecher saß mindestens eine volle Stunde da, während meine Muskeln sich verkrampften und mir Wasser auf den Kopf tropfte – aber Po blieb mucksmäuschenstill an meiner Seite.

Schließlich hatte er wohl gefunden, was er suchte. Er stand auf, Papier raschelte, das Licht ging aus.

«Jetzt Po!», brüllte ich. Sie schoss aus der Dusche und erwischte den Mann an der Tür. Ein blauer Blitz, ein Schuss. Po heulte auf und war still. Als ich sie erreichte, war der Mann schon durch die Wohnungstür.

Ich schnappte mir meinen Parka und sauste hinter ihm her. Po blutete an der linken Schulter, aber es war wohl nur ein Streifschuss, denn sie rannte mit voller Kraft. Wir stürmten die Treppe hinunter und hinaus in die eisige Dezembernacht. Mit Po unterm Arm hechtete ich durch die Haustür, wir beide rollten über den Schnee zur Seite. Schüsse fielen, aber wir bewegten uns zu schnell, um ein gutes Ziel abzugeben.

Im Licht der Straßenlaterne sah ich unseren Mann die Halsted Street Richtung Belmont Harbor rennen. Er trug eine dunkelblaue Skimaske und einen khakifarbenen Parka wie der einsame Jogger von gestern Morgen.

Als er Po und mich hinter sich hörte, legte er einen Zahn zu und schaffte es bis zu seinem Wagen, einem dunklen Lincoln, der an der nächsten Ecke stand. Wir waren inzwischen bei meinem Omega; ich schob Po auf den Rücksitz, sandte ein Stoßgebet zum Schutzheiligen der Delco-Batterien und startete.

Die Straßen waren wie ausgestorben. Den Lincoln holte ich an der Kreuzung Sheridan Road und Lake Shore Drive ein. Wider Erwarten bog er nicht auf den Drive ab, sondern raste geradeaus zum Hafen weiter.

«So machen wir es, altes Mädchen», sagte ich zu Po. «Erst schnappst du dir diesen Heini, dann lassen wir deine Schulter nähen. Und dann bekommst du deine Lieblingsmahlzeit – wenn's sein muss, auch eine ganze Kuh.»

Po lehnte sich begeistert japsend über den Vordersitz, ihre Augen glänzten. Sie war eben ein echter Labrador. Der Lincoln stoppte am hinteren Ende des Hafenparkplatzes. Ich hielt vielleicht fünfzig Meter davor an und stieg mit der Hündin aus. Wir rannten vorsichtig auf den Lincoln zu, benutzten dabei parkende Autos als Sichtschutz. Neben einem Lieferwagen blieben wir stehen. Im selben Augenblick begann Po wüst und anhaltend zu bellen.

Solche Töne würden auffallen, vielleicht sogar die Polizei alarmieren, deshalb brachte ich Po nicht zum Schweigen. Offensichtlich kam der Mann im Lincoln zu demselben Schluss: das Seitenfenster ging auf, und er begann auf uns zu schießen. Er verschwendete nur Munition, der Lieferwagen gab uns genügend Deckung.

Die Schüsse steigerten Pos Gebell um einige Dezibel und erregten die gewünschte Aufmerksamkeit. Aus dem Augenwinkel sah ich auf dem Lake Shore Drive das blitzende Blaulicht, mit dem sich Chicagos Elite ankündigt.

Unser Angreifer sah es auch. Die Autotür ging auf und der Mann mit der Skimaske schlüpfte nach draußen. Er rannte weg vom Hafen zum Uferweg, auf die Landzunge zu. Ich pfiff Po und setzte ihm nach. Natürlich war Po schneller als ich; ich verlor sie im Dunkeln rasch aus den Augen, während ich mich vorsichtig auf dem vereisten Weg vorwärtsbewegte. Ich zitterte im scharfen Wind, und der Gedanke an das finstere, bitterkalte Wasser rechts von mir ließ mich frösteln. Ich hörte es drohend gegen die eisüberzogenen Felsen schwappen, hörte zugleich die schweren Schritte des Mannes vor mir. Kein Laut von Po; sie bewegte sich lautlos und sicher auf den glatten Kieseln.

Als ich die letzte Biegung vor der Spitze der Landzunge erreicht hatte, hörte ich den Mann auf Spanisch fluchen, ein Schuss fiel, und etwas Schweres klatschte ins Wasser. Die Wut darüber, dass dieser Kerl Po erschossen hatte, gab mir den nötigen Adrenalinstoß. Ich rannte weiter, entdeckte plötzlich seine dunkle Silhouette und warf mich auf ihn.

Damit hatte der Typ nicht gerechnet. Wir stürzten und rollten aneinander geklammert die Felsen hinab. Der Revolver rutschte ihm aus der Hand und polterte übers Eis in den See. Wir kämpften unerbittlich, keinen halben Meter vom Wasser entfernt – wer zuerst den Halt verlor, würde hineinfallen, dem sicheren Tod ausgeliefert.

Die Parkas behinderten uns bei jeder Bewegung. Der Mann grabschte mühsam nach meiner Kehle. Ich drehte mich weg, erwischte seine Skimaske und schlug seinen Kopf gegen den Felsen. Er grunzte und trat nach mir. Beim Versuch auszuweichen, ließ ich ihn los und schlitterte rückwärts übers Eis. Er folgte mir, gab mir noch einen kräftigen Stoß, und ich landete mit den Füßen im Wasser. Nur mit Mühe hievte ich sie, zwei schwere Eisklumpen, aus dem Wasser und versuchte zurückzuweichen.

Während ich noch auf allen vieren nach Halt suchte, stieg plötzlich eine dunkle Gestalt aus dem Wasser und kletterte auf den Felsen neben mir. Po. Sie war nicht tot! Sie schüttelte sich, und ein Tropfenregen ergoss sich über mich und meinen Angreifer. Die unverhoffte Dusche überraschte ihn vollkommen. Ich konnte Atem holen und mich ein Stück weit in Sicherheit bringen.

Die Hündin blieb heftig zitternd an meiner Seite. Ich fuhr ihr mit der Hand durchs nasse Fell. «Bald, mein Kleines. Bald bist du wieder zu Hause, warm und trocken.»

Just in dem Moment, da der Angreifer sich erneut auf uns stürzte, flammte über uns ein Suchscheinwerfer auf. «Hier ist die Polizei», dröhnte ein Lautsprecher. «Lassen Sie Ihre Waffen fallen, und kommen Sie herauf!»

Der Mann schlug mich zu Boden. Po jaulte auf und grub ihre Zähne in sein Bein. Sein Geschrei führte die Polizei direkt zu uns.

Sie hatten starke Lampen dabei. Ich entdeckte auf dem Felsen einen dicken, durch die Nässe aufgequollenen Briefumschlag, der Bissspuren aufwies. Po wedelte mit dem Schwanz und schnappte sich den Umschlag erneut.

«Gib den her!», kreischte unser Angreifer. Er kämpfte mit den Cops, um an den Umschlag heranzukommen. «Ich hatte ihn ins Wasser geworfen! Wie kommt der hierher? Wie ist der Köter da rangekommen?»

«Sie ist ein Labrador», sagte ich.

Später auf dem Polizeirevier betrachteten wir die Negative, die Po mit dem Umschlag aus dem Wasser gefischt hatte. Sie zeigten den Mann mit der Skimaske – er blickte finster in die Kamera, während der Weihnachtsmann mit seinem kleinen Sohn plauderte. Kein Wunder, dass Cinda ihn fotografieren wollte.

«Er ist ein Kokaindealer», erklärte mir Sergeant McGonnigal. «Trotz einer Superkaution von zehn Millionen Dollar ist er untergetaucht. Kein Wunder, dass er an einer Veröffentlichung seines Konterfeis kein Interesse hatte. Diesmal wird er wegen Mordverdacht eingebuchtet.»

Ein uniformierter Cop brachte Jonathan in McGonnigals Büro. Der Sergeant räusperte sich unbehaglich. «Sieht ganz so aus, als habe der Hund Ihre Haut gerettet, Mr Michaels.»

Po, die mir zu Füßen lag, in eine polizeieigene Pferdedecke gehüllt, bellte freudig. Sie erhob sich wackelig und spazierte schwanzwedelnd, aber steifen Schrittes zu Jonathan hinüber, die Decke im Schlepptau.

Ich erzählte Jonathan von unseren Abenteuern und den Heldentaten seines Hundes. «Sergeant, was ist mit der Filmdose, die ich Ihnen heute Nachmittag gegeben habe?»

Offensichtlich hatte Cinda die Dose beim Treffen dabeigehabt – nicht ahnend, wie gefährlich ihr Kunde war. Als der Mann entdeckte, dass die Dose leer war, warf er sie fort und attackierte Cinda. «Wir haben ein umfassendes Geständnis», sagte McGonnigal. «Er war so fix und fertig, als er den Hund mit den Negativen im Maul erblickte, dass er die Nerven verlor. Er hat gute Anwälte – unter anderem Ihren Freund Oldham –, aber ich denke, wir haben genug Beweismaterial gegen ihn, um jeden Richter von einer Kautionserhebung abzuhalten.»

Jonathan kniete auf dem Boden, streichelte Po und sprach zu ihr. Er wandte den Kopf zu McGonnigal. «Oldham ist bestimmt erleichtert, dass Sie nun den richtigen erwischt haben – ein Mörder, der sich leisten kann, eine Zehn-Millionen-Dollar-Kaution in den Wind zu schießen, ist doch ein besserer Mandant als einer, der kaum seinen Labrador ernähren kann.» Er drehte sich wieder zu Po. «Aber heute verwandeln wir unseren Spargroschen in ein Steak; das Steak ist für dich – ich esse Hackepeter, Miss Drei-Pünktchen-Po von Schwarzenstein, Volksheldin und Trägerin des Großen Hundekreuzes für Tapferkeit.» Po japste glücklich und leckte ihm übers Gesicht.

Grigoleits letzter Auftritt

Ulrich Haag

Umständlich, aber nicht ohne eine gewisse Vorfreude knöpfte sich Grigoleit die Hose auf. Er spürte die kalten Finger an dem Körperteil, was einmal sein empfindlichstes gewesen war. Dann schaute er sich um. Seltsam. Um diese Zeit waren im Park gewöhnlich jede Menge Schwesternschülerinnen auf dem Weg ins nahe gelegene Hospital. Grigoleit spürte leichten Harndrang, trat einen Schritt zurück. Niemand in Sicht. Der Weg war hart gefroren, und obwohl er die rechte Hand schützend vor den Hosenladen hielt, spürte er den eisigen Wind. Vom nahen Weiher hörte er Kinderstimmen. Einen Moment überlegte er, ob er dort auf eine passende Gelegenheit warten sollte. Aber in den letzten Wochen waren die Zeitungen wieder voll von Meldungen über Exhibitionismus und Kinderschänderei. Er hatte keine Lust, Anlass zu Missverständnissen zu bieten. Es war – seit dem Tod seiner Frau – lediglich sein einziges Vergnügen, sich von Zeit zu Zeit auf einem Spazierweg beim Pinkeln «erwischen» zu lassen. Aus Kindern machte er sich nichts. Auf ein besonderes Geschlecht war er auch nicht fixiert. Ab und an noch als sexuelles Wesen wahrgenommen zu werden – das war alles, was er wollte. Er genoss die Mischung aus Abscheu und Interesse auf den Gesichtern seiner «Opfer». Er pfriemelte dann jedes Mal mit der zerstreuten Geste eines leicht altersverwirrten Greises die Hose zu, versah den Auftritt notfalls mit einem entschuldigenden Lächeln. Wollte man ihm dafür böse sein?

Heute allerdings würde er sein Wasser alleine abschlagen müssen. Genussvoll beobachtete er, wie der Strahl einen bernsteingelben Krater in den Wall aus geräumtem Schnee am Wegrand fraß. Und während er über die Hitze und Kraft sinnierte, die noch in seinem 86-jährigen Körper steckten, erkannte er in dem sich ausdehnenden, dampfenden Loch die Reste eines Zifferblattes, auf dem der Sekundenanzeiger unbeirrt seine Runden zog. Eine Armbanduhr! Wenig später hatte der Schnee auch den Arm der zugehörigen Leiche freigegeben.

«Unter einem Haufen Schnee?!» Oblomov war außer sich. «Ihr habt mir beim heiligen Gregorius geschworen, dass die Leiche in Sicherheit ist!»

«Aber Chef! Wie hätten wir denn wissen können, dass der Alte ausgerechnet an diese Stelle strullt?»

«Ihr geistigen Pantoffeltierchen! Seht ihr diese Pistole? Eine Bromski 0.95 aus sowjetischen Vorkriegsbeständen. Auf mich zugelassen, mit Waffenschein. Was glaubt ihr, wie viele es davon noch in dieser Stadt gibt. Und was glaubt ihr, was passiert, wenn man die Leiche mit einer Kugel aus genau dieser Waffe findet?!»

«Die Leiche findet keiner, Chef.» Panschew und Biskidin gaben sich Mühe, optimistisch zu wirken. «Der Alte hat doch gar nicht begriffen, was er da ...»

«Findet keiner, findet keiner», schnaubte Oblomov. «Ihr hättet den Alten gleich außer Gefecht setzen sollen!»

«Wollten wir auch. Aber dann kam plötzlich ein Trupp Nonnen durch den Park. Chef, der Alte ist nicht ganz normal! Sie hätten mal dessen Gesicht sehen sollen, als der sich die Hose zugemacht hat!»

«Also», Oblomov versuchte, einigermaßen kontrolliert zu atmen. «Sobald es dunkel ist, holt ihr die Leiche da raus. Nehmt euch aus dem Übergangswohnheim zwei Jungs mit, die Schmiere stehen. Aber erzählt ihnen nicht, um was es geht!»

Die beiden Gestalten hielten sich dicht bei den kahlen Sträuchern. Setzten vorsichtig Schritt für Schritt. Der gefrorene Schnee schimmerte milchig und knirschte unter den Sohlen.

Panschew hielt den Klappspaten schlagbereit. Wer konnte wissen? Vielleicht war die Leiche doch schon entdeckt und es hielt ein Posten Wache? Sie bogen um die Ecke und traten auf die vereiste Spur des Weges. Mit einemmal blieb Biskidin wie angewurzelt stehen. In geringer Entfernung – dort, wo sie die Leiche vermuteten – flackerten vier Grablichter im Schnee.

«Heilige Muttergottes von Zakopane», Biskidin bekreuzigte sich und bewegte die Lippen kaum hörbar. In den Haufen Schnee wo er am höchsten war, hatte jemand ein improvisiertes Holzkreuz gesteckt.

«Guten Abend die Herren!»

Die beiden fuhren herum. Unmittelbar neben ihnen saß eine in Decken gehüllte Gestalt im Dunkeln auf einer Parkbank. «Die Herren kommen zu den Trauerfeierlichkeiten? Wenn ich bitten dürfte, die Fellkappen abzunehmen!»

«Das ist der Alte von heute Mittag!», flüsterte Biskidin heiser. «Zieh ihm eins mit dem Spaten über, und dann nichts wie weg!»

«Das werden die Herren schön bleiben lassen!» Grigoleit klang überzeugend. «Denn in meiner Linken befindet sich eines dieser neumodischen Geräte.» Er hob die Hand. «Mobiltelefon nennt man das. Mit diesem Apparat stehe ich seit etwa zehn Minuten in direkter Verbindung mit Kommissar Fenske auf dem Polizeirevier Kantstraße. Möchten die Herren einmal hören?»

Grigoleit wartete die Antwort nicht ab, sondern hielt das Handy in Richtung der zwei Figuren, die ihm gegenüber knietief im Schnee standen. Die Stimme im Telefon überschlug sich mehrmals.

«Aber nicht doch, Herr Kommissar. Sie erfahren früh genug, wo wir uns befinden. Lassen Sie mir die Freude, Ihnen zunächst eine Täterbeschreibung durchzugeben!»

Der Strahl aus Grigoleits Taschenlampe traf Panschew scharf ins Gesicht. Er wandte sich ab.

«Gut, dann beginnen wir eben mit dem Kleineren.» Grigoleit

tat nachsichtig. «Zirka einsfünfundsiebzig groß, dunkelblondes Haar – nett, dass die Herren die Fellkappen abgezogen haben! Klar unterscheidbarer osteuropäischer Akzent – vielleicht kommt ihr aus dem Aussiedlerheim dort drüben, he?! »Panschew und Biskidin schwiegen.

«Sind Sie noch da, Herr Kommissar?»

Fenske war noch da. Aber er wirkte nun ruhiger, geradezu langsam, als er die Täterbeschreibung Wort für Wort notierte. Am Ende erlaubte er sich den Scherz und fragte nach den Namen der beiden.

«So wie die beiden da stehen, würde ich sie Kasparow und Karpow nennen. Aber vielleicht . . .» Der Apparat in Grigoleits Hand gab einen quäkenden Laut von sich. «Vielleicht heißen sie auch Murelsk und Burjew?»

Wieder dieser quakende Laut. Und noch einmal. Die Akkus!

Grigoleit nahm unwillkürlich das Handy vom Ohr und beäugte es misstrauisch.

Der Schlag mit der Spatenkante traf ihn seitlich in den Hals. Ein zweiter mit Wucht auf den Hinterkopf. Grigoleit sackte vornüber, sein Gesicht glitt sacht in den Schnee. Die zwei Tritte in die Rippen spürte er nur wie durch einen Schleier. Der Schnee färbte sich blau vor seinen Augen. Dann schwarz. Dann wieder blau. Dann aus.

Fünf Minuten später war auch Fenske zur Stelle.

Das rotierende Licht der Streifenwagen tauchte den Park in dramatisches Blau.

«Habt ihr ihn?» Herrmanns, der Streifenpolizist, der als erster am Tatort gewesen war, nickte.

«Die beiden auch?»

Die beiden auch, in Handschellen, mürrisch und stumm in einem Streifenwagen.

«Meine Güte, haben die den Alten zugerichtet!», murmelte Fenske. «Ein Glück, dass er sich verraten hat.»

«Und die Leiche?»

«Noch nicht identifiziert. Kopfschuss. Geht gleich zur Obduktion.»

Die machte ganze Arbeit – und zwar prompt.

Oblomov wurde am nächsten Tag auf dem Flughafen Düsseldorf festgenommen, als er die wöchentliche Linienmaschine nach Minsk bestieg. Bei der Leiche handelte es sich um einen gewissen Salkin, Angehöriger des weißrussischen Konsulats.

Grigoleit übrigens erholte sich erstaunlich rasch. Er verbrachte die folgenden Monate auf der Pflegestation eines privaten Altenheims. Immer wenn er die Klingel betätigte, war eine Schwester zur Stelle, die das Körperteil aus dem Pyjama fischte, das einst sein empfindlichstes gewesen war, und es mit einer Mischung aus Mitleid und Interesse in die Urinflasche stülpte. Aus Gründen der Arbeitsersparnis beschloss man schließlich, Grigoleit zu katheterisieren. Dreieinhalb Wochen später war seine Beerdigung. Fenske ging weiter hinten im Trauerzug.

«Sagen Sie mal, Fenske», Herrmanns hielt sich dicht neben ihm, «wodurch hat sich der Alte damals eigentlich verraten? Er hat am Telefon ja mit keinem Wort erwähnt, wo er sich befand.»

«Doch, hat er», grinste Fenske. «Es gibt zwar verschiedene Parks in der Stadt. Aber nur einen, in dessen unmittelbarer Nähe ein Aussiedlerwohnheim liegt.»

Der Tote von Abbey Grange

Sir Arthur Conan Doyle

An einem besonders kalten und frostigen Dezembermorgen des Jahres 1897 tippte mir in aller Frühe, als ich noch im Schlummer lag, jemand auf die Schulter. Wer anders konnte es sein als Sherlock Holmes? Er hielt eine brennende Kerze in der Hand, deren Schein hell auf sein Gesicht fiel, als er sich zu mir herunterbeugte. Der lebhafte und zugleich unruhige Ausdruck seiner Augen sagte mir sofort, dass irgendein Abenteuer bevorstand.

«Kommen Sie, Watson, beeilen Sie sich», rief er. «Es ist höchste Zeit. Pst, kein Wort jetzt! Ziehen Sie sich an und kommen Sie!»

Zehn Minuten später saßen wir in einer Droschke und rumpelten durch die stillen Straßen zum Charing-Cross-Bahnhof.

Es begann schwach zu dämmern über der schon winterlichen Stadt. Hin und wieder sahen wir undeutlich die Gestalt irgendeines Arbeiters auftauchen, wie sie uns gleichsam verwischt im fast undurchdringlichen Londoner Nebel entgegenkam. Holmes kuschelte sich schweigend in seinen schweren Mantel, und mir stand der Sinn nach nichts anderem, als es ihm gleichzutun in der schneidend kalten Luft, die wir noch unbehaglicher empfanden, weil wir beide noch nicht gefrühstückt hatten. Am Bahnhof nahmen wir endlich eine Portion heißen Tees zu uns, ehe wir den Kenter Zug bestiegen.

Erst in der Geborgenheit unserer Eckplätze, und während die Räder unter uns sich langsam in Bewegung setzten, tauten wir allmählich auf. Holmes zog einen Zettel aus der Tasche und las mir vor:

Abbey Grange, Marsham, Kent 3.30 a.m.
Mein lieber Mr Holmes,
ich wäre sehr froh, wenn ich mit Ihrer sofortigen Assistenz in einem Fall, der höchst spannend zu werden verspricht, rechnen dürfte. Er scheint mir auch ganz auf Ihrer Linie zu liegen. Abgesehen davon, dass wir die Lady befreit haben, blieb alles unangetastet und genauso, wie ich es vorgefunden habe. Aber ich bitte Sie, keinen Augenblick zu verlieren, da Sir Eustace nicht zu lange hier bleiben kann.
Besten Gruß! Ihr Stanley Hopkins

«Siebenmal hat Hopkins mich schon geholt», sagte Holmes, «und bei all diesen Gelegenheiten eigentlich immer mit gutem Grund. Ich stelle mir vor, dass diese Fälle vollständig in Ihrer Sammlung gelandet sind, Watson. Und ich muss zugeben, Sie besitzen eine Gabe der Auswahl, die manche anderen Mängel Ihrer Erzählungen ausgleicht, etwa Ihre verhängnisvolle Angewohnheit, immer den Standpunkt eines Geschichtenerzählers einzunehmen, anstatt das Ganze als wissenschaftliche Studie zu betrachten; so haben Sie verhindert, dass eine lehrreiche, ja sogar im klassischen Sinne beispielhafte Reihe von Beweisführungen daraus geworden wäre. Sie gehen über eine Arbeit von äußerster Präzision hinweg, um sich bei spannenden Einzelheiten aufzuhalten, die zwar für den Leser anregend sein mögen, aus denen er aber gar nichts lernt.»

«Warum schreiben Sie sie dann nicht selbst?», fragte ich.

«Das werde ich eines Tages auch tun, mein lieber Watson, ganz bestimmt. Doch im Augenblick, das wissen Sie, bin ich zu sehr in Anspruch genommen. Immerhin habe ich vor, meinen Lebensabend der Zusammenstellung eines Handbuches zu widmen, das die gesamte Kriminalwissenschaft in einem Band vereinigen soll. Übrigens scheint sich unsere gegenwärtige Untersuchung um einen Mord zu drehen.»

«Sie glauben also, dass Sir Eustace tot ist?»

«Ja, das würde ich denken. Hopkins' Schrift lässt auf beträchtliche Erregung schließen, und er ist eigentlich kein Mann, der leicht in Aufregung gerät. Ja, ich vermute, dass hier eine Gewalttat verübt und die Leiche unangetastet unserer Begutachtung harrt. Selbstmord allein hätte Hopkins nicht dazu bewogen, nach mir zu schicken. Was die Freilassung der Lady anbelangt, so scheint es, dass sie während der Tragödie in ihrem Zimmer eingesperrt war. Wir bewegen uns hier in illustrer Gesellschaft, lieber Watson: raschelndes Büttenpapier, Monogramm E. B., Familienwappen, edel gedruckter Absender. Ich bin überzeugt, Hopkins will seinem guten Ruf Ehre machen, und uns steht ein fesselnder Nachmittag bevor. Das Verbrechen wurde gestern Abend vor Mitternacht begangen.»

«Woher wollen Sie das nur wieder wissen?»

«Ich studierte den Fahrplan und rechnete mir die Zeit danach aus. Die Ortspolizei musste herbeigeholt, Scotland Yard verständigt werden. Dann fuhr Hopkins hinaus, und schließlich hat er mir telegrafiert. Mit all dem gingen die Nachtstunden drauf ... So, da wären wir. Bahnhof Chislehurst. Bald brauchen wir nicht länger herumzuraten.»

Ein paar Meilen mussten wir durch enge Dorfstraßen rattern, bis wir zu einem Parktor kamen, das ein alter Wächter für uns öffnete. Auf seinem hohlwangigen Gesicht spiegelte sich noch der Schrecken. Eine von alten Ulmen gesäumte Allee führte durch den Park und endete vor einem wunderschönen, niedrigen, weiträumigen Haus, mit einer Säulenhalle im Palladiostil an der Vorderfront. Der Mittelteil stammte offensichtlich aus früherer Zeit; er war dicht mit Efeu bewachsen, aber die breiten Fenster zeigten, dass man umgebaut und neuzeitliche Veränderungen vorgenommen hatte. Ein Flügel des Hauses schien sogar vollkommen neu zu sein. Der jugendliche und drahtig muntere Stanley Hopkins empfing uns am offenen Torweg.

«Ich bin ja so froh, dass Sie da sind, Mr Holmes, und Sie natürlich auch, Dr. Watson! Aber wirklich, wenn ich zur Zeit, als ich Sie benachrichtigte, schon so weit gewesen wäre wie jetzt, hätte ich Sie nicht zu belästigen brauchen. Die Lady ist nämlich wieder zu sich gekommen und hat uns einen so klaren Bericht erstattet, dass uns gar nicht mehr viel zu tun übrig bleibt. Erinnern Sie sich an die Einbrecherbande von Lewisham?»

«Etwa an die drei Randalls?»

«Genau. Ein Vater und seine zwei Söhne. Die sind es bestimmt gewesen, daran zweifle ich nicht. Vor vierzehn Tagen erst haben sie in Sydenham ein Ding gedreht. Sie wurden gesehen. Personalbeschreibung liegt vor. Ziemlich kaltblütig, so kurz danach das nächste Verbrechen zu begehen – noch dazu in der Nähe. – Trotzdem – klarer Fall. Sie waren es bestimmt. Aber diesmal bedeutet das den Galgen.»

«Sir Eustace ist demnach tot?»

Ja, er bekam einen Schlag mit dem Schürhaken auf den Kopf. Seine Frau, Lady Brackenstall, ist im Frühstückszimmer. Die Ärmste! Es muss ein furchtbares Erlebnis für sie gewesen sein. Zuerst, als ich sie sah, schien sie halb tot. Ich glaube, Sie sollten die Dame des Hauses jetzt kennen lernen und sich ihren Bericht anhören. Dann werden wir miteinander das Speisezimmer untersuchen.»

Lady Brackenstall war keine alltägliche Erscheinung. Selten bin ich in meinem Leben einer so anmutigen Gestalt mit einem solch ebenmäßigen Gesicht und so viel weiblichem Zauber begegnet. Sie hatte volles goldblondes Haar und blaue Augen. Ihre Haut war sicher sonst auch von jener zarten und zugleich blühenden Beschaffenheit, wie sie diesem Typ eignet; jetzt allerdings, nach dem schrecklichen Erlebnis, wirkte das Gesicht eher verhärmt. Man sah ihr an, wie sie seelisch und auch körperlich litt, und über dem rechten Auge hatte sie eine hässliche pflaumenblaue Beule, die ihre Zofe, eine große, herbe Frau, mit einem feuchten Tuch kühlte. Erschöpft lag die Lady auf einem Diwan, aber ihr rasch beobachtender Blick, als wir das Zimmer betraten, und der wachsame Ausdruck ihrer Züge zeigte an, dass weder ihr Verstand noch ihr Mut erschüttert waren. Sie trug einen losen Morgenrock in Blau und Silber. Doch hing ein schwarzes, goldbesticktes Gesellschaftskleid über der Sofalehne.

«Ich habe Ihnen alles erzählt, was geschehen ist, Mr Hopkins», sagte sie müde.

«Könnten Sie es nicht wiederholen?»

«Nun gut, wenn Sie es für notwendig halten, werde ich diesen beiden Herren die ganze Geschichte eben noch einmal erzählen. Waren Sie schon im Speisezimmer?»

«Ich dachte, es ist am besten, wenn sie zuallererst die Tatsachen aus Ihrem Munde hören, Mylady», erwiderte Hopkins.

«Ach, ich bin so froh, wenn Sie hier bald wieder Ordnung schaffen! Die Vorstellung, dass er dort drüben immer noch liegt, ist entsetzlich für mich.» Sie schauderte zusammen und barg einen Augenblick lang ihr Gesicht in ihren Händen. Bei dieser Bewegung glitt der weite Ärmel ihres Kimonos zurück. Holmes entrang sich ein erstaunter Ausruf:

«Sie haben noch andere Verletzungen, Gnädigste! Was ist das?»

Zwei hochrote Flecken zeichneten sich auf einem ihrer Unterarme ab. Hastig deckte sie ihn zu.

«Ach, das ist nichts. Es hat mit dem grässlichen Geschehnis von gestern Abend nichts zu tun. Setzen Sie sich mit Ihrem Freund hierher zu mir, dann will ich Ihnen alles, was ich weiß, erzählen:

Etwa ein Jahr lang war ich mit Sir Eustace Brackenstall verheiratet. Es hätte wenig Zweck, wenn ich vor Ihnen zu vertuschen suchte, dass unsere Ehe nicht glücklich war. All unsere Nachbarn würden, wollte ich selbst es leugnen, darüber reden … Vielleicht war es sogar bis zu einem gewissen Grad meine Schuld. Ich wurde in der so viel freieren und weniger konventionellen Atmosphäre Südaustraliens erzogen. Dieses englische Leben hier mit seinen Herrensitzen und seiner spröden Unnahbarkeit ist meinem Wesen fremd. Aber der Hauptgrund für unsere Spannungen, das weiß hier jedermann, liegt in der Tatsache, dass Eustace ein notorischer Trinker war. Nur eine Stunde mit einem Menschen in einem solchen Zustand zusammen sein zu müssen, ist unangenehm genug. Können Sie ermessen, was es für eine empfindsame und temperamentvolle Frau bedeutet, Tag und Nacht an ihn gekettet zu sein? Dass eine solche Ehe unauflöslich sein soll, ist ein Frevel, ein Verbrechen. Ja, ich erkühne mich zu behaupten, dass eure ungeheuerlichen Gesetze nur Fluch über dieses Land bringen werden. Denn Gott duldet solche Schmach nicht.»

Einen Augenblick setzte sie sich auf, ihre Wangen röteten sich, und ihre Augen glühten unter der verfärbten Verletzung. Dann legte die kräftige Hand der Zofe ihren Kopf wieder mit sanftem Druck auf das Kissen zurück, und die Empörung verebbte in einem leidenschaftlichen Schluchzen, bis Lady Brackenstall endlich weitersprechen konnte.

«Aber Sie wollen hören, was sich gestern Abend zugetragen hat. Vielleicht ist Ihnen schon aufgefallen, dass alle unsere Dienstboten in dem neu gebauten Flügel des Hauses wohnen. Hier, im Mittelblock, befinden sich nur die Wohnräume, nach hinten hinaus eine Küche und darüber unser Schlafzimmer. Nur mein Mädchen, Theresa, schläft unmittelbar über meinem Zimmer. Sonst ist hier niemand. Kein Laut würde zu den anderen dringen, die sich in dem weit abgelegenen Teil des Hauses aufhalten.

Diese Tatsache muss den Einbrechern bekannt gewesen sein, sonst hätten sie sich nicht so verhalten können.

Sir Eustace zog sich gegen halb elf Uhr zurück. Das Personal hatte sich schon zur Ruhe begeben. Nur Theresa noch nicht, sie wartete in ihrem Zimmer unterm Dach darauf, gerufen zu werden, um mir den einen oder anderen Wunsch zu erfüllen. Ich saß, in ein Buch vertieft, bis nach elf in meinem Zimmer. Dann sah ich noch einmal in sämtlichen Räumen hier unten nach, ob alles in Ordnung sei. Diesen Rundgang besorgte ich immer selbst, denn auf Sir Eustace war, wie ich ja bereits erwähnte, kein Verlass. Ich ging in die Küche und in die Vorratskammer, in den Waffen- und in den Billardraum, ins Wohnzimmer und zuletzt ins Speisezimmer, wo ich mich dem mit schweren Gardinen zugehängten Fenster näherte, weil mich ein starker Luftzug von dorther streifte und ich es schließen wollte. Als ich den Vorhang zur Seite schob, stand mir ein breitschultriger, grauhaariger Mann gegenüber, der hier hereingestiegen war. Es handelt sich um ein großes französisches Fenster, das wie eine Verandatür hinaus ins Freie führt. Ich hielt eine brennende Kerze in der Hand, und ihr Schein fiel auf zwei weitere Männer, die hinter dem ersten durch das Fenster gekommen waren. Ich wich zurück, aber schon hatte der Fremde mein Handgelenk umklammert und packte mich gleich darauf an der Kehle. Ich öffnete den Mund, wollte schreien, aber er zielte mit der Faust nach meinem Auge und versetzte mir unmittelbar darüber einen groben Schlag, so dass ich zu Boden stürzte. Mehrere Minuten lang muss ich bewusstlos gewesen sein. Denn als ich wieder zu mir kam, sah ich, dass sie die Klingelschnur abgerissen und mich damit an einem schweren Stuhl aus Eichenholz, der am Ende des Esszimmertisches stand, festgebunden hatten. Ich war so gefesselt, dass ich keine Bewegung ausführen konnte, und man hatte mir ein Taschentuch in den Mund gestopft und festgebunden. Ich konnte keinen Laut von mir geben. Im gleichen Augenblick betrat mein unglückseliger Mann das Zimmer. Er schien verdächtige Geräusche gehört zu haben und war offenbar auf eine Szene, wie sie sich ihm darbot, vorbereitet. Denn er trug nur Hemd und Hose und hatte seinen geliebten Schlehdornprügel in der Hand. Mit einem Satz stürzte er auf den ersten Einbrecher los, doch einer der beiden anderen, der älteste, hatte sich blitzschnell gebückt und den Schürhaken vom Rost hochgerissen. Damit versetzte er Sir Eustace einen furchtbaren Schlag auf den Hinterkopf. Mein Mann fiel, ohne auch nur aufzustöhnen, hintenüber und regte sich nicht mehr. Ich wurde abermals ohnmächtig, aber es kann sich nur um Minuten gehandelt haben. Als ich die Augen wieder öffnete, entdeckte ich, dass das Silbergeschirr von dem seitlichen Wandbrett fehlte. Auch stand dort eine Flasche Wein, die sie geöffnet hatten. Jeder von den dreien hielt ein Glas in der Hand. Ich habe Ihnen, glaube ich, schon gesagt, dass es ein älterer Mann mit Bart und zwei junge Burschen – möglicherweise seine Söhne – waren. Sie unterhielten sich im Flüsterton. Dann kamen sie zu mir herüber, um sich zu überzeugen, dass ich noch außerstande war, mich zu rühren. Darauf machten sie sich davon, wieder durchs Fenster, das sie hinter sich zuzogen. Es währte eine gute Viertelstunde, bis ich endlich meinen Mund frei bekam und nach Theresa um Hilfe rufen konnte. Auch die übrige Dienerschaft war nun munter geworden. Wir benachrichtigten das zuständige Polizeirevier, das sofort Verbindung mit London aufnahm ... Mehr weiß ich Ihnen nicht zu sagen, meine Herren. Hoffentlich wird es nicht notwendig sein, dass ich noch einmal über diese qualvolle Geschichte reden muss.»

«Haben Sie noch Fragen, Mr Holmes?», fragte Hopkins forsch.

«Jetzt nicht. Ich will Lady Brackenstalls Geduld und Kräfte nicht länger beanspruchen», erwiderte mein Freund. «Bevor ich jedoch ins Speisezimmer hinübergehe», fuhr er, an die Zofe gewandt, fort, «möchte ich gerne noch hören, was Sie mit angesehen und erlebt haben.»

«Ich sah diese Männer schon, ehe sie in das Haus eindrangen», erklärte Theresa. «Als ich an meinem Schlafzimmerfenster saß, entdeckte ich dort drüben am Eingang der Pförtnerwohnung im Mondlicht drei Gestalten. Aber ich fand nichts Besonderes dabei. Erst eine Stunde später ungefähr hörte ich die Schmerzensschreie meiner Herrin. Da bin ich sofort hinuntergerannt und fand sie genau, wie sie's Ihnen selbst geschildert hat. Und er lag in seinem Blut auf dem Boden. Der Anblick mochte schon ausreichen, einer Frau, die das aus nächster Nähe erleben muss, auch noch gefesselt, den Verstand zu rauben. Aber an Mut hat es schon Miss Mary Fraser aus Adelaide nie gefehlt, und ebenso tapfer war auch Lady Brackenstall von Abbey Grange. Jetzt haben Sie sie genug verhört, Sir. Und nun wird Theresa sie wieder in ihr Zimmer bringen, wo sie endlich ein bisschen Ruhe finden soll, die kann sie wirklich brauchen.»

Mit mütterlicher Zärtlichkeit legte die hagere, ungelenke

Person den Arm um ihre Herrin und führte sie aus dem Zimmer.

«Sie hat die Lady ihr Leben lang begleitet», sagte Hopkins. «War ihre Kinderfrau und kam mit herüber nach England, als die beiden vor achtzehn Monaten Australien verließen. Ihr Name ist Theresa Wright, und sie scheint mir noch vom alten Schlag zu sein, wie man es heute selten findet. Hier herein, bitte, Mr Holmes!»

Das lebhafte Interesse war von Holmes' ausdrucksvollem Gesicht wie weggeblasen. Ich wusste, wenn so eine Strafsache kein Geheimnis mehr barg, entbehrte sie für ihn jeglichen Reizes. Natürlich stand die Verhaftung noch aus. Aber warum sollte er sich die Mühe machen, alltägliche Galgenvögel einzufangen? Ihm mochte ähnlich zumute sein wie einem hochgelehrten medizinischen Spezialisten, den man bei Masern oder Keuchhusten zu Rate gezogen hat; es war nahezu Ärger, was ich in seinen Augen las. Doch war die grausige Szenerie im Speisezimmer vielleicht dazu angetan, seine Aufmerksamkeit anzufachen, und seine schwindende Anteilnahme kehrte noch einmal zurück.

Wir betraten einen sehr großen und luftigen Raum mit prunkvoll geschnitzter Decke und Eichenholzverkleidung. Eine Reihe stolzer Geweihe und kostbarer alter Waffen schmückte die Wände. Der Tür gegenüber befand sich jenes hohe französische Fenster, von dem man uns berichtet hatte. Durch drei kleine Fenster auf der rechten Seite fiel der Schein der kalten Wintersonne in das Zimmer. Zur Linken war eine riesige Feuerstelle, darüber, holzgeschnitzt, der Kaminsims und davor ein mächtiger Armsessel aus Eichenholz, dessen Beine durch Querleisten verbunden waren. Zwischen dem durchbrochenen Holzwerk hin und her lief eine purpurrote Kordel, die auf jeder Seite an den Diagonalbalken festgeknotet war. Als man die Lady befreite, gelang es ihr anscheinend, aus dem Kordelgewirr zu schlüpfen, ohne dass man die Knoten aufknüpfte oder zerschnitt. Solche Einzelheiten fielen uns allerdings erst später auf. Zunächst galt unsere Betrachtung einzig und allein der Gestalt, die ausgestreckt auf einem Tigerfell vor dem Kamin lag.

Es war die Leiche eines großen, stattlich gebauten Mannes von etwa vierzig Jahren. Er lag auf dem Rücken mit dem Gesicht nach oben. Die weißen Zähne grinsten unheimlich durch den kurz geschorenen weißen Bart. Seine beiden ineinanderverkrampften Hände hatte er im Todeskampf über den Kopf geworfen, und dahinter lag ein mächtiger Schwarzdornknüppel. Sir Eustace war dunkelhäutig, er hatte eine Adlernase und hübsche, wohlgeformte Gesichtszüge. Doch ein wütender Hass verzerrte sie, was ihm noch im Tode einen geradezu teuflischen Ausdruck verlieh. Offenbar hatte er schon im Bett gelegen, als ungewohnte Geräusche an sein Ohr drangen. Denn er trug ein elegantes, gesticktes Nachthemd und darüber eine Hose, aus der seine nackten Füße ragten. An seinem Kopf klaffte eine entsetzliche Wunde, und im ganzen Raum sah man noch Spuren von der grauenhaften Wucht des Schlages, der ihn zu Boden gestreckt hatte. Neben ihm lag ein schwerer Schürhaken, durch die Erschütterung krumm gebogen. Holmes unterzog ihn ebenso wie die unbeschreibliche Verheerung, die dieses Instrument angerichtet hatte, einer genauen Prüfung.

«Der alte Randall muss ja ein bärenstarker Kerl sein», bemerkte er.

«Bestimmt ein schweres Kaliber», pflichtete Hopkins bei. «Ich habe hier ein paar Unterlagen, aus denen das klar hervorgeht.»

«Trotzdem dürfte es Ihnen nicht schwer fallen, den Mann zu fassen.»

«Nicht im geringsten. Wir haben schon nach ihm Ausschau gehalten. Einige Anzeichen sprachen zwar dafür, dass er nach Amerika geflohen ist. Doch jetzt können wir ja sicher sein, dass sich die Bande hier noch herumtreibt; sie wird uns kaum durch die Lappen gehen. Wir haben in jedem Hafen Beobachtungsposten aufgestellt und wollen bis zum Abend noch eine Belohnung aussetzen. Was ich nicht begreife, ist, wieso die auf ein solch wahnwitziges Unternehmen verfallen sind. Sie mussten doch annehmen, dass die Lady sie verraten und dass wir sie nach dieser Beschreibung wieder erkennen würden.»

«Genau dies. Es wäre begreiflicher, wenn sie auch die Herrin des Hauses umgebracht hätten.»

«Vielleicht haben sie nicht damit gerechnet, dass sie aus ihrer Ohnmacht so bald wieder erwacht», bemerkte ich.

«Das ist sehr wahrscheinlich», meinte mein Freund nickend. «Solange sie bewusstlos schien, gab es keinen Grund, sie umzubringen ... Wie steht's mit diesem armen Kerl, Hopkins? Man hört merkwürdige Dinge über ihn.»

«Er war in nüchternem Zustand ein guter, liebenswerter Mensch, aber betrunken – oder vielmehr angetrunken, denn selten soff er sich unter den Tisch – wurde er der leibhaftige Satan. Ja, dann schien er vom bösen Geist besessen und war zu allem fähig. So weit ich unterrichtet bin, hatte er trotz seiner Adelstitel und seines Reichtums schon manchen Zusammenstoß mit der Polizei. Beispielsweise kam einmal das Gerücht auf, er habe einen Köter in Petroleum getaucht und dann angezündet, zu allem Übel soll es auch noch der Hund Lady Brackenstalls gewesen sein – und das wurde nur mühsam vertuscht. Ein andermal warf er eine Karaffe nach diesem Mädchen, Theresa Wright. Das hat natürlich auch Ärger gegeben. Wie auch immer – und unter uns gesagt, ohne ihn wird die Atmosphäre hier im Haus gesunder und froher sein. – Was haben Sie denn jetzt wieder entdeckt?»

Holmes war niedergekniet und untersuchte hingebungsvoll die Knoten an der roten Kordel, mit der die Lady gefesselt worden war. Dann prüfte er kritisch das ausgefranste Ende dort, wo der Einbrecher die Schnur heruntergezerrt und abgerissen hatte.

«Wenn daran kräftig gezogen wurde, muss es in der Küche laut geklingelt haben», stellte er fest.

«Das konnte niemand hören. Die Küche liegt an der Hinterseite des Hauses.»

«Aber woher wusste der Einbrecher, dass niemand etwas hören würde? Wieso wagte er es, so heftig an einer Klingelschnur zu ziehen?», fragte Holmes beharrlich weiter.

«Ganz recht, Mr Holmes! Die gleiche Frage habe auch ich mir immer wieder gestellt. Zweifellos wusste der Kerl hier im Hause genauestens Bescheid. Er muss davon unterrichtet gewesen sein, dass die Dienstboten sich samt und sonders zu dieser verhältnismäßig frühen Stunde schon zur Ruhe begeben hatten, also unmöglich jemand die Klingel in der Küche hören konnte. Der Täter stand vermutlich mit einem der Dienstboten in Verbindung. Ist das nicht eine unausbleibliche Voraussetzung? Es sind acht Hausangestellte da, aber alle von höchst anständigem Charakter.»

«Wenn es sich mit anderen Einzelheiten besser zusammenfügte, würde man am ehesten das Mädchen verdächtigen, dem der Hausherr einen Krug an den Kopf schleuderte. Aber das schlösse gleichzeitig einen Verrat an ihrer Herrin ein, was abwegig erscheint, weil die Frau der Lady doch so aufrichtig ergeben ist. Nun ja, dieser Punkt wirkt sich nicht allzu wesentlich aus. Und wenn Sie Randall erst einmal dingfest gemacht haben, werden Sie sicher auch seine Komplicen erwischen. Die Geschichte der Lady ist ja wirklich recht glaubwürdig und bedarf in Anbetracht all der Tatsachen, die wir hier vor Augen haben, wohl kaum mehr der Bestätigung.»

Mein Freund ging zu dem französischen Fenster hinüber, stieß es auf und sah hinaus: «Fußspuren sind keine da», erklärte er. «Aber dieser Boden ist auch hart wie Eisen, sodass man eigentlich keine erwarten kann. Die Kerzen auf dem Kamin haben gebrannt, wie ich sehe.»

«Ja; mit ihrer Hilfe und dem Schein des Nachtlichts, das Lady Brackenstall in der Hand hielt, fanden die Einbrecher ihren Weg.»

«Und was haben sie mitgenommen?»

«Na, nicht weiter viel. Nur einiges Silbergeschirr von dem seitlichen Wandbrett. Lady Brackenstall meint, dass sie, durch Sir Eustaces Tod erschreckt, das Haus nicht plünderten, was sie ursprünglich wohl vorgehabt hätten.»

«Zweifellos entspricht das der Wahrheit. Und doch tranken sie noch Wein, so viel ich sehe.»

«Um ihre eigenen Nerven zu beruhigen.»

«Selbstverständlich. Die drei Gläser auf dem Wandbrett wurden vermutlich von Ihnen nicht berührt?»

«Nein; auch die Flasche steht noch genau so da, wie die Besucher sie zurückließen.»

«Die wollen wir uns einmal näher ansehen. Hoppla, was haben wir denn da?»

Die Gläser standen ziemlich dicht beieinander, alle drei mit Wein benetzt, und in einem war etwas Bodensatz. Die Flasche, zu zwei Dritteln noch voll, stand daneben, und dann lag auch ein langer, stark gefärbter Korken da. Nach dessen Aussehen und dem Staub auf der Flasche zu urteilen, war es kein gewöhnlicher Jahrgang, an dem die Mörder sich gelabt hatten.

Mit Holmes war eine Veränderung vor sich gegangen. Den lustlosen Ausdruck hatte er ganz verloren, und ich konnte wieder den hellen Widerschein lebhaften Interesses in seinen Augen erkennen. Er hob den Korken hoch und betrachtete ihn ausführlich.

«Wie haben sie den herausgezogen?», fragte er.

Hopkins deutete auf eine halb offene Schublade. Darin befand sich Tischwäsche und ein großer Korkenzieher.

«Hat Lady Brackenstall gesagt, dass dieser Korkenzieher verwendet wurde?»

«Nein, bedenken Sie, die Lady war bewusstlos, als man die Flasche öffnete.»

«Richtig. Übrigens steht fest, dass er nicht benutzt wurde. Man hat die Flasche mit einem viel kleineren Instrument entkorkt, vermutlich mit einem Korkenzieher, der sich an einem Taschenmesser befand. Er kann kaum länger als dreieinhalb

Zentimeter gewesen sein. Sehen Sie den oberen Teil des Korkens hier an, und Sie werden feststellen, dass das Instrument dreimal angesetzt wurde, ehe der Korken sich herausziehen ließ. Er ist überhaupt nicht ganz durchbohrt, was, hätte man den großen dort verwendet, ohne weiteres der Fall gewesen wäre, auch hätte ihn da ein einziger Zug herausbefördert. Wenn Sie den Täter fassen, werden Sie eines jener Vielzweckmesser in seinem Besitz finden.»

«Großartig!», rief Hopkins bewundernd aus.

«Aber was mich verwirrt, sind diese Gläser. Lady Brackenstall hat doch gesehen, wie die Männer alle drei tranken – oder nicht?»

«Doch. Daran erinnerte sie sich genau.»

«Hm, dann muss es ja wohl so gewesen sein. Wozu da noch viele Worte wechseln? Immerhin müssen Sie zugeben, Hopkins, dass diese Gläser höchst bemerkenswert sind. – Wie, Sie finden nichts Bemerkenswertes daran? Gut, gut, lassen wir das! Wenn ein Mensch ausgefallene Kenntnisse und absonderliche Fähigkeiten besitzt wie ich, neigt er wohl dazu, nach einer komplizierten Erklärung zu suchen, wo eine ganz einfache sich anbietet. Sicher ist das mit den Gläsern auch ein bloßer Zufall. Schönen guten Morgen also, Hopkins! Ich glaube, dass ich für Sie nicht mehr von Nutzen bin. Sie scheinen sich über Ihren Fall ja vollkommen im Klaren zu sein. Geben Sir mir Bescheid, wenn Sie Randall festgenommen haben, und halten Sie mich bitte über die Weiterentwicklung der ganzen Angelegenheit auf dem Laufenden. Ich hoffe, Sie bald zum erfolgreichen Abschluss beglückwünschen zu dürfen. Kommen Sie, Watson, wir haben zu Hause Besseres zu tun.»

Während unserer Rückfahrt las ich meinem Freund am Gesicht ab, dass er sich über etwas den Kopf zerbrach. Dann und wann wollte er mit Gewalt die Gedanken verscheuchen und über anderes plaudern, als sei die Sache für ihn abgetan. Aber gleich danach kamen ihm wieder Zweifel, Überlegungen, seine zerknitterte Stirn und darunter die abwesenden Augen zeigten an, dass er im Geiste immer wieder zu der Mitternachtstragödie zurückwanderte. Endlich, als der Zug langsam aus irgendeinem Vorortbahnhof hinausrollte, sprang er, einer plötzlichen Eingebung folgend, auf den Bahnsteig und zog mich hinter sich her.

«Verzeihen Sie, mein Guter», sagte er, als wir den letzten Wagen unseres Zuges um die Kurve verschwinden sahen, «dass Sie unter etwas leiden müssen, was vielleicht ein reines Hirngespinst ist. Aber bei meiner Seele, Watson, ich kann diese festgefahrene Angelegenheit nicht im Stich lassen. Jeder Rest von Instinkt, den ich besitze, bäumt sich dagegen auf. Da stimmt was nicht, es ist falsch, alles ganz falsch, das schwöre ich Ihnen, und diese Erzählung der Lady hat einen ganz gewaltigen Haken! Eigentlich wäre nichts daran auszusetzen, und die Einzelheiten, wie sie sie ausführte, stimmten einigermaßen zusammen. Worin besteht also mein Einwand? Was habe ich dagegenzustellen? Die Weingläser, weiter nichts. Aber, hätte ich das, was man mir mitteilte, nicht als unverrückbare Gelegenheit hingenommen, sondern unbeeinflusst den Fall von Anfang an untersucht, ohne mir eine zurechtgestutzte Geschichte auftischen und meinen Denkapparat in eine verkehrte Richtung drängen zu lassen – wäre ich dann nicht auf festeren Boden gestoßen? Gewiss wäre ich das! Setzen Sie sich hier auf die Bank, Watson, bis ein Zug kommt, der nach Chislehurst fährt, und erlauben Sie mir, Ihnen den Beweis zu unterbreiten. Zuvor jedoch, ich flehe Sie an, verbannen Sie die Überzeugung aus Ihrem Kopf, alles, was das Mädchen oder seine Herrin vorgebracht haben, entspreche unbedingt der Wahrheit. Die bezaubernde Persönlichkeit der Lady darf uns in unserem Urteil nicht beirren. Unbestreitbar enthält ihre Geschichte verschiedene Punkte, die, betrachten wir sie mit nüchterner Logik, unseren Argwohn erregen müssen. Die Einbrecher nämlich, von denen darin die Rede ist, unternahmen erwiesenermaßen vor zwei Wochen in Sydenham einen stattlichen Beutezug. Ein Bericht mit der Beschreibung ihres Äußeren stand damals in sämtlichen Zeitungen. Selbstverständlich ist es ein Leichtes für jeden, der imaginäre Räuber in einer erfundenen Geschichte unterbringen will, sich daran zu erinnern. In Wirklichkeit sind Diebe, die ein ertragreiches Geschäft gemacht haben, meistens nur darauf erpicht, ihre erbeuteten Schätze in Ruhe und Frieden genießen zu können. Sie werden sich in der Regel kaum gleich wieder in ein neues gefährliches Unternehmen stürzen. Ebenfalls ungewöhnlich für Einbrecher, zu solch früher Stunde ans Werk zu gehen! Weiterhin ungewöhnlich, dass sie eine Frau schlagen, um sie am Schreien zu hindern. Denn das wäre ja – bei einiger gesunder Überlegung – bestimmt die sicherste Methode, sie zum Schreien zu bringen. Ungewöhnlich ist schließlich, dass sie einen Mord begehen, wenn es drei Männer sind, die mit Leichtigkeit einen einzelnen überwältigen könnten, ohne sich zusätzlich ein Menschenleben auf die Seele zu laden. Und dass sie sich mit dem billigen Plunder begnügt haben sollen, wo sie weit Kostbareres und Gediegeneres in Reichweite hatten, finden Sie das etwa überzeugend? Ich möchte nur noch hinzufügen, dass es bei solchen Leuten auch nicht gerade üblich ist, eine Flasche halb voll stehen zu lassen ... Wie kommen Ihnen all diese Absonderlichkeiten vor, Watson?»

«In solcher Anhäufung wirken sie freilich auch auf mich etwas unglaubwürdig, obwohl sie mir einzeln betrachtet durchaus möglich erschienen. Meiner Ansicht nach bleibt es am ungewöhnlichsten, dass sie die Lady an einen Stuhl festgebunden haben.»

«Das, mein Bester, möchte ich wiederum gar nicht behaupten. Denn es ist doch ganz klar, dass sie die Hausherrin entweder töten oder sich auf andere Weise gegen sie sichern mussten, um nicht von ihr verraten und auf frischer Tat ertappt zu werden. Aber wie auch immer, habe ich bewiesen, dass ein ganz hübsches Quantum Unwahrscheinlichkeit im Bericht der Lady steckt oder nicht? Und nun kommt noch dies, was allem die Krone aufsetzt, der kleine Zwischenfall mit den Weingläsern.»

«Wieder die Weingläser!»

«Sind sie Ihnen noch gegenwärtig?»

«Ganz deutlich.»

«Man sagte uns, drei Männer hätten daraus getrunken. Überzeugt Sie das?»

«Warum nicht? Es war ja Wein in jedem Glas.»

«Genau, aber nur in einem befand sich Bodensatz. Das mussten Sie doch bemerkt haben. Woran lässt Sie dieser Umstand denken?»

«Das Glas, das zuletzt voll geschenkt wurde, enthält vermutlich Weinstein.»

«Aber nicht im mindesten. Die Flasche war voll davon, und es ist durchaus nicht einzusehen, warum in den ersten beiden Gläsern die Flüssigkeit klar geblieben und nur im dritten Glas eine Trübung wahrzunehmen sein sollte. Dafür gibt es nur zwei Erklärungen. Entweder wurde die volle Flasche, als man das zweite Glas eingeschenkt hatte, heftig geschüttelt, so dass viel Bodensatz an die Oberfläche geriet und in das dritte gegossen wurde. Aber sehr wahrscheinlich ist das nicht. Nein, nein. Ich bin sicher, dass ich Recht habe, die zweite Möglichkeit anzunehmen.»

«Und die wäre?»

«Dass überhaupt nur zwei Gläser benutzt wurden und man hinterher den Weinstein aus beiden in das dritte schüttete, um den Anschein zu erwecken, es seien drei Leute gewesen. Nur in solchem Falle fände sich der gesamte Weinstein im dritten Glas, nicht wahr? Ja, ich bin der festen Meinung, dass es sich so verhält. Wenn ich jedoch dieses winzige Phänomen richtig gedeutet habe, dann wird die ganze übliche Einbrecher- und Totschlagangelegenheit plötzlich zu einem außerordentlich bemerkenswerten Fall. Es würde bedeuten, dass Lady Brackenstall und ihr Dienstmädchen uns vorsätzlich belogen und einen triftigen Grund haben, den wirklichen Täter zu decken. Wir müssten also mit unserer Untersuchung von vorn beginnen, ohne mehr auf Hilfe von dieser Seite zu rechnen. So und nicht anders liegt unsere Aufgabe jetzt vor uns, Watson … und, sehen Sie, da kommt ja auch schon unser Zug!»

Unser unerwartetes Eintreffen überraschte die Leute von Abbey Grange nicht wenig. Als mein Freund feststellte, dass Stanley Hopkins fortgegangen war, um seinen Vorgesetzten Bericht zu erstatten, beschlagnahmte er das Speisezimmer. Er verriegelte die Tür von innen und widmete sich zwei Stunden lang jener minuziösen und mühevollen Forschungsarbeit, auf der sich das glänzende Gebäude seiner Methoden aufbaut. Ich beobachtete aus einer Ecke wissensdurstig jede seiner Gesten, wie ein eifriger Student den kostbaren Darlegungen eines gelehrten und verehrten Professors folgt. Fenster, Vorhänge, Stuhl, Klingelschnur, alles wurde der Reihe nach genauestens betrachtet, abgetastet und sorgfältig registriert. Die Leiche des unglücklichen Barons hatte man entfernt, wohingegen alles Übrige seit der Schreckensnacht unverrückt und unverändert geblieben war. Zu meiner Verwunderung stieg Holmes auch auf den wuchtigen Kaminsims. Hoch über seinem Kopf hing ein kurzes Stückchen roter Schnur, noch mit der Leitung verbunden. Lange starrte er empor und musterte es. Er erkletterte dann noch mit dem Knie eine an der Wand befindliche Konsole, von der aus er bis auf ein paar Zentimeter zu dem abgerissenen Kordelstück hinaufreichen konnte. Dann schien ihn dies nicht mehr so sehr zu interessieren wie die Konsole, auf der er kniete, selbst. Schließlich sprang er mit einem Ausruf der Zufriedenheit wieder herunter.

«Alles in schönster Ordnung, Watson«, sagte er. «Unser Fall ist fertig und einer der beachtenswertesten in unserer Sammlung. Aber, du meine Güte, wie langsam habe ich kombiniert! Ich war drauf und dran, den größten Irrtum meines Lebens zu begehen. Doch jetzt ist meine Kette wohl bis auf wenige Glieder geschlossen.»

«Haben Sie die Täter gefunden?»

«Den Täter, Watson, denn es gibt nur einen einzigen. Ein Teufelskerl, und stark wie ein Löwe, denken Sie nur an den Schürhaken! Ein Meter neunzig groß, quicklebendig, geschickte Hände. Und auch der Kopf ist nicht schlecht, denn die ganze einfallsreiche Geschichte hat er zusammengebraut. Ja, Watson, einen beachtlichen Herrn können wir hier bei der Arbeit sehen. Nur dass er uns durch diese Klingelschnur einen Anhaltspunkt gegeben hat, der jeden Zweifel ausschließt.»

«Und was für ein Anhaltpunkt soll das sein?»

«Hören Sie zu: Wenn Sie eine solche Klingelschnur abreißen, wo, meinen Sie, ist die Bruchstelle? Doch wohl sicher da, wo sie an die Leitung anschließt. Warum sollte sie siebeneinhalb Zentimeter darunter abreißen?»

«Vielleicht war sie da schon etwas morsch?»

«Sehr richtig, zumindest ist das Ende, das wir untersuchen können, ausgefranst. Er war schlau genug, durch nachträgliches Herumschnitzeln mit seinem Taschenmesser diesen Eindruck zu erwecken. Nicht ausgefranst hingegen ist das andere Ende. Von hier unten konnte man das nicht sehen. Aber hätten Sie sich wie ich auf den Sims gemüht, so wäre Ihnen dieser saubere, glatte Schnitt nicht entgangen. So, nun dürfen Sie rekonstruieren, was geschehen ist. Der Mann brauchte die Kordel, wollte sie jedoch nicht abreißen, aus Furcht, durch das Klingelgeräusch die Hausbewohner zu wecken. Wie also ging er vor? Er sprang auf den Kamin, setzte von dort aus sein Knie auf die Reliefkonsole – man sieht im Staub noch den Abdruck –, nahm sein Taschenmesser und ritzte die Schnur ein. Ich konnte nicht bis zu der Stelle hinaufreichen, es fehlten gut sieben Zentimeter, woraus ich schloss, dass er mindestens sieben Zentimeter größer ist als ich. Sehen Sie den Fleck da am Sitz des Lehnstuhls aus Eichenholz? Was ist das?»

«Blut.»

«Eindeutig. Allein dieses Merkmal schon setzt die Geschichte der Lady völlig außer Kurs. Wenn sie auf dem Stuhl saß, als das Verbrechen begangen wurde, woher rührt dann der Blutfleck? Nein, nein. Man hat sie erst nach dem Tod ihres Mannes in diesen Stuhl gesetzt. Ich möchte wetten, dass sich an dem schwarzen Kleid das Gegenstück zu dem Fleck befindet. Wir haben zum Glück Waterloo noch nicht erreicht, aber dies ist unser Marengo, denn es begann mit einer Niederlage und wird mit unserem Sieg enden. Ich werde jetzt ein paar Worte mit dem Mädchen Theresa reden. Wir müssen uns behutsam vortasten, um die Auskunft zu bekommen, die wir brauchen.»

Sie war auf eine besondere Art anziehend, diese herbe und strenge Australierin. Es dauerte eine geraume Weile, bis Holmes mit liebenswürdiger Eindringlichkeit ihr Schweigen zu brechen vermochte und ihren Argwohn zerstreute. Ganz allmählich gelang es ihm, sie freundlich zu stimmen, sie machte jedoch keinen Hehl aus ihrem Hass gegen ihren letzten Brotherrn.

«Ja, Sir, er warf die Karaffe nach mir. Ich hörte, wie er meine Herrin beschimpfte, da sagte ich ihm, dass er so etwas nie wagen würde, wenn ihr Bruder da wäre, und da nahm er das Ding und schmiss es mir an den Kopf. Meinetwegen hätte er noch ein Dutzend anderer Gegenstände hinter mir herschleudern können, wäre mein Goldvögelchen dafür von ihm verschont geblieben. Aber er hat sie immer nur schlecht behandelt. Und sie war zu stolz, sich zu beklagen. Nicht einmal ich soll alles wissen, was er ihr getan hat. Sie hat mir nie ein Sterbenswörtchen von den Wunden am Arm, die Sie heute Morgen gesehen haben, gesagt. Aber ich weiß, dass die von einem Hutnadelstich herrührten. Dieses hinterlistige Scheusal! Der Himmel verzeih mir, dass ich jetzt, wo er tot ist, so von ihm spreche, aber wenn je der Teufel persönlich herumgelaufen ist, dann war er das; dabei der reizendste Mensch von der Welt, als wir ihn vor achtzehn Monaten kennen lernten. Das kommt uns beiden vor, als wären es achtzehn Jahre. Sie war gerade erst in London angelangt, und dies war ihre erste Reise. Nein, sie ist vorher nie von zu Hause fortgewesen. Er hat sie mit seinem Adelstitel, dem Geld und seinen einschmeichelnden Londoner Manieren eingewickelt. Wenn sie damals einen Fehler machte, dann hat sie tausendfach dafür gebüßt. In welchem Monat wir ihn getroffen haben? Ich sagte es Ihnen ja, ganz kurz nach unserer Ankunft, das heißt, im Juli. Im Juni lief unser Schiff ein. Im Januar vergangenen Jahres haben sie dann geheiratet. Ja, sie hockt jetzt wieder im Frühstückszimmer. Natürlich ist sie zu sprechen. Aber fragen Sie das arme Herzchen nicht zu viel, denn sie hat ertragen, was man nur ertragen kann.»

Lady Brackenstall lag auf demselben Ruhebett, sah aber heiterer aus als vorher. Das Mädchen war mit uns hereingekommen und begann die Wunde auf der Braue ihrer Herrin zu behandeln.

«Ich hoffe», wandte sich die Lady an uns. «Sie sind nicht gekommen, ein zweites Kreuzverhör mit mir anzustellen?»

«Keineswegs», antwortete Holmes mit seiner sanftesten Stimme. «Ich will Ihnen nichts zumuten, was nicht unbedingt notwendig ist, Lady Brackenstall. Denn mein sehnlichster Wunsch ist, Ihnen die ganze Sache zu erleichtern, da ich überzeugt bin, dass Sie sehr gequält wurden. Wenn Sie einen Freund in mir sehen und mir vertrauen wollen, werden Sie merken, dass dies gerechtfertigt ist.»

«Was meinen Sie damit? Was soll ich tun?»

«Mir die Wahrheit sagen.»

«Mr Holmes!»

«Nicht doch, Lady Brackenstall. Geben Sie sich keine Mühe, sich zu verstellen! Das bisschen Reputation, das ich besitze, dürfte Ihnen ja bekannt sein. Ich will sie auf einen Schlag verlieren, wenn Ihre Geschichte nicht von A bis Z erfunden ist.»

Die Lady und ihre Dienerin erbleichten. Mit erschreckten Augen starrten beide meinen Freund an.

«Sie unverschämter Mensch!», schrie Theres. «Wagen Sie zu behaupten, dass meine Herrin gelogen hat?»

Holmes erhob sich von seinem Stuhl.

«Sie wollen mir nichts erklären?»

«Ich habe Ihnen doch schon alles gesagt.»

«Überlegen Sie es sich noch einmal, Lady Brackenstall! Glauben Sie nicht, es wäre besser, aufrichtig zu sein?»

Einen Augenblick lang lag ein Zögern auf ihrem schönen Gesicht. Dann durchzuckte es ein neuer heftiger Gedanke, sodass es zur Maske erstarrte.

«Ich habe Ihnen alles, was ich weiß, erzählt.»

Holmes zuckte die Achseln und nahm seinen Hut. «Schade», sagte er nur. Und ohne ein weiteres Wort verließen wir das Zimmer. Aus der Haustür traten wir in den Park hinaus, und mein Freund führte mich zu einem Teich. Bis auf eine kleine runde Stelle, in der ein einsamer Schwan schwamm, war er zugefroren. Holmes starrte auf dieses Loch, eilte dann weiter zum Pförtnerhäuschen, kritzelte ein paar Zeilen für Stanley Hopkins, die er beim Pförtner hinterließ.

«Mag es nun ein Treffer oder ein Fehlschuss sein, wir haben die Pflicht, etwas für Freund Hopkins zu tun, schon um unseren zweiten Besuch hier zu rechtfertigen», erklärte er. «Ganz möchte ich ihn noch nicht ins Vertrauen ziehen. Unser nächstes Betätigungsfeld wird, glaube ich, die Reederei der Adelaide-Southampton-Linie sein. Sie hat ihre Büros am Ende der Pall Mall, wenn ich mich recht erinnere. Es gibt zwar noch eine andere Schiffsverbindung zwischen Südaustralien und England, aber wir wollen erst den aussichtsreicheren Weg einschlagen.»

Die Karte, die Holmes bei dem Direktor der Schifffahrtsgesellschaft anmeldete, ersparte uns langes Warten. Es dauerte nicht lange, da hatte er jede Auskunft, die er brauchte. Im Juni 1895 war nur eines der Schiffe aus dieser Linie im Heimathafen eingefahren, nämlich die *Felsen von Gibraltar*, ihr größter und bester Dampfer. Ein Blick in die Passagierliste ergab, dass Miss Fraser aus Adelaide mit ihrer Dienerin an Bord gewesen war. Das Schiff, so fuhr der Direktor fort, befinde sich jetzt wieder auf dem Wege nach Australien, irgendwo südlich des Suezkanals. Die Besatzung sei mit einer einzigen Ausnahme die gleiche wie damals. Dem Ersten Offizier, Mr Jack Croker, inzwischen zum Kapitän befördert, habe man das Kommando über ihr neues Schiff *Bass Rock* übertragen, das binnen zwei Tagen von Southampton in See stechen werde. Der Mann lebe in Sydenham, sei aber im Augenblick wahrscheinlich hier am Ort, falls wir ihn noch zu sprechen wünschten und auf ihn warten wollten. Holmes dankte. Nein, er brauche jetzt nicht mit Kapitän Croker persönlich zusammenzutreffen, wünsche aber noch einiges über dessen Ruf und Charakter zu erfahren. Sein Leumund war hervorragend. Es gab keinen Offizier in der Flotte, der ihm das Wasser reichen konnte. Er war vollkommen zuverlässig im Dienst. Wenn er sich nicht an Deck seines Schiffes aufhielt, galt er allerdings als ein etwas gewalttätiger Bursche. Hitzköpfig und leicht erregbar, im Grunde aber hochanständig.

So lauteten die Ergebnisse, mit denen Holmes die Reederei wieder verließ. Er begab sich sofort nach Scotland Yard, aber anstatt einzutreten, blieb er mit zusammengezogenen Brauen und tief in Gedanken verloren in der Droschke sitzen. Schließlich fuhr er um die Ecke zum Charing-Cross-Telegrafenamt und gab eine Depesche auf. Von dort aus kehrten wir dann endgültig in die Baker Street zurück.

«Nein, ich hab es nicht übers Herz gebracht, Watson», sagte er, als wir wieder in unserem Zimmer angelangt waren. «Wäre der Haftbefehl erst erlassen, könnte nichts auf der Welt mehr den Burschen retten. Ein- oder zweimal in meinem Leben musste ich die Erfahrung machen, dass meine Entdeckung mehr Unheil heraufbeschwor, als der Schuldige je durch seine Missetat angerichtet hatte. Ich habe gelernt, vorsichtig zu sein. Und lieber schlage ich dem hohen englischen Gerichtshof ein Schnippchen als meinem eigenen Gewissen. Wir wollen noch ein bisschen mehr herausbekommen, ehe wir handeln.»

Noch vor dem Abend besuchte uns Inspektor Stanley Hopkins. Er kam mit seinem Fall nicht sehr gut voran.

«Ich glaube, Sie sind ein Hexenmeister, Mr Holmes. Manchmal muss ich wirklich annehmen, dass Sie übersinnliche Kräfte besitzen. Woher, um alles in der Welt, wussten Sie, dass das gestohlene Silber auf dem Grund jenes Teiches lag?»

«Das wusste ich ja gar nicht.»

«Aber Sie meinten, ich solle dort nachforschen.»

«Sie haben es also gefunden?»

«Jawohl.»

«Dann freut es mich sehr, dass ich Ihnen weiterhelfen konnte.»

«Wenn es nur so wäre!», seufzte der Inspektor. «Aber wir sind dadurch keinen Schritt vorwärts gekommen. Im Gegenteil, die ganze Angelegenheit scheint jetzt völlig verfahren. Was sind das für komische Einbrecher, die Silber stehlen, um es in den nächsten Teich zu werfen?»

«Tja – wahrhaftig recht eigentümlich. Ich ging nur von dem Gedanken aus: Sollten diese Leute das Silber nur zur Tarnung ihres eigentlichen Vorhabens genommen haben, wie es doch den Anschein hat, dann waren sie bestimmt darauf aus, es so schnell wie möglich wieder loszuwerden.»

«Aber wie sind Sie nur darauf verfallen?»

«Nun, ich hielt es einfach für gut möglich. Als sie durch das französische Fenster wieder hinausstiegen, lag da der Teich. Und sie hatten die einzige nicht zugefrorene Stelle genau vor der Nase. Hätte es ein besseres Versteck geben können?»

«Ach so, ein Versteck – das leuchtet mir mehr ein!», rief Hopkins erleichtert. «Natürlich, jetzt sehe ich wieder klar. Es war frühmorgens, Leute konnten bereits unterwegs sein. Die Verbrecher fürchteten, mit ihrem Silber gesehen zu werden. Deshalb versenkten sie es in den Teich, mit der Absicht, es sich, wenn sie freie Bahn hätten, wiederzuholen. Ausgezeichnet, Mr Holmes, diese Folgerung ist viel besser als Ihre Idee von der Tarnung.»

«Genau. Nun haben Sie ja eine wunderbare Theorie. Zweifellos waren meine Gedanken etwas verworren. Aber Sie müssen immerhin zugeben, dass sie uns darauf brachten, wo wir das Silber zu suchen hatten.»

«Gewiss, Mr Holmes, gewiss. Das haben wir alles Ihnen zu verdanken. Trotzdem hatte ich einen schweren Rückschlag.»

«Einen Rückschlag?»

«Jawohl, Mr Holmes. Die Randallbande wurde heute Morgen in New York verhaftet.»

«Du meine Güte, Hopkins! Passt aber gar nicht in Ihre Theorie, dass die ausgerechnet in Kent jemanden umgebracht haben sollen.»

«Ein Verhängnis ist das, Mr Holmes, einfach ein Verhängnis. Es gibt zwar noch andere Dreiergangs außer diesen Randalls! Könnte sich natürlich auch um eine ganz andere Bande handeln, der die Polizei noch nicht auf die Schliche gekommen ist.»

«O ja, gut möglich. Was, Sie wollen schon gehn?»

«Ja, Mr Holmes. Ich finde keine Ruhe, ehe ich das nicht herausgeknobelt habe. Sie hätten auch keinen Fingerzeig mehr?»

«Ich hatte heute doch schon einen für Sie.»

«Ach, welchen den?»

«Nun, die Finte mit dem Silber.»

«Aber warum, Mr Holmes, warum?»

«Tja, das ist natürlich die Frage. Nichts für ungut. Ich wollte Ihnen lediglich den Gedanken noch einmal nahe legen. Ich halte es nicht für ausgeschlossen, dass Sie darauf zurückkommen werden. Möchten Sie nicht noch zum Abendessen bleiben? Nein? Na schön, dann auf Wiedersehn!»

Erst als das Abendessen vorüber und der Tisch bereits abgeräumt war, spielte Holmes wieder auf die Abbey-Grange-Affäre an. Er begann seine Pfeife zu rauchen und hielt seine Füße, die in Pantoffeln staken, vor das lustig prasselnde Feuer. Plötzlich sah er auf seine Armbanduhr.

«Ich erwarte eine neue Entwicklung, Watson!»

«Und wann soll das sein?»

«Jetzt gleich – in ein paar Minuten. Sicher finden Sie, dass ich Stanley Hopkins vorhin sehr schlecht behandelt habe?»

«Ich vertraue immer darauf, dass Sie es richtig machen.»

«Eine sehr kluge Antwort, mein Freund. Passen Sie auf, Sie müssen es von folgendem Gesichtspunkt aus betrachten: Was ich weiß, ist ganz inoffiziell, was er weiß, ist oder wird allgemein bekannt. Ich habe das Recht, persönlich zu urteilen. Das kann er nie. Er muss alle privaten Eindrücke ausschalten, sonst würde er zum Verräter an seinem dienstlichen Auftrag. In diese qualvolle Lage darf ich ihn nicht bringen, solange sich mein Geist selbst noch nicht restlos im Klaren ist.»

«Aber wann wird das sein?»

«Die Zeit ist gekommen. Gleich werden Sie der letzten Szene eines bemerkenswerten kleinen Dramas beiwohnen.»

Man hörte ein Geräusch im Treppenhaus. Die Tür sprang auf, und eine außergewöhnlich schöne, männliche Gestalt stand auf der Schwelle. Der Mann war noch jung und sehr groß, hatte einen blonden Schnurrbart, blaue Augen und eine von tropischer Sonne gebräunte Haut. Sein federnder Gang ließ darauf schließen, dass sein mächtiger Körper so tatkräftig wie wohlgebaut war. Er schloss die Tür hinter sich, und dann stand er vor uns, mit ineinander verschlungenen Händen und schwer atmender Brust. Offenbar lag ihm etwas auf der Seele, und die starke Gemütsbewegung drohte ihn zu überwältigen.

«Setzen Sie sich, Kapitän Croker!», redete mein Freund ihn an. «Sie haben mein Telegramm erhalten?»

Unser Besucher sank in den nächsten Armsessel und blickte uns beide abwechselnd mit großen, fragenden Augen an.

«Ja, ich habe Ihr Telegramm bekommen und finde mich hier ein. Auf die Minute, möcht ich meinen. Man hat mir gesagt, dass Sie drüben im Büro waren. Ich konnte Ihnen nicht entwischen. Verschweigen Sie mir das Schlimmste nicht! Was haben Sie mit mir vor? Wollen Sie mich verhaften und einsperren? Reden Sie, Mann, spielen Sie nicht Katz und Maus mit mir!»

«Geben Sie ihm eine Zigarre!», forderte Holmes mich auf.

«Hier, stecken Sie sich das zwischen die Zähne, Kapitän Croker, damit Ihnen die Nerven nicht durchgehen! Und seien Sie versichert, ich würde nicht hier mit Ihnen zusammensitzen und rauchen, wenn ich Sie für einen gewöhnlichen Verbrecher hielte. Seien Sie ganz offen zu mir, und ich werde Ihnen helfen. Treiben Sie ein falsches Spiel, dann ist es aus.»

«Was wollen Sie von mir? Was soll ich tun?»

«Ich brauche einen klaren Bericht über alles, was sich gestern Abend in Abbey Grange zugetragen hat. Einen wahren Bericht, nehmen Sie das zur Kenntnis! Bei dem nichts weggelassen und nichts hinzugefügt wird. Denn so viel ist klar: Weichen Sie auch nur um einen Zollbreit von der geraden Linie ab, werde ich Sie der Polizei übergeben.»

Eine Weile dachte der Seemann nach. Dann schlug er sich mit der großen braunen Hand auf den Schenkel.

«Ich will's wagen!», rief er. «Darf ich doch glauben, dass Sie ein Mann sind, der sein Wort hält – und so sollen Sie die ganze Wahrheit erfahren. Aber eins muss ich noch vorausschicken. So weit ich an der Geschichte beteiligt bin, bereue ich nichts, und ich fürchte auch nichts. Ja, ich würde alles noch einmal tun und sogar stolz darauf sein. Diese verfluchte Bestie! Und wäre er zäh gewesen wie eine Katze, ich hätte ihm das Genick gebrochen. Aber es ging ja um die Lady, Mary Fraser – um nichts in der Welt werde ich sie mit seinem Namen nennen. Die Vorstellung, sie könnte in Bedrängnis geraten durch mich, das macht mich butterweich. Was also andres blieb mir übrig? Ich werde Ihnen die ganze Geschichte von Anfang an erzählen, meine Herren. Und dann urteilen Sie selbst. Wie hätte ich handeln sollen?

Ich muss einige Zeit zurückgreifen. Sie scheinen ja alles zu wissen. So darf ich annehmen, dass Ihnen auch bekannt ist, wie ich sie kennen lernte. Sie war Fahrgast, ich Erster Offizier auf der *Felsen von Gibraltar*. Von der Stunde an, da ich ihr begegnet bin, war sie die Einzige für mich. Von Tag zu Tat liebte ich sie mehr auf dieser Reise. Wir waren nie verlobt. Sie hat mich so fair behandelt wie nur je eine Frau einen Mann. Ich darf mich nicht beklagen. Auf meiner Seite war eben alles Liebe, auf ihrer nur Freundschaft. Als wir uns trennten, war sie frei, aber ich konnte nie wieder ein freier Mann sein.

Als ich das nächste Mal von der See zurückkehrte, hörte ich von ihrer Heirat. Nun ja, wenn sie einen Mann gern hatte, warum sollte sie ihn nicht heiraten? Titel und Geld, wen kleideten die besser als sie? Sie schien wie geschaffen für alles Schöne und Elegante. Ich war kein so selbstsüchtiger Hund, wegen ihrer

Heirat zu fluchen. Ja, ich freute mich, dass ihr das Glück über den Weg gelaufen war und sie sich nicht an einen Matrosen ohne Penny weggeworfen hatte. So liebte ich Mary Fraser auf meine Weise.

Nun, ich war überzeugt, dass ich sie nie mehr wieder sehen würde; aber auf meiner letzten Seefahrt wurde ich befördert, und das neue Schiff war noch nicht vom Stapel gelassen. So musste ich ein paar Monate bei meinen Eltern in Sydenham warten. Und eines Tages traf ich ihre alte Dienerin Theresa Wright. Sie erzählte mir von ihrer Herrin, von ihm – alles. Ich kann Ihnen sagen, was ich da zu hören bekam, hat mich an den Rand des Wahnsinns gebracht. Dieses betrunkene Schwein wagte es, sie anzufassen! Er, der nicht wert war, ihr die Schuhriemen zu lösen. Noch einmal traf ich Theresa. Dann sah ich Mary wieder und verabredete mich mehrmals mit ihr. Und eines Tages erklärte sie mir, sie dürfe mich nicht mehr sehen. Da kam neulich der Bescheid, dass wir nächste Woche in See stechen. Und ich beschloss, komme was wolle, sie noch einmal zu sehen, ehe ich fort müsste. Theresa war mir eine gute Freundin, denn sie liebte Mary und hasste diesen Schurken beinahe ebenso wie ich. Sie beschrieb mir das Haus von innen, sodass ich mich dort genau auskannte. Mary pflegte abends unten in ihrem kleinen Zimmer im Erdgeschoss noch lange zu sitzen und zu lesen. Dorthin schlich ich mich gestern Abend und machte Geräusche an ihrem Fenster. Erst wollte sie mir nicht öffnen. Aber ich wusste, dass sie mich liebte. Und sie brachte auch nicht fertig, mich draußen in der kalten Nacht stehen zu lassen. Sie flüsterte, ich solle zu dem großen Vorderfenster kommen, und ich sah, dass sie es für mich geöffnet hatte, sodass ich ins Wohnzimmer fand. Wieder hörte ich von ihren eigenen Lippen Dinge, die mir das Blut in den Adern sieden machten. Und abermals verfluchte ich diesen Rohling, der die Frau, die ich liebte, misshandelte. Ich stand also in aller Unschuld mit ihr drinnen am Fenster – der Himmel sei mein Zeuge –, da stürzte er wie ein Tobsüchtiger ins Zimmer und warf ihr das niederträchtigste Schimpfwort an den Kopf, das je ein Mann gegen eine Frau gebraucht hat. Und er hieb ihr mit einem Stock, den er in der Hand hielt, übers Gesicht. Ich ergriff den Schürhaken, und wir fochten einen ehrlichen Kampf aus. Sie können hier an meinem Arm sehen, wohin der erste Streich fiel. Dann war ich an der Reihe, und hieb auf ihn ein, als wäre er ein wurmstichiger Kürbis. Meinen Sie vielleicht, das täte mir nachträglich Leid? Ganz und gar nicht. Einer von uns beiden musste ins Gras beißen. Aber eigentlich ging es ja darum: ihr Leben oder das seine. Denn wie konnte ich sie in der Gewalt dieses Wahnsinnigen lassen? Und so ist es geschehen, dass ich ihn getötet habe. Nun frage ich Sie, meine Herren, was hätten Sie in meiner Lage getan? – Als er sie schlug, schrie sie laut auf – und da kam Theresa aus ihrem Turmstübchen herbeigelaufen. Eine Flasche Wein stand auf dem Wandbrett. Die öffnete ich und goss ein wenig von der Flüssigkeit zwischen Marys Lippen, denn sie war wie gelähmt und halb tot vor Entsetzen. Danach trank ich selbst auch einen Schluck. Theresa bewahrte ganz ihren kühlen Kopf, und was nun folgte, haben wir gemeinsam ausgeheckt.

Wir mussten den Schein erwecken, Einbrecher seien da gewesen. Das Mädchen wiederholte seiner Herrin immer und immer von neuem unsere Geschichte, während ich dort hinaufsprang und die Klingelschnur abschnitt. Dann band ich Mary an einem Stuhl fest und franste das Ende der Kordel so aus, dass es wie abgerissen wirkte. Man hätte sich sonst gefragt, wie um alles in der Welt es dem Einbrecher gelungen sei, da hinaufzuklettern und das Ding abzuschneiden. Als Nächstes raffte ich ein paar Silberteller und -schüsseln zusammen, um den fingierten Raub zu unterstreichen. Dann verließ ich beide Frauen, die erst um Hilfe rufen sollten, wenn ich eine Viertelstunde Zeit gewonnen hatte, mich zu entfernen. Das Silber warf ich in den Teich und lief in Richtung Sydenham. Dabei hatte ich an diesem Abend das ehrliche Gefühl, einmal in meinem Leben etwas

Vernünftiges geleistet zu haben. Das ist die Wahrheit, die reine, ungeteilte Wahrheit – und wenn sie mich den Kopf kostet, Mr Holmes.»

Mein Freund rauchte noch eine Weile schweigend weiter. Dann drückte er unserem Gast die Hand.

«Ich weiß wohl, dass Sie nicht ein unwahres Wort gesprochen haben, denn alles, was Sie sagten, passt genau in das Bild, das ich mir selbst schon von dem Sachverhalt gemacht hatte», erklärte er. «Nur ein Akrobat oder Matrose konnte von dem Mauervorsprung dort oben zu der Klingelschnur hinaufreichen. Und niemand anderer als ein Seemann hätte die Knoten, mit denen die Kordel an den Stuhl geknüpft war, so geschlungen. Nur ein einziges Mal in ihrem Leben war die Lady mit Seeleuten in Verbindung getreten, nämlich auf ihrer Überfahrt nach England. Und es musste sich um jemanden aus ihrer eigenen Gesellschaftsschicht handeln, sonst hätte sie nicht so verzweifelt versucht, ihn zu schützen, und damit bewiesen, dass sie ihn liebt. Sie sehen, es war ganz leicht für mich, Sie zu finden, als ich mich erst einmal auf der richtigen Spur wusste.»

«Nie hätte ich geglaubt, dass die Polizei unseren kniffligen Plan durchschauen würde ...»

«Nicht die Polizei hat ihn durchschaut – und sie wäre wohl auch nie dahinter gekommen», unterbrach ihn Holmes. «Aber hören Sie zu, Kapitän Croker! Das ist eine sehr ernste Sache, obwohl Sie, wie ich gerne zuzugeben bereit bin, auf die schändlichste Weise herausgefordert wurden. Ich halte es sogar keineswegs für ausgeschlossen, dass man Ihre Handlungsweise mit Notwehr rechtfertigen würde. Doch darüber kann nur das englische Gericht entscheiden. Ich habe allerdings mittlerweile solche Sympathie für Sie gewonnen, dass, sollten Sie vorziehen, binnen vierundzwanzig Stunden zu verschwinden, Sie niemand daran hindern wird. Das verspreche ich Ihnen.»

«Und doch wird alles herauskommen?»

«Gewiss, das ist unvermeidlich.»

Der Seemann errötete vor Zorn.

«Was für einen merkwürdigen Vorschlag machen Sie mir da? Ich kenne die englischen Gesetze gut genug, um zu wissen, dass man Mary als Komplizin verhaften würde. Glauben Sie wirklich, ich könnte sie allein der Macht des Gerichts überlassen und mich mir nichts dir nichts davonschleichen? Nein, mein Herr! Sollen die mit mir anstellen, was sie wollen. Aber Sie, Mr Holmes, finden Sie um Himmels willen einen Weg, wie wir die arme Mary vor all dem bewahren! Sie darf die Mauern des Gerichtsgebäudes nie von innen zu Gesicht bekommen.»

Holmes streckte dem Kapitän zum zweiten Mal die Hand hin.

«Recht so, mein Lieber. Ich wollte mich nur vergewissern. Aber der Klang blieb rein und recht. Nun, es ist eine große Verantwortung, die ich da auf mich nehme, aber ich habe Hopkins ja einen ausgezeichneten Wink gegeben, und wenn er nicht versteht, ihn zu nutzen, kann ich nicht mehr für ihn tun. Passen Sie auf, Kapitän Croker, wir wollen die gebührende gesetzliche Form wahren! Sie sind der Gefangene. Watson, Sie sind das Schwurgericht. Es ist mir nie ein Mensch begegnet, der besser zum Geschworenen geeignet gewesen wäre. Ich bin der Richter. Nun, meine Herren Geschworenen, Sie haben der Gerichtsverhandlung beigewohnt und die Beweisaufnahme gehört. Halten Sie den Gefangenen für schuldig oder für nicht schuldig?»

«Nicht schuldig, Mylord», sagte ich.

«Vox populi, vox dei. Sie sind freigesprochen, Kapitän Croker. Solange die Polizei kein weiteres Opfer entdeckt, sind Sie vor mir sicher. Kommen Sie in einem Jahr wieder zu der Lady – und möge Ihre gemeinsame Zukunft uns in dem Urteil bestätigen, das wir heute Abend verkündet haben.»

Karos Klimbim

Renate Müller-Piper

> Die Menschen glauben gern,
> was sie wünschen.
>
> Julius Cäsar

«Nehmen Sie die Pfoten von der Frau, Sie Unhold!», empört sich die hagere Alte, lässt die Schieberstange des hochrädrigen Edeka-Einkaufswagens los und stemmt ihre knochigen Fäuste in die Hüften. «Am helllichten Tag! Hier auf dem Parkplatz zerrt der Kerl am Rock der Frau!», schreit sie weiter und sieht sich nach Mitstreitern um. Vergeblich. Sie nimmt die belästigte Frau da drüben wieder ins Visier, bereit, sofort unerschrocken wieder loszuzetern. Der «Unhold», ein sorgfältig gekleideter junger Mann, hat sein Opfer inzwischen aus den Fingern gelassen, bleibt aber auf Tuchfühlung, redet im Gehen auf die Frau ein. Da! Jetzt dreht sie sich um, winkt der Alten mit der von Silberringen strotzenden rechten Hand: «Danke! Sie haben mich gerettet! Karo sagt Danke!»

Die Hagere kann nur mit Mühe den sperrigen Einkaufswagen am Rutschen auf dem glatt gefrorenen Boden hindern. Irritiert beugte sie sich vor, nimmt die Frau genauer unter die Lupe und wird nachdenklich: Karottenrote lange Locken umrahmen ein grinsendes Gesicht. Kniekurzer schwarzer Lederrock, schwarzes Samt-Shirt, Ausschnitt bis sonst wohin. Hier wird offenbar Winter mit Sommer verwechselt! Gerade steigt die Frau munter in einen auf Hochglanz gewienerten VW-Kombi, und zwar zusammen mit jenem jungen, adretten Mann, den sie eben noch mit beiden Händen so heftig abgewehrt hat, als gelte es ihr Leben. Sachen gibt's!

«Karo, für heute reicht es», sagt der Kombifahrer streng zu seiner lachenden Begleiterin.

«Da bin ich nicht so sicher, Rupertschatz», kichert sie, schiebt einen Pfefferminz-Kaugummi zwischen die Zähne und legt die stämmigen Beine hoch, auf das Handschuhfach vor sich. Dabei rutscht die Andeutung von Rock nach oben, sie hilft ein wenig nach, pliert amüsiert zur Seite: «Konzentrier dich auf den Verkehr. Überfrorene Nässe! Ich mache es mir nur bequem hier. Und nebenbei zeige ich, woran Spießer sich gewöhnen sollen: mein himmlisches Hoppla-Höschen, Modell Wolke 7, aus der neuen Kollektion von Lou Linde. Sie hat es übrigens verdient, dass ich für sie Werbung mache!»

«Es ist eine Schande, dass unsere Gesellschaft sich zu Tode liberalisiert und alle gebrochenen Tabus noch weiter bricht», jammert Rupert. «In besseren Zeiten, in anderen Ländern, hätte man dich mit einer Anklage wegen Erregung öffentlichen Ärgernisses längst wieder zur Vernunft gebracht.» Mit der rechten Hand versucht er, Karos Rock runterzuziehen und Blicke auf Lou Lindes Musterstück zu verhindern.

Karo schließt die Augen, schüttelt den Kopf, nimmt seine Hand und legt sie wieder auf das Steuer. «Kinder, heut Abend, da such ich mir was aus ...», trällert sie übermütig. Rupert wendet sich ihr kurz zu, mit halbem Blick. «Du hast es doch nicht etwa vergessen? Für heute Abend habe ich Opernkarten: Othello! Und danach wartet im Opus One ein reservierter Tisch auf uns. Freust du dich?»

«Eine flotte Revue im Georgspalast! Das wär's! In Erinnerung an früher, an meine Glanzzeiten. *Karo Kaiser, unser Star, mit Schlagern von Friedrich Hollaender und Michael Jary!*», lamentiert Karo.

«Mach die Zigarette aus! Wir hatten doch vereinbart ...», verlangt Rupert und will ihr, den Straßenverkehr im Blick, den

Glimmstängel aus dem Mund ziehen. «Gib her, lass los! Au! Du brennst mir Löcher in die Haut!»

«Das kommt davon, Rupertschatz, wenn du mir alles vermiesen willst, was Spaß bringt.» Genüsslich inhaliert Karo den blauen Dunst, bläst ihn Rupert ins Gesicht. «In diese vornehme Oper komme ich nur mit, wenn ich im Foyer eine rauchen darf und am Büfett einen heben darf.»

Ruperts linkes Auge zuckt, er atmet tief durch, dann gesteht er ihr zu: «Gut. Zwei Zigaretten insgesamt. Und ein Glas Sekt. Weiter keine Sperenzchen, sonst . . .!» Seine Stimme ist schneidend, und die Trägerin heißer Hoppla-Höschen weiß, dass sie klein beigeben muss, für den Moment. «Nein, sag nicht wieder dieses furchtbare Wort SONST, bring mich da nicht wieder hin, ich ändere mich, bestimmt», fleht sie, drückt zittrig die Zigarette aus und nimmt ihre Beine runter, setzt sie damenhaft nebeneinander, königinnenlike, züchtig, wie die prüde Queen Elisabeth auf Zeitungsfotos.

Umsichtig fährt Rupert seinen Wagen in die Garage der Gründerzeitvilla, die ihm seine Pflegeeltern, das Ehepaar Grabenhorst, vererbt haben. Plötzlicher Unfalltod. Vor zwei Jahren.

Ob Karo, wie versprochen, die Einkäufe verstaut hat? Ob sie das Mittagessen für sie beide zubereiten und servieren wird? 93 Tage, ja so lange, hat Rupert sich ganz auf Karo eingestellt, ihr den Weg für ein würdiges Leben aufgezeigt. Für ein seriöses Leben, wie dies einer achtbaren Sechsundvierzigjährigen zukommt, abseits der Luder unserer Spaßgesellschaft.

Erfolg? Er seufzt. Natürlich gab es Stunden des Glücks und des Triumphs, in denen Karo die hochgeschlossenen Blusen und Kleider trug, die Rupert für sie in ihr Balkonzimmer gehängt hatte. Seltene Tage gab's, an denen sie wie selbstverständlich mit dem Staubsauger durchs Haus düste, Tage, an denen sie trällernd am Herd stand und die Mahlzeiten kochte. Aber erst gestern hat er sie wieder ertappt bei sündigem Tun, bei einem Rückfall, noch beklemmender als der heute.

Im Schneidersitz hockte Karo da in ihrem Zimmer auf dem kleinen Täbris, mit all dem Klimbim aus ihrer Schatzkiste. Die wippende blutrote Straußenfeder am Stirnband, schillernde Pailletten vom Busen bis zum rüschenbesetzten Nobelhöschen aus Lou Lindes Dessous-Boutique in der Galerie Luise. Geschnürte Stiefelchen, so spitz, so hochhackig! Rupert drückt es die Luft ab, Karo so zu sehen! In solchen Augenblicken der Niederlage senken sich Zweifel auf ihn wie schwere Nebel. Wird er es schaffen? Wird Karo es schaffen?

Rupert strafft seinen überschlanken Körper im Gehen, streicht sich über die blonden, sorgfältig gescheitelten Haare. Geduld und Beharrlichkeit zählen zu seinen Tugenden. Er wird nicht aufgeben. Noch nicht.

Durch den Hintereingang betritt er das Haus, zieht sorgsam seine Straßenschuhe aus, poliert sie auf Hochglanz.

In weichen Hausschuhen huscht er durch die Diele. Da, von ihrem Platz über der Barockkommode aus, lassen ihn Tilde und Gerhard Grabenhorst nicht aus den Augen. Rupert hatte deren Porträts verbannen wollen, in die hinterste Ecke des Speichers oder auf den Flohmarkt. Als Karo, endlich!, in das Haus eingezogen war, stürmte er sofort mit einer Leiter in die Diele, um die beiden abzuhängen. Ihre Zeit war um. Und sie hatten seine Karo dahin gewünscht, wo sie nun selbst schmoren: ins Fegefeuer bei allen Teufeln!

Zwei Plakate aus Karos großer Zeit sollten an diesen exponierten Platz, Rupert hatte sie in breite Rahmen fassen lassen, Blattgoldauflage. Und vor allem hatte einer der fähigsten hannoverschen Retuscheure dem verführerischen Vamp Karo Kaiser ein fast madonnenhaftes Aussehen verpasst.

Karo? Die zeterte: «Das soll ich sein? Diese Spießerin? Nein, wir lassen die beiden Alten da hängen. Sowieso. Schließlich verdanken wir ihnen deine prall gefüllten Bankkonten und diesen netten alten Schuppen hier, oder?»

So kommt es, dass Karo I und Karo II da auf Rupert herablächeln, wo er sich abends auf seine harte, schmale Liegestatt zum Schlafen legt. Auch gut. Vorerst.

Ein Blick in die Küche verrät Rupert, dass Karo tatsächlich Küchenfee spielt. Sogar mit fast weißer Schürze vor dem Bauch! Er strahlt, als sie ihn verwöhnt mit einem würzigen Matjescocktail vorweg, dem gegrillten Hähnchen von Edeka und danach einem Stück Erdbeertorte mit Vanilleeis zum Nachtisch. Nur die Weingläser, die tauscht er unerbittlich gegen Wassergläser aus.

«Übermorgen kommt Fine. Wir haben uns immer lange Briefe geschrieben, aber zehn Jahre lang nicht gesehen», erzählt Rupert eifrig, zwischen zwei Bissen Geflügelfleischs. «Du wirst den Rollkragenpulli tragen und den neuen wadenlangen Rock ohne Schlitz. Nichts von Lou Linde darunter! Nichts von deinem Klimbim. Keine falschen Wimpern. Kein Nagellack. Und nur ein herbes Eau de Toilette, wenn überhaupt.»

«Fine?», fragt Karo kauend.

«Ja, Fine. Das ist die aus dem letzten Heim, aus dem die Grabenhorsts mich damals zu sich holten, hierher. Fine war meine einzige Freundin. Ich sehe mich noch neben ihr hoch oben in unserem Baumhaus hocken. Da haben wir uns immer versteckt, vor den anderen, den Wilden. Vor den Bösen, die mir ‹Hasenscharte! Schweineschwarte!› nachgeschrien haben, obwohl die Erzieher es ihnen verboten hatten . . .» Rupert streicht über seinen kleinen Oberlippenbart, legt die Hand dann auf sein zuckendes Augenlid, aber es beruhigt sich nicht.

«Und du glaubst, ich ließe mich als Blaustrumpf verkleiden? Meine luftigen Lou-Linde-Klamöttchen lasse ich mir nicht vermiesen, die geben mir den Kick, schon beim Anziehen – wenn du weißt, was ich meine. Oh, ich könnte deiner Fine gute Tipps geben», kokettiert Karo, lässt sich aber später schmollend zu einem Okay überreden, als Rupert ihr einen Stapel unschuldigweißer Baumwollgarnituren in die Hand drückt. Naturfaser, bekömmlich und wohlanständig.

Am Abend, im heute schneeumwehten hannoverschen Opernhaus, einem klassizistischen Lavesbau aus der Mitte des 19. Jahrhunderts. Oh, hier fallen sie ins Auge, Rupert im graphitgrauen Smoking, Fliege, schwarzes Einstecktuch. Und Karo im knöchellangen festlichen Mantelkleid. Sie heben sich ab von all den plappernden, drängenden Jeanstypen im Foyer.

Rupert hält sich gerade, trägt seinen Kopf hoch. Vor einem geschliffenen Spiegel drängt er Karo, stehen zu bleiben. Er ist Wirklichkeit geworden, sein Sehnsuchtstraum! Da stehen sie beide, Arm in Arm, zwei Menschen, die aufs Engste miteinander verbunden sind und in die bürgerliche Gesellschaft passen. Keine Außenseiter mehr, nein, sie gehören dazu. Stehen sie nicht sogar vornan? «Wir haben es geschafft!», flüstert er Karo glücklich ins Ohr, aber die prustet los, bückt sich plötzlich, zieht einen verdeckten Reißverschluss bis zu den Hüften auf und lässt die Strasssteine auf ihrem Lou-Linde-Höschen blitzen. «Ich pfeife drauf, solltest du auch tun!», gluckst sie, gestattet ihm aber grinsend, den Reißverschluss wieder runterzuziehen. Mit hochrotem Kopf schiebt er Karo zu den Parkettsesseln, zu Verdis Oper von der Gefährdung durch überbordende Gefühle.

Gelächter! Laute, krakeelende Stimmen! Rupert und Karo steigen die bequeme Treppe zum Restaurant Opus One im hannoverschen Kröpcke hinauf, wo der Abend ausklingen soll. Still will Rupert ihn zu Ende gehen lassen, nach der aufwühlenden Musik Verdis – und sowieso.

Er fasst Karos Arm, betritt zögernd den von flackernden Kerzen stimmungsvoll erleuchteten, voll besetzten Raum. Der Servicechef Joseph entdeckt die beiden sofort: «Willkommen! Und hereinspaziert! Je später der Abend ... Es war ein kleines Kunststück, Ihren Platz freizuhalten – die Messegäste!»

Ruperts Augenlid zuckt heftig, sein Kragen engt ihn plötzlich ein, er fasst sich an den Hals. Computermesse also! Hannover scheint überfüllt von eiligen glatt rasierten Herrchen im dunklen Anzug, mit schwarzen Köfferchen. Sie tauchen auf, pochen auf Vorrang, zahlen klaglos die an Messetagen gekletterten Preise – und verschwinden wieder. Bis zur nächsten Messe-Invasion.

Rupert hat nicht an die Messe gedacht. Sie beide müssen hier raus, sofort.

Aber da hat Karo sich schon von Joseph ihr Cape abnehmen lassen, hat gerade in dem weißen Korbsessel Platz genommen, den er ihr schwungvoll zurechtgerückt hat. Sie lehnt sich zurück, die Arme auf den Sessellehnen, schlägt langsamlangsam die Beine übereinander, lässt ihre Augen einladend von Tisch zu Tisch wandern. Eine hungrige Katze vor dem Sprung.

«Es ist ein Spiel, das aufregendste Spiel auf Erden. Spiel mit, und du hebst ab», flüstert Karo dem Rupert ins Ohr und nestelt an dem Reißverschluss ihres Mantelkleides. Schluss mit der Maskerade! Ich liebe es bunt, fetzig, crazy! Aus dem Abendtäschchen zieht sie lange Strass-Ohrgehänge und glitzernde Ringe, malt sich die Lippen mit KISSKISS violett nach. Als sie nach ihrem Arpège-Flakon greift, erwacht Rupert aus seiner Erstarrung, er legt seine Hände schützend auf Karos Knie. «Hör auf, lass uns gehen. Sofort, sonst . . .», beschwört er sie.

«Ist sie das?», flüstert Fine am übernächsten Tag, den kleinen schäbigen Reisekoffer noch in der Hand, und zeigt auf die beiden golden gerahmten Plakate in der Grabenhorstschen Diele.

Rupert nickt andächtig, nimmt seinem Gast Mantel und Gepäck ab. «Meine Mutter war eine große, geachtete Künstlerin. Bis zuletzt haben die Agenturen uns das Haus eingerannt, um sie für Auftritte zu gewinnen. Aber sie wollte nur bei mir sein, an meiner Seite. Komm, sie liegt oben.»

Fine scheint unschlüssig, folgt ihrem Gastgeber aber dann in den ersten Stock, in das geräumige Balkonzimmer, durch dessen weit geöffnete Tür ein scharfer Wind Schneeflocken hereinbläst. «Mutter liebte es kalt, sie glühte von innen», erläutert Rupert und zieht Fine zu dem breiten, weiß bezogenen Himmelbett. Da ruht Karo, in einem bis an das Kinn reichenden schneeweißen Kleid. Ein verlebtes Gesicht, grotesk umrahmt von zu Zöpfen geflochtenem Haar, die Hände über einer in schwarzes Leder gebundenen Bibel gefaltet.

«Sie war tief gläubig und sie liebte das einfache Leben. So wie ich. Wir waren uns so ähnlich, wie selten Mutter und Sohn», flüstert Rupert zärtlich. «Da, wo sie jetzt ist, wird sie auf mich warten. Nichts wird uns dann mehr trennen. Nie wird sie mich verlassen, nie.»

Er zieht Fine auf das kleine geblümte Sofa. «Es ist ein Wunder ... zehn Jahre habe ich nach ihr gesucht ...»

«Ich weiß ja», sagt Fine vorsichtig und legt ihren Arm um seine Schulter, «du warst immer auf der Suche nach ihr, schon damals im Heim. Endlich hattest du sie jetzt gefunden, da draußen in der Psychiatrie, in Ilten ...»

Heftig stößt Rupert Fines Hand von seiner Schulter. «Meine Mutter holte ich direkt von der Bühne. Die Fans hatten sie eingekesselt und beinah erstickt vor Begeisterung. Aber sie hat mich sofort in der Menge erkannt, drängte an meine Seite. Meinetwegen hat sie mit ihrem früheren Leben gebrochen, alles hat sie aufgegeben, um mit mir zusammenzuleben.»

Rupert steht auf, baut sich breitbeinig vor Fine auf und verkündet, als stände er auf der Kanzel: «All die Jahre hat sie sich verzweifelt bemüht, mich zu finden, aber das Jugendamt gab Grabenhorsts Anschrift nicht raus!»

Fine starrt ihn an. «Mach dir nichts vor, Rupert! Wach auf! Sie wollte nichts mit dir zu tun haben, du passtest nicht in ihr Leben. Hat sie dich im Heim besucht? Kamen von ihr Glückwünsche und Geschenke zu deinem Geburtstag? Durftest du mit ihr in die Ferien fahren? Nein! Dreimal nein! Hast du das vergessen?»

«Du lügst! Das ist nicht wahr!», schreit Rupert, sein Augenlid zuckt. Diese Fine! So eine ist nicht mehr seine Freundin! Die nicht! Sie verleumdet seine Mutter. Seine Mutter, die ihm gestern Abend in die Ewigkeit vorangegangen ist. Seine Mutter, deren Ehre er gerettet hat. Es war ganz einfach, das Kopfkissen fest auf ihr liebes, schönes Muttergesicht, so lange bis sie diese Welt verlassen hatte. Eine Welt voller Unholde, wie die Grabenhorsts, wie die grölenden Männer im Opus One vorgestern Abend, die sich die Bäuche vor Lachen hielten und die Hände fast zerklatschten, als Karo sich auf dem langen Tisch drehte, in Lou Lindes Wolke 7.

Wer seine Mutter nicht achtet, den muss Rupert auslöschen. Oh, die verleumderischen Grabenhorsts haben schon bezahlt, mit ihrem schäbigen Leben, in dem grauen BMW, dessen Bremsen so unverhofft versagten.

«Hier ist das Gästezimmer», erklärt Rupert der Fine Minuten später, mit eisiger, maskenhafter Freundlichkeit, stößt die Tür mit ihrem Koffer auf und stellt ihn auf einen der stabilen Eichenstühle. «Mach es dir bequem.»

Er wendet sich zum Gehen, schenkt dem Gästebett einen langen, wissenden Blick und trommelt kurz und wie beiläufig mit den Fingerspitzen der linken Hand auf das prall gefüllte Kopfkissen.

Der Mord

Anton Tschechow

I

Auf der Eisenbahnstation Progonnaja fand der Abendgottesdienst statt. Vor dem großen, grell auf goldenem Hintergrund gemalten Heiligenbild drängte sich die Schar der Bahnhofsangestellten, die mit ihren Frauen und Kindern erschienen waren, und auch die Holzhacker und Holzsäger, die in der Nähe der Eisenbahnlinie beschäftigt waren. Alle schwiegen, bezaubert vom Glanz der Lichter und benommen vom Heulen des Schneesturms, der sich, unerfindlich warum, plötzlich erhoben hatte, obwohl es der Vorabend von Mariä Verkündigung war. Den Abendgottesdienst versah ein alter Priester aus Wedenjapino; für den Gesang waren ein Psalmsänger und Matwej Terechow da.

Matwejs Antlitz schimmerte glückselig, er sang und bog dabei den Hals, als wollte er sich in die Höhe schwingen. Er sang Tenor und sprach auch den Kanon im Tenor mit süßer Überzeugungskraft. Als aber darauf die «Stimme des Erzengels» angestimmt wurde, schwenkte er den Arm wie ein Dirigent und brachte, da er sich die größte Mühe gab, mit dem dumpfen greisenhaften Bass des Mesners übereinzustimmen, mit seinem Tenor etwas ungewöhnlich Kompliziertes hervor, wobei auf seinem Antlitz klar zu lesen war, dass er hierbei eine große Genugtuung empfand.

Als der Abendgottesdienst zu Ende war, gingen alle leise fort, und aufs Neue wurde es dunkel und öde; es brach jene Stille herein, die es nur auf Eisenbahnstationen gibt, die einsam im Felde oder im Wald stehen, vom Winde so sehr umweht, dass man außer ihm nichts mehr hört und nur noch die Einöde spürt, die ringsum herrscht, die ganze Schwermut des langsam verrinnenden Lebens.

Matwej wohnte unweit vom Bahnhof in der Schankwirtschaft seines Vetters. Allein er wollte noch nicht nach Hause. Er setzte sich zu dem Bahnhofsrestaurateur hinter die Theke und erzählte halblaut:

«In unserer Ofenkachelfabrik gab es einen besonderen Sängerchor, und ich muss Ihnen sagen, dass wir, obwohl wir nur ungeschulte Kräfte waren, dennoch ganz vortrefflich sangen. Wir wurden häufig eingeladen, in die Stadt zu kommen, und wenn es geschah, dass der Vikar, Erzbischof Johann, in der Dreifaltigkeitskirche die Messe las, dann sangen die bischöflichen Sänger auf der rechten Seite des Kirchenchors und wir auf der linken. Allerdings beklagte man sich in der Stadt darüber, dass wir zu gedehnt sängen: ‹Die von der Fabrik›, sagte man, ‹dehnen alles zu sehr aus.› Es ist freilich wahr, die Anrufung des Andreas und die Hymnen begannen wir um sieben Uhr und beendeten sie erst nach elf, sodass es manchmal, wenn wir zur Fabrik zurückkehrten, schon ein Uhr war. Aber schön war es!», seufzte Matwej. «Sehr schön sogar, Sergej Nikanorytsch! Hier aber, im väterlichen Hause, gibt's keinerlei Vergnügungen. Die nächste Kirche liegt fünf Werst entfernt, sodass ich bei meiner schwachen Gesundheit gar nicht hin kann, außerdem gibt's dort keine Sänger. Und zu Hause hab ich niemals Ruhe, tagtäglich nichts als Lärm, Zank und Unsauberkeit; wir essen alle aus einer Schüssel, als wären wir Bauern, und in der Kohlsuppe schwimmen Schaben ... Gott will mir meine Gesundheit nicht zurückgeben, sonst wäre ich freilich schon lange fortgegangen, Sergej Nikanorytsch.»

Matwej Terechow war noch nicht alt, er mochte fünfundvierzig Jahre alt sein, doch war sein Gesichtsausdruck kränklich, sein Antlitz voll von Runzeln und sein dünnes durchsichtiges Bärtchen schon völlig ergraut, was alles dazu beitrug, ihn um viele Jahre älter erscheinen zu lassen. Er sprach mit einer schwachen und vorsichtigen Stimme und griff, wenn er hustete, häufig an die Brust; in solchen Augenblicken trat etwas Unruhiges und Erregtes in seinen Blick, wie man es sonst nur bei sehr argwöhnischen Menschen sieht. Er konnte nie mit Bestimmtheit sagen, was ihm eigentlich wehtat, doch er liebte es, umständlich davon zu erzählen, wie er einstmals auf der Fabrik einen zu schweren Kasten gehoben und sich dabei überhoben hätte und wie hierdurch eine «Brechung» entstanden wäre, die ihn gezwungen hätte, seinen Posten in der Kachelfabrik niederzulegen und nach Hause zurückzukehren. Was er aber unter der «Brechung» verstand, das konnte er niemand erklären.

«Ich muss gestehen, ich liebe meinen Vetter nicht», fuhr er fort und schenkte sich dabei Tee ein. «Zwar ist er älter als ich, und ich weiß, dass es eine Sünde ist, jemand zu verurteilen, und fürchte Gottes Wort, aber das kann ich nicht mehr ertragen. Ein hochmütiger und finsterer Mensch ist er, zänkisch gegen seine Verwandten, der Quälgeist seiner Arbeiter und zudem ganz und gar nicht gottesfürchtig. Vorigen Sonntag noch bat ich ihn freundlich: ‹Wie wäre es Brüderchen, fahren wir doch nach Pachomowo zur Messe!› Er aber antwortete darauf: ‹Dort fahr ich nicht hin – der dortige Pope›, sagte er, ‹ist ein Kartenspieler.› Und auch hierher wollte er heute nicht kommen, denn der Priester aus Wedenjapino, sagte er, raucht und trinkt Schnaps. Mit einem Wort, er liebt die Geistlichkeit nicht! Darum liest er auch die Messe für sich selber und ebenso die Horen und die Vesper, und sein Schwesterchen hilft ihm dabei an Stelle des Küsters. Er singt: ‹Lasset uns vor den Herrn treten!› Und mit einem dünnen Stimmchen fällt sie ein: ‹Herr, erbarme dich unser!› – Eine Sünde ist es und nichts weiter. Jeden Tag rede ich ihm zu: ‹Kommen Sie doch zur Vernunft, Brüderchen! Bereuen Sie, Brüderchen!› – aber er achtet nicht einmal darauf.»

Sergej Nikanorytsch, der Bahnhofsrestaurator, schenkte derweilen fünf Teegläser ein und trug sie auf einem Tablett in den für Damen reservierten Raum, doch kaum hatte er ihn betreten, da drang von dort ein wüstes Schreien heraus:

«Nennst du das servieren, du Ferkelrüssel? Du weißt ja gar nicht, was servieren heißt!»

Es war die Stimme des Bahnhofsvorstehers. Ein zaghaftes Gemurmel wurde vernehmbar und gleich darauf wieder das zornige und scharfe Schreien: «Hinaus!»

Verlegen kehrte der Bahnhofsrestaurateur zurück.

«Es gab eine Zeit, da stellte ich Fürsten zufrieden», sagte er leise. «Jetzt aber soll ich, wie Sie sehen, nicht einmal mehr Tee servieren können ... In Anwesenheit der Damen und des Priesters hat er mich beschimpft!»

Der Bahnhofsrestaurateur Sergej Nikanorytsch hatte einmal über viel Geld verfügt und das Restaurant in einem großen Bahnhof gepachtet, dem Bahnhof einer Stadt, in der die Gouvernementsverwaltung saß, dem Knotenpunkt zweier wichtiger Linien. Damals ging er im Frack und trug eine goldene Uhr. Aber seine Geschäfte gingen schlecht, er verschwendete sein Geld an allzu kostbares Service, die Bedienung bestahl ihn, und da er sich nach und nach immer mehr in Schulden stürzte, musste er mit der Zeit auf einen anderen Bahnhof übergehen, auf dem ein weniger reger Geschäftsbetrieb war; hier verließ ihn seine Frau unter Mitnahme des ganzen Silbers, und so blieb ihm nichts anderes übrig, als an einen dritten Ort zu gehen, der wiederum von geringerer Bedeutung war, denn auf diesem gab es nicht einmal mehr warme Speisen. Und dann kam der vierte Ort. Da er immer häufiger wechselte und immer mehr herunterkam, war er schließlich in Progonnaja gelandet und handelte nur noch mit Tee und billigem Schnaps und hatte als Speisen nichts als harte Eier und eine steinharte Wurst, die nach Teer roch und die er selber spöttisch die Musikantenwurst nannte. Eine Glatze bedeckte seinen ganzen Hinterkopf, seine blauen Augen quollen hervor, und außerdem zeichnete ihn ein dichter Backenbart aus, den er häufig mit einem Kamm zurechtstrich, wobei er einen kleinen Taschenspiegel zu Hilfe nahm. Unablässig peinigten ihn die Erinnerungen an die Vergangenheit; er konnte sich um keinen Preis weder an die Musikantenwurst noch an die Grobheit des Bahnhofsvorstehers gewöhnen und ebenso wenig an die Bauern, die immer etwas von seinen Preisen abhandeln wollten, es war seiner Ansicht nach zum mindesten ebenso unanständig, in einem Restaurant zu feilschen wie etwa in der Apotheke. Er schämte sich seiner Armut und seiner Niedrigkeit, und dieses Schamgefühl bildete jetzt den wesentlichsten Inhalt seines Lebens.

«Spät kommt der Frühling in diesem Jahr», meinte Matwej aufhorchend. «Es ist auch besser so, ich liebe das Frühjahr nicht. Im Frühling ist es immer sehr schmutzig, Sergej Nikanorytsch. In den Büchern steht allerdings geschrieben: ‹Frühling, die Vögel singen, die Sonne geht unter› – aber ist denn das so angenehm? Der Vogel ist ein Vogel und weiter nichts. Ich liebe eine angenehme Gesellschaft und gute Unterhaltung, ich liebe über Religion zu sprechen oder im Chor etwas Hübsches zu singen, diese Nachtigallen aber und Blümchen – Gott mit ihnen!»

Und er begann aufs Neue von der Kachelfabrik zu sprechen und vom Kirchenchor, allein es gelang ihm nicht, den gekränkten Sergej Nikanorytsch zu beruhigen, der in einem fort mit den Achseln zuckte und etwas murmelte. Matwej wünschte ihm gute Nacht und ging nach Hause.

Der Frost hatte bereits nachgelassen, und es tröpfelte schon von den Dächern, aber immer noch schneite es in großen Flocken; sie wirbelten wie toll durch die Luft und jagten in weißen Flockenwolken den Eisenbahndamm entlang. Der Eichenwald, der sich zu beiden Seiten hinzog und vom Mond, der sich irgendwo hoch hinter den Wolken verbarg, nur spärlich erhellt wurde, summte sein finsteres und lang gezogenes Rauschen. Wenn heftiger Sturm die Bäume bewegt, können sie zuweilen sehr Schrecken erregend sein!

Matwej folgte der Landstraße, die längs der Eisenbahnlinie führte, er hielt sein Gesicht und die Hände verborgen, und der

Wind stieß ihn in den Rücken. Plötzlich tauchte vor ihm ein kleines Pferdchen auf, das dicht von Schnee bedeckt war, ein Schlitten knirschte über die nackten Steine der Chaussee, und ein ebenfalls ganz weißer Bauer mit dicht vermummtem Kopf knallte mit der Peitsche. Matwej schaute sich nach ihm um, aber er konnte weder den Schlitten noch den Bauern mehr erblicken, es war, als hätte er das alles nur geträumt, und darum verdoppelte er seine Schritte, da er plötzlich Angst bekam, ohne zu wissen warum.

Da war auch schon die Überfahrt und das dunkle Häuschen, in welchem der Bahnwärter wohnte. Der Schlagbaum war erhoben, und um ihn herum waren ganze Schneeberge angeweht, dort wirbelten Schneewolken wie Hexen auf einem Hexensabbat. An dieser Stelle kreuzte die Eisenbahnlinie eine alte und vormals wichtige Straße, die noch jetzt die Poststraße genannt wurde. Weiter rechts stand unweit von der Überfahrt dicht an der Straße die Schankwirtschaft der Terechows, die vormals ein Wirtshaus gewesen war. Nachts flimmerte dort immer der Schein eines Lämpchens.

Als Matwej das Haus betrat, roch es in allen Zimmern und sogar noch im Flur stark nach Weihrauch. Sein Vetter Jakow Iwanytsch war immer noch mit seinem Abendgottesdienst beschäftigt. In der Betkammer, in der das geschah, stand in der vorderen Ecke ein Heiligenschrank mit altertümlichen Heiligenbildern aus Großvaters Zeit mit vergoldeten Gewändern; Heiligenbilder alter und neuerer Ausführung schmückten rechts und links die Wände, einige waren hinter Glas, einige dagegen ohne. Auf dem Tisch, den ein bis zur Erde reichendes Tuch bedeckte, stand ein Heiligenbild, das Mariä Verkündigung darstellte, dortselbst befanden sich ein Kruzifix aus Zypressenholz und ein Weihrauchbecken; es brannten Wachskerzen. Neben dem Tisch stand ein kleines Gebetpult. Als Matwej an der Kammer vorüberging, blieb er ein wenig stehen und schaute durch die Tür. Jakow Iwanytsch stand in dem Augenblick gerade am Gebetpult; mit ihm betete seine Schwester

Aglaja, eine große, dürre Alte in blauem Gewand mit einem weißen Kopftuch. Auch Jakow Iwanytschs Tochter Daschutka, ein achtzehnjähriges hässliches, sommersprossiges Mädchen, befand sich dort; sie war wie immer barfuß und trug dieselbe Kleidung, in der sie abends das Vieh getränkt hatte.

«Ruhm dir, der uns das Licht gezeigt hat!», sprach Jakow Iwanytsch mit singender Stimme und verbeugte sich tief.

Aglaja stützte das Kinn auf den Arm und fiel mit dünner, wimmernder und gedehnter Stimme ein. Oben aber, über der Decke, waren ebenfalls Stimmen, undeutliche Stimmen, die wie eine Drohung oder eine düstere Vorbedeutung klangen. In diesem zweiten Geschoss lebte seit der Feuersbrunst, die es einmal vor sehr langer Zeit gegeben hatte, kein Mensch mehr; die Fenster waren mit Brettern zugenagelt, und zwischen den Balken des Fußbodens lagen leere Flaschen. Jetzt heulte und pochte der Wind in diesen Räumen, und es war ganz so, als liefe dort jemand umher und stolpere ständig über die Balken des Fußbodens.

Die Hälfte des unteren Geschosses war der Schankwirtschaft vorbehalten, in der anderen Hälfte hausten die Terechows, und wenn es manchmal geschah, dass betrunkene Reisende in der Wirtschaft lärmten, so konnte man in den Zimmern alles bis aufs letzte Wort hören. Matwej wohnte in einem Zimmer mit einem großen Ofen, das neben der Küche lag; vormals, als hier noch ein Wirtshaus war, wurde jeden Tag in diesem Gemach Brot gebacken. In demselben Raum war hinter dem Ofen Daschutka untergebracht worden, denn sie hatte kein eigenes Zimmer. Hier zirpten nachts die Heimchen und trieben die Mäuse ihr Wesen.

Matjew zündete eine Kerze an und las ein Buch, das ihm der Bahnhofsgendarm geliehen hatte. Noch während er es las, beendeten die anderen ihren Gottesdienst und begaben sich zur Ruhe. Auch Daschutka legte sich schlafen. Sie schnarchte sofort, wachte aber bald darauf auf und meinte gähnend:

«Onkel Matwej, du tätest besser, die Kerze nicht nutzlos zu brennen.»

«Das ist meine Kerze», entgegnete Matwej. «Ich habe sie für mein eigenes Geld gekauft.»

Daschutka wälzte sich noch einige Male auf ihrem Lager und schlief dann wieder ein. Matwej ließ seine Kerze noch lange brennen – ihn floh der Schlaf. Als er die letzte Seite gelesen hatte, nahm er einen Bleistift aus seinem Kasten und schrieb Folgendes ins Buch hinein: «Dieses Buch habe ich, Matwej Terechow, gelesen und halte es für das allerbeste aller von mir gelesenen Bücher, wofür ich auch dem Unteroffizier der Eisenbahngendarmerie, Kusma Nikolajewitsch Schukow, als dem Besitzer dieses unschätzbaren Buches meine Anerkennung ausspreche.» Er hielt es nämlich für seine Pflicht der Höflichkeit, solche Inschriften in fremde Bücher zu machen.

2

Am Tage Mariä Verkündigung saß Matwej, nachdem der Postzug vorbeigefahren war, aufs Neue in der Bahnhofsrestauration, trank Tee mit Zitrone und erzählte.

Seine Zuhörer waren der Restaurateur und der Gendarm Schukow.

«Ich war, wie ich Ihnen bemerken muss», sagte Matwej, «schon in früherer Kindheit der Religion sehr zugetan. Ich zählte erst zwölf Jährchen, da durfte ich schon in der Kirche die Apostel vorlesen, worüber meine Eltern einen großen Trost empfanden, und in jedem Sommer ging ich mit meinem verstorbenen Mütterchen auf die Wallfahrt. Die anderen Kinder sangen derweil Lieder oder fingen Krebse, ich aber war immer mit meinem Mütterchen. Die Erwachsenen lobten mich deswegen, und auch ich selber empfand eine große Genugtuung darüber, dass meine Aufführung so gut war. Und als späterhin mein Mütterchen mich mit ihrem Segen zur Fabrik gehen ließ, sang ich auch dort nach getaner Arbeit den Tenor in unserem

Kirchenchor und kannte kein schöneres Vergnügen. Es versteht sich von selber, dass ich keinen Schnaps trank und keinen Tabak rauchte und auf die Reinheit des Körpers Acht gab; eine solche Lebensrichtung aber gefällt bekanntlich dem Feind des menschlichen Geschlechts nicht, und darum wollte er, der Verdammte, mich ins Verderben stürzen und begann damit, meinen Verstand zu verdüstern, genauso wie es jetzt meinem Vetterchen geschieht. Das erste war, dass ich ein Gelübde tat, am Montag keine der zur Fastenzeit verbotenen Speisen zu essen und Fleisch überhaupt nie, und so kam denn im Laufe der Zeit eine Phantasie nach der andern über mich. In der ersten Woche der großen Fasten darf man nach der Vorschrift der heiligen Väter bis zum Sonnabend nichts Flüssiges zu sich nehmen, jenen aber, die arbeiten oder schwach sind, wird es nicht als Sünde angerechnet, wenn sie ein wenig Tee trinken, ich aber nahm bis zum Sonntag keinen Tropfen in meinen Mund und gestattete mir auch während der ganzen übrigen Fastenzeit keinen Tropfen Öl, am Mittwoch aber und Freitag aß ich so gut wie gar nichts. Genauso hielt ich es auch in der kleinen Fastenzeit. Während der Petrifasten pflegten unsere Fabrikarbeiter eine Fischsuppe aus Zander zu essen, ich jedoch hielt mich abseits und saugte an einem Zwieback. Ein jeder Mensch hat verschiedene Kräfte, das weiß man, ich will jetzt nur von mir erzählen: Die Fastenzeit fiel mir ganz und gar nicht schwer, es war sogar so, dass es mir, je mehr ich mir Mühe gab, desto leichter wurde. Hunger hatte ich nur in den ersten Fastentagen, nach und nach aber gewöhnte ich mich dran, es wurde mir immer leichter, und wenn die erste Woche zu Ende ging, machte es mir keinerlei Beschwerden mehr; in meinen Füßen hatte ich ein Gefühl, als ging ich nicht auf der Erde, sondern auf Wolken. Ich hatte mir außerdem noch allerhand andere Pflichten auferlegt: Ich erhob mich nachts, um Verbeugungen bis zur Erde zu machen, ich schleppte schwere Steine von Ort zu Ort und ging barfuß im Schnee, und natürlich trug ich auch Ketten.

Einige Zeit darauf ging ich einmal zu einem Priester beichten, und da kam plötzlich die Versuchung über mich: Dieser Priester da, musste ich denken, ist er nicht verheiratet und ein Fleischesser und Tabakraucher? Wie kann er wohl meine Beichte hören, und welche Macht hat er, mir meine Sünden zu erlassen, wenn er noch sündiger ist als ich? Ich wage mich nicht einmal an das Fastenöl heran, er aber hat sicher schon seinen Stör gegessen. So ging ich denn zu einem anderen Priester, dieser aber war ausgerechnet sehr feist, er trug ein seidenes Messgewand und rauschte darin wie eine Dame und roch ebenfalls nach Tabak. So wanderte ich denn zum Kloster, um mich dort zum Abendmahl vorzubereiten, allein auch dort kam mein Herz nicht zur Ruhe, auch dort war mir immer, als lebten die Mönche nicht nach der Vorschrift. Und so konnte ich denn bald darauf keinen Ort finden, an dem mir der Gottesdienst zugesagt hätte: An der einen Stelle ging es zu schnell, an der zweiten sangen sie gar was Falsches, an der dritten war mit dem Mesner was los ... Häufig kam es vor, der Herr verzeihe mir die Sünde, dass ich in der Kirche stand und mein Herz vor Zorn bebte. Wie soll einer dabei beten? Mir war, als bekreuzigten sich die Menschen in der Kirche falsch und als hörten sie unandächtig zu; wen ich auch anblickte, alles waren Säufer, Fleischfresser, Tabakraucher, Wolllüstige, Kartenspieler; ich war der einzige, der nach den Geboten lebte. Der listige Teufel war wach, je länger, je mehr; ich hörte bald danach auf, im Kirchenchor zu singen, und ging schon nach kurzer Zeit überhaupt nicht mehr in die Kirche; ich war zur Überzeugung gekommen, dass ich ein gerechter Mensch sei, die Kirche aber stünde mir ihrer Unvollkommenheit wegen nicht länger an, mit anderen Worten, ich war in meinem Hochmut, gleich dem gefallenen Engel, bis zur Unwahrscheinlichkeit eingebildet geworden. So versuchte ich denn, mir meine eigene Kirche zu errichten. Ich mietete bei einer tauben Bürgersfrau ein Zimmerchen hinter der Stadt, das neben dem Friedhof lag; dort richtete ich mir meinen Betraum ein, einen ähnlichen, wie ihn der Vetter hat, doch ich hatte außerdem noch große Leuchter und ferner ein echtes Weihrauchfass. In diesem meinem Betraum lebte ich nun nach den Vorschriften, die auf dem heiligen Berg Athos eingehalten werden, das heißt, die Morgenmesse musste unweigerlich jeden Tag um Mitternacht anfangen, vor den besonders wichtigen zwanzig Feiertagen aber dauerte mein Abendgottesdienst zehn Stunden und manchmal sogar zwölf Stunden lang. Die Mönche haben nach ihrer Vorschrift feierlich das Recht, gelegentlich sitzen zu dürfen, ich aber wünschte frömmer als die Mönche zu sein und stand darum beständig. Ich sprach und sang, so gedehnt ich nur immer konnte, mit Tränen im Auge, mit Seufzen und hocherhobenen Armen, und begab mich, ohne geschlafen zu haben, direkt vom Gottesdienst zur Arbeit und betete sogar noch während der Arbeit. Kurze Zeit darauf verbreitete sich in der Stadt ein Gerücht: Matwej ist ein Heiliger, Matwej heilt die Kranken und die Tollen. Natürlich habe ich keinen einzigen jemals geheilt, doch es ist ja bekannt, dass man, wo immer eine solche Irrlehre oder ein Schisma entsteht, vor dem weiblichen Geschlecht keine Ruhe mehr findet. Wie Fliegen auf den Honig, so stürzen sie sich darauf. Allerhand Weiberchen und alte Jungfern gewöhnten sich an, zu mir zu kommen, sie verneigten sich vor mir bis zur Erde, küssten meine Hände und schrien, ich sei ein Heiliger und dergleichen, ja eine von ihnen sah um meinen Kopf sogar eine Schein. Schon bald war mein Betraum zu klein, ich musste mir ein größeres Zimmer mieten, und es war wahrhaftig der reine babylonische Turmbau über uns gekommen, der Satan hatte endgültig Besitz von mir ergriffen und mit seinen verdammten Hufen das Licht vor meinen Augen verdeckt. Wir waren alle damals in gewisser Art besessen. Ich las, die Weiberchen und die alten Jungfern sangen, und wenn so eine dann lange nichts gegessen und nichts getrunken und einen Tag lang oder gar mehr gestanden hatte, konnte plötzlich der Taumel über sie kommen, als hätte das Fieber sie gepackt, und dann schrie die eine und schrie die zweite – es war ordentlich zum Erschrecken! Ich selbst zitterte wie ein Jude auf der Bratpfanne und wusste nicht einmal, aus welchem Grunde mir so geschah, die Beine aber tanzten uns allen. Wahrhaftig, es ist zu sonderbar: man will es gar nicht, und doch springt man und schwenkt man die Arme; und außerdem dieses Schreien und Winseln, wir tanzten, liefen hintereinander her, bis wir niedersanken. Auf diese Weise verfiel ich in wilder Besinnungslosigkeit der Unzucht.»

Der Gendarm lachte, wurde jedoch wieder ernst, als er bemerkte, dass außer ihm niemand lachte, und meinte: «Das ist ja wie bei den Molokanen. Ich habe gelesen, dass sie im Kaukasus alle so seien.»

«Dennoch kam kein Blitz Gottes über mich», fuhr Matwej fort und bekreuzigte sich in der Richtung gegen das Heiligenbild, wobei er leise die Lippen bewegte. «Vermutlich hat mein verstorbenes Mütterchen im Himmel für mich gebetet. Eines Tages, als man mich in der Stadt bereits für einen Heiligen hielt und Damen und vornehme Herrschaften sogar schon heimlich zu mir kamen, um von mir Trost zu empfangen, ging ich zu unserem Fabrikherrn Ossip Warlamytsch, um mich mit ihm zu versöhnen – es war damals ein Versöhnungstag –, er aber verriegelte die Tür, und so blieben wir beide denn Auge in Auge allein. Er fing gleich ohne Umschweife an, mir die Wahrheit zu sagen. Ich muss Ihnen mitteilen, dass Ossip Warlamytsch allerdings ohne jede Bildung war, allein sein Verstand war hell, wir alle liebten ihn und fürchteten ihn, den er führte ein strenges und gottgefälliges Leben und war zudem ein unermüdlicher Arbeiter. Er war schon gegen zwanzig Jahre Stadthaupt und Ältester und hatte viel Gutes getan; die Neue Moskauer Straße hatte er mit Kies herrichten, den Dom anstreichen und die Säulen in der Art von Malachit anmalen lassen. Er schloss also die Tür, und nun ging's los: ‹Schon lange›, sagte er, ‹habe ich dich im Auge, mein Bester . . . Du›, sagte er, ‹scheinst zu glauben, dass du ein Heiliger seist. Nein, du bist kein Heiliger, du bist ein Gottesabtrünniger, ein Ketzer und ein Bösewicht!› Und so weiter, und so weiter . . . Ich kann Ihnen gar nicht wiedergeben, wie vernünftig und klug er sprach, fast so, als wäre es gedruckt, rührend war es. Zwei Stunden lang sprach er auf mich ein. Seine Worte hatten mich erschüttert, sie öffneten mir die Augen. Ich hörte ihm zu und brach in ein Schluchzen aus! ‹Sei von nun ab›, sagte er, ‹wie ein gewöhnlicher Mensch, iss und trink, kleide dich und bete wie alle, was aber darüber ist, das ist vom Übel. Deine Ketten›, sagte er, ‹sind vom Teufel, dein Fasten ist vom Teufel, dein Gebetraum ist auch vom Teufel; all das›, sagte er, ‹ist nichts als Hochmut.› Schon tags darauf, am reinen Montag, musste ich nach Gottes Fügung krank werden. Ich hatte mich überhoben, man schaffte mich ins Krankenhaus; ich litt außergewöhnlich und weinte bitter und betete viel. Ich musste immer denken, dass meine Straße aus dem Krankenhaus direkt zur Hölle führe, und starb fast daran. So lag ich denn mehr als ein halbes Jahr auf meinem Krankenlager, aber als ich hinausgelassen wurde, war es mein Erstes, mich ordentlich zum Abendmahl vorzubereiten und wieder ein Mensch zu werden. Ossip Warlamytsch schickte mich nach Hause und gab mir folgende Belehrung mit: ‹Denk immer an das eine, Matwej, dass alles, was über die Gebühr geht, vom Üel ist.› Und darum esse und trinke ich jetzt wie alle und bete gleichfals wie alle ... und wenn es mir gelegentlich zustößt, dass ein Geistlicher nach Tabak oder nach Alkohol riecht, so wage ich nicht, ihn deswegen zu verurteilen, denn auch der Geistliche ist nichts als ein gewöhnlicher Mensch. Wenn man mir aber erzählt, dass irgendwo in der Stadt oder im Dorf ein Heiliger aufgetaucht sei, der wochenlang nichts esse und nach seinen eigenen Vorschriften lebe, dann weiß ich gleich, wessen Hand da im Spiele ist. Da sehen Sie also, meine Herren, welcher Art die Geschichte meines Lebens ist. Genauso wie Ossip Warlamytsch es mit mir tat, unterweise ich jetzt meinen Vetter und sein Schwesterchen und mache ihnen Vorhaltungen, aber meine Stimme verhallt wie die des Rufers in der Wüste. Gott hat mir diese Gabe versagt.»

Matwejy Erzählung hatte, wie man bemerken konnte, keinen Eindruck gemacht. Sergej Nikanorytsch wusste nichts darauf zu erwidern und machte sich daran, die Esswaren von der

Theke fortzuräumen, der Gendarm aber brachte das Gespräch darauf, wie reich wohl Jakow Iwanytsch, Matwejs Vetter, sein könnte.

«Er hat mindestens dreißigtausend», meinte er.

Der rotbärtige Gendarm Schukow mit seinem feisten Gesicht (wenn er ging, zitterten seine Backen), der stets gesund und satt war, saß meist, wenn keine Vorgesetzten da waren, in bequemster Stellung da, wobei er die Beine übereinanderschlug; wenn er sprach, schaukelte er sich hin und her und pfiff wohl auch nachlässig, sein Gesicht zeigte dann einen selbstzufriedenen und satten Ausdruck, als hätte er soeben erst zu Mittag gespeist. Er verfügt immer über Geld und sprach vom Geld mit der Miene eines großen Kenners. Er gab sich mit allerhand Vermittlungsgeschäften ab, und wenn jemand ein Gut verkaufen wollte oder ein Pferd oder einen alten Wagen, wandte man sich unweigerlich an ihn.

«Ja, dreißigtausend dürfte er schon haben», stimmte Sergej Nikanorytsch ein. «Ihr Großväterchen besaß ein ungeheures Vermögen», meinte er dann, sich zu Matwej wendend. «Ein ungeheures! Und er hinterließ alles Ihrem Vater und Ihrem Onkel. Ihr Vater starb, als er noch jung war; nach seinem Tode steckte der Onkel alles ein, und diesem folgte natürlich Jakow Iwanytsch. Zu der Zeit, da Sie mit Ihrem Mütterchen Wallfahrten unternahmen und auf der Fabrik Tenor sangen, war man hier keineswegs müßig.»

«Mithin kommen auf Ihren Teil etwa fünfzehntausend», sagte der Gendarm und schaukelte sich. «Die Schankwirtschaft gehört Ihnen doch gemeinsam, somit ist auch das Kapital gemeinsam. An Ihrer Stelle hätte ich ihn schon längst verklagt. Und zwar hätte ich ihn erstens mal verklagt, außerdem aber hätte ich ihn, während die Sache läuft, in aller Stille nach und nach die Fresse blutig gehauen.»

Niemand liebte Jakow Iwanytsch, denn wenn einer auf andere Art glaubt als die anderen, so regt es sogar jene Leute unangenehm auf, die im Allgemeinen dem Glauben gleichgültig gegenüberstehen. Außerdem liebte der Gendarm ihn aus dem Grunde nicht, weil er ebenfalls Pferde und gebrauchte Wagen verkaufte.

«Sie haben keine Lust, mit dem Vetter zu prozessieren, weil Sie sowieso viel Geld haben», sagte der Restaurateur zu Matwej und blickte ihn neidisch an. «Wer Geld hat, dem geht es gut, aber was mich betrifft, ich werde vermutlich einst in dieser Lage krepieren müssen . . .»

Matwej beteuerte, dass er durchaus kein Geld habe, doch Sergej Nikanorytsch wollte nichts davon hören; Erinnerungen an die Vergangenheit und alle die Kränkungen, die er jeden Tag hinnehmen musste, brachen über ihn herein; seine Glatze war nass vom Schweiß, sein Antlitz rötete sich, und seine Augen zwinkerten.

«Verdammtes Leben!», rief er und schmiss die Wurst auf den Fußboden.

3

Man erzählte, dass das Wirtshaus noch unter Alexander I. von einer Witwe erbaut worden sei, die sich hier mit ihrem Sohn niedergelassen hatte; sie nannten sich Awdotja Terechowa. Der dunkle Hof mit dem vorragenden Schutzdach und das ewig geschlossene Tor riefen, zumal in Mondnächten, bei den Personen, die hier gelegentlich mit der Kutsche vorüberkamen, das Gefühl der Verlassenheit und einer grundlosen Unruhe hervor, als wohnten in diesem Hause Zauberer oder Räuber; und noch ein jeder Kutscher, der hier vorüberfuhr, blickte sich scheu um und trieb die Pferde an. Man kehrte hier nur ungern ein, da die Hausherren immer unfreundlich waren und von den Reisenden hohe Preise verlangten. Sogar im Sommer war der Hof stets unsauber; fette Schweine wälzten sich im Dreck, und Pferde wanderten frei herum; die Terechows handelten mit ihnen; es geschah sogar häufig, dass die Pferde, wenn es ihnen zu langweilig wurde, vom Hof liefen und zum Schrecken der Pilgerinnen wie toll die Landstraße entlangjagten: Zu jener Zeit gab es hier großen Verkehr; lange Wagenzüge mit Waren kamen vorüber, und es gab auch allerhand unliebsame Vorfälle, wie zum Beispiel jenen, als vor einigen dreißig Jahren die Fuhrleute eine wilde Prügelei veranstalteten und einen vorüberreisenden Kaufmann erschlugen; noch heute kann man eine halbe Werst vom Hof das bereits schief gewordene Kreuz sehen; mit hellem Schellenklang fuhren damals die Postdreigespanne vorüber, aber auch die schweren herrschaftlichen Dormeusen, und mit Gebrüll zogen Viehherden in dichten Staubwolken vorbei.

Als späterhin die Eisenbahn kam, wurde hier in der ersten Zeit nur eine Hilfshaltestelle errichtet, die die einfache Bezeichnung Ausweichstelle führte, doch schon nach etwa zehn Jahren wurde der jetzige Bahnhof Progonnaja erbaut. Der Verkehr auf der alten Poststraße hatte fast ganz nachgelassen, sie wurde nur noch von den Gutsbesitzern der Umgebung und von Bauern benützt, außerdem zogen im Frühjahr und im Herbst die Scharen der Arbeiter vorüber. Das Gasthaus war zu einer Schankwirtschaft geworden, die obere Etage brannte ab, das Dach war vor Rost bereits ganz gelb geworden, der Vorbau war nach und nach eingesunken, aber immer noch wälzten sich auf dem Hof im Dreck die gleichen riesigen fetten Schweine, die genauso rosig und widerwärtig waren wie vordem. Und wie früher liefen auch heute noch die Pferde gelegentlich vom Hof und fegten mit erhobenem Schweif toll über die Landstraße. In der Wirtschaft wurde mit Tee, Heu, Hafer und Mehl gehandelt, allein es wurde dort auch Schnaps und Bier verkauft, zum Trinken an Ort und Stelle oder zum Mitnehmen; die alkoholischen Getränke wurden allerdings mit einiger Angst verkauft, denn niemand hatte sich je darum gekümmert, um eine Lizenz einzukommen.

Alle Terechows zeichneten sich durch besndere Frömmigkeit aus, so dass sie sogar den Spitznamen «die Gottesanbeter» erhielten. Doch da sie wie Bären abseits von aller Welt hausten, jeden Verkehr mit Menschen mieden und alle Dinge immer nur mit dem eigenen Verstande zu erfassen bestrebt waren, neigten sie nur zu sehr zu allerlei Phantasien und Schwankungen des Glaubens, und so kam es denn, dass jede Generation irgendwie auf ihre besondere Art gläubig war. Die Ahne Awdotja, die das Gasthaus erbaut hatte, war noch altgläubig gewesen, ihr Sohn aber und ihre beiden Enkel (Matwejs und Jakows Väter) besuchten die rechtgläubige Kirche, sahen gerne in ihrem Hause Geistlichkeit und beteten vor den neuen Heiligenbildern mit genau derselben Frömmigkeit wie vor den Bildern aus alter Zeit; der Sohn aß, als er alt geworden war, kein Fleisch mehr und auferlegte sich das Gelübde des ewigen Schweigens, da er jede Unterhaltung als Sünde ansah; die Enkel aber hatten wiederum die Eigentümlichkeit, dass sie die Heilige Schrift nicht schlicht verstehen wollten, sondern immer einen geheimen Sinn in ihr suchten, und sie beteuerten, dass in jedem heiligen Worte irgendein Geheimnis enthalten sein müsse. Awdotjas Urenkel Matwey hatte schon in seiner frühesten Jugend viel durch seine Phantasie auszustehen und wurde von ihr fast zugrunde gerichtet; ihr zweiter Urenkel, Jakow Iwanytsch, war rechtgläubig, allein er hörte nach dem Tode seiner Frau auf, die Kirche zu besuchen, und betete nur noch zu Hause. Sein Beispiel steckte die Schwester Aglaja an: Auch sie ging nicht mehr in die Kirche und gestattete es auch Daschutka nicht. Von Aglaja erzählte das Gerücht, dass sie in jüngeren Jahren in Wedenjapino der Sekte der Geißler angehört hätte und dass sie auch jetzt noch insgeheim eine Geißlerin sei und eben aus diesem Grunde immer ein weißes Kopftuch trüge.

Jakow Iwanytsch war zehn Jahre älter als Matwej. Er war ein schöner alter Mann, sein Wuchs war hoch, sein breiter grauer Bart reichte ihm fast bis an den Gürtel, und die dichten Brauen gaben seinem Gesicht einen finsteren, ja fast bösartigen Ausdruck. Er trug gewöhnlich eine lange Jacke aus feinem Tuch oder einen schwarzen Halbpelz und gab sich überhaupt immer

Mühe, sich sauber und anständig zu kleiden; Überschuhe trug er sogar, wenn es trocken war. Er ging nie in die Kirche, da die Kirche seiner Ansicht nach die Gebote nicht hielt und da ferner die Geistlichen zu unerlaubten Zeiten Wein tranken und Tabak rauchten. Zu Hause las er an jedem Tage Gottes Wort und sang die Psalmen und die übrigen liturgischen Gesänge gemeinsam mit Aglaja. In Wedenjapino war es Sitte, dass man zur Frühmesse den Kanon ausließ und dass man sogar vor den großen Feiertagen keinen Abendgottesdienst hielt, er aber hatte es sich zur Gewohnheit gemacht, in seinem Hause an jedem Tage Gottesdienst zu halten und nie auch nur die geringste vorschriftsmäßige Zeile auszulassen, in seiner freien Zeit jedoch las er den anderen mit lauter Stimme das Leben der Heiligen vor. Auch im Alltagsleben hielt er sich streng an die Gebote; wenn es zum Beispiel an irgendeinem Tage innerhalb der großen Fasten nach der Vorschrift gestattet war, Wein «aus Gründen des Eifers» zu trinken, dann trank er unbedingt Wein, selbst wenn er gar keine Lust dazu hatte.

So las er denn, sang, weihräucherte und fastete, doch nicht etwa, um hiermit etwas bei Gott zu erreichen, sondern nur der Ordnung halber. Der Mensch kann nicht ohne Glauben leben, und der Glauben muss seinen geordneten Ausdruck finden, und zwar an jedem Tage und in jedem Jahr und in ganz bestimmter Gesetzmäßigkeit, so dass an jedem Morgen und an jedem Abend der Mensch sich Gott mit eben den Worten und Gedanken zu nähern hat, die für die gegebene Stunde und für den gegebenen Tag geziemend sind. Man muss leben und muss mithin so beten, wie es Gott gefällig ist, und darum muss man an jedem Tage eben nur das lesen und singen, was Gott erwünscht ist, das heißt, was vom Gesetz vorgeschrieben wird; so darf man zum Beispiel das erste Kapitel Johannis lediglich am Ostertage lesen, von Ostern aber bis zu Christi Himmelfahrt darf man niemals «Ruhm dir und Preis» singen und dergleichen mehr. Die Erkenntnis dieser Ordnung und das Gefühl ihres Wertes bereiteten Jakow Iwanytsch, wenn er betete, viel Vergnügen. Wenn sich aber die Notwendigkeit für ihn einstellte, die festgesetzte Ordnung zu unterbrechen und zum Beispiel zur Stadt zu fahren, um Waren einzukaufen oder auf die Bank zu gehen, dann quälte ihn das Gewissen, und er fühlte sich sehr unglücklich.

Als sein Vetter Matwej so unverhofft aus der Fabrik heimgekehrt war und sich in der Schenke wie im eigenen Hause niedergelassen hatte, wurde schon bald die Ordnung durch ihn gestört. Er spürte nicht den geringsten Wunsch, gemeinsam zu beten, er aß und trank seinen Tee nicht um die hergebrachte Stunde, er stand spät auf und nahm sogar am Mittwoch und am Freitag Milch zu sich, wobei er seine schwächliche Gesundheit als Grund anführte, fast jeden Tag drang er, wenn gebetet wurde, in den Betraum ein und rief: «Kommen Sie zur Vernunft, Vetterchen! Bereuen Sie, Vetterchen!» Solche Worte machten Jakow Iwanytsch ganz heiß, Aglaja aber konnte sich nicht zurückhalten und begann regelmäßig zu keifen. Nachts jedoch pflegte Matwej sich still in den Betraum zu schleichen und leise zu flüstern: «Vetterchen, Ihr Gebet ist Gott nicht gefällig. Denn es steht geschrieben: ‹Versöhne dich erst mit deinem Bruder und bringe mir erst dann dein Opfer dar.› Sie aber leihen Geld zu Wucherzinsen aus und handeln mit Schnaps. Gehen Sie in sich.»

Jakow sah in diesen Worten Matwejs nichts als die üblen Phrasen leerer und untüchtiger Menschen, die ewig von Nächstenliebe sprechen, von Versöhnung und so weiter, doch nur aus dem einen Grunde, um nicht beten, nicht fasten und nicht die Heilige Schrift lesen zu müssen; nur solche Menschen können verächtlich von Gewinn und Prozenten sprechen, und zwar lediglich aus dem Grunde, weil sie selber nicht zu arbeiten lieben. Arm sein, nichts sein Eigen nennen und nichts erspart haben ist nämlich viel leichter erreicht als etwa reich sein.

Trotzdem jedoch regte es ihn auf, und er konnte nicht mehr so beten wie früher. Kaum dass er den Gebetraum betreten und das Buch geöffnet hatte, überkam ihn alsbald die Furcht, der Vetter könnte sogleich kommen, um ihn zu stören; und so war es auch in der Tat: Matwej stellte sich immer bald darauf ein und rief mit bebender Stimme: «Kommen Sie zur Vernunft, Vetterchen! Gehen Sie in sich, Vetterchen!» Die Schwester keifte, und auch Jakow verlor jedes Mal die Beherrschung und schrie: «Fort aus meinem Hause!» Jener jedoch pflegte dann zu antworten: «Es ist doch unser gemeinsames Haus.»

Jakow fuhr mit dem Singen und Lesen fort, aber es gelang ihm nie mehr, sich zu beruhigen, und oftmals ertappte er sich selber dabei, dass er über der Lektüre der Heiligen Schrift ganz in seine Gedanken versunken war; denn hielt er auch die Worte seines Vetters für dummes Zeug, so kamen sie ihm doch gerade in der letzten Zeit immer häufiger in den Kopf, besonders jenes, dass es dem Reichen schwer sei, ins Himmelreich einzugehen; er musste immer daran denken, dass er vor drei Jahren ein gestohlenes Pferd sehr vorteilhaft gekauft hatte und dass noch zu Lebzeiten seiner verstorbenen Frau einmal ein Säufer in seiner Schenke an den Folgen übermäßig genossenen Schnapses gestorben war ...

Nachts konnte er jetzt nicht mehr richtig schlafen; beim geringsten Geräusch fuhr er auf und musste dann hören, dass auch Matwej nicht schlief und ewig seufzte, da er sich nach seiner Kachelfabrik zurücksehnte. Und wenn Jakow sich nachts von der einen Seite auf die andere wälzte, musste er immer an das gestohlene Pferd denken und an den Säufer und an die Worte des Evangeliums vom Kamel.

Es sah fast danach aus, als wollten wieder unklare Traumgespinste in ihm die Oberhand gewinnen. Wie mit einer gewissen Absicht schneite es in jenem Jahr, obwohl es bereits Ende März war, täglich; winterlich rauschte der Wald, und man konnte kaum daran glauben, dass irgendwann einmal der Frühling kommen würde. Das Unwetter draußen war sehr danach angetan, Langeweile zu erwecken und Streitsucht oder sogar Hass; nachts aber, wenn der Wind über das Dach strich, schien es, dass jemand im leeren Stockwerk oben hause, und dann rückten die Einbildungen und Phantasien immer heftiger heran, dann brannte der Kopf, und kein Gedanke war mehr an Schlafen.

4

Am Montag in der Karwoche hörte Matwej in seinem Zimmer schon in aller Frühe, wie Daschutka zu Aglaja sprach: «Onkel Matwej sagte kürzlich, Fasten, sagte er, sei ganz überflüssig.»

Matwej erinnerte sich hierbei an das Gespräch, das er noch am Vorabend mit Daschutka geführt hatte, und fühlte sich plötzlich gekränkt.

«Mädchen, begeh keine Sünde!», rief er mit stöhnender Stimme, die wie die eines Kranken klang. «Ohne zu fasten geht es absolut nicht, selbst unser Herrgott hat vierzig Tage lang gefastet. Ich erklärte dir nur, dass einem schlechten Menschen auch das Fasten nicht helfen könnte.»

«Hör du nur auf die Fabrikleute, die werden dich schon was Rechtes lehren», meinte Aglaja spöttisch, während sie den Fußboden scheuerte (an Wochentagen scheuerte sie gewöhnlich den Fußboden und ärgerte sich hiebei immer über jeden). «Man weiß ja, wie sie in den Fabriken fasten. Frage ihn doch nur, deinen Onkel da, frag ihn doch nur nach jenem ‹Seelchen› und wie er mit ihr, mit dieser Natter, zur Fastenzeit Milch gesoffen. Die anderen weiß er zu belehren, selber aber hat er wohl seine Natter schon ganz und gar vergessen. Und frag ihn dann auch, wem er sein ganzes Geld vermacht hat, wem denn?»

Sorgsam verbarg Matwej, wie eine ungepflegte Wunde, vor den Menschen, dass er in jener selben Periode seines Lebens, als die verschiedenen alten und jungen Weiber beim Gebet mit ihm sprangen und liefen, nahe Beziehungen zu einem Bürgermädchen unterhalten und mit ihr sogar ein Kind erzeugt hatte. Als er nach Hause zurück musste, gab er dieser Frau alles, was er sich in der Fabrik erspart hatte, sogar sein Reisegeld ließ er sich vom Verwalter geben und besaß jetzt nur noch einige wenige Rubel, für die er sich Tee und Kerzen kaufte. Das «Seelchen» benachrichtigte ihn späterhin, dass das Kindchen gestorben sei, und fragte ihn in dem Briefe, wie sie es mit dem Gelde halten sollte. Diesen Brief brachte ein Arbeiter von der Eisenbahnstation. Aglaja aber fing ihn ab, las ihn heimlich und stichelte jeden Tag, wen Matwej zugegen war, auf das «Seelchen».

«Neunhundert Rubel, kein Spaß!», fuhr Aglaja fort. «Neunhundert Rubel hast du dieser fremden Natter, dieser Fabrikstute, gegeben – dass du doch platzest!» Sie war schon ganz aus dem Häuschen und schrie winselnd: «Was schweigst du? Zerreißen könnte ich dich, du Nichtsnutz! Neunhundert Rubel! Hättest du sie nicht Daschutka verschreiben können – die ist doch deine Verwandte und keine Fremde –, oder wenn du sie wenigstens nach Belew für die unglückseligen Marienwaisen gestiftet hättest! Daran wäre deine Natter nicht erstickt. Sei sie dreimal verdammt, diese Teufelin, wenn sie doch niemals mehr einen glücklichen Tag hätte!»

Jakow Iwanytsch rief nach ihr; es war bereits Zeit, die Horen zu singen. Sie wusch sich, tat ein weißes Halstuch um und war, als sie in den Betraum zu ihrem geliebten Bruder trat, schon wieder still und demütig. Wenn sie mit Matwej sprach oder den Bauern in der Schänke Tee verabfolgte, war sie eine dürre, scharfäugige und böse Alte, in der Gebetkammer aber war ihr Antlitz rein und voller Rührung, sie selber schien jünger geworden zu sein, sie wusste zierlich zu knicksen und verstand sogar die Lippen herzförmig zu spitzen.

Still und klagend begann Jakow Iwanytsch die Horen zu lesen, ganz so, wie er es immer tat, wenn die große Fastenzeit begann. Nachdem er eine Zeit lang gebetet, machte er eine kleine Pause, um zu hören, ob im Hause alles ruhig sei, und las dann weiter und empfand ein großes Vergnügen dabei; er faltete die Hände zum Gebet, rollte die Augen, schüttelte den Kopf und seufzte tief. Plötzlich aber vernahm er Stimmen. Der Gendarm und Sergej Nikanorytsch waren zu Matwej zu Besuch gekommen. Jakow Iwanytsch schämte sich, laut zu sprechen und zu singen, wenn fremde Leute im Hause waren, und darum begann er auch jetzt, als er die Stimmen hörte, langsam und nur noch im Flüsterton seine Gebete herzusagen. Man konnte in der Betkammer hören, was der Bahnhofsrestaurateur sprach.

«Der Tatar in Stschepow verpachtet seine Wirtschaft für anderthalbtausend. Man könnte ihm jetzt fünfhundert geben und für den Rest einen Wechsel. Darum seien Sie so gefällig, Matwej Wassiljitsch, und leihen Sie mir die fünfhundert Rubel. Ich will Ihnen zwei Prozent im Monat dafür zahlen.»

«Woher soll ich denn das Geld nehmen!», meinte Matwej erstaunt. «Wieso glauben Sie, dass ich so viel Geld habe?»

«Zwei Prozent im Monat, das ist vom Himmel gefallenes Geld für Sie», erläuterte der Gendarm. «Solang es bei Ihnen stillliegt, wird Ihr Geld ja doch nur von den Motten gefressen, ohne jeden Nutzen.»

Bald darauf gingen die Gäste und wieder wurde es still. Doch kaum hatte Jakow Iwanytsch begonnen, aufs Neue laut zu sprechen und zu singen, da erscholl hinter der Tür eine Stimme:

«Vetterchen, dürfte ich die Pferde nehmen, um nach Wedenjapino zu fahren?» Es war Matwej. Und wieder kam die alte Unruhe über Jakows Gemüt.

«Welches wollen Sie denn nehmen?», fragte er, nachdem er kurz überlegt hatte. «Mit dem Braunen ist der Arbeiter fortgefahren, um das Schwein wegzubringen, den Hengst aber brauche ich selber, um nach Schutejkino zu fahren, sobald ich hier fertig bin.»

«Ja, wie kommt denn das, Vetterchen, dass Sie über die Pferde bestimmen können und ich nicht?», fragte Matwej erzürnt.

«Weil ich nicht spazieren fahren will, sondern geschäftlich zu tun habe.»

«Alles hier gehört uns gemeinsam, mithin gehören uns auch die Pferde gemeinsam, und das müssten Sie allmählich begreifen, Vetterchen.»

Es entstand ein Schweigen. Jakow betete nicht mehr und wartete, dass Matwej endlich von der Tür fortginge.

«Vetterchen», fuhr Matwej fort, «ich bin ein kranker Mensch, ich will ja gar nichts von der Wirtschaft haben, Gott sei mit ihr, besitzen Sie sie ruhig weiter, aber geben Sie mir wenigstens einen kleinen Teil, damit ich mich in meiner Krankheit durchbringen kann. Geben Sie es mir, und ich werde gehen.»

Jakow schwieg. Es war zwar sein sehnlichster Wunsch, von Matwej loszukommen, Geld jedoch wollte er ihm keines geben, denn sein ganzes Geld steckte im Geschäft; zudem war es, seit das Geschlecht der Terechows hier saß, noch nie vorgekommen, dass Brüder jemals geteilt hätten; teilen heißt bekanntlich meist – zugrunde gehen.

Jakow schwieg und wartete noch immer, ob Matwej nicht fortgehen wolle, er schaute seine Schwester an, denn er fürchtete, dass sie sich einmischen würde und dass es am Ende aufs Neue ein solches Gekeife geben könnte wie am Morgen. Als Matwej endlich fortgegangen war, fuhr er im Gottesdienst fort, aber er empfand kein Vergnügen mehr daran, die tiefen Verbeugungen machten ihm nur den Kopf schwer, es flimmerte ihm vor den Augen, und es langweilte ihn, die eigene stille und klagende Stimme zu hören. Wenn ihn zuweilen nachts so eine gedrückte Stimmung überkam, pflegte er es damit zu erklären, daß er keinen Schlaf finden konnte, wenn es aber tags vorkam, erschreckte es ihn so sehr, und es wollte ihm dann scheinen, dass auf seinem Kopf und seinen Schultern Dämonen hockten.

Nachdem er mit Müh und Not mit den Horen zu Ende gekommen war, begab er sich, unzufrieden und verärgert, nach Schutejkino. Im vergangenen Herbst hatten die Erdarbeiter in der Nähe von Progonnaja einen Grenzgraben aufgeworfen und während der Zeit in der Schenke Schulden in Höhe von achtzehn Rubel gemacht; mithin war es notwendig, den Unternehmer in Schutejkino zu erwischen und ihm das Geld abzunehmen. Schneestürme und Tauwetter hatten die Straße völlig verwüstet, sie war voll von Löchern und stellenweise kaum befahrbar; der Schnee an den Rändern führte abschüssig hinunter, so dass man auf der Straße wie auf einem schmalen Damm fuhr, und es war schwierig, einem entgegenkommenden Wagen auszuweichen. Schon seit dem frühen Morgen war der Himmel bedeckt und wehte ein frischer Wind.

Eine lange Reihe von Fuhren kam ihm entgegen: es waren Weiber, die Ziegel führten. Jakow musste vom Weg hinunter; sein Pferd geriet bis an den Bauch in den Schnee, der einspännige Schlitten neigte sich bedrohlich nach rechts über, so dass er selber, um nicht hinauszufallen, sich ganz nach links beugen und in dieser Stellung sitzen bleiben musste, solange die Fuhrwerke langsam an ihm vorüberzogen; er hörte trotz des heftigen Windes, wie die Schlittenkufen knirschten und die dürren Pferde schwer atmeten, und hörte auch, wie die Weiber miteinander sprachen: «Da fährt der Gottesanbeter.» Eine aber sah sein Pferdchen mitleidig an und warf hastig hin: «Es scheint, dass der Schnee bis zum Georgstage liegen bleiben wird. Schlimm!»

Jakow saß sehr unbequem, ihm tat es weh, sich so bücken zu müssen; er musste die Augen beständig zukneifen, weil der Wind so heftig wehte, aber immer noch zogen die Pferde und die roten Ziegel an ihm vorüber. Und vielleicht weil er so unbequem saß, sodass ihm bereits die ganze Seite wehtat, wurde er plötzlich ganz ärgerlich, und ihm schien, dass das Geschäft, weswegen er fuhr, unwichtig sei; er überlegte, dass es gut ginge, morgen den Arbeiter nach Schutejkino zu schicken. Und wieder musste er wie in der vergangenen schlaflosen Nacht an die Worte vom Kamel denken, und wieder krochen allerhand Erinnerungen in seinen Kopf – an den Bauern, der ihm das gestohlene Pferd verkauft hatte, an jenen Säufer, doch auch an die Weiber, die bei ihm ihre Samoware versetzten. Es ist richtig, ein jeder Kaufmann muss bestrebt sein, seinen Vorteil möglichst wahrzunehmen, Jakow aber fühlte sich dadurch, dass er ein Kaufman war, nur noch mehr bedrückt; er hatte nur noch den einen Wunsch, möglichst weit von diesen Dingen abzurücken, und jetzt quälte ihn sogar der Gedake, dass er heute noch den Abendgottesdienst halten müsste. Der Wind peitschte ihm ins Gesicht und pfiff in seinen Kragen, und es war ihm, als flüstere der Wind ihm diese Gedanken zu und trüge sie ihm vom breiten weißen Felde zu ... Jakow erinnerte sich, während er dieses

Feld, das ihm seit seiner Kinderzeit her bekannt war, betrachtete, dass er genau die gleiche Unruhe und ähnliche Gedanken auch in jungen Jahren erlebt hatte, und zwar jedes Mal, wenn die Phantasien über ihn kamen und sein Glauben ins Schwanken geriet.

Es war ihm unheimlich, allein im Feld zu bleiben; er kehrte um und fuhr still hinter den Lastfuhren her, die Weiber aber lachten über ihn und sprachen untereinander: «Der Gottesanbeter ist zurückgekommen.»

Zu Hause hatte man infolge der Fastenzeit nichts gekocht und auch den Samowar nicht aufgestellt, darum schien dieser Tag sehr lang zu sein. Längst schon hatte Jakow Iwanytsch das Pferd in den Stall gebracht, er hatte auch bereits das Mehl zum Bahnhof geschickt und zweimal versucht, den Psalter zu lesen, aber immer noch wollte es nicht Abend werden. Aglaja hatte derweilen sämtliche Fußböden gescheuert und kramte vor lauter Nichtstun in ihrer Truhe, deren Decke inwendig ganz mit Flaschenetiketten beklebt war. Traurig und hungrig saß Matwej in seiner Kammer und las, zuweilen erhob er sich, schritt an den holländischen Ofen heran und betrachtete aufmerksam die Kacheln, da sie ihn an seine Fabrik erinnerten. Daschutka schlief; als sie erwachte, ging sie das Vieh tränken. Während sie noch am Brunnen damit beschäftigt war, Wasser zu schöpfen, riss der Strick, und der Eimer fiel ins Wasser. Der Arbeiter suchte nach einer Stange, um den Eimer hervorzuholen. Daschutka folgte ihm barfuß mit roten Füßen, die wie die einer Gans aussahen, über den schmutzigen Schnee und sagte nur immer wieder: «Der Abgrund, der!» Sie wollte damit sage, dass die Tiefe des Brunnens die Länge der Stange bedeutend überstieg, aber der Arbeiter verstand sie nicht, und außerdem war sie ihm offenbar längst zuwider geworden, denn plötzlich drehte er sich schroff um und beschimpfte sie mit den hässlichsten Ausdrücken. Jakow Iwanytsch, der um dieselbe Zeit auf den Hof hinausgekommen war, hörte, wie Daschutka dem Arbeiter atemlos eine lange und erlesene Reihe von Schimpfworten an den Kopf warf, die sie nur in der Schenke von betrunkenen Bauern gelernt haben konnte.

«Was soll das, du Schamlose?», schrie er und erschrak. «Was sind das für Worte?»

Sie aber blickte stumpf und erstaunt den Vater an und begriff durchaus nicht, warum es nicht anginge, solche Worte auszusprechen. Er beabsichtigte eigentlich, ihr eine Predigt zuhalten, indes sie kam ihm plötzlich so roh und finster vor, und er begriff zum ersten Mal, seit sie bei ihm war, dass im Grunde genommen gar kein Glauben in ihr war. Und roh und finster wie dieses Mädchen kam ihm das ganze Leben in den Wäldern hier vor, im Schnee, mit den ewig betrunkenen Bauern und den unaufhörlichen Schimpfworten, und so machte er denn, statt ihr eine Predigt zu halten, nur eine lässige Bewegung mit der Hand und kehrte ins Zimmer zurück.

Um die gleiche Zeit kamen der Gendarm und Sergej Nikanorytsch aufs Neue zu Matwej. Jakow Iwanytsch musste daran denken, dass auch diese Menschen keinerlei Glauben hätten und dass dennoch dieser Umstand sie nicht im Geringsten beunruhige, und da erschien ihm auf einmal das ganze Leben so sonderbar sinnlos und ausweglos wie das eines Hundes; ohne die Mütze aufzusetzen, ging er ein wenig auf dem Hof auf und ab und schritt darauf auf die Landstraße hinaus und ballte die Fäuste – der Schnee fiel in großen Flocken, sein Bart wehte im Winde, unablässig warf er den Kopf zurück, denn irgendetwas Unbestimmtes drückte ihn auf Kopf und Schultern, ganz so, als hockten Dämonen darauf, und es war ihm, als wäre nicht er es, der hier auf der Landstraße schritt, sondern ein Tier, ein gewaltiges furchtbares Raubtier, und dass, wenn er jetzt aufschrie, seine Stimme wie ein Geheul über Feld und Wald hinschwingen und alles im Umkreis erschrecken müsste.

5

Als er einige Zeit darauf wieder ins Haus zurückkehrte, war der Gendarm bereits verschwunden, der Bahnhofsrestaurateur aber saß noch immer in Matwejs Zimmer und zählte etwas auf dem Rechenbrett. Er war auch früher schon häufig, fast jeden Tag, in der Schankwirtschaft gewesen; vormals hatte er Jakow Iwanytsch besucht, doch kam er in der letzten Zeit immer nur noch zu Matwej. Er hatte stets etwas auf dem Rechenbrett zu rechnen, wobei sein Antlitz einen angestrengten Ausdruck annahm und stark schwitzte, oder er bat um Geld, oder aber er erzählte, seinen Backenbart streichend, von jener Zeit, da er auf dem erstklassigen Bahnhof Bowlen für die Herren Offiziere zubereitet und wenn es ein Festessen gab, selber die Sterlettsuppe in die Teller gegossen hatte. Nichts außer Bahnhofsrestaurants interessierte ihn mehr auf dieser Welt, und sein einziges Gesprächsthema waren nur noch Speisen, Service und Weine. Als er einmal einer jungen Frau, die gerade ihr Kind an der Brust nährte, den Tee sevierte, hatte er, um ihr etwas Verbindliches zu sagen, folgende Worte gebraucht: «Die Brust der Mutter ist das Restaurant für den Säugling.»

Da er jetzt in Matwejs Zimmer saß und mit dem Rechenbrett beschäftigt war, bat er ihn wieder um Geld; er sagte, dass es ihm unmöglich wäre, sich länger auf Progonnaja zu halten, und wiederholte mehrfach mit einem so kläglichen Tonfall, als wollte er weinen:

«Wohin soll ich denn gehen? Wohin soll ich jetzt noch gehen, sagen Sie mir das, bitte?»

Kurze Zeit darauf ging Matwej in die Küche, um einige gekochte Kartoffeln zu säubern, die er sich vermutlich von gestern aufgehoben hatte. Da alles im Haus still war, nahm Jakow Iwanytsch an, dass der Restaurateur schon fortgegangen sei. Es war höchste Zeit, mit dem Abendgottesdienst zu beginnen; er rief Aglaja herbei und begann, da er dachte, dass niemand im Hause sei, ohne Scheu laut zu singen. Er sang und sprach, aber in seinen Gedanken waren ganz andere Worte: «Herr, vergib mir! Herr, beschütze mich!» – und verbeugte sich hierbei unablässig tief bis zur Erde, fast so, als wäre es seine Absicht, sich müde zu machen, und schüttelte außerdem so heftig den Kopf, dass Aglaja ihn unwillkürlich erstaunt ansah. Er fürchtete, Matwej könnte gleich eintreten, ja er war überzeugt davon, dass er es tun würde, und fühlte einen Zorn gegen ihn aufsteigen, den er weder durch das Gebet noch durch die rastlosen Verbeugungen zu bezwingen vermochte.

Leise, ganz leise öffnete Matwej die Tür und betrat den Gebetraum.

«Die Sünde, ach die Sünde!», sagte er vorwurfsvoll und seufzte. «Bereuen Sie! Gehen Sie in sich, Vetterchen!»

Jakow Iwanytsch ballte die Fäuste und verließ, ohne ihn anzublicken, den Gebetraum, denn sonst hätte er ihn am Ende geschlagen. Ihn überkam genauso wie vorhin auf der Landstraße das Gefühl, dass er ein gewaltiges und furchtbares Tier sei, er schritt über den Flur und betrat die schmutzige, von Dunst und Tabakrauch erfüllte andere Seite des Hauses, in der die Bauern gewöhnlich Tee zu trinken pflegten, und ging dort lange von einer Ecke zur anderen, wobei er so schwer auftrat, dass das Geschirr auf den Regalen zu klirren begann und die Tische ins Schwanken kamen. Es war ihm nur zu klar geworden, dass er mit seinem Glauben unzufrieden sei und nie wieder wie vordem würde beten können. Es wäre nötig gewesen, zu bereuen, zur Besinnung zu kommen, zur Vernunft, und eine andere Art zu finden, mit der man hinfort leben und beten könnte. Aber wie konnte man anders beten? Und vielleicht war es nichts als eine Versuchung des Teufels, und vielleicht war überhaupt nichts dergleichen notwendig? – Also was tun? Was glauben? Wer konnte das sagen? Welche Hilflosigkeit! Er blieb stehen und griff sich an den Kopf, denn der Gedanke, dass Matwej in der Nähe war, hinderte ihn daran, ruhig zu überlegen. Und hastig betrat er aufs Neue das Zimmer.

Matwej saß in der Küche vor einem Schälchen mit Kartoffeln und aß. Dortselbst saßen neben dem Ofen Aglaja und Daschutka und spulten Garn auf. Zwischen dem Ofen und dem Tisch, an dem Matwej saß, war ein Bügelbrett aufgestellt, auf dem ein kaltes Bügeleisen stand.

«Base», bat Matwej, «wollen Sie mir bitte noch ein wenig Öl geben!»

«Wer darf an solch einem Tag Öl essen?», fragte Aglaja.

«Ich bin kein Mönch, Base, sondern ein gewöhnlicher Mensch. Und da es mit meiner Gesundheit nicht weit her ist, darf ich nicht nur Öl, sondern auch Milch haben.»

«Ja freilich, bei euch auf der Fabrik ist eben alles erlaubt!»

Aglaja nahm die Flasche mit Fastenöl vom Regal und stellte sie, derb aufsetzend, vor Matwej hin; ein boshaftes Lächeln flog über ihr Gesicht, denn sie freute sich augenscheinlich darüber, dass er solch ein Sünder war.

«Ich sag dir aber, dass es nicht erlaubt ist, Öl zu nehmen!», schrie Jakow.

Aglaja und Daschutka erbebten, Matwej jedoch goss, als hätte er nichts gehört, das Öl in sein Schälchen und fuhr fort zu essen.

«Ich sage dir aber, dass es dir nicht erlaubt ist, Öl zu nehmen!», schrie Jakow noch lauter, wurde feuerrot und packte plötzlich das Schälchen, hob es hoch auf und warf es so heftig zu Boden, dass die Splitter umherflogen. «Untersteh dich nicht, zu sprechen!», schrie er mit völlig entstellter Stimme, obwohl Matwej keine Silbe gesagt hatte. «Untersteh dich nicht!», wiederholte er und schlug mit der Faust auf den Tisch.

Matwej erblasste und stand auf.

«Vetterchen!», sagte er und fuhr fort zu kauen. «Vetterchen, kommen Sie zur Vernunft!»

«Pack dich augenblicks aus meinem Hause!», schrie Jakow; Matwejs runzliges Gesicht war ihm plötzlich unerträglich geworden und ebenso seine Stimme wie auch die Krümchen, die in seinem Schnurrbart hingen, und auch der Umstand, dass er kaute. «Pack dich, sage ich dir!»

«Vetterchen, beruhigen Sie sich! Der Hochmut des Teufels spricht aus Ihnen!»

«Schweig!» (Jakow stampfte mit den Füßen.) «Pack dich fort, du Teufel!»

«Wenn Sie es schon wissen wollen», sprach Matwej laut weiter, denn er begann sich jetzt zu ärgern, «Sie sind ein Gottesleugner und ein Heide. Unselige Geister halten das Licht der Wahrheit vor Ihnen verborgen, und Ihr Gebet ist nicht wohlgefällig. Bereuen Sie, solange es noch nicht zu spät ist! Schrecklich ist der Tod des Verstockten! Bereuen Sie, Vetterchen!»

Jakow packte ihn an den Schultern und zog ihn hinter dem Tisch hervor. Matwej wurde noch blasser und murmelte verwirrt und erschrocken: «Ja was soll denn das? Was soll denn das?», und stemmte sich dagegen und mühte sich vergebens, aus den Händen Jakows loszukommen; er packte hierbei unversehens dessen Hemd in der Halsgegend und zerriss ihm den Kragen, Aglaja dagegen glaubte, er hätte Jakow schlagen wollen, schrie auf, ergriff die Flasche mit dem Fastenöl und schlug damit aus aller Kraft dem verhassten Vetter auf den Hinterkopf. Matwej taumelte, im gleichen Augenblick jedoch nahm sein Gesicht einen ruhigen und gleichmütigen Ausdruck an; allein der übermäßig erregte Jakow, dem es Vergnügen bereitet hatte, zu hören, wie die Flasche, den Kopf berührend, gekracht hatte, als ob sie lebendig wäre, ließ ihn nicht zu Boden stürzen, sondern zeigte Aglaja, schwer atmend, einige Male (er konnte sich daran noch gut erinnern) mit dem Finger das Bügeleisen, indes erst als Blut über seine Hände floss und Daschutkas lautes Weinen ertönte, erst als das Bügelbrett zu Boden stürzte und Matwejs Körper schwer darüber hinfiel, ließ die Wut in Jakow nach, denn jetzt erst begriff er, was geschehen war.

«Mag er verrecken, der Fabrikhengst!», meinte Aglaja mit dem heftigsten Abscheu und hielt immer noch das Bügeleisen in der Hand; ihr weißes, blutbeflecktes Halstuch war ihr auf die Schultern herabgeglitten, und ihre grauen Haare hatten sich gelöst. «Recht ist ihm geschehen!»

Alles war furchtbar. Daschutka saß auf dem Fußboden neben dem Ofen und hielt immer noch das Garn in Händen, sie wimmerte, schwankte mit dem Oberkörper hin und her und sprach bei jedem Schwanken: «Ham! Ham!» Am schrecklichsten aber war Jakow der Anblick der im Blut schwimmenden gekochten Kartoffeln, auf die zu treten er sich fürchtete, allein es war noch etwas da, etwas noch viel Grauenhafteres, das wie ein schwerer Albdruck auf ihm lastete und das ihm gefährlicher als das andere erschien und das er dennoch im ersten Augenblick nicht einmal ganz fassen konnte. Das war der Restaurateur Sergej Nikanorytsch, der, mit dem Rechenbrett in der Hand, furchtbar blass auf der Schwelle stand und mit Entsetzen die Vorgänge in der Küche betrachtete. Erst als er sich umdrehte und schnell durch den Flur nach draußen ging, begriff Jakow, wer es gewesen war, und folgte ihm.

Während er ging, putzte er sich die Hände mit Schnee rein und überlegte. Ihm kam der Gedanke, dass der Arbeiter um Erlaubnis gebeten hatte, die Nacht zu Hause im Dorf verbringen zu dürfen, und schon längst fortgegangen war; gestern hatten sie zudem ein Schwein geschlachtet, der Schnee vor dem Hause war voller großer Blutflecken, Blut hatte auch den Schlitten beschmutzt und sogar den einen Rand des Brunnenkastens, so dass keiner Verdacht schöpfen konnte, wenn Jakow und seine Angehörigen jetzt voll Blut waren. Es war schon quälend genug, den Mord verbergen zu müssen, aber der Gedanke, dass nun der Stationsgendarm pfeifend und spöttisch lächelnd kommen würde und mit ihm die Bauern, die Jakow und Aglaja kräftig fesseln und sie im Triumph zum Gemeindeamt und von dort zur Stadt bringen würden und den ganzen Weg über immer wieder auf sie hinweisen und vergnügt sprechen würden: «Da führt man die Gottesanbeter!» – dies war Jakow noch quälender als alles andere, und in seinem Kopf war nur noch der Wunsch, irgendwie die Zeit hinauszuziehen, um diese Schmach nicht jetzt gleich erleben zu müssen, sondern irgendwann später.

«Ich kann Ihnen tausend Rubel borgen . . .», sagte er, als er Sergej Nikanorytsch erreicht hatte. «Wenn Sie es jemand sagen, hat keiner Nutzen davon . . . den Toten kann man ja doch nicht wieder lebendig machen.»

Er vermochte kaum mit dem Restaurateur, der, ohne sich umzuschauen, immer schneller ging, Schritt zu halten, allein er fuhr dennoch fort: «Ich könnte Ihnen vielleicht auch anderthalbtausend geben . . .»

Er blieb stehen, um Atem zu schöpfen, Sergej Nikanorytsch jedoch ging mit dem gleichen schnellen Schritt weiter, denn er fürchtete offenbar, dass jener am Ende auch ihn totschlagen könnte. Erst als er den Übergang bereits passiert und auf der Landstraße, die von dem Übergang zum Bahnhof führte, die Hälfte des Weges zurückgelegt hatte, blickte er sich flüchtig um und ging etwas langsamer. Auf dem Bahnhof und längs der Eisenbahnlinie brannten bereits die roten und grünen Lichter; der Wind hatte nachgelassen, aber immer noch fiel der Schnee in großen Flocken, und der Weg war ganz weiß. Sergej Nikanorytsch machte, als er das Bahnhofsgebäude fast erreicht hatte, Halt, dachte eine Minute lang nach und kehrte dann entschieden um. Es war inzwischen völlig Nacht geworden.

«Also gut denn, geben Sie mir anderthalbtausend, Jakow Iwanytsch», sagte er leise und am ganzen Körper bebend. «Ich bin einverstanden.»

6

Jakow Iwanytschs Geld lag in der Stadtbank, einen Teil hatte er auch gegen Pfandverschreibungen ausgeliehen, sodass er zu Hause immer nur wenig Geld zur Hand hatte, gerade nur so viel, wie er für seinen Handel benötigte. Als er die Küche betrat, suchte er nach dem Zündholzkästchen und sah, während das Schwefelhölzchen mit blauer Flamme flackerte, Matwejs

Körper, der wie zuvor auf dem Fußboden neben dem Tisch lag und über dem jetzt ein weißes Leintuch lag; er bemerkte außerdem die Stiefel, die unterhalb des Tuches hervorragten. Ein Heimchen zirpte. Aglaja und Daschutka hatten die Wohnung verlassen; beide saßen still in der Schankwirtschaft hinter der Theke und spulten schweigsam Garn auf. Jakow Iwanytsch zündete ein Lämpchen an und ging damit in sein Zimmer, dort zog er unter dem Bett den Kasten hervor, in welchem er sein Geld aufbewahrte. Er fand darin gegen vierhundertundzwanzig Rubel in lauter kleinen Scheinen und noch etwa fünfunddreißig Rubel in Silber; von dem Papiergeld ging ein schwerer und widerlicher Geruch aus. Jakow Iwanytsch steckte das Geld in seine Mütze und ging auf den Hof und gleich darauf durchs Tor auf die Landstraße. Er schaute sich beständig um, allein nirgends vermochte er den Restaurateur zu erblicken.

«Hopp!», schrie Jakow.

Eine dunkle Gestalt trennte sich bei dem Übergang vom Schlagbaum und trat zögernd an ihn heran.

«Warum gehen Sie denn immer herum?», meinte Jakow verärgert, als er den Restaurateur erkannte. «Hier haben Sie das Geld; es fehlt noch ein wenig, dann wären es fünfhundert ... Ich hatte nicht mehr zu Hause!»

«Schon gut ... Ich danke Ihnen sehr», murmelte Sergej Nikanorytsch, griff gierig nach dem Gelde und stopfte es sich in die Taschen; er bebte am ganzen Körper, was man, obwohl es ringsum dunkel war, gut bemerken konnte. «Und was Sie betrifft, Jakow Iwanytsch, Sie können ganz beruhigt sein ... Wozu sollte ich plaudern? Es geht mich gar nichts an, ich war da und bin fortgegangen. Ich weiß sozusagen von nichts und ahne auch nichts ...» Und mit einem Seufzer fügte er hinzu: «O über das verdammte Leben!»

Sie standen noch einen Augenblick stumm da und blickten einander nicht an.

«Warum musste das nur geschehen, wegen solcher Kleinigkeiten, Gott weiß, wieso ...», meinte schließlich schaudernd der Restaurator. «Ich saß ganz harmlos da und rechnete, da hörte ich plötzlich Lärm ... Ich schaute durch die Tür, Sie aber hatten derweilen wegen dem Fastenöl ... Wo ist er jetzt?»

«Er liegt noch immer in der Küche.»

«Sie müssen ihn fortschaffen. Worauf warten Sie noch?»

Jakow begleitete ihn schweigend bis zum Bahnhofsgebäude und kehrte darauf nach Hause zurück; dort spannte er das Pferd ein, um Matwejs Körper nach Limarowo zu schaffen. Er hatte sich entschlossen, ihn in den Wald von Limarowo zu bringen und ihn dort auf der Landstraße zu lassen, denn er wollte den Leuten sagen, dass Matwej nach Wedenjapino gegangen sei und nicht zurückgekommen wäre, damit alle denken sollten, dass irgendwelche Landstreicher ihn erschlagen hätten. Er wusste allerdings, dass er hiermit niemand auf die Dauer betrügen könnte, aber er musste sich jetzt bewegen, etwas tun und geschäftig sein, denn das war weniger quälend, als still dazusitzen und zu warten. Er rief nach Daschutka und schaffte mit ihr zusammen Matwejs Körper fort. Aglaja blieb zu Hause und säuberte die Küche.

Als Jakow und Daschutka zurückkehrten, wurden sie bei der Überfahrt von dem herabgelassenen Schlagbaum aufgehalten. Ein langer Güterzug, der von zwei Lokomotiven gezogen wurde, fuhr schwer stampfend vorüber, aus den Schornsteinen flogen Funkengarben purpurroten Feuers. Als die vordere Lokomotive die Überfahrt erreicht hatte, von der aus der Bahnhof sichtbar wurde, gab sie ein durchdringendes Signal.

«Sie pfeift ...», bemerkte Daschutka.

Endlich war der Zug vorüber, und langsam zog der Wächter den Schlagbaum auf.

«Bist du das, Jakow Iwanytsch?», fragte er. «Ich habe dich nicht erkannt, du wirst also reich werden.»

Als sie bald darauf das Haus erreicht hatten, war es höchste Zeit, schlafen zu gehen. Aglaja und Daschutka hatten sich ihre Betten auf dem Fußboden in der Teestube gemacht und legten sich nebeneinander, Jakow streckte sich auf der Bank aus. Diesmal wurde, bevor sie sich zur Ruhe begaben, nicht gebetet, und sie zündeten auch nicht die Lämpchen an. Alle drei konnten in dieser Nacht nicht schlafen, doch keiner von ihnen sprach ein Wort, und es war ihnen die ganze Nacht über, als schritte jemand im leeren Stockwerk über ihnen auf und ab.

Zwei Tage darauf kamen der Untersuchungsrichter und der Vorsteher der Landpolizei aus der Stadt und gingen daran, zunächst Matwejs Zimmer zu durchsuchen und danach die ganze Schänke. Jakow wurde als erster verhört, er sagte aus, dass Matwej am Montag gegen Abend nach Wedenjapino gegangen sei, um sich zum Abendmahl vorzubereiten, und dass ihn vermutlich die Holzsäger, die zur Zeit in der Nähe der Eisenbahnlinie arbeiteten, erschlagen hätten. Als aber der Untersuchungsrichter ihm die Frage vorlegte, wieso man Matwej auf der Landstraße gefunden hätte, seine Mütze aber zu Hause, ob er etwa nach Wedenjapino ohne Mütze gegangen sei, und wieso es möglich sei, dass man auf dem Schnee rings um den Körper keinen Blutstropfen gesehen hätte, obwohl sein ganzer Schädel zertrümmert war und sein Gesicht und seine Brust schwarz von getrocknetem Blut, wurde Jakow ganz verwirrt und entgegnete nur:

«Das kann ich nicht wissen.»

Und so kam denn das, was Jakow am meisten befüchtet hatte: Der Gendarm erschien, in der Betkammer rauchte der Polizeileutnant, und Aglaja stürzte sich keifend auf ihn und beschimpfte sogar den Vorsteher der Landpolizei, und als kurz darauf Jakow und Aglaja gefesselt aus dem Haus geführt wurden, drängten sich die Bauern vor dem Tore und sprachen: «Da führt man den Gottesanbeter!» – und es schien, als freuten sich alle darüber.

Der Gendarm sagte beim Verhör aus, dass Jakow und Aglaja den Matwej getötet hätten, um das Erbe nicht mit ihm zu teilen, und dass Matwej selber Geld gehabt hätte und dass, wenn man es nicht bei ihm gefunden, Jakow und Aglaja es ihm augenscheinlich abgenommen hätten. Auch Daschutka wurde verhört. Sie sagte, dass Onkel Matwej und Tante Aglaja jeden Tag gestritten hätten und dass es manchmal wegen des Geldes fast zu Schlägen gekommen wäre und dass der Onkel sicherlich reich gewesen sein müsste, da er sogar irgendeinem Seelchen neunhundert Rubel geschenkt hätte.

Daschutka blieb allein in der Schänke zurück; kein Mensch kam mehr hin, um Tee oder Schnaps zu trinken, und so hauste sie denn einsam in den Zimmern und trank den Honigmet und aß Brezeln dazu; als aber einige Tage darauf der Wächter bei dem Übergang vernommen wurde, sagte er aus, dass er am Montag spätabends gesehen hätte, wie Jakow und Daschutka aus Limarowo zurückgekehrt wären. Daraufhin wurde auch Daschutka verhaftet, in die Stadt gebracht und ins Gefängnis gesetzt. Bald darauf entnahm man einer Aussage Aglajas, dass Sergej Nikanorytsch beim Mord zugegen gewesen sei; es fand eine Haussuchung bei ihm statt, und man fand an einem ungewöhnlichen Orte Geld, und zwar in einem Filzstiefel, den er unter dem Ofen versteckt hatte; das Geld bestand aus lauter kleinen Scheinen, es gab allein über dreihundert Einrubelscheine. Er schwor zwar, dass er dieses Geld in seinem Geschäft erworben hätte und dass er schon seit Jahresfrist nicht mehr in der Schänke gewesen sei, die Zeugen aber sagten aus, dass er arm war und zumal in der letzten Zeit stets wenig Geld gehabt hätte und dass er jeden Tag in der Schänke gewesen sei, um sich welches von Matwej auszuborgen; und weiter sagte der Gendarm aus, dass er selber am Tage des Mordes mit dem Restaurateur zweimal in der Schänke gewesen sei, um ihm bei der Anleihe behilflich zu sein. Außerdem erinnerten sich einige daran, dass Sergej Nikanorytsch am Montag Abend nicht zu dem gemischten Güter- und Passagierzug herausgekommen sei, da er fortgegangen war. So wurde denn auch er verhaftet und in die Stadt gebracht. Nach elf Monaten fand die Verhandlung statt.

Jakow Iwanytsch war während der Zeit alt geworden, er war sehr abgemagert und sprach leise, wie ein Schwerkranker. Er fühlte sich schwach und gedemütigt und hatte irgendwie den

Eindruck, dass er kleiner sei als alle die andern Menschen. Es war fast so, als wäre seine Seele durch die Gewissensbisse und Phantasien, die ihn auch im Gefängnis nicht verlassen wollten, gealtert und dabei hager geworden, genauso wie sein Leib. Als die Rede darauf kam, dass er nicht mehr in die Kirche ging, fragte ihn der Vorsitzende:

«Sind Sie ein Sektierer?»

«Das kann ich nicht wissen», entgegnete er.

Er war bereits völlig ohne Glauben, er wusste nichts mehr und fasste nichts mehr, sein vormaliger Glaube war ihm jetzt widerwärtig geworden und schien ihm sinnlos und voller Dunkelheit zu sein. Aglaja dagegen war keineswegs demütig geworden, sie fuhr immer noch fort, den verstorbenen Matwej zu beschimpfen, und gab ihm an all ihrem Unglück die ganze Schuld. Sergej Nikanorytsch trug an Stelle eines Backenbartes einen Vollbart; als das Gericht ihn verhörte, schwitzte er und wurde rot, er schämte sich offenbar, dass er den grauen Gefangenenkittel tragen musste, allein auch darüber schämte er sich, dass er auf der gleichen Bank mit den einfachen Bauern sitzen musste. Er versuchte sich ungeschickt zu rechtfertigen und bekam, als er sich Mühe gab, zu beweisen, dass er in der Schänke seit mehr als Jahresfrist nicht verkehrt hatte, mit den Zeugen Streit, weswegen er von den anwesenden Zuhörern weidlich ausgelacht wurde. Daschutka war während des Aufenthaltes im Gefängnis geradezu dick geworden; sie begriff keine einzige der Fragen, die ihr vorgelegt wurden, und sagte nichts als dieses, dass sie, als der Onkel Matwej erschlagen wurde, sich sehr erschrocken hätte, das war aber auch alles. Alle vier wurden für schuldig befunden, den Mord aus eigennützigen Gründen verübt zu haben. Jakow Iwanytsch wurde zu Zuchthaus und Sträflingsarbeiten für die Dauer von zwanzig Jahren verurteilt, Aglaja zu dreizehneinhalb Jahren, Sergej Nikanorytsch zu zehn und Daschutka zu sechs.

7

Ein ausländischer Dampfer legte an der Reede von Due auf der Insel Sachalin spätabends an und wünschte Kohlen zu fassen. Man bat zwar den Kapitän, bis zum Morgen damit zu warten, aber er wollte auch nicht einmal eine Stunde länger warten, denn er sagte, dass, wenn in der Nacht das Wetter schlecht würde, er am Ende genötigt sein würde, ohne Kohlen ins Meer zu gehen. In der Tatarenstraße geschieht es nämlich häufig, dass das Wetter in einer halben Stunde völlig umschlägt, und dann können die Ufer von Sachalin gefährlich werden. Zudem wehte bereits ein frischer Wind, der gehörige Wellen aufwarf.

Aus dem Wojewodenkerker, dem allerunfreundlichsten und finstersten von den Kerkern auf Sachalin, wurde ein Trupp Zuchthäusler ins Bergwerk gejagt. Ihre Aufgabe war, eine Barke mit Kohlen voll zu laden, die darauf von einem Dampfkutter zum Dampfer, der mehr als eine halbe Werst vom Ufer vor Anker gegangen war, geschleppt werden musste, und dort die Kohlen auf den Dampfer zu verladen – eine qualvolle Arbeit, da bei hoher See diese Barken unablässig an den Dampfer geschleudert werden und die Arbeiter sich vor Seekrankheit kaum mehr auf den Füßen halten können. Die Zuchthäusler, die man aus dem Schlaf gerissen hatte, schleppten sich schläfrig am Ufer hin, stolperten in der Dunkelheit und klirrten mit ihren Ketten. Links von ihnen war das hohe und steile Ufer kaum mehr zu gewahren, so düster war es, rechts aber war nichts als ein dichtes, undurchdringliches Dunkel, aus dem das Stöhnen des Meeres drang, dieser lang gezogene, ewig gleichförmige Ton: «Aaa ...», und nur wenn der Aufseher sich seine Pfeife ansteckte und hierbei der Posten mit dem Gewehr und die zwei, drei in seiner Nähe stehenden Gefangenen mit ihren rohen Gesichtern bei dem Schein flüchtig sichtbar wurden oder wenn er mit seiner Laterne in die Nähe des Wassers kam, konnte man die weißen Wellenkämme der vordersten Wogen gewahren.

Jakow Iwanytsch befand sich in diesem Trupp; die Zuchthäusler hatten ihm seines langen Bartes wegen den Spitznamen «Birkenbesen» gegeben. Seinen Vor- und Nachnamen kannte schon längst keiner mehr, man nannte ihn nur noch schlechtweg Jaschka. Er war hier nicht besonders gut angeschrieben, denn drei Monate nachdem er in der Strafanstalt untergebracht worden war, hatte er eine so starke und unbezwingliche Sehnsucht nach der Heimat verspürt, dass er der Versuchung unterlag und einen Fluchtversuch machte, man erwischte ihn freilich bald und verurteilte ihn zu lebenslänglichem Zuchthaus und gab ihm außerdem noch vierzig Peitschenhiebe; noch zweimal wurde er mit Ruten gezüchtigt, da er Gefangenenkleidung verschleudert haben sollte, obwohl beide Male die Kleider ihm gestohlen worden waren. Sein Heimweh begann in dem Augenblick, als er auf der Fahrt von Odessa nachts im Sträflingszuge auf der Eisenbahnstation Progonnaja hielt; Jakow presste sich ans Fenster und bemühte sich, sein vormaliges Haus zu erblicken, doch er konnte es im Dunkeln nicht sehen.

Niemand war da, mit dem er von der Heimat hätte sprechen können. Seine Schwester Aglaja war irgendwohin nach Sibirien verbannt worden, und er wusste nicht, wo sie sich jetzt aufhielt. Daschutka befand sich freilich auch auf Sachalin, aber man hatte sie einem Ansiedler in einer fernen Ortschaft zugeteilt; er hatte schon lange nichts mehr von ihr erfahren und nur einmal von einem Ansiedler, den man in den Wojewodenkerker gesteckt hatte, gehört, dass Daschutka bereits drei Kinder zur Welt gebracht häte. Sergej Nikanorytsch bekleidete einen Posten als Kammerdiener dortselbst in Due bei einem Beamten, allein es war wenig Hoffnung, ihn jemals wieder zu sehen, denn er schämte sich seiner Bekanntschaft mit Zuchthäuslern aus niederem Stande.

Der Trupp gelangte zum Bergwerk und wartete auf der Reede. Einige meinten, dass aus dem Verladen wohl nichts werden dürfte, da das Wetter immer schlechter würde und der Dampfer gewiss die Absicht hätte, ins Meer zu gehen. Drei

Lichter waren sichtbar. Das eine von ihnen bewegte sich: Das war der Dampfkutter, der zum Dampfer fuhr und jetzt, wie es schien, bereits zurückkehrte, um mitzuteilen, ob es Arbeit geben würde oder nicht. Jakow Iwanytsch schaute, sich fest in seinen kurzen, abgerissenen Halbpelz hüllend und vor Herbstkälte und Meeresfeuchtigkeit zitternd, starr und ohne mit den Augen zu blinzeln, nach der Richtung, in der seine Heimat lag. Seit jener Zeit, da er im gemeinsamen Kerker mit den verschiedensten Leuten, die von allen Enden herbeigetrieben worden waren, lebte – mit Russen, Ukrainern, Tataren, Georgiern, Chinesen, Finnländern, Zigeunern, Juden –, und seit der Zeit, da er, ihren Gesprächen lauschend, all ihre Leiden miterlebt, hatte er wieder gelernt, sich zu Gott aufzuschwingen, und ihm war, dass er nun endlich den wahrhaften Glauben gefunden hätte, jenen nämlich, den er so lange ersehnt und den sein ganzes Geschlecht, beginnend mit der Ahnin Awdotja, so lange gesucht und nicht gefunden hatte. Jetzt wusste er alles und begriff, wo Gott war und wie man ihm dienen müsse, und nur eines war ihm unverständlich: warum das Los der Menschen so verschiedenartig sein musste, warum dieser einfache Glaube, den einige von Gott gleichzeitig mit dem Leben als Geschenk erhalten, von anderen mit solchen Opfern erkämpft werden muss, dass einem jeden von all diesem Grauen und all den Leiden, die sich augenscheinlich ohne Unterbrechung bis an das Lebensende fortsetzen, die Hände und Füße zittern wie nur dem schlimmsten Trinker. Angestrengt schaute er in die Finsternis, und ihm war, als erblicke er die Heimat durch Tausende von Werst voller Dunkel, sein Gouvernement, seinen Kreis und schließlich auch Progonnaja, und als sehe er die Dunkelheit, die Rohheit, die Herzlosigkeit und die stumpfe, finstere und viehische Gleichgültigkeit der Menschen, die er dort zurückgelassen hatte; Tränen trübten seine Augen, aber immer noch schaute er dorthin in die Ferne, in der, kaum bemerkbar, die weißen Lichter des Dampfers glitzerten, und Heimweh nagte an seinem Herzen, und der Wunsch stieg auf, heimzukehren, zu leben, allen von dem neuen Glauben zu erzählen und wenigstens einen Menschen vor dem Verderben zu bewahren oder zum mindesten einen einzigen Tag ohne diese Qualen zu leben.

Der Kutter legte an, und der Aufseher erklärte laut, dass aus dem Verladen der Kohlen nichts werden würde.

«Zurück!», befahl er. «Stillgestanden!»

Man konnte hören, wie die Ankerkette auf dem Dampfer emporgewunden wurde. Ein heftiger und durchdringender Wind setzte ein, und irgendwo oben auf dem steilen Ufer stöhnten die Bäume. Augenscheinlich begann ein Sturm.

Tod am Weihnachtsabend

Stanley Ellin

Als Kind war ich von Boerum-Haus immer tief beeindruckt gewesen. Zu der Zeit war es noch wie neu und in vollem Glanz; ein Riesenberg viktorianischer Schnurrpfeifereien, mit Friesen und bunten Glasfenstern und alles in derart chaotischer Verschwendung zusammengehäuft, dass es Mühe machte, es mit einem Blick zu umfassen. Als ich jetzt, in der Frühdämmerung dieses 24. Dezembers, wieder davor stand, vermochte ich mir jene Jugendeindrücke freilich nicht mehr zurückzurufen. Der Glanz war seitdem längst verblichen; ob Holz, Glas oder Metall, alles war in ein trübseliges Grau verschwommen, und die Vorhänge hinter den Fensterscheiben fest zugezogen, so dass das Haus den Passanten ein Dutzend starblinder Augen hinzuhalten schien.

Als ich mit dem Stock energisch an die Haustür klopfte, machte Celia mir auf.

«Rechter Hand ist ein Klingelzug», sagte sie. Sie trug immer noch das längst unmodern gewordene und bös zerknitterte schwarze Kleid, das sie wohl aus einer Truhe ihrer Mutter gezerrt haben musste; und war auch mehr denn je das Ebenbild der alten Frau Katrin in ihren letzten Jahren: der knochige Körper, die fest zusammengepressten Lippen, das farblose Haar, straff genug zurückgekämmt, um auf der Stirn das kleinste Fältchen glatt zu ziehen. Sie erinnerte mich an eine Stahlfalle, jederzeit bereit zuzuschnappen, sobald jemand ihr unvorsichtigerweise nahe kam.

Ich sagte: «Es ist mir bekannt, dass der Klingelzug durchschnitten ist, Celia», und schritt an ihr vorbei, in den Hausflur.

Ohne den Kopf zu wenden, wusste ich, dass sie mir hassvoll hinterherfunkelte; dann schnaufte sie einmal, hart und trocken, und warf die Tür ins Schloss. Sofort waren wir von so dichter Finsternis umgeben, dass der Geruch nach trockenem Moder ringsum mir in der Kehle stecken blieb. Ich tastete nach dem Schalter an der Wand; aber Celia sagte scharf: «Nicht! Das ist nicht die Zeit für Lichterglanz.»

Ich wandte mich zu dem weißlich verschwommenen Fleck, der ihr Gesicht war und alles, was ich von ihr erkennen konnte. «Celia», sagte ich, «verschonen Sie mich mit theatralischen Wendungen.»

«Wir haben einen Todesfall im Haus hier gehabt. Das wissen Sie ganz genau.»

«Und habe guten Grund dazu», sagte ich; «aber Ihre Vorführung jetzt beeindruckt mich nicht im Geringsten.»

«Sie war meines leiblichen Bruders Gattin. Sie ist mir über alles teuer gewesen.»

Ich trat durch die Finsternis einen Schritt auf sie zu und legte ihr leicht meinen Stock auf die Schulter. «Celia», sagte ich, «nehmen Sie von mir, als dem Rechtsbeistand Ihrer Familie, ein Wort des Rates an. Die Leichenschau ist vorüber und abgetan; Sie sind von jeglichem Verdacht gereinigt worden. Aber schon damals hat Ihnen kein Mensch auch nur ein Wort von Ihren gefühlvollen Phrasen geglaubt, und kein Mensch wird es je tun. Behalten Sie das immer im Auge, Celia.»

Sie tat einen so jähen Ruck, von mir fort, dass der Stock mir fast aus der Hand fiel. «Sind Sie deswegen gekommen, um mir das zu erzählen?», fragte sie.

Ich sagte: «Ich bin gekommen, weil ich weiß, dass Ihr Bruder mich heute wird sprechen wollen. Und, vorausgesetzt, dass Sie mir meine Offenheit nicht übel nehmen: ich schlage vor, Sie bleiben aus der Schusslinie, während ich mich mit ihm unterhalte. Ich möchte keinerlei Szenen.»

«Dann bleiben Sie ihm doch lieber selbst fern!», schrie sie mich an. «Er war ja wohl auch bei der Leichenschau. Er ist

Zeuge gewesen, wie man mich von jeglichem Verdacht reinigte. Über eine kleine Weile wird er alles Schlimme vergessen haben, was er eventuell von mir denkt. Da bleiben Sie ihm doch fern; damit er endlich vergessen kann.»

Sie hatte sich in vollste Wut hineingesteigert, und um den Bann zu brechen, setzte ich mich wieder in Bewegung, die finstere Treppe hinauf, eine Hand vorsichtshalber auf dem Geländer. Aber ich hörte sie bereits erpicht hinter mir herkommen, und auf irgend geisterhafte Weise schien es, als rede sie nicht mich an, sondern gäbe den unter unsern Füßen ächzenden Stufen Antwort.

«Wenn er zu mir kommt», sagte sie, «will ich ihm vergeben. Zuerst war ich noch nicht ganz entschlossen; aber nunmehr bin ich mir klar. Ich habe um Erleuchtung gebetet, und mir ist die Antwort geworden, dass das Leben zum Hassen zu kurz sei. Wenn er also zu mir kommt, bin ich entschlossen ihm zu vergeben.»

Ich hatte den oberen Treppenabsatz erreicht und wäre um ein Haar hingestürzt! Ich fluchte vor Ärger, während ich mich wieder aufraffte: «Wenn Sie schon kein Licht dulden wollen, Celia, dann sollten Sie aber wenigstens den Weg freihalten. Warum räumen Sie das Zeugs hier nicht weg?»

«Ah», sagte sie, «das sind sämtliche Habseligkeiten unserer armen Jessie. Charlie regt sich doch immer so auf, wenn er etwas sieht, was ihr gehört hat. Ich war überzeugt, es wäre das Beste, was ich tun könnte – alle ihre Sachen rauszuwerfen!»

Dann trat es wie Beunruhigung in ihre Stimme. «Sie sagen Charlie aber doch nichts davon, nein? Sie sagen ihm bestimmt nichts davon?», sagte sie, und wiederholte es nochmals, und wieder, in immer höherem und schrillerem Ton, je weiter ich mich von ihr entfernte; sodass es sich, als ich Charlies Zimmer betreten und dessen Tür hinter mir zugezogen hatte, beinahe anhörte, als sei draußen ein Fledermausgezirpe zurückgeblieben.

Wie im ganzen übrigen Haus waren auch in Charlies Zimmer

die Vorhänge in voller Breite zugezogen. Aber eine einzige Glühbirne im Kronleuchter über uns blendete mich einen verwirrenden Augenblick lang, und ich musste erst zweimal zwinkern, ehe ich Charlie ausgestreckt auf seinem Bett liegen sah, einen Arm über die Augen geschlagen. Dann stellte er sich langsam auf die Füße und spähte zu mir her.

«Gut», sagte er endlich, indem er gleichzeitig mit dem Kopf in Richtung Tür nickte, «sie hat Ihnen natürlich kein Licht zum Raufkommen gemacht, oder doch?»

«Nein», sagte ich. «Aber ich kenn den Weg ja.»

«Sie ist wie ein Maulwurf», sagte er. «Findet ihren Weg im Finstern besser als ich bei Licht. Ist ihr wohl auch angenehmer auf die Art. Könnte ja sonst mal unversehens in 'n Spiegel gucken und doch etwas erschrecken über das, was sie dort sieht.»

«Ja», sagte ich, «sie scheint's doch sehr schwer zu nehmen.»

Er lachte kurz und scharf auf, wie Seelöwengebell. «Das ist, weil ihr immer noch die Angst in den Knochen steckt. Alles, was man zur Zeit aus ihr rauskriegt, ist, wie lieb sie Jessie so gehabt habe und wie Leid es ihr täte. Vielleicht bildet sie sich ein, wenn sie's oft genug wiederholte, würden's ihr die Leute schließlich doch noch glauben. Aber lassen Sie ihr nur ein bisschen Zeit, und sie wird rasch genug wieder die alte Celia sein.»

Ich legte Hut und Stock aufs Bett und meinen Mantel daneben. Dann nahm ich mir eine Zigarre heraus und wartete, bis er sich Streichhölzer erfummelt hatte und mir Feuer gab. Seine Hand zitterte dergestalt, dass er sich für einen Augenblick gewaltsam zusammenreißen musste und dabei halblaut ärgerlich auf sich selbst fluchte. Dann atmete ich langsam eine Rauchwolke in Richtung Zimmerdecke und wartete.

Charlie war fünf Jahre jünger als Celia; aber wenn ich ihn mir so ansah, konnte ich mir nicht helfen – er wirkte ein Dutzend Jahre älter. Sein Haar war dasselbe, nahezu farbloses Blassblond, so dass es schwer hielt, zu sagen, ob es schon grau wurde oder nicht. Aber die Bartstoppeln auf seinen Wangen waren wie feine Silberspitzen, und unter den Augen hatte er dicke, blauschwarze Tränensäcke. Und wo Celia sich auf ein kompromisslos-starres Rückgrat stützen konnte, da war Charlie, ob im Sitzen oder Stehen, in sich zusammengesunken, als wolle er jeden Augenblick vornüberfallen. Im Moment starrte er mich an und zupfte unentschlossen an den schlaffen Schnurrbartspitzen, die ihm über die Mundwinkel herabhingen.

«Sie wissen, weswegen ich Sie gern einmal habe sprechen wollen, ja?», sagte er.

«Ich kann es mir denken», sagte ich, «möchte es aber doch lieber aus Ihrem eigenen Munde hören.»

«Sie sollen es unverzüglich erfahren», sagte er. «Es betrifft Celia. Ich will mit meinen Augen sehen, dass sie bekommt, was ihr gebührt. Nicht Kerker. Ich will, dass das Gesetz Hand an sie legt und sie tötet, und dann will ich dabei sein und zusehen.»

Ein großer Aschenkegel fiel zu Boden, und ich scharrte ihn sorgfältig mit der Schuhsohle in den Teppich ein. Ich sagte: «Sie waren persönlich bei der Leichenschau anwesend, Charlie; Sie haben selbst gesehen, was dort geschah. Celia wurde von jeglichem Verdacht freigesprochen; und falls kein zusätzliches Indiz mehr erbracht werden kann, bleibt sie freigesprochen.»

«Indiz! Mein Gott, welcher Mensch braucht denn noch mehr Indizien hier?! Sie haben sich oben an der Treppe auf Teufel komm raus gezankt. Celia hat Jessie einfach gepackt, sie die Treppe runtergeworfen, bis unten hin, und sie infolgedessen getötet. Das nennt man doch Mord, oder nicht? Genau dasselbe, wie wenn sie eine Schusswaffe verwendet hätte oder Gift oder wessen sie sich sonst eben bedient hätte, wenn die Treppe nicht gerade so günstig gewesen wäre.»

Ich ließ mich müde auf den alten lederbezogenen Armsessel nieder, der dort stand, und studierte die neuerliche Aschenbildung vorn an meiner Zigarre. «Lassen Sie sich von mir den Fall vom juristischen Gesichtspunkt aus zeigen», sagte ich, und bei der Einförmigkeit meiner Stimme muss es sich angehört haben wie eine gut eingelernte Formel. «Erstens: es waren keine Zeugen vorhanden.»

«Ich habe Jessie aufkreischen hören und habe sie anschließend fallen hören», sagte er störrisch. «Und als ich hinausgestürzt kam und sie dort liegen fand, hörte ich, wie im selben Moment Celia ihre Tür zuknallte. Sie hat Jessie hinuntergestoßen und ist dann davongehuscht wie eine Ratte, um aus dem Wege zu sein.»

«Aber Sie haben nichts *gesehen*. Und da Celia behauptet, sie hätte sich nicht auf dem Schauplatz befunden, gibt es ergo keine Zeugen. Mit anderen Worten: Celias Darstellung hebt Ihre Darstellung auf; und da Sie nun einmal kein Augenzeuge gewesen sind, können Sie füglich keinen Mord aus etwas konstruieren, das theoretisch auch ein Unfall gewesen sein kann.»

Er schüttelte langsam den Kopf.

«Das glauben Sie selbst nicht», sagte er. «Das glauben Sie ja wohl selbst nicht. Beziehungsweise, wenn Sie es täten, dürften Sie sich umgehend hinausverfügen und brauchten mir nie wieder nahe zu kommen.»

«Was ich glaube, spielt hierbei keine Rolle; ich zeige Ihnen lediglich den juristischen Aspekt des Falles. – Wie stünde es mit der Motivation? Was hätte Celia durch Jessies Tod gewinnen können? Geld oder sonstiger Besitz ist ja keinesfalls mit im Spiele; finanziell ist sie genauso unabhängig wie Sie.»

Charlie ließ sich auf den Rand seines Bettes nieder und lehnte sich, die Hände auf die Knie gestützt, zu mir herüber. «Nein», flüsterte er, «um Geld oder Besitz ging es nicht.»

Ich breitete hilflos die Arme aus. «Sehen Sie?»

«Aber Sie wissen, um was es es ging», sagte er, «um mich ... Zuerst war es die alte Dame mit ihren Herzanfällen, jedes Mal, sobald ich versuchte, mein eigenes Leben zu leben. Als sie dann starb, und ich dachte, nun wäre ich frei, da kam Celia. Morgens, vom Augenblick an wo ich aufstand, bis abends, wenn ich zu Bett ging, auf Schritt und Tritt war Celia dabei. Sie hat nie einen Mann gehabt oder ein Kind – sie hatte ja mich!»

Ich sagte ruhig: «Sie ist schließlich Ihre Schwester, Charlie.

Sie hat Sie lieb», und sofort lachte er wieder dasselbe unangenehme kurze Lachen.

«Sie liebt mich, wie der Efeu ‹seinen› Baum liebt. Wenn ich manchmal so zurückdenke, ich werde mir immer noch nicht klar darüber, wie sie das geschafft hat; aber sie hatte eine gewisse Art mich nur anzusehen, und prompt verließ mich jegliche Energie. Und so blieb es auch, bis ich Jessie kennen lernte ... Ich weiß noch den Tag, als ich Jessie mit heim brachte und Celia informierte, dass wir verheiratet wären. Sie schluckte es zunächst hinunter; aber in ihren Augen lag ein Blick – derselbe, der darin gelegen haben muss, als sie Jessie die Treppe hinunterstieß.»

Ich sagte: «Aber Sie haben anlässlich der Leichenschau doch selbst zugegeben, wie Sie nie gesehen hätten, dass Jessie von Celia irgendwie bedroht oder gar tätlich angegriffen worden wäre.»

«Natürlich hab ich niemals etwas *gesehen*! Aber wenn Jessie Tag für Tag dann wie gebrochen herumlief und kein Sterbenswörtchen sprach, oder jede Nacht im Bett lag und weinte und mir nicht sagen wollte warum; da wusste ich ganz genau Bescheid, was vor sich ging. Sie wissen ja, wie Jessie war. Kein großes Genie und keine berühmte Schönheit; aber ein goldenes Herz alle 24 Stunden des Tages; und sie war verschossen in mich. Und als sie nach kaum Monatsfrist anfing, all ihren Schwung zu verlieren, da wusste ich wieso. Ich hab mit ihr gesprochen, und ich hab mit Celia gesprochen, und eine wie die andere hat lediglich mit dem Kopf geschüttelt. Das Einzige, was ich tun konnte war, mich im Kreise zu drehen; aber als es dann passiert war, als ich Jessie daliegen sah: überrascht hat es mich nicht. Kann sein, dass das komisch klingt; aber überrascht hat es mich ganz und gar nicht.»

«Ich glaube nicht, dass es auch nur einen überrascht hat, der Celia kennt», sagte ich. «Aber auf alledem können Sie keine Anklage aufbauen.»

Er schlug sich das Knie mit der Faust und wiegte den Oberkörper hin und her. «Was aber kann ich denn unternehmen?», fragte er. «Dazu eben brauche ich Sie – mir zu sagen, was ich unternehmen könnte. Mein ganzes Leben hindurch bin ich nie dazu gelangt, etwas zu unternehmen; nur wegen ihr. Genau das ist es ja auch, worauf sie jetzt wieder baut: dass ich nichts unternehme, und dass sie so davonkommt. Nach einer Weile dann wird sich alles wieder beruhigt haben, und wir werden wieder genau am Ausgangspunkt angelangt sein.»

Ich mahnte: «Charlie, Sie steigern sich in eine Erregung hinein, die zwecklos ist.»

Er stand auf und starrte erst auf die Tür und dann auf mich. «Aber etwas kann ich unternehmen», flüsterte er. «Wissen Sie, was?»

Er wartete einen kurzen Augenblick, ganz voll der genüsslichen Klugheit eines, der ein schwieriges Rätsel aufgegeben hat, von dem er weiß, dass es den Hörer verblüffen wird. Ich erhob mich gleichfalls, trat vor ihn hin und bewegte warnend den Kopf: «Nein», sagte ich. «Aber an was Sie auch denken mögen jetzt, schlagen Sie es sich aus dem Kopf.»

«Machen Sie mich nur nicht verwirrt», sagte er. «Sie haben erfahren, dass man als Mörder durchaus davonkommen kann, vorausgesetzt, man ist so klug wie Celia. Sind Sie etwa der Ansicht, ich wäre nicht so klug wie Celia?»

Ich fasste ihn fest bei den Schultern. «Um Himmels willen, Charlie», sagte ich, «fangen Sie nicht an, solches Zeug zu schwatzen.»

Er riss sich los aus meinem Griff und stolperte darob rückwärts gegen die Wand. Seine Augen sprühten Feuer, und hinter den verzogenen Lippe schimmerten die Zähne. «Was soll ich denn machen?!», schrie er. «Alles vergessen, wo Jessie ja doch nun einmal tot und begraben ist? Ruhig hier sitzen, bis Celia endlich ihrer Angst vor mir überdrüssig wird und mich auch noch umbringt?»

Mich hatten meine Jahre und Körperfülle in dem kleinen Handgemenge mit ihm doch im Stich gelassen, sodass es mir einen Augenblick an Würde und vor allem an Atem mangelte. «Lassen Sie sich doch nur eines sagen», begann ich dann. «Sie sind ja seit der Leichenschau nicht mehr außer Hause gewesen. Es wird allmählich Zeit für Sie, auszugehen; und wenn Sie nur durch die Straßen spazierten und sich umsähen.»

«Und mich von jedem, der mir unterwegs begegnete, auslachen ließe, ja?»

«Probieren Sie's erst», sagte ich, «dann urteilen Sie. Al Sharp sagte mir, dass in seinem Lokal heute Abend ein paar von Ihren Freunden zusammenkämen, und dass er sich freuen würde, Sie ebenfalls bei sich zu sehen. Das wäre mein Rat für Sie – wer weiß, was er wert ist.»

«Nichts ist er wert», sagte Celia. Die Tür hatte sich aufgetan, steif stand sie im Rahmen, die Augen zu engen Schlitzen geworden ob des Lichtes im Zimmer hier. Charlie wandte sich ihr zu; langsam spannten und entspannten sich im Takt seine Backenmuskeln.

«Celia», sagte er, «ich habe dir befohlen, niemals in dieses Zimmer zu treten!»

In ihrem Gesicht regte sich nichts. «Ich bin ja nicht *darin*. Ich bin nur gekommen, um dir zu sagen, dass dein Abendessen auf dem Tisch steht.»

Er tat einen drohenden Schritt auf sie zu. «Hast du auch lange genug an der Tür gehorcht und jeden Satz mitgekriegt? Oder soll ich dir's noch mal extra wiederholen?»

«Ich habe von einem gottlosen und niedrigen Unterfangen gehört», sagte sie ruhig, «einer Einladung zu trinken und zu randalieren, während man sich in einem Trauerhause befindet. Ich glaube, ich habe alles Recht, dagegen Einspruch zu erheben.»

Er schaute sie ungläubig an und musste nach Worten erst ringen. «Celia», sagte er, «bitte, sag doch, dass du das nicht im Ernst meinst! Nur der schwärzeste Heuchler unter den Lebenden, oder aber ein Verrückter, vermöchte ja das zu äußern, was du eben geäußert hast, und es im Ernst zu meinen.»

Jetzt flammte sie doch auf. «Verrückt!», rief sie. «Das Wort wagst *du* in den Mund zu nehmen? Du, der sich in sein Zimmer einschließt, endlose Selbstgespräche führt und Gedanken wälzt, weiß der Himmel was?!» Unversehens wandte sie sich an mich: «Sie haben ja eben mit ihm gesprochen. Sie müssen es doch wissen: besteht die Möglichkeit, dass ...»

«Er ist genauso normal wie Sie, Celia», sagte ich schwer.

«Dann sollte er aber auch wissen, dass man zu einer Zeit wie dieser nicht in Lokale geht. Wie konnten Sie sich unterstehen, ihn dazu aufzufordern?»

Sie schleuderte mir die Frage mit einer so bösartig triumphierenden Miene ins Gesicht, dass ich mich gänzlich vergaß: «Wenn Sie nicht gerade dabei wären, Jessies Habseligkeiten hinauszuwerfen, Celia, dann könnte ich Ihre Frage vielleicht ernst nehmen!»

Es war natürlich unbesonnen gewesen, dergleichen zu sagen, und ich bekam auch sofort Grund, es zu bereuen. Ehe ich noch einen Finger regen konnte, war Charlie schon an mir vorbei, hatte Celias Arme gepackt und hielt sie wie in einem Schraubstock.

«Du hast gewagt, ihr Zimmer zu betreten?», wütete er und schüttelte sie dabei wild. «Heraus mit der Sprache!» Dann, als die sofortige Panik in ihrem Gesicht ihm hinreichend Antwort gab, ließ er ihre Arme los, als wären sie aus rot glühendem Eisen; der Kopf sank ihm auf die Brust, er stand und wurde wieder schlaff und krumm.

Celia streckte eine Hand versöhnlich in seine Richtung. «Charlie», winselte sie, «siehst du's denn nicht ein? Immer ihre Sachen um dich, das reibt dich doch nur auf. Ich wollte dir doch bloß helfen.»

«Wo sind ihre Sachen?»

«Oben auf der Treppe, Charlie. Es ist alles da.»

Er setzte sich, den Korridor hinunter, in Bewegung, und beim Klang seiner sich entfernenden unsicheren Tritte fühlte ich, wie mein Herzschlag langsam wieder zu seinem normalen Tempo zurückkehrte. Celia wandte ihren Blick jetzt voll zu mir, und auf ihrem Gesicht stand ein derartiges Gemisch von Wut und Hass zu lesen, dass ich nur noch das dringende Bedürfnis verspürte, mich so schleunigst wie möglich aus diesem Haus hier zu entfernen. Ich nahm mir meine Sachen vom Bett und wollte an ihr vorbei; aber sie versperrte mir die Tür.

«Sehen Sie jetzt, was Sie angerichtet haben?», wisperte sie heiser. «Jetzt kann ich alles wieder an Ort und Stelle packen. Es erschöpft meine Geduld; aber jetzt muss ich alles, Stück für Stück, wieder zurückräumen – und bloß wegen Ihnen!»

«Halten Sie das gänzlich, wie Sie wollen, Celia», sagte ich kalt.

«Ach Sie», sagte sie. «Sie alter Trottel. Sie hätten gleich hinter ihr drankommen sollen, als ich ...»

Ich legte ihr meinen Stock scharf auf die Schulter und fühlte, wie sie unter der Berührung zusammenzuckte. «Als Ihr Rechtsberater, Celia», sagte ich, «empfehle ich Ihnen, Ihrer Zunge nur dann freien Lauf zu lassen, wenn Sie schlafen, und für das, was Sie sagen, nicht verantwortlich gemacht werden können.»

Sie erwiderte nichts mehr; aber ich achtete doch lieber darauf, dass sie sicherheitshalber immer vor mir blieb, bis ich wieder draußen auf der Straße stand.

Vom Boerum-Haus bis zu Al Sharps Lokal war es nur ein paar Minuten zu gehen; und ich schritt rüstig aus und fühlte voll Dankbarkeit die klare frostige Winterluft im Gesicht. Al war noch allein hinter seiner Bar, emsig mit Gläserputzen beschäftigt, und als er mich eintreten sah, begrüßte er mich munter: «Frohe Weihnachten, Herr Anwalt», sagte er.

«Das gleiche Ihnen», erwiderte ich und sah ihm zu, wie er eine anheimelnd aussehende Flasche mitsamt einem Paar Gläser auf die Bar stellte.

«Pünktlicher können die Jahreszeiten nicht erscheinen als Sie», sagte Al und schenkte zwei Doppelte ein. «Ich hatte Sie schon erwartet, gerade den Moment vorher.»

Wir tranken einander zu, und Al lehnte sich vertraulich über seine Bar: «Kommen Sie geradewegs von da?»

«Ja», sagte ich.

«Charlie gesehen?»

«Und Celia auch», sagte ich.

«Och», sagte Al, «das ist so außergewöhnlich ja nicht. Sie hab ich schon gesehen, wenn sie vorbeikommt, um irgendwelche Einkäufe zu tätigen. Huscht dahin, den Kopf gesenkt, oben drüber noch 'n schwarzen Schal, als wenn sie von jemandem gejagt würde. Ich glaube, das Gefühl hat sie wohl auch.»

«Ich glaube, sie hat es», sagte ich.

«Aber Charlie; um den geht's doch. Ihn krieg ich überhaupt nicht mehr zu sehen. Haben Sie ihm ausgerichtet, dass ich ihn irgendwann gern mal wieder sehen würde?»

«Ja», sagte ich. «Ich hab's ausgerichtet.»

«Und was hat er geantwortet?»

«Nichts. Celia behauptete, er täte Unrecht daran, herzukommen, während er noch Trauer hat.»

Al tat einen leisen ausdrucksvollen Pfiff und bohrte viel sagend seine Stirn mit dem Zeigefinger. «Erklären Sie mir bloß mal», sagte er, «meinen Sie, dass es tatsächlich noch zu verantworten ist, wenn man die beiden derart ganz alleine so zusammen lässt? Ich würde ja sagen, wie die Dinge dort liegen, und bei Charlies Einstellung könnte da durchaus noch mal was passieren.»

«Eine Zeit lang sah es heut Abend fast so aus», sagte ich. «Aber das Unwetter verzog sich wieder.»

«Bis zum nächsten Mal», sagte Al.

«Dann bin ich ja auch wieder dabei», entgegnete ich.

Al blickte mich an und schüttelte mit dem Kopf. «Nichts ändert sich in diesem Hause», sagte er. «Nicht das geringste. Deswegen kann man sich alle Antworten im voraus ausrechnen. Deswegen wusst ich ja auch, dass Sie jetzt, zu dieser Stunde, hier stehen und sich mit mir darüber unterhalten würden.»

Mir war, als spürte ich noch immer den intensiven Modergeruch des Hauses in der Nase, und ich wusste, dass Tage darüber vergehen würden, ehe ich ihn wieder ganz aus den Kleidern loswürde.

«Das ist ein Tag, den ich am liebsten ganz aus meinem Kalender ausmerzen möchte», sagte ich.

«Und die beiden mit ihren Händeln sich alleine überlassen. Recht geschäh's ihnen schon.»

«Die sind nicht allein», lehnte ich ab. «Jessie ist bei ihnen. Und Jessie wird immer bei ihnen sein, bis das Haus, samt allem, was sich darin befindet, verschwunden sein wird.»

Al furchte die Stirn. «Das ist aber tatsächlich die kurioseste Sache, die sich jemals in unserer Stadt abgespielt hat. Das Haus immer finster, von oben bis unten; sie rennt durch die Straßen, wie jemand, der verfolgt wird, er liegt längelang in seinem Zimmer und starrt die vier Wände an, seit – wie lange ist es jetzt genau her, Herr Anwalt, dass Jessie damals den Fall tat?»

Wenn ich den Blick nur ein wenig zur Seite richtete, konnte ich im Spiegel hinter Al mein eigenes Gesicht sehen: gerötet, vollwangig, ein bisschen ungläubig.

«Zwanzig Jahre», hörte ich mich selbst sage. «Genau zwanzig Jahre heut Abend.»

Quellenverzeichnis

Robert S. Aldrich: «Eine Tasse Kräutertee» (A Cup of Herbal Tea), aus: MITTERNACHSTSPARTY VON UND MIT ALFRED HITCHCOCK, Copyright © by Robert S. Aldrich, Copyright © 1983 der deutschen Übersetzung Egmont Franz Schneider Verlag, München. Aus dem Englischen übersetzt von Ursula Pommer. (Veröffentlicht mit der Genehmigung der Scott Meredith Agency, New York.)

Agatha Christie: «Die Arkadische Hirschkuh» (The Arkadian Deer), aus: Agatha Christie DIE ERSTEN UND DIE LETZTEN ARBEITEN DES HERKULES, Copyright © 1947 by Agatha Christie Mallowan, Copyright © der deutschen Übersetzung beim Scherz Verlag, Bern, München, Wien.

Carola Clasen: «Survival Training», Copyright © by Carola Clasen.

Ursula Curtiss: «Schneeball» (Snowball), aus: Ursula Curtiss MORD AUS LIEBE, Copyright © by Ursula Curtiss, Copyright © der deutschen Übersetzung Scherz Verlag, Bern, München, Wien.

Richard Deming: «Wenn der Onkel mit dem Neffen» (Blood Kind), aus ALFRED HITCHCOCKS KRIMI-STUNDE, Copyright © by Richard Deming, Copyright © der deutschen Übersetzung Verlagsgruppe Lübbe, Bergisch Gladbach.

Renate Müller-Piper: «Karos Klimbim», Copyright © by Renate Müller-Piper.

Sara Paretsky: «V. I. Warshawski in ... Po (Three-Dot-Po), aus: Sara Paretsky WINDY CITY BLUES, Copyright © 1997 by Piper Verlag GmbH, München.

Ruth Rendell: «Der Tag des Jüngsten Gerichts», aus: Ruth Rendell DER TAG DES JÜNGSTEN GERICHTS, Copyright © 1982 by Kingsmarkham Enterprises Limited, Rowohlt Verlag GmbH, Reinbek bei Hamburg.

Irene Rodrian: «Marmor für kleine Mädchen», Copyright © by Irene Rodrian.

Frauke Schuster: «Zwei Schwestern», Copyright © by Frauke Schuster.

Henry Slesar: «Der Nebel», aus: Henry Slesar LISTIGE GESCHICHTEN FÜR ARGLOSE LESER, Copyright © 1992 by Diogenes Verlag AG, Zürich. Aus dem Englischen übersetzt von Barbara Rojahn-Deyk.

Christine Spindler: «In einer sternklaren Winternacht», Copyright © by Christine Spindler.

Anton Tschechow: «Der Mord».

Klaus-Peter Walter: «Die Eisprinzessin», Copyright © by Klus-Peter Walter.

Wir danken den genannten Rechtsinhabern für die Genehmigung zum Abdruck der Auszüge aus den oben genannten Werken. In jenen Fällen, in denen es nicht möglich war, den Rechtsinhaber resp. Rechtsnachfolger zu eruieren, konnte ausnahmsweise keine Nachdruckerlaubnis eingeholt werden. Honoraransprüche der Autoren oder ihrer Erben bleiben gewahrt.